U0896736

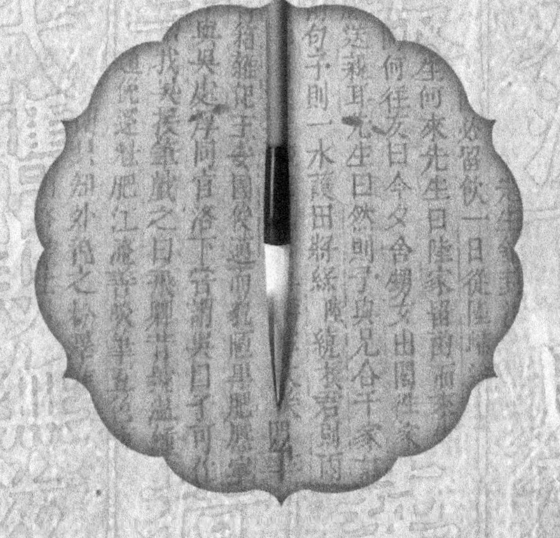

（上）

# 性别书写与近世短篇话本小说中的价值观念变迁研究

施文斐 著

西安交通大学出版社
XI'AN JIAOTONG UNIVERSITY PRESS

**图书在版编目(CIP)数据**

性别书写与近世短篇话本小说中的价值观念变迁研究/
施文斐著. —西安:西安交通大学出版社,2016.9(2018.8 重印)
ISBN 978-7-5605-9052-3

Ⅰ.①性… Ⅱ.①施… Ⅲ.①话本小说-小说研究-中国
Ⅳ.①I207.41

中国版本图书馆 CIP 数据核字(2016)第 241983 号

**书　　名** 性别书写与近世短篇话本小说中的价值观念变迁研究
**著　　者** 施文斐
**责任编辑** 贺彦峰

**出版发行** 西安交通大学出版社
(西安市兴庆南路 10 号　邮政编码 710049)
**网　　址** http://www.xjtupress.com
**电　　话** (029)82668357　82667874(发行中心)
(029)82668315(总编办)
**传　　真** (029)82668280
**印　　刷** 北京虎彩文化传播有限公司

**开　　本** 787mm×1092mm　1/16　**印张** 26.125　**字数** 542 千字
**版次印次** 2016 年 10 月第 1 版　2018 年 8 月第 2 次印刷
**书　　号** ISBN 978-7-5605-9052-3
**定　　价** 180.00 元

# 前言

作为近世文学之始的宋代是以“说话”为代表的民间伎艺以及与“说话”密切相关的话本小说迅速兴起并蓬勃发展的初创期，亦因此成为本论题的起始时间段。本论文的研究内容主要涵盖五大板块，除第一板块，即话本小说理论研究外，其余四大板块按时间的先后顺序依次为宋元话本小说研究、“三言”研究、崇祯朝短篇话本小说研究以及清初短篇话本小说研究。此四大板块的编排虽按照时间的先后顺序，但也并非简简单单地“顺次”而下，而是确实因时代语境之不同而导致了于短篇话本小说中呈现出来的价值观念以及受其影响的性别书写发生了相应的变化。促成时代语境变化的原因可来自于政治时局、学术思潮、社会心理等多个层面，其所引发的价值观念的变迁又将进一步影响性别书写于小说文本中的展示。因此，本论文的论述大致遵照的是时代语境的勾勒——价值观念的变迁——性别书写的文本展示这样一个思路进行，且于各个阶段的侧重点均有所不同。

具体而言，在“宋元话本小说研究”这一板块中重点论述的是宋基层社会的道德失序状态及其成因以及对“淫妇”虐杀行为的深层影响。在“‘三言’研究”这一板块中对于时代语境的分析则主要放在了晚明以来个性解放思潮之于作家价值观的影响上。其研究议题主要围绕着冯梦龙“情教论”及其影响下的“三言”中对“艳遇类”故事、“私情类”故事的处理方式。此外，亦有男性气质于尚情风尚影响下的文人化、女性化趋向及其对性别书写，尤其对“女强男弱”这一性别搭配模式的促成。

在“崇祯朝短篇话本小说研究”这一板块中，由于“二拍”与其后的崇祯朝短篇话本小说在价值观上呈现出了鲜明的差异性，因此，本板块的论述实际上是由两部分组成，即以“二拍”为代表的崇祯朝短篇话本小说以及“二拍”之后的崇祯朝短篇话本小说。在第一部分中，笔者重点论述了“二拍”中市民道德与市井生存哲学之所以成为“二拍”世界中“主流”价值观的原因，并分析了这一富于实用主义精神的价值观对“二拍”中的男性形象，尤其是文人形象书写造成的影响。第二部分的分析则主要从明亡前夕社会危机的促迫以及由此造成的正统伦理道德的复归，尤其从正统伦理道德的极端化、绝对化甚至于暴力化倾向这一层面来分析此一阶段的话本小说中何以贞节烈女形象被大量书写的原因所在。也同样是由于紧张时局的促迫，男性气质也由“三言”时期对柔弱的文人气、女子气的推崇转向了对豪侠气、武人气的追模，并促成了话本小说中豪侠型书生的大量涌现，但“女强男弱”这一自“三言”起便已出现的性别搭配模式却并未因此而改变，反而因豪侠型书生的“伪武人气”而得到了进一步的强化。明亡之际男性气质改造上的失败促成了此一时期小说文本中道德女英雄、女豪侠、女才子等种种“女强人”形象的集中出现。本论文亦从“德、才、勇”等“男性特质”的慷慨赐予、两性性别气质的流动，尤其是男性社会的隐蔽心理这一性别角度做了深入研究。

在“清初短篇话本小说研究”这一板块中，论述的重点放在了短篇话本小说中频繁出现的才子佳人题材故事，并将其与同期的才子佳人小说做了必要的横向对比。此一时期才子形象、佳人形象的出现，风流遇合、大团圆、急流引退等情结设计以及“重诗歌、轻时文”“重佳人、轻功名”等价值取向都与清初之际经历了易代伤痛的江南知识分子所特有的内敛、自保、避世等遗民心理有着深刻的联系，但于才子佳人故事中充斥着的浓烈的江南情结中仍时时流露出一种隐蔽而不屈的反抗意味，至于清初短篇话本小说创作之整体则已然呈现出了渐趋保守的价值观、人生观以及在无力改变现实的情况下只好学会接受的淡漠心理。

通过上述四大板块的顺次分析，我们将会看到不同的时期，性别书写在小说文本中都会得到不同的展示，从宋元时期富于异世界色彩的情欲题材到“三言”中的“私情类”故事、“艳遇类”故事，从“二拍”之后的道德化情感“范本”再到清初的才子佳人题材，其所呈现出的各自不同的侧重点都与这一时期特有的时代语境以及由此形成的价值观念有着密切的因果关联。在人物形象塑造上，女性形象中的“淫妇”、大胆言情的世俗女性、贞节烈女、佳人以及包括道德女英雄、女豪侠、女才子在内的种种“女强人”；男性形象中热衷于追模风流的市井子弟、男性气质的文人化、富于女子气的美男子、无赖化、流氓化、市井气的书生、豪侠型书生以及江南才子等形象乃至于“女强男弱”这一性别搭配模式的出现同样与不同时期的时代语境及其影响下的价值观念密切相关。

从这一层面而言，近世短篇话本小说中展现出来的性别书写，无论是两性关系、两性(男性、女性)形象、性别气质(性别气质的变化与性别气质的流动等)、性别搭配模式等实际上都是“被”书写出来的，其在不同阶段的不同展现总是不可避免地受制于这一时期的时代语境以及由此形成的价值观念，其中女性形象的塑造更为被动，在时代语境与价值观念之外尚且要受制于来自于男性社会的某种性别层面上的愿望。尽管其间展现出的性别状态往往确有其一定的现实基础，如明清时期贞节烈女确实大量涌向，清初江南地区女性受教育程度确实普遍提高，但于小说文本中呈现出的性别状态更多地只是出于某种意愿“被”书写出来的而已，或以便为某个理论，如情教论做生动注解、或为了更好地迎合处于某一时代语境下的男性群体之于女性的某种愿望，如明亡前夕对贞节烈女的大量“需求”，清初之际对佳人的“白日梦”式的想象等等。也正是从这一角度出发，笔者并不赞成将近世短篇话本小说中与性别书写有关的相关文本当做这一时期的“史料”，或者说社会学资料以作为当时两性状态研究的直接“证据”，这些“被”书写出来的性别状态并不能必然反映当时社会中两性状态的真实状况，这一点尤其在将性别书写于不同时期的不同变化及其变化的形成原因加以串联后就更能清楚地看出。

# 目　录

## 第一编　话本小说理论研究



## 第二编　道德失序与暴力制约——宋元话本小说研究

## 第三编　情教论与调和性思维——"三言"研究

# 第一编 话本小说理论研究

# 第一章　宋人语境中的“话本”

作为勾栏瓦肆的重要娱乐项目之一，宋代有着相当发达的“说话”伎艺，其家数之多、分类之细、艺人之众、水准之高、人气之旺在灌园耐得翁《都城纪胜》“瓦舍众伎”条、吴自牧《梦粱录》卷二十“小说讲经史”条、周密《武林旧事》卷六“诸色伎艺人”条以及《醉翁谈录》甲集卷一《舌耕叙引》之《小说开辟》等文献中均有生动的反映。[①]但说话伎艺的火爆是否必然意味着话本的同步繁荣呢？

有许多学者习惯于在说话与话本之间建立起某种紧密的联系，如“话本是说话艺术发展到一定阶段的产物。”[②]“说话和话本是相辅相成共同发展的，当说话成为一种伎艺的时候便产生了话本。”[③]简而言之，即话本与说话相伴而生，且同步发展，但笔者认为事实并非如此，或者说并非完全如此。笔者将通过接下来的论证以证明说话与话本之间的关系远没有人们想象中的那样密切。还有学者更将说话与话本直接等同起来，如谭正璧先生在《宋人小说话本名目内容考》引言部分中就曾多次将罗烨《醉翁谈录・舌耕叙引》中所著录的说话名目径直称为“宋人话本”，并认为“这是中国白话系小说最早的分类。”[④]不得不说，这一观点的得出过于武断。事实上，那一百余种故事名目究竟是口头之“话”还是书面之“本”在《醉翁谈录》文本中并不难找到相关证据。如《舌耕叙引》“小说引子”篇尾诗有云，“试开戛玉敲金口，说与东西南北人。”“讲论只凭三寸舌，秤评天下浅和深。”等语；《小说开辟》开篇有言，“夫小说者，……只凭三寸舌，褒贬是非……。”其篇尾诗亦有云，“吐谈万卷曲和诗”“历历从头说细微”。在按具体类别列举小说名目时，行文结构则是“说……，此乃是灵怪之门庭。言……，此乃为烟粉之总龟。论……，此乃为（笔者按：疑应作“谓”）之传奇。言……，此乃谓之公案。论这……，此乃谓朴刀局段。言这……，此谓杆棒之序头。论……，此是神仙之套数。言……，此为妖术之事端。也说……，也说……。说

① 灌园耐得翁．“瓦舍众伎”条［M］//都城纪胜、吴自牧．“小说讲经史”条［M］//梦粱录：卷二十、周密．“诸色伎艺人”条［M］// 武林旧事：卷六分别参见（宋）孟元老等．东京梦华录（外四种）［M］．北京：古典文学出版社，1956：98、313、455；醉翁谈录：甲集卷一．舌耕叙引・小说开辟参见（宋）罗烨．醉翁谈录［M］．北京：古典文学出版社，1957：3—5.

② 胡士莹．话本小说概论［M］．北京：商务印书馆，2011：200.

③ 刘兴汉．对“话本”理论的再审视——兼评增田涉《论“话本”的定义》［J］．社会科学战线・文艺学研究，1996(4).

④ 谭正璧．宋人小说话本名目内容考［M］//话本与古剧．上海：上海古籍出版社，1985：13.

……,论……。新话说……,史书讲……。”即便文中所提及的“曰得词,念得诗,说得话,使得砌”谈的也都是说话艺人的口头表演功力。[①] 凡此种种皆表明《醉翁谈录》“的内容,全是有关说话的叙述,而不是话本的记录,与书目的性质不同。”“篇中所载的一百十七种故事名目,可以认为都是口头的‘话’,却未必是书面的‘本’”,[②]《醉翁谈录》也应被定性为“一本记载宋代说话伎艺和说话资料的专书”,而非想当然的话本小说集。

在明确了《醉翁谈录》所载的一百余种故事名称皆为“说话”名目后,我们就可以将《醉翁谈录》中所著录的“说话”名目与《清平山堂话本》《熊龙峰刊行小说四种》“三言”中与说话名目相对应的同题材话本小说相对照。通过对二者对应关系的考察以探求“说话”与话本的密切程度究竟如何。现列表如下:



**表格:《醉翁谈录》所列“说话”名目与话本小说的对应关系**

<table>
<tr><th colspan="3">与“说话”名目相对应的话本小说</th><th>“说话”名目</th></tr>
<tr><td rowspan="10">三言</td><td rowspan="7">宋话本小说</td><td>《张古老种瓜娶文女》(《喻世明言》第三十三卷)</td><td>种叟神记(神仙类)</td></tr>
<tr><td>《钱舍人题诗燕子楼》(《警世通言》第十卷)</td><td>燕子楼(烟粉类)</td></tr>
<tr><td>《三现身包龙图断冤》(《警世通言》第十三卷)</td><td>三现身(公案类)</td></tr>
<tr><td>《宿香亭张浩遇莺莺》(《警世通言》第二十九卷)</td><td>牡丹亭(传奇类)</td></tr>
<tr><td>《郑节使立功神臂弓》(《醒世恒言》第三十一卷)</td><td>红蜘蛛(灵怪类)</td></tr>
<tr><td>《金明池吴清逢爱爱》“头回”故事(《警世通言》第三十卷)</td><td>崔护觅水(传奇类)</td></tr>
<tr><td>《万秀娘仇报山亭儿》(《警世通言》第三十七卷)</td><td>十条龙、陶铁僧(朴刀类)</td></tr>
<tr><td rowspan="3">明话本小说</td><td>《俞仲举题诗遇上皇》“头回”故事(《警世通言》第六卷)</td><td>卓文君(传奇类)</td></tr>
<tr><td>《张舜美灯宵得丽人》“头回”故事(《喻世明言》第二十三卷)</td><td>鸳鸯灯(传奇类)</td></tr>
<tr><td>《宋四公大闹禁魂张》“头回”故事(《喻世明言》第三十六卷)</td><td>赵正激恼京师(?类)</td></tr>
<tr><td colspan="3">《苏长公章台柳传》(《熊龙峰刊行小说四种》)</td><td>章台柳(传奇类)</td></tr>
<tr><td colspan="3">《杨温拦路虎记》(《清平山堂话本》)</td><td>拦路虎(杆棒类)</td></tr>
</table>

该表以《清平山堂话本》《熊龙峰刊行小说四种》以及“三言”共计151篇的话本小说为考察对象,其中与《醉翁谈录》所列“说话”名目相对应的同题材话本仅有12



① 其中,“‘砌’就是插科打诨开玩笑一类的滑稽话。是我国民间伎艺中由来已久的一种传统特色。这种砌话,是一种短小精悍的独特形式,具有辛辣的讽刺性,也可以是戏剧性。”参见《话本小说概论》第三章《宋代说话的政治倾向和艺术特色》第二节《说话的艺术》三、“使砌”,胡士莹.话本小说概论[M].北京:商务印书馆,2011:114.

② 胡士莹.话本小说概论[M].北京:商务印书馆,2011:301.

篇。这也就是说绝大多数的说话名目其实并不会发展为话本，话本也并不一定会有与之对应的“说话”名目，二者的关系远非人们想象得那样密切。因此，“话本是说话艺术发展到一定阶段的产物”[①]或诸如此类的观点确实有进一步商榷的必要。

那么，“说话”与话本是不是彼此间就毫无关联了呢？当然不是。笔者绝无意于否认二者之间的关联性，但这种关联性的发生绝不是简单地建立在“A发展到一定阶段就会产生B”这样的因果链上。事实上，即便这条因果链真的存在，站在其两端的也更应该是话本与说话人的底本，而非话本与说话。换言之，笔者认为相较于说话，与话本关系更为密切的应该是说话人的底本。

## 第一节　对鲁迅先生“说话人的底本即话本”的分析

有许多学者认为“话本是说话人的底本”这一观点直接导源于鲁迅先生，并在胡士莹先生的界定下形成了明确的概念，即“话本，在严格的、科学的意义上说来，应该是、并且仅仅是说话艺术的底本。”[②]自此以后，几成定论。但事实上，鲁迅先生自己并没有在话本与底本之间建立过如此简单直截的等同关系，查看一下鲁迅先生的原文便可知晓。《中国小说史略》第十二篇“宋之话本”有云：“说话之事，虽在说话人各运匠心，随时生发，而仍有底本以作凭依，是为‘话本’。”[③]从这句原文大致可梳理出如下三点：1.鲁迅先生认为说话人有底本；2.即便有底本，但仍“各运匠心，随时生发”，即说话人场上演出时绝非照本宣科。换言之，底本内容绝非场上演出之全貌；3.底本就是话本。笔者将就此三点加以逐条分析。

### 一、说话人的底本究竟存在与否

首先是说话人底本的有无问题。冯梦龙《喻世明言》序中的相关文字时常为今人学者所举用，并以为是说话人有底本之明证。引文如下：

若通俗演义.不知何昉？按南宋供奉局，有说话人，如今说书之流。其文必通俗。其作者莫可专。泥马倦勒，以太上享天下之养，仁寿清暇，喜阅话本，命内珰日进一帙，当意，则以金钱厚酬。于是内珰辈广求先代奇迹及闾里新闻，倩人敷演进御，以怡天颜。然一览辄置，卒多浮沉内庭，其传布民间者，什不一二耳。[④]

这里所说的“话本”究竟是以什么样态呈现出来的，其文体形式以及语言成熟度是否即如今日所见之以“三言”“二拍”为代表的白话短篇小说呢？笔者以为还是先不要妄加揣测为妙，首先应把握的当是从文字中确确实实透露出来的信息。太上喜

① 胡士莹.话本小说概论[M].北京：商务印书馆，2011：200.
② 胡士莹.话本小说概论[M].北京：商务印书馆，2011：200.
③ 鲁迅.中国小说史略[M]//鲁迅全集：第九卷.北京：人民文学出版社，2005：11.
④ (明)冯梦龙.喻世明言(“序言”)[M].海口：海南出版社，1993.

“阅”话本，然一“览”辄置，这些动词的运用说明由内珰进献的话本应是书面文本，即以写本的形式呈现的。这一推测亦可从量词“帙”的使用上获得证实。“帙”，书衣也。本指盛放帛书的囊袋，后泛指包书、装书用的套子。亦可作量词，书一套、一册、一卷皆可称为一帙。呈现给太上皇的“话本”很可能被套上了精美的书皮、书袋或书盒之类的东西，这也证明了文中所提之“话本”应是以书本、写本这一实体状态存在，而非口头形态。此外，尚能知道的信息是这一写本的形成过程，即在故事素材，即“先代奇迹及闾里新闻”的基础上“敷演”而成。将以上两条信息综合可知，由内珰进献给太上的“话本”应是在一定的原始素材的基础之上加工而成的故事写本，这应该是可以从文字记载中得出的唯一确凿判断，至于就此而断定这一“话本”“只能是故事的底本，这故事底本‘其文必通俗，其作者莫可考’，既可供说话人作底本用，也可供人阅读。”[①]笔者以为还是草率了些，至少从这段文字中，我们并不能找出确凿的证据。

况且这段文字本身的可信度也很值得怀疑，它不过是绿天馆主人(很可能就是冯梦龙)为《喻世明言》这部小说集所做的序言而已，并不是什么可靠的“史料”。小说在古代文人心目中的地位并不高，尽管自中唐起，文学就渐已表现出了世俗化、庶民化的发展趋向，亦有许多文人对小说阅读、小说创作甚至于小说“研究”表现出了愈来愈浓厚的兴趣，但文人的小说观念并没有因之而发生多少实质性的变化。如刘𫗧在《隋唐嘉话》序中曾言，“余自髫丱之年，便多闻往说，不足备之大典，故系之小说之末。”[②]叶梦得在《避暑录话》中有言，“士大夫作小说杂记，所闻见本以为游戏”等等，此类言论，不一而足。钱惟演虽嗜好读书，“平生惟好读书，坐则读经史，卧则读小说，上厕则阅小辞，盖未尝顷刻释卷也。”[③]但对于这位文人来说，“读小说”显然不过是一种消遣而已，与如厕时所阅读的小辞基本上处于同一档次。文人之于小说写作与阅读的态度尚且如此，其小说“研究”所依据的“史料”也多半“出于道听途说，不足征信。”所谓“所见异辞，所闻异辞，所传闻异辞。”(《公羊传》桓公二年)[④]被列入十三经的正统史料尚且如此，更遑论所谓的小说“史料”。

再回到冯梦龙的这条“史料”上。“太上”即宋高宗赵构，但高宗退位后所居之处当为“德寿宫”，周密《武林旧事》卷四“故都宫殿”有“德寿宫”条，题目小注为“孝宗奉亲之所”[⑤]可资为证，而冯梦龙却说是“仁寿宫”。此外，吴自牧《梦粱录》卷八“德寿宫”条记载德寿宫之兴建、变迁极为详细，其中提到了德寿宫曾数次更名，顺次为德寿、康寿、重华、慈福、寿慈，其后“宫室空闲，因而遂废”，但在咸淳年间，将出一半之

---

① 萧欣桥. 话本研究二题[J]. 浙江学刊，2000(5).

② (唐)刘𫗧撰. 隋唐嘉话(“序言”)[M]. 程毅中点校. 北京：中华书局，1979.

③ (宋)欧阳修. 归田录[M]. 北京：中华书局，1981：24.

④ 程毅中. 关于宋元小说研究的若干问题[J]. 文学遗产，1995(5).

⑤ (宋)孟元老等. 东京梦华录(外四种)[M]. 北京：古典文学出版社，1956：392.

地营建道观，遂又改名为“宗阳”。① 在这数次更名中，也并无所谓的“仁寿宫”，不知冯梦龙“仁寿宫”之说所为何据。

再说所谓的“南宋供奉局”。查《宋史》、《续资治通鉴长编》等史料中并无“供奉局”的有关记载，②但宋人笔记如吴自牧《梦粱录》“内诸司(奉安)”条中确有“御前应奉所”，③孟元老《东京梦华录》“外诸司”条亦有“供奉库”，④但不知这里提到的“御前应奉所”“供奉库”是否就是冯梦龙所说的“供奉局”，且笔记中并没有明言“御前应奉所”与“供奉库”的具体职守，故不敢妄加断言。不过，在周密《武林旧事》卷四“乾醇教坊乐部”条所列举的各色艺人中，有些人名之下确实注有“御前”之小字，如“次贴御前”“次贴御前利市头”“守阙御前”“二等守御前”“第三名守阙御前”等⑤，不知这些艺人是否即隶属于“御前应奉所”。如若果真如此，则御前供奉所的职能很可能是为皇帝本人以及皇室成员的娱乐休闲活动提供各种伎艺人的地方，其职能或似唐代的翰林院，但吴自牧《梦粱录》“内诸司(奉安)”条除了“御前应奉所”外，尚有“翰林书艺局”，孟元老《东京梦华录》“内诸司”条亦有“翰林书艺局”，故而，笔者又以为“翰林书艺局”应该是更多地承担了类似于唐代翰林院的职守，以为皇帝的文化生活提供诗、棋、书、画等各类艺术人才，而“御前应奉所”则很可能为皇帝的娱乐需求提供各类伎艺人才，二者各有分工。且周密《武林旧事》卷七确实记有太上曾经“宣押棋待诏并小说人孙奇等十四人下棋两局”，⑥这位“押棋待诏”或隶属于“翰林书艺局”，而作为小说人的孙奇则很可能就隶属于“御前应奉所”。如若果真如此，则冯梦龙所言之“供奉局”或为“御前应奉所”之讹亦未可知。但无论如何，是“供奉局”也好，抑或是“御前应奉所”也罢，南宋时应有专门为皇帝的休闲娱乐生活提供服务的机构这一点是毋庸置疑的。

最后，也是最为重要的一点是，为皇帝提供的娱乐活动究竟是以何种形态呈现的呢？是动态的伎艺形态，还是静态的文本形态呢？落实到冯梦龙所提供的材料中，太上究竟是在听说话，还是在看话本，这是须重点探讨的问题。所幸的是，周密《武林旧事》卷七《乾淳奉亲》为再现太上的日常休闲生活提供了重要的史料信息。据周密《乾淳奉亲》开篇所言，他的这篇文字是在“陈源家所藏《德寿宫起居注》，及吴居父、甘升所编《逢辰》等录”的基础上“参考旁证”而成，虽然“既不能有所次第，亦不

---

① 参见(宋)孟元老等. 东京梦华录(外四种)[M]. 北京：古典文学出版社，1956：193—194.

② 清人黄以周《续资治通鉴长编拾补》第五十卷第十五条倒确实有“德寿宫”的字样出现，该条原文为“御笔：‘后苑造作生活所自元丰置造，及久来置局所合存留外，余本所供奉局合罢归本所，艮嶽官吏等并罢归延福宫。’”参见黄以周等辑注. 续资治通鉴长编拾补[M]. 顾吉辰点校. 北京：中华书局，2004：1564. 注出于《纪事本末》卷百二十八，但查宋人袁枢《通鉴纪事本末》以及明人陈邦瞻《宋史纪事本末》却均无“供奉局”的有关记载，不知黄以周“出于《纪事本末》卷百二十八”之说究竟所据为何。或笔者史料涉猎有限，待查。

③ (宋)孟元老等. 东京梦华录(外四种)[M]. 北京：古典文学出版社，1956：209.

④ (宋)孟元老等. 东京梦华录(外四种)[M]. 北京：古典文学出版社，1956：10.

⑤ (宋)孟元老等. 东京梦华录(外四种)[M]. 北京：古典文学出版社，1956：394—403.

⑥ (宋)孟元老等. 东京梦华录(外四种)[M]. 北京：古典文学出版社，1956：474.

暇文其言”，但作者坚信他的《乾淳奉亲》具有很高的史料价值，且又通俗易懂，便于“世教民彝”，所谓“词贵乎纪实，且使世俗易知云尔。”[①]也正源于此，笔者才将周密《武林旧事》之《乾淳奉亲》作为考察太上日常休闲生活的重要依据。

通过《乾淳奉亲》的记载可知，太上，即宋高宗赵构是一个对包括市井娱乐、民间小吃在内的市井生活特别着迷的人，其中记载太上在宫中之时即“宣索市食，如李婆婆杂菜羹、贺四酪面、脏三猪胰、胡饼、戈家甜食等数种。”[②]而且还于宫苑之中效法西湖的繁盛景象，“效学西湖，铺放珠翠、花朵、玩具、匹帛，及花篮、闹竿、市食等，许从内人关扑。次至球场，看小内侍抛彩球、蹴秋千。又至射厅看百戏，依例宣赐。……亦有小舟数十只，供应杂艺、嘌唱、鼓板、蔬果，与湖中一般。”[③]此外，给人留下深刻印象的是，高宗对民间“伎艺”非常感兴趣，经常“看百戏，依例宣赐”，有一次因“值雨不呈百戏”，但仍“依例支赐”，似乎只要天公作美，高宗是天天离不了百戏伎艺的。在淳熙十年八月十八日，高宗还出宫去看百戏表演，“又有踏混木、水傀儡、水百戏、撮弄等，各呈伎艺，并有支赐”，且“喜见颜色”，很是开心。[④] 对民间伎艺的热衷并不仅止于皇帝本人，孝宗妃子刘婉容还曾向太后进献过两位女童，“能琴阮、下棋、写字、画竹、背诵古文”，并让她们各呈伎艺。[⑤] 由此可见，皇帝本人以及其他皇室成员对以动态形态呈现的诸种伎艺表演是十分感兴趣的。落实到我们所要讨论的说话上，南宋之时正是宋代说话伎艺发展的繁盛期，这一点只要将南宋临安勾栏瓦舍的数量与北宋汴京的相比较即可明了。在这样一种热闹喧腾的市井氛围下，酷爱民间伎艺的高宗皇帝不将说话艺人召到宫中听个痛快，而是默默地捧着一本书静静地阅读，笔者认为这实在难以想象，且不合情理。再说，宋白话话本的语言水准又能达到什么程度呢？元刊本《红白蜘蛛》的发现让许多学者都对此产生了深深的怀疑，当然，这是一个十分复杂的问题，笔者先不妄加谈论，且留在下文作专门论述。这里，只是想先交代的是不宜过高估计宋话本的语言水准，那很有可能是一种文白夹杂、或甚于文理不通的东西。高宗皇帝愿意为之而放弃观看能使“席上风生”“坐间星拱”[⑥]的说话表演，笔者认为实难想象。

通过对以上三点，即“仁寿宫”“供奉局”，尤其是对所谓“话本”的呈现方式的考察，笔者认为冯梦龙的《喻世明言》序是极有问题的。不可否认的是，冯梦龙确实对包括小说在内的通俗文学抱有极大的热情，也确实为通俗小说的收集、整理做出了贡献，他的有关言论也因此常常被今人当做小说研究的重要“史料”，但他的治学态

① (宋)孟元老等.东京梦华录(外四种)[M].北京:古典文学出版社,1956:467.
② (宋)孟元老等.东京梦华录(外四种)[M].北京:古典文学出版社,1956:471.
③ (宋)孟元老等.东京梦华录(外四种)[M].北京:古典文学出版社,1956:467.
④ (宋)孟元老等.东京梦华录(外四种)[M].北京:古典文学出版社,1956:475—476.
⑤ (宋)孟元老等.东京梦华录(外四种)[M].北京:古典文学出版社,1956:468.
⑥ (宋)罗烨.醉翁谈录[M].北京:古典文学出版社,1957:3.

度，至少是治小说的态度似乎并不严谨。对此，已有学者提出了质疑，并结合具体例证证明了冯梦龙有伪造古籍的重大嫌疑。[①] “如果只根据一条并不过硬的孤证或关系很远的旁证，就匆忙作出肯定或否定的结论，恐怕是很危险的。”[②]仅根据冯梦龙的这篇疑点重生的文字就断言高宗当年是在读话本而非听说话，且进一步又推断出该话本只能是说话人的底本，笔者认为实在是太过武断了。

此外，当我们将冯氏的这篇文字与明嘉靖朝人郎瑛《七修类稿》卷二十二“辩证类”之“小说”条的文字相对照，就会发现两者在记述上有重大不同。引文如下：

小说起宋仁宗朝，盖时太平盛久，国家闲暇，日欲进一奇怪之事以娱之，故小说得胜头回之后，即云话说赵宋某年。闾阎淘真之本起，亦曰：“太祖太宗真宗帝，四帝仁宗有道君”，国初瞿存斋《过汴》之诗有“陌头盲女无愁恨，能拨琵琶说赵家。”皆指宋也。[③]

将冯氏的《喻世明言》序与郎瑛的这段文字相对比就会发现，冯氏所言为南宋高宗时，而郎瑛所言为北宋仁宗时；冯氏所言为进献并阅读书面形式的话本，而郎瑛则显然认为皇帝是在听口头表演的伎艺性故事。换言之，这两个同为明人所写的文字彼此之间是相互矛盾的。程毅中先生有言，“史实是客观存在，但又只能依据史料才能了解史实的基本面貌。……当然，史料并不等于史实，史料残缺不全，或相互矛盾，必须经过分析和考辨，才能得到比较接近实际的结论。”[④]笔者深表赞同，落实到我们最初提出的问题上，笔者想再次重申的是仅就冯梦龙的《喻世明言》序就得出高宗是在阅读话本，且其所阅读的话本即说话人之底本的观点是完全站不住脚的。但这并不等于说笔者就会认为话本与底本之间完全没有关系，笔者只是想说观点的得出应站在更为扎实、可靠的论据之上，而并不是要根本否认这一观点存在的可能性。

明确了这一点后，让我们再来接着进一步地探讨说话人究竟有无底本的问题。南宋徐梦莘《三朝北盟会编》(卷一百四十九)中有条记载很值得注意，这条记载亦常为学者所引用。引文如下：

先是，杜充守建康时，有秉义郎赵祥者监水门，金人渡江，邵青聚众，而祥为青所得，青受招安，祥始得脱身归，乃依于内侍纲。纲善小说，上喜听之。纲思得新事编小说，乃令祥具说青自聚众已后踪迹，并其徒党忠诈及强弱战斗之将，本末甚详。编缀次序，侍上则说之。故上知青可用而喜单德忠之忠义。[⑤]

萧欣桥先生与程毅中先生都据此条文献得出了同样的结论，萧欣桥先生认为，

---

① 具体论证参见章培恒.关于现存的所谓“宋话本”[J].上海大学学报(社会科学版)，1996(1).

② 程毅中.关于宋元小说研究的若干问题[J].文学遗产，1995(5).

③ (明)郎瑛.七修类稿[M].上海：上海书店出版社，2001：229.

④ 程毅中.关于宋元小说研究的若干问题[J].文学遗产，1995(5).

⑤ (宋)徐梦莘.三朝北盟会编(影印本)[M].上海：上海古籍出版社，1987：1084.

“宋代说话有底本参照是不容置疑的。”[①]程毅中先生亦认为“说话人曾有底本是无可怀疑的。”[②]笔者对此极为赞同。内侍纲显然扮演了宫廷说话人的角色,赵祥则是故事素材的提供者,为内侍纲提供了“本末甚详”的原始资料。此外,尚有一点可以明确的是,内侍纲并非将从赵祥那里听来的故事原封不动地“复制”(亦可能是复述)给皇帝听,显然,他做了初步的加工,即“编缀次序”,但有没有就此再做一些文字上的润色、情节上的增补则不得而知。这是一个在原始故事素材的基础上经过了“说话人”初步加工后形成的写本。且这一写本显然是为内侍纲自己所用,而非拿给皇帝看,《三朝北盟会编》中交代得十分清楚,“纲善小说,上喜听之。……侍上则说之。”那么,这一为说话人自己所用的写本就其性质而言应该就是说话人的“底本”。

此外,尚有一例可证明说话人是有底本的,即吴自牧《梦梁录》卷二十“小说讲经史”条,现引用如下:

> 讲史书者,谓讲说通鉴、汉、唐历代书史文传,兴废争战之事,有……;又有王六大夫,元系御前供话,……于咸淳年间,敷演《复华篇》及《中兴名将传》,听者纷纷,盖讲得字真不俗,记问渊源甚广耳。但最畏小说人,盖小说者,能讲一朝一代故事,顷刻间捏合,……。[③]

须注意的是,这条文字与灌圃耐得翁《都城纪胜》“瓦舍众伎”条颇为相似,在此不妨将二者加以简单地对照。南宋灌圃耐得翁《都城纪胜》“瓦舍众伎”条引文如下:

> 讲史书,讲说前代书史文传,兴废争战之事。最畏小说人,盖小说者,能以一朝一代故事顷刻间提破。[④]

两相对照就会发现,这两条文字开头都是在解释何为“讲史”,结尾又都落在了对小说人能将一朝一代之事“顷刻间捏合(或提破)”这一说话伎艺的赞美上。只是吴自牧《梦梁录》引文的中间多出了一个“王六大夫”事,显然这个王六大夫是被吴自牧用来做例证的,以证明说话人伎艺之纯熟究竟到了何种地步。这位“王六大夫”是一位“御前供话”,即为皇帝提供说话表演的艺人。这是一位讲史家,其说话内容是在《复华篇》《中兴名将传》等已有故事文本的基础上敷演而成。那么,《复华篇》《中兴名将传》对于这位讲史家来说,即应是其可凭依的底本,但说话人显然并非照本宣科,其场上实况讲说的内容当是在底本的基础之上发挥,即敷演后的成果。

不过,有一点须明确的是,以上所论及的两个例证,即内侍纲与王六大夫虽然皆可证明说话人确有底本可资利用,但此二人的底本情况其实是不一样的。就内侍纲

---

① 萧欣桥.话本研究二题[J].浙江学刊,2000(5).

② 参见《清平山堂话本校注》(“前言”),(明)洪楩辑.清平山堂话本校注[M].程毅中校注.北京:中华书局,2012.

③ (宋)孟元老等.东京梦华录(外四种)[M].北京:古典文学出版社,1956:313.其中,“王六大夫所讲的《中兴名将传》,应该就是《中兴名将传》所说的‘新话说张、韩、刘、岳’之类。至于《复华篇》,据孙楷第先生考证,‘当作《福华篇》,乃贾似道门客廖莹中作,以谀似道援鄂之功。’”参见程毅中.宋元小说研究[M].南京:江苏古籍出版社,1998:261.

④ (宋)孟元老等.东京梦华录(外四种)[M].北京:古典文学出版社,1956:98.

而言，他可以说是在口头故事的基础之上自编写本并将此作为底本；而对于王六大夫来说，现有的小说文本《复华篇》《中兴名将传》基本上就可作为其说话的底本，王六大夫基本上没有必要再自编一个写本。这也从一个侧面说明了宋说话人底本的来源情况以及底本的存在样态其实是颇为复杂的。

事实上，有些说话故事甚至很可能直接在口头故事（口头故事往往以社会传闻的样态存在）的基础上直接敷演成可供说话表演的伎艺性故事，而没有，或者说基本上没有经过写本阶段，无论是自编写本，还是现成写本。如“郑意娘”的流传即大致如此。“郑意娘”故事的文字版最早见于洪迈《夷坚丁志》卷九，其结尾写韩师厚之死只用了一句，即“韩愧怖得病，知不可免，不数日卒。”[①]而这一极为简略的结尾在太学生沈氏[②]所编写的志怪小说集《鬼董》中却被敷演出了两千余字，结尾部分详细地讲述了韩师厚的亡妻郑意娘是如何在一片黑雾中从水中升起，“蓬首被血”地向韩师厚索命的，而同时生起于水中的绿袍丈夫，即韩师厚后娶妻子刘氏的前夫又是如何“乘马”，“舒臂丈余”，将刘氏拖入水中的。在小说的结尾，太学生沈氏还不由得对洪迈小小地抱怨了一下，“《夷坚丁志》载《太原意娘》，正此一事，……按此新奇而怪，全在再娶一节，而洪公不详知，故复载之，以补《夷坚》之阙。”从他的“嘟囔”中可以看得出来，他很为自己能为大学者洪迈的原故事添补上这么一个“新奇而怪”的结尾而沾沾自喜。从他那颇为得意的口吻也可大致推测出这个富有庶民趣味与神怪色彩的结尾应该是在其所编写的《鬼董》中首次形成文字。换言之，在这之前，这个新版本的故事很可能是没有写本存在的。

那么，这两千余字的结尾究竟从何而来？如果不是沈氏自编的话，就很有可能是从民间说话艺人那里直接听来的。如果是后者的话，那就说明说话人是很有可能在完全没有现成文本的情况下，以丰富的想象力与创造力将符合庶民意趣的结尾敷演出来。至于说话艺人自己有没有将其敷演出来的结尾整理成文字版则不得而知，至少太学生沈氏应该没有看到，否则他也不会那样地得意。洪迈应该也没有看到，否则他应该会把韩师厚夫妻分别被前夫、前妻索命的结尾转化成简洁的文言写出来。不过，亦可能是因为说话人的底本基本上都是秘不外传的，故而未能公开流传，这种可能性也不能说不存在。

有资料证明说话人有时是完全没有底本的，或更为确切地说是没有文字版底本的。有一些研究者“从咨询当代评书演员和曲艺专家入手，了解到现代说书艺人主

① （宋）洪迈．夷坚志［M］．北京：中华书局，1981：609．

② 志怪小说集《鬼董》著录于《前顷堂书目》小说类，题关汉卿撰。程毅中先生据铅印本《鬼董狐》书后元泰丙寅（1326）临安钱孚所作的跋为证，认为该书即便就是跋中提及的“关解元”所作，但关解元也未必就一定是关汉卿，且其中提及的“太学生沈”四字并无上下文，亦不能断定沈氏即为编者。具体论证参见程毅中．宋元小说研究［M］．南京：江苏古籍出版社，1998：153．李剑国先生则在钱孚跋的基础上，又参以小说中作者自述以为内证，认为《鬼董》作者当为太学生沈氏。具体考证参见李剑国．宋代志怪传奇叙录［M］．天津：南开大学出版社，1997：372—373．笔者从李剑国先生之观点。

要用口传心授的方法带徒弟。徒弟未说书之前必须听书，并且接受师傅的指点。不识字的徒弟无法作笔记，全凭脑子记忆，识字的徒弟在听书之后，把师傅所讲的内容扼要地记下来，作为秘本保存。师傅也往往把自己的秘本传给徒弟。如果说书艺人有底本以作凭依的话，那么这种秘本就是底本。”[①]这里，实际上提到了两种形态的底本，一种以书面文字形态存在，即秘本，而另一种则存在于说话人的脑海之中，是非文字形态的。这些非文字形态的“底本”也是底本，说话人既可凭依，又可据此发挥。尽管此种脑海中的底本并未以文字的形态呈现出来，但不能就此认为此种底本就不是底本，底本并不一定非要以写本这样的实体形态存在的。不识字的说话人以及瞽目艺人就不用、不需要底本，这样的判断是不合实际的。正因为如此，有的观点，如“‘说话’作为伎艺，历来口耳相传、师承延续，直到解放初期也如此，因而‘说话’有无底本在伎艺里不占有重要位置。”[②]笔者并不赞同，“口耳相传、师承延续”的非实体底本也是底本，并不能因为底本样态的不同就否定底本本身的存在。

总之，宋说话人的底本情况是非常复杂的，我们可以大体确定地是，宋说话人是有底本的，这应该是一个具有相当普遍性的结论；底本一般是以文字的形态呈现的，但非文字形态的底本亦有存在之可能；底本的来源与存在样态十分复杂，说话人可能有自编底本，也可能在现有小说文本的基础上提炼出纲要以充当底本，还可能以社会传闻为据直接敷演而没有经过文字写本的阶段。总之，宋说话人应是有底本的，但底本情况十分复杂。笔者将会在下文中就宋说话人底本之情况加以详细考证，目前这还仅仅是一个概述而已。

### 二、说话人的底本是否就是话本

鲁迅先生肯定了底本的存在，并认为说话人以底本为“凭依”，在此基础上又“各运匠心，随时生发”。换言之，底本与话本并不能等然视之。底本一般仅为说话人提供故事梗概以及一些基本信息，说话人则可在底本的基础上充分发挥。因此，并不能将底本内容直接等同于说话人的场上表演实况。后者确以底本为基础，但在经过了说话人的敷演、生发后，其内容要远比底本更为丰赡、更为生动。宋人郑樵曾有言，“又如稗官之流，其理只在唇舌间，而其事亦有记载。虞舜之父，杞梁之妻，于经传所言者数十言耳，彼则演成万千言。”[③]显然，说话人的场上说话绝非照本宣科式的文本背诵。对此，笔者深表赞同。但接下来的“是为‘话本’”这一句的加入却让原本明朗的意思变得令人困惑起来，我们完全可以将鲁迅先生的原话理解为“（作凭依）的底本是为‘话本’。”应该说，这个理解是没有错误的，但如此一来，“底本”与“话本”这两个概念便被无差别地混同起来。

---

① 萧欣桥．话本研究二题[J]．浙江学刊，2000(5)．

② 参见许并生．“话本”词义的演变及其与白话小说关系考论[J]．明清小说研究，2004(2)．

③ （宋）郑樵撰．通志二十略[M]．王树民点校．北京：中华书局，1987：911．

有一些学者辩称鲁迅先生根本就没有说过这样的话，其原意并非如此，“话本是说话人的底本”这一观点的产生充其量不过是因鲁迅先生未能表述清楚而引发的误解，但笔者并不这样认为。如果说鲁迅先生在《中国小说史略》第十二篇《宋之话本》中所言的“说话之事，虽在说话人各运匠心，随时生发，而仍有底本以作凭依，是为‘话本’”一句仅为孤证，尚不足以证明鲁迅先生确有“底本即话本”之观点的话，那么，鲁迅先生其后在《中国小说的历史的变迁》第四讲《宋人之‘说话’及其影响》中对“话本”的再度解释便足以否定这一看法，其言为“那时操这种职业的人，叫做‘说话人’。而且他们也有组织的团体，叫做‘雄辩社’。他们也编有一种书，以作说话时之凭依、发挥，这书名叫‘话本’。”这已经说得非常明白了。将两处论述相结合，便可知鲁迅确实认为说话时可供凭依、发挥的书（底本）即“话本”，亦即“底本即话本”，这一理解是没有错误的。

现今有许多论者对“说话人的底本即话本”这一观点产生了严重质疑，这一质疑的产生应源起于日本学者增田涉发表的论文《论“话本”一词的定义》。该论文于1965年在《人文研究》（十六卷，五号）发表，于1981年被翻译成中文并收录于台北联经出版事业公司出版的《中国古典小说研究专集》，直至1988年被江苏古籍出版社出版的《古典文学知识》转载后才被介绍给大陆学者。在这篇论文中，增田涉提出的中心论点就是“‘话本’一词根本没有‘底本’的意思。”[①]自此以后，围绕着话本与底本究竟是不是一回事的激烈论争在话本小说研究领域中就一直没有停歇过。笔者曾对与之相关的论文做过集中研究，深感这一论争领域有如泥潭般深不可测，一旦介入，颇有无法自拔之危。但厘清话本与底本二者之间的关系对于解决话本小说，尤其是宋元话本小说的存在样态与题材来源问题具有重要的前导性意义。因此，这又是一个无法回避的问题。故而，笔者采取的思路是尽量从鲁迅言论所引发的纷争中超脱出来，直接上溯到宋人语境中以探“话本”一词在宋小说文本中的实际应用情况究竟如何，庶几能探究出“话本”之原始面目。



## 第二节 “话”“话文”“故事”与“话本”：宋人语境中“话本”一词的使用频率与原始内涵

笔者对《清平山堂话本》《熊龙峰刊行小说四种》以及“三言”所有篇目中的“话本”一词及与之有关的“话文”“小说”“故事”“说话”等词的使用情况进行了细致的梳理。统计情况如下：

在《清平山堂话本》共计27篇小说中，“话本”一词仅出现过三次，且均是以“话本说彻，且（权）作散场”这一说话人套语形式出现，见于《简帖和尚》《合同文字记》

---

① 转引自萧欣桥．关于“话本”定义的思考——评增田涉《论“话本”的定义》[J]．明清小说研究，1990(3)．

《陈巡检梅岭失妻记》。在《熊龙峰刊行小说四种》中，“话本”一词出现过两次，其中一次仍以“话本说彻，权作散场”的说话人套语形式出现，见于《张生彩鸾灯传》，而另一次则出现在《孔淑芳只鱼扇坠传》中，即“岂被王魁而负桂英，作万载风流之话本。”在“三言”共计120篇小说中，“话本”仅使用过八次。示例如下：

1.这话本是京师老郎流传。(《喻世明言》第十四卷《陈希夷四辞朝命》)

2.有分教才人把笔，编成一本风流话本。(《警世通言》第二十八卷《白娘子永镇雷峰塔》)

3.这话本也出在本朝宣德年间，……(《醒世恒言》第十卷《刘小官雌雄兄弟》)

4.这两世相逢，古今罕有，至今流传做话本。(《喻世明言》第三十卷《明悟禅师赶五戒》)

5.这段话本叫做《汪信之一死救全家》。(《喻世明言》第三十九卷《汪信之一死救全家》)

6.这段话本，则唤做《新罗白鹞》、《定山三怪》。(《警世通言》第十九卷《崔衙内白鹞招妖》)

7.今日说一段话本，正与王奉相反，唤做《两县令竞义婚孤女》。(《醒世恒言》第一卷《两县令竞义婚孤女》)

8.许宣……吃了一惊，不在姐夫姐姐面前说这话本，只得任他埋怨了一场。(《警世通言》第二十八卷《白娘子永镇雷峰塔》)

除却“话本说彻，权作散场”这一说话人套语的重复使用外，可知，在《清平山堂话本》、《熊龙峰刊行小说四种》以及“三言”共计151篇小说中，“话本”一词仅出现过九次。且最后一例，“即许宣……吃了一惊，不在姐夫姐姐面前说这话本，只得任他埋怨了一场”中的“话本”一词所指应为一般性故事，与说话艺人所讲唱的伎艺性故事无关。那么，“话本”一词在151篇小说中的实际出现次数就仅为八次。由此可见，在宋元明话本小说中，“话本”的使用频率是相当低的。

相较于“话本”一词的低存在感，在小说文本中被广泛使用的实为“话”，其次为“故事”，再其次为“话文”“小说”。诸如“话说”“且如说……”“你说(那)……”“则今且说个……”“话中单表……”“单说……”“话里且说”“不在话下”“话分两头，却说……”“闲话休题(话休絮烦)，再(且)说……”“当夜无话”“饮酒无话”“此是后话”“看官们牢记下这个话头，待下回表白。且说……”等等，已然成为说话人的习语。这些单独使用的“话”均指故事。

“故事”一词在“三言”中大量出现，如“听在下再说一件故事，也出在宋朝。”(《醒世恒言》第二十八卷《吴衙内邻舟赴约》)“如今在下再说个先忧后乐的故事。”(《警世通言》第十七卷《钝秀才一朝交泰》)等等，其所指均为说话人讲唱的伎艺性故事，用法同“话”。“三言”在叙述故事时还有一个特点，即“自报题目”。由于时间的一维性与录音设备的缺乏，当年说话艺人场上演出时是否有自报题目这一环节已无从知晓。在《清平山堂话本》《熊龙峰刊行小说四种》中收录的那些更具早期风貌的小说文本中，也并没有出现自报家门之类的文字。这或许是出于行文便利的自造，或许是冯氏之于“说话”演出程式的揣测与还原，不得而知。总之，在自报家门的文字中，冯氏使用的都是“故事”一词，而非“话本”。如：

1.则今听我说“义还原配”这节故事，却也十分难得。(《喻世明言》第九卷《裴晋公义还原配》)

2.因在下今日，要说一桩“风送滕王阁”的故事。(《喻世明言》第四十卷《马当神风送滕王阁》)

3.则今说一节故事，叫做“杨八老越国奇逢”。(《喻世明言》第十八卷《杨八老越国奇逢》)

4.则看他《千里送京娘》这节故事便知。(《警世通言》第二十一卷《赵太祖千里送京娘》)

5.如今在下说一节国朝的故事，乃是“滕县尹鬼断家私”。(《喻世明言》第十卷《滕大尹鬼断家私》)

6.如今再说一件故事，叫做《王娇鸾百年长恨》。(《警世通言》第三十四卷《王娇鸾百年长恨》)

7.今日听在下说一桩意外姻缘的故事，唤做“乔太守乱点鸳鸯谱”。(《醒世恒言》第八卷《乔太守乱点鸳鸯谱》)

8.如今再说个诱引寡妇失节的，却好与玉通禅师的故事做一对儿。(《警世通言》第三十五卷《况太守断死孩儿》)

诸如此类，不胜枚举。以上诸例中的“故事”一词所指显然为说话人讲唱的伎艺性故事，意同于话、话本。除“故事”外，“话文”一词亦常用来指代伎艺性故事。在下面这些例子中，“故事”与“话本”以及“话文”“话”之间同义互文的情况更加明显。

1.今日说一段话本，正与王奉相反，唤做《两县令竞义婚孤女》。这桩故事，出在梁、唐、晋、汉、周五代之季。(《醒世恒言》第一卷《两县令竞义婚孤女》)

2.这段话文，叫做“三生相会”。如今再说个两世相逢的故事，乃是《明悟禅师赶五戒》，又说是《佛印长老度东坡》。(《喻世明言》第三十卷《明悟禅师赶五戒》)

3.只为自家要说那《三孝廉让产立高名》。这段话文……，听著在下讲这节故事，都要学好起来。(《醒世恒言》第二卷《三孝廉让产立高名》)

4.还有一段《灌园叟晚逢仙女》的故事，待小子说与列位看官们听。……你道这段话文出在哪个朝代？何处地方？(《醒世恒言》第四卷《灌园叟晚逢仙女》)

5.若有别桩希奇故事，异样话文，再讲回出来。(《喻世恒言》第三十五卷《徐老仆义愤成家》)

6.念了这四句诗，次第敷演正传，乃是“庄子叹骷髅”一段话文，又是道家故事，正合了李清之意。(《喻世明言》三十八卷《李道人独步云门》)

7. 如今说一件故事，……这话文出在何处？(《喻世明言》第三十九卷《汪大尹火焚宝莲寺》)

8. 方才说吕洞宾的故事，……如今听在下说这一文钱小小的故事。……这段话叫做《一文钱小隙造奇冤》。(《醒世恒言》第三十四卷《一文钱小隙造奇冤》)

9. 如今我又说一桩故事，也是个有名才子，只为一首词上误了功名，终身坎凛，后来颠到(倒)成了风流佳话。(《喻世明言》第十二卷《众名姬春风吊柳七》)

冯氏将“故事”与“话本”“话文”“话”等词加以对称使用的现象颇值得注意，其本身就说明了在冯氏看来，“话本”“话文”“话”的含义就是故事，而“故事”也正是“话本”一词实际应用于小说文本时的含义所在。此外，我们又可以看到，由于“三言”中话本一词所具有的伎艺性故事之含义已被诸如“故事”“话文”“话”以及“说话”“佳话”“美谈”“事”“话柄”“平(评)话”[①]等词所分担、继承，这些词因而得以在话本小说中被频繁使用，而“话本”一词反倒少人问津，大有被“取代”之势。在“故事”“话文”等后起之秀被广泛使用的同时，原本在宋元旧本中就颇受冷落的“话本”一词愈发地降低了其存在的必要性。



在分析完“话本”一词在宋元明小说文本中的使用频率后，我们再来分析“话本”一词在小说文本中显示出来的内涵，“话本”示例中的3—7可解为“故事”，而1、2的情况则稍稍复杂，当然可以作“故事”解，但解释为“底本”亦未尝不可，因为这两处例子分别提到了“京师老郎”与“才人”，[②]一为伎艺精湛、德高望重的前辈艺人，一为职业或半职业的书会才人。无论是一线艺人还是幕后写手，他们所使用或编写的很有可能就是为说话人所凭依的底本。且既然是底本，则很可能就是以“文本”“写本”等文字形式出现的，正如鲁迅先生所言是为“一种书”。这种从口头形态之“话”到文字形态之“话本”的发展变化，恰恰在“话本”之“本”中得到了提示。

有论者认为“话本”之“本”当为“本末”之意，“话本”则为“偏正词组”，意为“故事本末”。[③] 亦有论者认为“话本”之“本”应解释为“根据”，所谓“话本”即“故事的根据”“故事的材料”。这一观点由日人学者增田涉首提，并得到了一些中国学者的响应。

① 相关例证如“变成一本风流说话”(《喻世明言》第三卷《新桥市韩五卖春情》)“闻得老郎们相传的说话”(《喻世明言》第二卷《陈御史巧勘金钗钿》)“后来做出花锦般一段说话”(《醒世恒言》第九卷《陈多寿生死夫妻》)“只为严嵩父子恃宠贪虐，罪恶如山，引出一个忠臣来，做出一段奇奇怪怪的事迹，留下一段轰轰烈烈的话柄。”(《喻世明言》第四十卷《沈小霞相会出师表》)“直到如今，做几回花锦似话说。”(《喻世明言》第十四卷《陈希夷四辞朝命》)“至今青楼传为佳话”(《喻世明言》第十七卷《单符郎全州佳偶》“一床锦被遮盖了，至今河南府传作佳话……”(《喻世明言》第四卷《闲云庵阮三偿冤债》)“一床锦被遮盖，风月场中反为美谈。”(《醒世恒言》第三卷《卖油郎独占花魁》)“只为这元宵佳节，处处观灯，家家取乐，引出一段风流的事来。”(《喻世明言》第四卷《闲云庵阮三偿冤债》)等。

② “老郎”是“属于‘雄辩社’等组织的职业艺人。但也不是一般艺人的称呼，是名位高、年辈长并有精湛伎艺和学问者的专称。‘京师老郎’，则是南宋临安说话人对汴京前辈艺人的称呼。”“才人”即“书会先生”，是“书会中编写话本的成员。才人不但编写话本，也编写剧本和其他伎艺脚本。”参见胡士莹. 话本小说概论[M]. 北京：商务印书馆，2011：92—93、97.

③ 参见周文. “正本清源”看“话本”——再论“话本”之含义[J]. 湖北科技学院学报，2012(11).

如萧欣桥先生就认为"'话本'指的乃是'说话之本',或说'说话的根据',或如增田涉所说,是指'说话的材料'。"并进而认为,"这是'话本'最早、最原始的本义。"通过以上对宋人语境中"话本"之"本"意的考察,我们可以清楚地看到之所以从"话"演化出了"话本",更多地只是表明了随着"写本"的出现,说话由单纯的口传文学向着书面文学拓展这样一种发展趋向,"本"所体现的正是写本、文本之意。至于增田涉所例举的"灯前月下逢五百年欢喜冤家,世上民间作千万人风流话本。"([明]瞿佑《剪灯新话·牡丹灯记》)以及萧先生所例举的"作万载风流之话本"中的"话本"虽可解释为"话柄",即"故事的材料""故事的依据",但那也仅仅为后起之意,且并非是唯一解释。即便将"风流之话本"解释为"风流的故事",又有何不可呢?更为重要的是,所谓"故事的依据""故事的材料"之类的理解之所以产生,就是因为对"话本"之"本"意理解不清,进而将其解释为"依据""根本"而造成的。如此一来,底本、故事素材也就顺理成章地成了话本的应有之义,底本、故事素材、话本三者完全被混淆起来,而我们知道话本与底本并非截然等同,底本与故事素材亦是如此。在话本与底本究竟是不是一回事的论争中,话本与底本二者间的关系就已是纠缠不清了,完全没有必要再把故事素材掺和进来,这样只会让原本就认识不清的问题变得更加混乱。

跳出无谓的纷争而直接上溯于宋人语境中的宋人文本才是最为明智的解决之道。因此笔者认为相较于所谓的"本末""根本",将"本"解释为"文本",将"话本"解释为"故事文本"更符合宋人实际,这才是"话本"之本意所在。

除了作名词外,"本"字亦常作为量词使用,如"有分教才人把笔,编成一本风流话本。"(《警世通言》第二十八卷《白娘子永镇雷峰塔》)"变成一本风流说话"(《喻世明言》第三卷《新桥市韩五卖春情》)"只因这封简帖儿,变出一本跷蹊作怪的小说来。"(《喻世明言》第三十五卷《简帖僧巧骗皇甫妻》)有论者将"本"解释为"则",[①]"一本话本"即"一则故事",大谬。之所以以"本"为量词,正是因为宋人小说在当时基本上都是以单篇独立的单行本形式出现,一本即一篇。这一点在《熊龙峰四种小说》(《熊龙峰刊行小说四种》)之《出版说明》中曾明确提及。其中这样写道,"日本内阁文库另藏有平话单行本四种,即本书所刊行的四种短篇话本。"即《冯伯玉风月相思小说》《孔淑芳双鱼扇坠传》《苏长公章台柳传》《张生彩鸾灯传》都是"四册单行独立的小本子"。此外,在"本书的介绍"部分又写到"在明晁瑮《宝文堂书目》子杂类中,不仅记有单本的《风月相思》《失记章台柳》《孔淑芳记》《彩鸾灯记》,外还记着许多单本的题名。在现存的《清平山堂》等集子里看得到的,像《五戒禅师私红莲》《快嘴李翠莲》《简帖和尚》《范张鸡黍死生交》《洛阳三怪》《陈巡检梅岭失妻》《冯唐直谏汉文帝》《李广世号飞将军》等等,记载时并不集在一起而是分散记着的,从这种情况看

① 参见增田涉.论"话本"的定义[J].(转引自刘兴汉.对"话本"理论的再审视——兼评增田涉《论"话本"的定义》[J].社会科学战线·文艺学研究,1996(4).)

来，这许多篇目，最初也确是出过一篇一个本子的。”[①]程毅中先生亦就《清平山堂话本》中的篇目情况谈到，“晁瑮《宝文堂书目》子杂类只著录了《随航集》一种，下注十种。其余都是散录单篇，像是早已单本流传，或者可能还是洪楩汇刻之前的旧本。”[②]

由此可见，《熊龙峰四种小说》(《熊龙峰刊行小说四种》)、《清平山堂话本》中的许多小说最初都是以单篇刊行的单行本形式出现的，这种情况亦应普遍存在于宋人小说之中。正因为如此，以“本”的形式出现的“话”才既可称为“话本”，亦可称为“一本话”。虽仅一字，但却确凿地反映了“话”确实具有落实于文字上的书面形态，而并非仅仅以口头形态口耳流传。[③] 不过也正因为如此，有时很难判断“话本”一词究竟意指何种形态。如“有分教才人把笔，编成一本风流话本”(《警世通言》第二十八卷《白娘子永镇雷峰塔》)中的“话本”可明确地判定为书面形态的文本、写本，而“至今流传做话本”(《喻世明言》第三十卷《明悟禅师赶五戒》)中的“话本”则很难断定其形态，或以文字形态流传，但亦不能排除虽有写本，却仍以口耳相传为主的情况。即便是流传自京师老郎的故事，其流传形态也很难断定，在“尝闻得老郎们传说，当初有个贵人，……”(《醒世恒言》第十七卷《张孝基陈留认舅》)一例中，从“传说”一词可见这个“当初有个贵人”的故事应以口耳相传的口头方式传播，而在“原系京师老郎传流，至今编入野史”(《醒世恒言》第十三卷《勘皮靴单证二郎神》)一例中则极有可能已经形成了书面文本。

尽管对不同例证中所说的话本的具体形态进行辨析颇让人头疼，但笔者认为除非确有辨析的必要，否则大可不必在某一例证中的“话本”究竟是指口头说话还是指书面写本这一问题上太过纠结。有充分的证据表明，虽然“话本”一词之本意为书面文字的“故事写本”，但在具体应用的过程中已然被极大地泛化，除了故事写本的本意之外，口头的说话表演，甚至于非伎艺性的一般故事等含义也都被包括了进来。如下例所示：

1. 有分教才人把笔，编成一本风流话本。(《警世通言》第二十八卷《白娘子永镇雷峰塔》)

2. 今日说一段话本，正与王奉相反，唤做“两县令竞义婚孤女”。(《醒世恒言》第一卷《两县令竞义婚孤女》)

3. 这话本是京师老郎流传。(《喻世明言》第十四卷《陈希夷四辞朝命》)

4. 许宣见了，目睁口呆，吃了一惊，不在姐夫姐姐面前说这话本，只得任他埋怨了一场。(《警世通言》第二十八卷《白娘子永镇雷峰塔》)

---

① (明)熊龙峰刊行. 熊龙峰四种小说(“本书的介绍”)[M]. 王古鲁、蒐録校注. 上海：上海古籍出版社，1987：3.

② (明)洪楩辑. 清平山堂话本校注(“前言”)[M]. 程毅中校注. 北京：中华书局，2012：2.

③ 《醒世恒言》第三十八卷《李道人独步云门》曾写到一个唱道情的瞽者在唱到一半时就打住收钱的情景，文中这样写道，“却好是个半本，瞽者就住了鼓简，待掠钱足了，方才又说，此乃是说平话的常规。”由“半本”一词可见，唱道情也是有写本存在的。

以上四个例证中，"话本"含义依次为伎艺性故事的书面写本、伎艺性故事的口头表演、口头或书面皆可的伎艺性故事、非伎艺性的普通故事。

最后须明确的一点是，伎艺性故事的书面文本之所以会出现，很可能与说话人对底本的需求有关。换言之，写本最初很可能是被充作底本来使用的。因此，从这一意义上讲，"话本即底本"也不能说完全就不对，尽管这一论断确实犯了以偏概全的错误。毕竟，话本可以被明确判定，且唯一判定为底本的情况在小说文本中是极为少见的，即便有，亦仅为特例。因此，更为确切的说法应该是话本可以被充作底本，但不能说话本就是底本。话本与底本毕竟是两个概念，二者仅具有相通性，而并非同一性。

综上所述，通过对《清平山堂话本》《熊龙峰刊行小说四种》以及"三言"共计151篇小说文本中"话本"的实际使用情况的分析可知，除了极个别情况，诸如"老郎流传""才人把笔"之类的确凿证据外，并无法断言小说文本中使用的"话本"一词指，且仅指底本。在绝大多数情况下，"话本"在小说文本中指的就是故事，尤其是说话人讲唱的伎艺性故事，且使用频率极低，远不如"话""故事""话文""小说"等词。总而言之，在宋人语境中，"话本"首先指故事，尤其是指说话人讲唱的伎艺性故事；其次，因与"说话"伎艺之间的关联，"话本"在某些特定的情况下亦可明确地指称为可供说话人凭依的底本，但须明确的是，这里只是说"话本"有可能成为底本，而并不是话本本身就是底本。通过下文的论证，我们将会发现可供说话人凭依的底本其外延要远远大于话本，二者，即底本与话本确有相通之处，但绝非同一概念。

## 第三节 话本与小说：宋人语境中"话本"一词的超文体性

"话本"一词在宋元明小说家心目中的地位并没有像今人想象得那样重要。这一点不仅可以从"话本"一词在小说文本中的使用频率中可以看出，正如上文所分析的那样，即便从小说文本的题目命名中亦可探出一二。今人称之为"话本"的文本在宋元明小说家那里往往被称为"小说"，有许多话本小说的尾题都被直接标注为"小说"或"新编小说"，如《张子房慕道记》尾题为"小说张子房慕道记终"；《曹伯明错勘赃记》尾题为"小说曹伯明错勘赃终"；《错认尸》尾题为"小说错认尸终"；《红白蜘蛛》尾题为"新编红白蜘蛛小说"；《杨温拦路虎传》尾题为"新编小说拦路虎杨温传终"；《快嘴李翠莲记》尾题为"新编小说快嘴媳妇李翠莲记终"；《陈巡检梅岭失妻记》尾题为"新编小说陈巡检梅岭失妻记终"；《刎颈鸳鸯会》尾题为"新编小说刎颈鸳鸯会卷之终"，而《冯伯玉风月相思小说》更是在正题中就直接标注出了"小说"二字。[①] 被认



① 话本小说的尾题情况参见程毅中.宋元小说话本集[M].济南：齐鲁书社，2000.

为是“现存宋元小说家话本中最接近原貌的版本”[①]的《清平山堂话本》其原名也并非为某某“话本”，马廉先生认为，“洪氏原刻话本的时候没有总名”，[②]“原书没有总名，因其内容是话本系统的小说居多，乃名曰《清平山堂话本》。”[③]据程毅中先生考证，《清平山堂话本》原名为《六家小说》，这一提法或依据于《澹生堂藏书目》卷七小说家记异门，在著录《清平山堂话本》时将之“分别题名为《雨窗集》《长灯集》《随航集》《欹枕集》《解闲集》《醒梦集》，每集十卷，共六十卷。”清人顾修《汇刻书目初编》著录与之相同。《六家小说》之“六”或从集子数而来。不过，亦有“六十家小说”一说，田汝成《西湖游览志》(嘉惠堂本)卷二“湖心亭”条即引作《六十家小说》，《赵定宇书目》著录亦作《六十家小说》。所谓“六十”，显然又是根据总篇数而来。[④] 但不管是哪一种情况，所谓《清平山堂话本》其原名用的实为“小说”一词，而非“话本”，只不过“现存残本在影印时命名为《清平山堂话本》”[⑤]而已。



不知何故，今人似乎特别中意于“话本”一词，这或许与今人浓重的文体意识有关，而“小说”一词显然过于泛化。但笔者想说的是，对于文体意识淡薄的古人来说，或许情况刚好相反，“小说”一词受“热捧”的程度远胜于“话本”。具体而言，“小说”原指“说话”四家之一，专指“灵怪、烟粉、传奇、公案、兼朴刀、杆棒、妖术、神仙”[⑥]之类的故事，是“说话”这一说唱伎艺的重要组成部分。当“说话”故事由于某种原因落实到文字后，口传的“说话”故事便有了相应的“写本”，而这一写本也就被顺势叫做“小说”，这种情况完全是有可能存在的。事实上，这种书面写本沿用口头说话之名的情况在“讲史”及其写本“平话”中就存在。“讲史”与“小说”同为“说话”四家之一，前者又称为“银字儿”，正因为其表演时须有银字笙伴奏，可见其有说有唱，而后者又称为“平话”。之所以如此，应主要源于其只说不唱的表演方式。浦江清先生曾对“平话”之“平”做出过解释，“平话者平说之意，盖不夹吹弹，讲者只用醒木一块，舌辩滔滔，说历代兴亡故事，如今日之说大书然。”[⑦]认为平话是一种“只说不唱的说话伎艺”。陈汝衡先生亦认为“元代讲史，别称‘平话’，也就是明清人所说的‘评话’。它是以历史故事为题材，并以散说为主的一种‘说大书’，一般说来，不需要弹唱的。它的话本中间，纵然有插进韵文之处，但也是念诵的，不是歌唱的。”[⑧]其写本“有的被整理刊刻出来后也使用‘平话’之名”，而这也正是“对口头话本之名的沿袭”。[⑨]以“平话”为旁



---

① (明)洪楩辑.“前言”[M]//清平山堂话本校注. 程毅中校注.北京：中华书局，2012.

② (明)洪楩辑.影印天一阁旧藏雨窗欹枕集序[M]//清平山堂话本校注. 程毅中校注.北京：中华书局，2012：513.

③ (明)洪楩辑.清平山堂话本与雨窗欹枕集序[M]//清平山堂话本校注.程毅中校注.北京：中华书局，2012：515.

④ 对《清平山堂话本》成书过程的考证参见“前言”部分，(明)洪楩辑.清平山堂话本校注[M].程毅中校注.北京：中华书局，2012.

⑤ 程毅中.从姚卞吊诸葛诗谈小说家话本的断代问题[J].文学遗产，1994(1).

⑥ (宋)罗烨.醉翁谈录[M].北京：古典文学出版社，1957：3.

⑦ 浦江清.谈《京本通俗小说》[M]//浦江清文录.北京：人民文学出版社，1958：207.

⑧ 陈汝衡.说书史话[M].北京：人民文学出版社，1987：101.

⑨ 张莉.“平话”概念流变考[J].安徽大学学报(哲学社会科学版)，2012(2).

证应能够说明“小说”之名从口头说话顺势沿用于书面文本的情况。换言之，在为书面文本定名之时，具有充分关联背景的“小说”一词是首当其冲的不二选择。因此，在宋元人脑海中自然而然浮现出来的应是“小说”一词，而非“话本”，后者无论就其使用频率还是与写本的关联性而言都无法与“小说”一词相抗衡。

不仅在故事文本的题目命名上，“小说”一词亦时常直接出现在文本内以指称故事，尤其是说话人讲唱的伎艺性故事，从而取代了原本属于话本的“位置”。如“编成小说垂闺训，一洗桑间濮上音。”(《喻世明言》第二十八卷《李秀卿义结黄贞女》)“只因这封简帖儿，变出一本跷蹊作怪底(的)小说来。”(《喻世明言》第三十五卷《简帖僧巧骗皇甫妻》)“只为一点悭吝未除，便弄出非常大事，变做一段有笑声的小说。”(《喻世明言》第三十六卷《宋四公大闹禁魂张》)“自家今日也说一个士人，因来行在临安府取选，变做十数回跷蹊作怪的小说。……这一家小说，又题做《况太守断死孩儿》。”(《警世通言》第三十五卷《况太守断死孩儿》)尤其是最后一例，“三言”在自报题目时往往使用“故事”一词，而此处则径直称为“小说”，即可说明“小说”意即故事，且因其在自报题目时使用，显然特指说话人讲唱的伎艺性故事，而这一功能原本正是“话本”一词所应承担的。

由以上论证可知，无论从文本的题目命名上，还是从文本内的自报题目上，古人皆习惯于以“小说”来泛指今人所谓之“话本”，且不止于话本，凡平话、传奇、演义，甚至于诸宫调、傀儡戏、影戏等几乎所有的叙事文学均可称为“小说”。当然，“话本”一词也几乎可以泛指一切叙事性故事，其所指也十分宽泛，而不仅限于说话人讲唱的伎艺性故事，只不过在使用频率上远逊于“小说”而已。正是因为小说与话本皆可泛指叙事文学中几乎一切文体，二者通用的现象就变得十分明显。如周密《志雅堂杂钞》有载，“癸巳借均君玉买到杂书中，有北本小说，灵怪类有《四合香》《豪侠张义传》《洛阳古今纪事》。”周密是南宋元初人，其所说的“北本小说”，即“汴京小说”，当指与临安话本相对的北宋话本。有时，“话本”又与“评话”相通，如话本小说《钝秀才一朝交泰》(《警世恒言》第十七卷)中有言，“如今在下再说个先忧后乐的故事。列位看官们，内中倘有胯下忍辱的韩信，妻不下机的苏秦，听在下说这段评话，各人回去硬挺着头颈过日，以待时来，不要先坠了志气。”这种宽泛的用法到了明代也没有多少实质性的改变，如明人传奇小说《刘生觅莲记》中有言，“因至书坊，觅得话本，特与生观之。见《天缘奇遇》鄙之，……见《荔枝奇逢》《怀春雅集》留之。”[①]其所列举的作品皆为文言传奇小说，但也一律以话本代称。《古今小说》中《天许斋藏板扉页题词》有言，“本斋购得古今名演义一百二十种，先以三之一为初刻云。”[②]其所说的“演义”当为话本小说。



① 叶德均.读明代传奇文七种[M]//戏曲小说丛考.北京：中华书局，1979：539.

② (明)冯梦龙.“天许斋藏板扉页题词”[M]//冯梦龙全集：第一册.魏同贤编.南京：凤凰出版传媒集团凤凰出版社，2007.

通过以上例证可以看出，话本、小说、传奇、演义、评话之间相互代称的现象在宋明时期非常普遍，对于文体意识淡薄的古人来说可谓平常。他们基本上就没有这个意识要对诸种不同的文学形式、艺术形式加以文体意义上的界定与区分。既然都在讲述故事，那就皆可称之为“小说”，皆可称之为“话本”。在宋人语境中，“话本”一词可泛指叙事文学中几乎一切文体，在这一层面上与之通用的是为“小说”。因此，宋人语境中的“话本”绝非文体意义上的概念，与今人所言之“话本”绝非一回事。

## 第四节　对文学现象的描述，抑或是对文体概念的界定——对“话本是否即为底本”相关论争的再审视



自增田涉的文章被引入中国大陆后，“说话人的底本即为话本”这一自鲁迅、胡士莹以来几成定论的权威性观点就不断地遭到质疑。而增田涉的观点之所以能在中国大陆产生如此广泛的反响，在相当程度上正是因为触到了大陆学者一直以来的学术困境。具体而言，在“说话人的底本即为话本”这一权威性观点的指引下，人们很容易在宋说话人底本、宋话本乃至于明清白话短篇小说之间建立起错误的联系。人们总是习惯于以《清平山堂话本》，甚至于“三言”“二拍”的标准来逆向类推宋话本的存在样态，进而以为宋时就已经产生了较为成熟的白话短篇小说，且说话人所依据的底本就是这些以白话形态存在的故事文本，甚至出现了“底本也是白话写成，乃至成为后来的白话小说的先驱”这样的观点。[①] 可是，这些想当然的看法并不符合历史之实际。像“三言”“二拍”那种成熟、“圆滑”的白话短篇小说与早期话本小说、尤其是底本的原始面貌显然极不吻合，元刊本《红白蜘蛛》的发现已经使人们对宋话本的成熟程度产生了严重的质疑，而被普遍认为是最早的一部话本小说集的《清平山堂话本》却又夹杂了一些语言生硬、情节稚拙的文言作品，而它们显然并非通常意义上的话本小说。错误联系的建立无疑会造成认知上的混乱，从而使得学术研究陷入僵局，但我们显然并不能把责任完全推给鲁迅先生。

今人所普遍理解的“话本”（包括“拟话本”）基本上都是从文体意义出发的，是作为概念存在的。从这一文体层面出发，于是就有一些论者认为鲁迅在《中国小说史略》中提出的话本理论并不“十分完备和确切，如对‘话本’定义的由来他并没有做详细的诠释。提出的‘拟话本’一词的概念也比较模糊”，并认为这或许是由于“当时历史条件的限制，特别是资料缺乏”[②]所致。或许如此，但笔者认为就鲁迅先生的本意而言，应该也并没有要建立所谓话本“理论”之意图，在其言及“话本”时也并没有将之视为某种“概念”，自然也就更没有厘清、阐释之必要。换言之，鲁迅先生在谈及



① （转引自卢世华．试论宋代说话人的底本[J]．江汉大学学报，2005(6)．）

② 刘兴汉．对“话本”理论的再审视——兼评增田涉《论“话本”的定义》[J]．社会科学战线·文艺学研究，1996(4)．

"话本"时更多地倾向于宋人语境中的"话本"之内涵,既非概念性的、文体性的。以鲁迅先生《中国小说史略》与《中国小说的历史的变迁》中所言及的"话本"为例,便可清楚地看到这一点。

1.说话之事,虽在说话人各运匠心,随时生发,而仍有底本以作凭依,是为"话本"。

2.这四科后来于小说有关系的,只是"讲史"和"小说"。那时操这种职业的人,叫做"说话人";而且他们也有组织的团体,叫做"雄辩社"。他们也编有一种书,以作说话时之凭依,发挥,这书名叫"话本"。

3.观其(笔者按:指《全相三国志平话》)简率之处,颇足疑为说话人所用之话本,由此推演,大加波澜,即可以愉悦听者,然页必有图,则仍亦供人阅览之书也。

4.宋人之"说话"的影响是非常之大,后来的小说,十分之九是本于话本的。

5.说话既盛行,则当时若干著作,自亦蒙话本之影响。北宋时,刘斧秀才杂辑古今稗说为《青琐高议》及《青琐摭遗》,文辞虽拙俗,然尚非话本,而文题之下,已各系以七言,……皆一题一解,甚类元人剧本结末之"题目"与"正名",因疑汴京说话标题,体裁或亦如是,习俗浸润,乃及文章。

6.南宋亡,杂剧消歇,说话遂不复行,然话本盖颇有存者,后人目染,仿以为书,虽已非口谈,而犹存曩体,小说者流有《拍案惊奇》《醉醒石》之属,讲史者流有《列国演义》《隋唐演义》之属,惟世间于此二科,渐不复知所严别,遂俱以"小说"为通名。

7.南宋初年,这种话本还流行,到宋亡,而元人入中国时,则杂剧消歇,话本也不通行了。至明朝,虽也还有说话人,——如柳敬亭就是当时很有名的说话人——但已不是宋人底(的)面目;而且他们已不属于杂剧,也没有什么组织了。到现在,我们几乎已经不能知道宋时的话本究竟怎样。

其中,1、2 条认为供说话人凭依、发挥的底本是为"话本";3 条认为《全相三国志平话》或为当时说话人之话本(笔者按:实为底本),且又因配图,亦可供普通读者阅览之用;4 条认为后世小说之创作大都本于话本之体制,5 至 7 条则为具体论述,分别言及了北宋时《青琐高议》《青琐摭遗》在七言题目上以及明时的"拟话本"小说、历史演义小说在体制上均受到了话本之影响。最后,谈到了"说话"在明末逐渐演化为说书,话本亦随之消歇,其本来面目不复为人所知。

通过以上分析可知,除了 1、2 条或可认为是鲁迅先生在为话本下定义之外,其余诸条皆不过是在描述话本之于后世文学产生的影响而已。且即便仅就前两条而言,也并非是严格意义上的概念,其大意仅仅是"供说话人所凭依的底本是为话本",但究竟底本是什么?在此基础上推导出的话本又是什么呢?鲁迅并没有给出明确的界定,或者说本也无意给出什么明确的界定。其所说的"话本",既非概念层面上的,更非文体层面上的,充其量不过是在描述一种文学现象而已。

鲁迅先生在《中国小说史略》中的许多言论其实往往都是描述性的,而非概念性的，"拟话本"一词的运用尤其如此。今人习惯于将拟话本视为一种文体概念，"专指文人模仿话本形式而编写的白话短篇小说。"[①]但鲁迅则不然，他运用"拟话本"一词仅仅是在描述一种文学现象。在第十三篇《宋元之拟话本》中，鲁迅先生开篇有这样一段表述：

说话既盛行，则当时若干著作，自亦蒙话本之影响。北宋时，刘斧秀才杂辑古今稗说为《青琐高议》及《青琐摭遗》，文辞虽拙俗，然尚非话本，而文题之下，已各系以七言，如《流红记》（红叶题诗娶韩氏）《赵飞燕外传》（别传叙飞燕本末）《韩魏公》（不罪碎盏烧须人）《王榭》（风涛飘入乌衣国）等，皆一题一解，甚类元人剧本结末之"题目"与"正名"，因疑汴京说话标题，体裁或亦如是，习俗浸润，乃及文章。至于全体被其变易者，则今尚有《大唐三藏法师取经记》及《大宋宣和遗事》二书流传，皆首尾与诗相始终，中间以诗词为点缀，辞句多俚，顾与话本又不同，近讲史而非口谈，似小说而无捏合。[②]

在这段文字中，鲁迅先生之所以分组列举了《青琐高议》《青琐摭遗》与《大唐三藏法师取经记》《大宋宣和遗事》，并不是因为认定他们是拟话本，而仅仅是认为他们都受到了话本之影响。譬如《青琐高议》及《青琐摭遗》的七言题目在鲁迅先生看来就很有可能是受了汴京说话题目的影响，是模拟话本题目之后的产物。但同时又明确地指出说，此二者"然尚非话本"。同样的情况亦存在于鲁迅先生之于《大唐三藏法师取经记》、《大宋宣和遗事》的判断上。这两部作品在开场诗、散场诗等方面的设计与说话极为相似，鲁迅先生因此认为它们亦受到了话本的影响，且是"全体被其变易者"，其所受到的影响程度远比《青琐高议》《青琐摭遗》更深，但同时也强调"顾与话本又不同"，并不认为它们是话本。《青琐高议》《青琐摭遗》的七言题目是否真的如鲁迅先生判断的那样导源于说话先姑且存疑不论，但其在形制上确实与后世话本小说的七言题目极为相似，故而鲁迅先生才会有这样的判断。而后两部作品则基本上都是资料汇编，被堆积起来的材料彼此之间并没有被有机地整合在一起，亦即鲁迅先生所言的"似小说而无捏合"。究其用途，则很可能被充作说话人底本之用。

可以说，正是从七言题目、底本式的资料汇编这样一些相似点出发，鲁迅先生才将这些文言作品与话本联系在了一起，并认为这些文言作品之所以体现出了新特点正是由于受到了话本的影响，是模仿话本之后产生的结果，而这样一种文体之间因模仿而发生联系的文学现象则被鲁迅先生称之为"拟话本"。鲁迅先生所列举的《青琐高议》《青琐摭遗》《大唐三藏法师取经记》与《大宋宣和遗事》显然是无法用文体层面上的拟话本概念，即"文人模仿话本形式而编写的白话短篇小说"来衡量的。如果以今人之眼光来看鲁迅先生的这段表述，那么，其所列举的这四部文言作品岂不是

① 张兵. 话本的定义及其他[J]. 苏州大学学报（哲学社会科学版），1990(4).

② 鲁迅. 中国小说史略[M]. 上海：上海古籍出版社，1998：79.

都变成了白话短篇小说的代表作？鲁迅先生一再强调的“然尚非话本”“顾与话本又不同”又当作何解释？这也再次证明了鲁迅所说的“拟话本”并非是作为文体概念提出来的，而仅仅是在描述一种文学现象。这些“受到话本影响的非话本类作品”虽然语言上“依然是文言”的，“但艺术体制形式正在向话本靠拢。”[①]其所体现的正是盛行一时的话本之于文言作品产生的影响，仅此而已。

鲁迅先生的《中国小说史略》中以“拟”为名的尚有“明之拟宋市人小说”“清之拟晋唐小说”。“拟”，模拟、模仿之意，所谓的“宋元之拟话本”“明之拟宋市人小说”“清之拟晋唐小说”也只是被用来描述宋元、明、清分别出现的模拟、模仿话本、宋市人小说、晋唐小说进行创作的文学现象。唯有“宋元之拟话本”被单单拎出来大做文章，这实在令人困惑。有学者亦看到了这一点，认为这些词语“说的都是小说发展演进中的一种现象，并不是小说种类的命名。”至于其中争论最大的“宋元之拟话本”也还是指“自亦蒙话本之影响”而进行创作的文学现象，“和今日所谓‘模拟话本形式而作的小说’(《辞海》)、‘模仿话本体裁而创作的小说’(《中国古代小说百科全书》)的概念完全不同。今人‘拟话本’的概念是对鲁迅话本理论的推演，并不是鲁迅先生的原意。”[②]笔者对此论点深表赞同。

但亦有许多论者显然并不这样认为，他们坚信鲁迅先生在《中国小说史略》中界定了话本之概念，创建了话本之理论，并试图“以此为基础进行了一些推演，从而描述了我国白话小说发生、发展的历史”，甚至于“以鲁迅先生的话本理论为基础而构建的白话小说史已成为我国文学史、小说史重要的组成部分。”[③]于是，在这一“推演”的过程中又很“自然”地发现了鲁迅并没有将话本概念界定清楚，“在谈到‘拟话本’这个概念的时候，比较模糊，也不无认识上的偏颇之处”[④]等种种“问题”，于是又各持一家之论彼此唇枪舌剑。但持久论争的结果非但未能厘清头绪，反而使得与话本有关的一系列问题在认识上变得更加混乱。凡此种种乱象，皆源于未能明确鲁迅先生之本意。鲁迅先生之本意更多的只是从“宋人语境中的话本”这一层面上“描述”话本及其影响这一文学现象，而后人则意图从鲁迅先生的言论发掘出概念层面上的话本之“定义”，以便于将话本视为一种文体并进而推演出白话小说的发生、发展史。必须说，“宋人语境”层面上的话本与后人推演出来的“概念文体”层面上的话本完全是两回事，将二者不加区分地混同起来，怎能不造成认识上的混乱？



① 张兵.“准话本”刍议[J].苏州大学学报(哲学社会科学版)，1998(1).

② 刘兴汉.对“话本”理论的再审视——兼评增田涉《论“话本”的定义》[J].社会科学战线·文艺学研究，1996(4).

③ 刘兴汉.对“话本”理论的再审视——兼评增田涉《论“话本”的定义》[J].社会科学战线·文艺学研究，1996(4).

④ 刘兴汉.对“话本”理论的再审视——兼评增田涉《论“话本”的定义》[J].社会科学战线·文艺学研究.1996(4).

# 第二章　从七言题目看“小说”说话、话本小说与通俗文言传奇三者的关系

## ——以《青琐高议》《绿窗新话》《醉翁谈录》为例



《青琐高议》与《绿窗新话》历来都被认为是宋“小说”说话人的参考书，与话本小说有着极为密切的关系，其与“三言”、“二拍”等所谓“拟话本”小说极为相似的七言题目也在证明着这一点。有许多学者在论证《青琐高议》《绿窗新话》与话本小说的关系时也往往着眼于七言题目，其中尤其以胡士莹先生所言最具代表性，如“《青琐高议》的标题形式，全仿效话本，在正题之下，别用七字句作副标题，全似后来话本小说的形式。……刘斧这样标题，完全是受当时说话的影响。”[①]并认为《绿窗新话》“标题也完全模仿话本”，“以供说话人参考之用的”。[②] 如若果真如此，则意味着与《青琐》《绿窗》同时已有七言题目话本小说的存在，并因其七言题目而成为《青琐》《绿窗》的模仿对象，但事实并非如此。

### 第一节　概括性提示语与所谓的“七言范式”

关于宋话本小说是否已然具备了七言题目一事，已有学者对此表示了怀疑，并通过大量例证证明了并“没有充足证据表明宋代说话作品标题就是七言”。[③] 的确，参照《醉翁谈录》甲集卷一《舌耕叙引》之《小说开辟》所列举的说话名目[④]与晁瑮《宝文堂书目》中卷“子杂”类[⑤]所著录的话本小说题目，便可知题目字数可多可少，并无所谓的七言定例。事实上，这种“自由散漫”的情形不仅普遍存在于宋代的说话名目与话本题目中，即便在明中叶刊行的《清平山堂话本》《熊龙峰刊行小说四种》等话本小说集中，其所收录的话本小说之题目也并没有被统一为七言格式，而是在相当程

① 胡士莹. 话本小说概论[M]. 北京：商务印书馆，2011：192.

② 胡士莹. 话本小说概论[M]. 北京：商务印书馆，2011：192.

③ 凌郁之. 走向世俗——宋代文言小说的变迁[M]. 北京：中华书局，2007：269.

④ 参见(宋)罗烨. 醉翁谈录[M]. 北京：古典文学出版社，1957：4—5.

⑤ 《宝文堂书目》“子杂”类著录有大量的话本小说，杨万里在《宝文堂书目跋》中曾明确指出，“其中子杂、乐府二门，所收元明话本小说杂剧传奇至多，为明代书目中所仅见，至可贵也。”参见(明)晁瑮. 晁氏宝文堂书目[M]. 北京：古典文学出版社，1957：24.

度上保留了《宝文堂书目》中宋元旧本的题目原貌。至于在“三言”中所显示出来的题目“规范化”则似乎更像是出于“三言”的编纂者冯梦龙个人的某种精心设计，不足以说明问题。如下表例证所示：

| 宝文堂书目 | 《清平山堂话本》 | “三言” |
|---|---|---|
| 《简帖和尚》 | 《简帖和尚》（清平山堂刊本）题下原注：“亦名《胡姑姑》，又名《错下书》。” | 《简帖僧巧骗皇甫妻》（《喻世明言》第三十五卷） |
| 《柳耆卿记》 | 《柳耆卿诗酒玩江楼记》（清平山堂刊本） | 《众名姬春风吊柳七》（《喻世明言》第十二卷） |
| 《陈巡检梅岭失妻》 | 《陈巡检梅岭失妻记》（清平山堂刊本） | 《陈从善梅岭失浑家》（《喻世明言》第二十卷） |
| 《刎颈鸳鸯会》 | 《刎颈鸳鸯会》（清平山堂刊本）原注：“一名《三送命》，一名《冤报冤》。” | 《蒋淑真刎颈鸳鸯会》（《警世通言》第三十八卷） |

我们注意到《清平山堂话本》中的话本小说时常会标注出小说原名，事实上，即便是有着明确规范化意识的冯梦龙也会偶尔为之，如《崔待诏生死冤家》（《警世通言》第八卷）原注为“宋人小说题作《碾玉观音》”；《崔衙内白鹞招妖》（《警世通言》第十九卷）题下原注为“古本作《定山三怪》，又云《新罗白鹞》。”篇末又注明“这段话本，则唤做《新罗白鹞》《定山三怪》”；《万秀娘仇报山亭儿》（《警世通言》第三十七卷）篇尾注明“话名只唤做《山亭儿》，亦名《十条龙》《陶铁僧》《孝义尹宗事迹》。”（亦写作《十条龙陶铁僧孝义尹宗事迹》）那么，是否可以因此而认为宋“小说”说话与话本的题目虽无七言定例，但仍以三、四、五言题目居多呢？我想答案应该还是否定的。不仅如此，笔者倒是十分怀疑宋“小说”说话与话本或许根本就没有今日所见之题目，换言之，问题的关键并非是七言题目的有无问题，而在于题目本身的存在与否。

当然，要考察宋“小说”说话与话本，尤其是宋“小说”说话是否有题目这一问题是十分困难的。作为场上的表演伎艺，时间的一维性与录音设备的缺失决定了我们无法复现当时的演出实况以了解说话人在演出实践中是否有类似于报题目这一环节（前提是如果有题目的话）。尽管找不到直接的有力证据，但现存的文本资料还是为我们提供了一些信息可供揣摩，尝试着从与说话相关的其他伎艺入手以便求得旁证也不失为一个具有可操作性的思路。因此，在这一思路的指引下，笔者选择了平话与诸宫调两种伎艺形式作为宋“小说”说话的参照对象。在这里，笔者认为首先有必要解释一下选择此二者为参照系的理由。

同“小说”一样,“讲史”亦是宋说话四家之一,[①]作为讲史之底本,平话在相当程度上具有可供小说话本参照的可能性。至于以诸宫调这一说唱伎艺作为“小说”说话的参照系,其理由则在于二者都隶属于宋代乐曲系的说唱文学。叶德均先生在《宋元明讲唱文学》一文中曾对这一问题做过详细的阐释。简而言之,“宋代乐曲系的讲唱文学都是用词调的,计有小说、叙事鼓子词、覆赚和诸宫调四类”,其中,“小说”说话之所以又称“银字儿”,主要是因为小说艺人在讲唱时需要用到银字笙等乐器伴奏,这就说明小说在当时是用来讲唱的,即便在现存的一些宋话本中也依然可以看到说话艺人讲唱的“痕迹”。最为典型的如《清平山堂话本》中的《刎颈鸳鸯会》就用了【商调醋葫芦】十首及【南乡子】一首,其中,【商调醋葫芦】第一首前有:“奉劳歌伴,先听格律,后听芜词。”以后九首也有“奉劳歌伴,再和前声。”这就证明了它确实是鼓子词一类。且篇末有云,“在座看官要备细,将看叙大略,漫听秋山一本《刎颈鸳鸯会》。”秋山是宋代的说话艺人[②],这也说明了“刎颈鸳鸯会”这本说话的说唱部分运用的是鼓子词的曲调模式,但这几句话在《警世通言》第三十八卷《蒋淑真刎颈鸳鸯会》中却被删节殆尽。[③] 此外,《京本通俗小说》中的《西山一窟鬼》用了【念奴娇】等词十五首、《碾玉观音》用了【鹧鸪天】三首、【蝶恋花】一首和诗七首。[④]

这些残留于宋话本中的说唱痕迹都足以证明这些说话故事都是当年做场的说话艺人在乐器的伴奏下边唱边讲的,其与诸宫调一样都是宋代乐曲系讲唱文学的一种。且在题材内容上,诸宫调的取材基本依据于“小说”说话,无外乎“传奇、灵怪”,[⑤]即便是唯一存世的宋代诸宫调作品《刘知远诸宫调》其内容也不出“朴刀、杆棒、发迹、变泰,仍属‘小说家’。”[⑥]金代以后,尽管诸宫调的篇幅加长,但其“题材也和宋代的说话相同,有小说(《双渐赶苏卿》等)、讲史(《三国志》等)、讲经(《八阳经》)三类,而以小说和讲史为主。”[⑦]正是在这一意义上,笔者将诸宫调视为“小说”说话的参

---

① 针对“说话四家”究竟有哪四家这一问题历来众说纷纭,除《都城纪胜》“瓦舍众伎”条、《梦粱录》卷二十“小说讲经史”条、《古杭梦游录》“说话有四家”条等不同出处的不同解释外,胡士莹先生又归纳出了王国维、鲁迅、孙楷第等八位学者的不同观点。尽管依然莫衷一是,但基本可以确定的是“四家之内意见一致的是小说、讲史和说经三家。”参见胡士莹.话本小说概论[M].北京:商务印书馆,2011:133—138.

② 参见《话本小说概论》第二章《宋代的说话》第三节《宋代的说话人和话本作者》,参见胡士莹.话本小说概论[M].北京:商务印书馆,2011:83.

③ 宋元小说原本所具有的短篇讲唱文学性质正是在明刊本对宋元旧本的删削以及明小说的散文化趋势下被逐渐淡化、模糊化,叶德均先生在《宋元明讲唱文学》一文中曾对此做过论述,“宋代单刊作品,现在还没有见到;所见的都是明选辑本,如洪楩的《六十家小说》、无名氏《京本通俗小说》,冯梦龙的《古今小说》《警世通言》《醒世恒言》。这些都是经过明人重订和改编的,其中只有一部分作品的唱词被保留,多数都遭删削,这是在明代小说散文化的过程中形成的。宋元小说一类的话本原是韵散夹用的讲唱文学,到了明代一部分小说篇幅加长,又趋向全部散文化,就和长篇的散文讲史混而不分,所以到明清时就很少知道宋代小说原是短篇讲唱文学了。”参见叶德均.戏曲小说丛考[M].北京:中华书局,1979:632.

④ 具体论述参见《宋元明讲唱文学》,叶德均.戏曲小说丛考[M].北京:中华书局,1979:631—634.

⑤ 参见《都城纪胜》“瓦舍众伎”条,孟元老等.东京梦华录(外四种)[M].北京:古典文学出版社,1956:96.

⑥ 胡士莹.话本小说概论[M].北京:商务印书馆,2011:230.

⑦ 叶德均.戏曲小说丛考[M].北京:中华书局,1979:639.

照物。

诸宫调的“题目”情形亦大致如此。正如上文所言，宋金的诸宫调其取材与“小说”说话基本一致，“如从叙事的角度看，诸宫调实质是传奇小说的曲艺化。”①正是从这一角度出发，诸宫调作家自己也往往将诸宫调视为“说话”，如“话中只说应州路，一兄一弟，艰难将着老母。”(《刘知远诸宫调》)②“话儿不是朴刀杆棒，长枪大马。”“裁剪就雪月风花，唱一本倚翠偷期话。”(《西厢记诸宫调》)③“若说到两头话分，六军不进，您敢替明皇都做了断肠人。”(《天宝遗事诸宫调》)④因此，对于“小说”说话来说，说话之外的诸宫调显然具有很强的参照价值。

在明确了之所以将平话与诸宫调两种伎艺形式作为宋“小说”说话的参照对象的理由后，我们接下来便可以展开具体的参照工作。王国维与罗振玉都一致认为《大唐三藏取经诗话》是目前仅存的四部宋人平话之一，⑤分上、中、下三卷，凡十七节，每一节大致相当于说话的一场。尽管每节内容基本上都仅存梗概，十分粗略，但凭借着说话人敷演、铺排的功夫，还是能将一节之梗概演绎为充实、丰满的一场。尽管如此，在每一节前却并无题目标注，仅提示为“……行程遇猴行者处第二……入大梵天王宫第三……入香山寺第四……过狮子林及树人国第五……过长坑大蛇岭处第六”等，这显然不是题目，是无法用来宣讲给现场听众的，其作用仅仅在于提示说话人具体的分段位置，如此而已。

《五代史平话》的情况亦与此相类似，《东京梦华录》卷之五“京瓦伎艺”条中不仅记有讲史艺人“李孝详”，更提到了专门的五代史说话人“尹常卖”，且“不以风雨寒暑，诸棚看人，日日如是。”⑥可见，“五代史”说话亦是东京勾栏瓦肆中备受追捧的热闹项目。相较于短篇的“小说”说话而言，作为历史演义小说前身的“讲史”说话堪称“长篇巨制”，说话人做场时须分多次方能讲完。那么，尹常卖在每场说话开始前，是否需要报一下题目呢？说话现场的实况已然无法得见，但《五代史平话》的话本中确实没有与题目有关的任何记录，有的仅是分段的提示，以《晋史》卷之下为例，如“敬瑭辞契丹主引兵南下”“晋主徙都东京”“刘知远谏契丹不可叛”“晋主敬瑭殂”“桑维翰遣使与契丹约和”“契丹主命杀张彦泽”⑦等。其字数或长或短，给人一种十分随意的感觉，但相较于《大唐三藏取经诗话》仅仅对段落处进行的分段提示，《五代史平

① 凌郁之.走向世俗——宋代文言小说的变迁[M].北京：中华书局，2007：185.此外，《武林旧事》卷六“诸色伎艺人”条，在“诸宫调”后有“传奇”二字——“诸宫调传奇”，说明诸宫调是以“传奇”故事为题材的，或者说是敷演“传奇”的，也即诸宫调体制的传奇。参见凌郁之.走向世俗——宋代文言小说的变迁[M].北京：中华书局，2007：185.

② 朱平楚辑录、校点.全诸宫调[M].兰州：甘肃人民出版社，1987：4.

③ 朱平楚辑录、校点.全诸宫调[M].兰州：甘肃人民出版社，1987：49.

④ 朱平楚辑录、校点.全诸宫调[M].兰州：甘肃人民出版社，1987：175—176.

⑤ 参见《王国维跋》《罗振玉跋》，黎烈文标点.大唐三藏取经诗话[M].上海：商务印书馆，中华民国十四年三月：1—6(篇末).

⑥ 孟元老.东京梦华录(外四种)[M].北京：古典文学出版社，1956：30.

⑦ 参照《新编五代晋史平话》目录，黎烈文标点.新编五代史平话(标点排印本)[M].上海：商务印书馆，1925.

话》每节的提示语显然更类似于概括性的内容梗概，多少有了点题目的味道。尽管如此，但笔者依然认为其作为说话人提示语的意义要远远大于作为题目的意义。当然，说话人做场时也可以将这个“准题目”宣讲给现场听众，但一般来说很少采用这种方式，而是多以四句(有时或八句)的定场诗开场。如《新编五代史唐史平话》一开场就用了四句定场诗，“朱邪部族出西夷，始入中原号执宜。开创后唐基业主，至今传说李鸦儿。”当说话人字正腔圆、抑扬顿挫地宣唱这四句定场诗时，其所达到的艺术效果远非“论沙陀本末”这个“准题目”所能比。因此，相较于题目层面的意义，这个概括性的内容梗概所具有的提示作用对于说话人来说更为重要。说话人只要略微扫视一下每一节的内容梗概，就能迅速地回忆起该节的故事框架、基本情节等纲要性内容，至于一些具体的细节则可以由说话人凭借着自己的伎艺水平加以敷演、发挥。



在诸宫调这一领域中，《刘知远诸宫调》是宋代唯一流传下来的诸宫调，全书分为十二则，今残存五则，其“题目”分别为《知远走慕家庄沙陀村入舍第一》《知远别三娘太原投事第二》《知远充军三娘剪发生少主第三》《知远探三娘与洪义厮打第十一》《君臣弟兄母子夫妇团圆第十二》。相较于《大唐三藏取经诗话》与《新编五代史平话》，其题目颇有些左右逢源的味道，既标示出了分段位置，又起到了故事梗概的提示作用，考虑到诸宫调的较长篇幅，这样一举两得的安排对于说话人的参阅来说无疑是非常便利的。

通过以上对与“小说”说话相关联的两种表演伎艺，即平话、诸宫调“题目”情形的考察可以看出，与“小说”说话同时活跃于勾栏瓦肆的其他伎艺一般来说仅有提示分段位置与内容梗概的概括性文字。相较于作为题目宣讲给现场听众，这些概括性文字所具有的提示语功能显然更指向于为专业的说话人服务。且联系伎艺人以定场诗开场的表演惯例，以或长或短的题目开场的情形在表演实践中应该不存在的。即便有，也将会是十分罕见的特例。因此，通过平话、诸宫调的横向参照，笔者认为“小说”说话在表演实践中应该也是没有题目的，而多以诗词唱诵开场。至于《醉翁谈录》所列的说话名目应该只是罗烨为了书写方便而已，终归总要有一个名字的。

当然，罗烨所开列的说话名目很可能是约定俗成的，并非完全自造，但即便如此，说话名目的确立还是具有很大的随意性。如《清平山堂话本》、“三言”所标注的原名中，有许多说话名目都有两个名字，如《简帖和尚》题下原注：“亦名《胡姑姑》，又名《错下书》。”《崔衙内白鹞招妖》篇末云“这段话本，则唤做《新罗白鹞》《定山三怪》。”同一说话名目之所以会有不同的名字，无非是针对故事内容的侧重点不同而已。至于《刎颈鸳鸯会》的原名“一名《三送命》，一名《冤报冤》”则更似直接取材于最后一首【商调醋葫芦】的最末一句，即“送了他三条性命，果冤冤相报有神明。”化前句为《三送命》，化后句为《冤报冤》，如此而已。至于罗烨自己虽然在《醉翁谈录》“小说开辟”中罗列了大量的所谓说话“名目”，但却没有给“赵正”故事也安排一个题目，而是采用了其内容的概述性文字，即“赵正激恼京师”。之所以如此，只是为了与前面的“黄巢拨乱天下”构成对句，即“也说黄巢拨乱天下，也说赵正激恼京师。”如果不是为了这个对句，罗烨则很有可能也会给该故事编个诸如“好儿赵正”之类的“题目”，恰如赵显之的话本所命名的那样。这恰恰说明了罗烨在确定说话名目时完全是依据于行文的需要，或为说话故事编排一个三、四言的准“题目”，或直接以故事梗概的提示性文字指代该故事，恰如《新编五代史平话》《刘知远诸宫调》所做的那样。

最后，笔者想再次明确的是，在对说话“题目”进行辨析时，应具有将场上的表演实践与场下的文本形式区别开来的明确意识。尽管在话本小说（也应包括说话艺人所用的底本）中有“题目”的存在，但这并不等于说该“题目”会同样地应用于说话人的表演实践中。说话人做场时应该是不用题目的。即便说话人出于某种便利的考量，需要为“说话”故事拟定一个题目，其所拟定的题目也往往具有极大的随意性，而绝没有所谓的七言范式。因此，如胡士莹先生所说的《青琐高议》《绿窗新话》的七言标题形式“完全模仿话本”这一观点实在是值得再商榷的，尤其是其所说的“全似后来话本小说的形式”一句，更是直接以明末“三言”“二拍”的题目所体现出来的七言范式来“反观”成书于北宋后期的《青琐高议》与成书于南宋前期的《绿窗新话》，这无疑又犯了以今律古的错误。

## 第二节　七言题目与“说话人参考书”的新定位

通过上文的论证，我们大致可以推出这样一个观点，即《青琐高议》《绿窗新话》的七言题目与话本小说并非必然具有某种联系，不能因为《青琐》《绿窗》具有与后世话本小说极为相似的七言题目便将其与话本小说联系起来，将《青琐高议》视为拟话本小说之类的观点[①]在相当程度上恐怕也正是由这种错误的联想所引发的。尽管如此，《青琐高议》与《绿窗新话》的七言题目确实称得上是标新立异、特质显著，在南宋初期就出现了这样规范的七言标题可以说是极为罕见的，将其放在说话与话本“标题”普遍无序化的大背景下看更是如此。[②] 不过，如果我们尝试着将二者的七言题目加以比较的话，还是会发现其中的高下之别，而区别的背后则有许多重要信息可供探讨。

① 如胡士莹先生所言的“北宋时刘斧秀才采摘古今说部辑成《青琐高议》、《青琐摭遗》，是最典型的拟话本作品”，参见《话本小说概论》第五章《话本》第三节《宋代文人的拟话本和说话的参考书》，胡士莹. 话本小说概论[M]. 北京：商务印书馆，2011：191. 此外，鲁迅先生在《中国小说史略》第十三篇《宋元之拟话本》中曾论述道：“说话既盛行，则当时若干著作，自亦蒙话本之影响。北宋时，刘斧秀才杂辑古今稗说为《青琐高议》及《青锁摭遗》，文辞虽拙俗，然尚非话本，而文题之下，已各系以七言”，亦以七言题目为据将《青琐高议》《青琐摭遗》归入宋拟话本小说之列。

② 李剑国先生认为，“今存宋人话本七字标目者极少，明世始蔚成风气。”参见李剑国. 宋代志怪传奇叙录[M]. 天津：南开大学出版社，1997：294（注释 2）. 学者凌郁之亦认为，“事实上，话本七字标目到了明代才形成风气，在宋元均未发现更多例证。”参见凌郁之. 走向世俗——宋代文言小说的变迁[M]. 北京：中华书局，2007：283.

《青琐高议》的七言题目相当有特点,确切地说是一种主标题与七言副标题相结合的复合型题目,[①]如《孙氏记》"周生切脉娶孙氏"(前集卷之七);《王实传》"孙立为王氏抱冤"(前集卷之四);《羊童记》"家童见身报冤贼"(后集卷之四);《西湖春游》"侯生春游遇狐怪"(别集卷之一)等。应该说《青琐》中的绝大部分标题都对故事梗概起到了一个很好的概括性作用,但也有一些所谓的"标题"不过是一种似是而非的假象,如《琼奴记》"宦女王琼奴事迹"(前集卷之三)、《名公诗话》"本朝诸名公诗话"(前集卷之五)、《赵飞燕别传》"别传叙飞燕本末"(前集卷之七)的所谓七言标题实际上是以另一种说法对正标题进行的同题复述。至于《骊山记》"张俞游骊山作记"(前集卷之六)、《温琬》"陈留清虚子作传"(后集卷之七)等标题更是以作者的名字来"凑"成七言,给人一种为题目而题目的感觉。而相较于《青琐高议》,《绿窗新话》的七言题目则显然更为成熟、规范,"伪题目"的现象基本上被杜绝。正是从这一意义上讲,《绿窗新话》七言题目的成熟度要远远高于《青琐高议》。

有学者认为《青琐高议》与《绿窗新话》的七言题目之所以会有高下之别,主要是因为后出的《绿窗新话》模仿《青琐高议》所致。[②] 但事实并非如此。李剑国先生认为今存的《青琐高议》实为"重编本,可能是南宋书坊所为。"[③]且由于今本别集卷四《张浩》《王榭》标题中又注有"新增"二字,则似又说明"今本不唯是南宋重编本,而且又经过南宋或元代人的增补。"[④]今本《青琐高议》距离其原始面貌已然发生了很大变化,这一点也充分体现在对题目的处理上。有证据表明《青琐高议》原本并非具有所谓的七言题目,程毅中先生与李剑国先生所辑录的三十多条佚文就很能说明这一点。这些佚文,诸如《泥子记》《龟息气》《周婆必不作是诗》《吴大换名》《越州女姿色冠代》《赵明奇中》《李廷臣》《屈平庙》《方勉》[⑤]等散落于《类说》《诗话总龟》《岁时广记》等。这些佚文散落于各种古籍中,也正因为如此,才得以保留了题目的原貌。换言之,今本的七言题目很可能是南宋书坊在重编《青琐高议》时后加上去的,而七言题目的"灵感"则可能是来自于大约成书于同时的《绿窗新话》。因此,极有可能的情形是《青琐高议》(专指现今所见之南宋重编本)模仿了《绿窗新话》的七言题目,而非反之。《青琐高议》中的那些似是而非的"伪标题"则很可能是南宋书商所为,他们的文化程度普遍低于受过专门文化训练的文人,这或许正是其所添加的七言题目之水

① 赵景深先生认为,"单就各篇题目来说,如卷五的《流红记:红叶题诗娶韩氏》,上题还是传奇体,下题便是章回体了。类此者极多。大约此书可说是从传奇体到章回体小说的桥梁吧。"参见赵景深.《青琐高议》的重要[M]//中国小说丛考.济南:齐鲁书社,1980:93.

② 如谭正璧先生所言"(《绿窗新话》)其题目都仿《青琐高议》,全用七字标目,字句尽有不同,但必不超出七字之数。"参见谭正璧.话本与古剧[M].上海:上海古籍出版社,1985:104.

③ 李剑国.宋代志怪传奇叙录[M].天津:南开大学出版社,1997:180.

④ 李剑国.宋代志怪传奇叙录[M].天津:南开大学出版社,1997:182.

⑤ 关于程毅中先生与李剑国先生所辑录的《青琐高议》佚文情况参见李剑国.宋代志怪传奇叙录[M].天津:南开大学出版社,1997:184.

准远远低于《绿窗新话》的原因所在。

问题是南宋书坊为《青琐高议》篇目添加七言题目的动机究竟是什么呢？仅仅如有些学者所言是出于对“时尚”的模仿吗？[①] 但笔者相信《绿窗新话》的七言题目在当时尚未成为人们所争相效仿的时尚潮流。如上文分析所示，《青琐高议》七言题目中除了一些为标题而标题的“伪标题”外，绝大多数的题目都对故事梗概起到了一个很好的概括作用，如相较于《袁元》（后集卷之十）这一原题目，新增的七言题目“仙翁出神救李生”显然能更为有效地提示故事大意，其他题目如《曹太守传》“曹公守节不降贼”（前集卷之十）、《大姆续记》“盗贼不敢过巢湖”（后集卷之一）、《猫报记》“杀猫生子无手足”（后集卷之三）的情况亦是如此，这不禁让人联想到了上文提及的平话中的那些提示语。尽管那些提示语长短不一，但其中一些七言者，如“晋王引兵救魏州”“李嗣源上表讼冤”“唐主统兵屯澶州”（《新编五代史平话》）与《青琐高议》中的七言题目十分相似、这种相似性不仅体现在七言上的形似，更体现在提示故事梗概这一功用上的“神似”。如果重编《青琐高议》的南宋书坊仅仅将目标顾客群定位于普通读者，那么，添加七言题目的行为则没有太大必要。但如果南宋书坊在普通读者之外，更有意向将其潜在顾客定位于说话艺人的话，那情况又会是如何呢？正是出于这样一种思考，笔者认为《青琐高议》之原本或许仅仅是一本普通的“传奇志怪杂事小说集”，[②]但在经过了南宋书坊重编后，则有了“说话人参考书”的新定位，其所添加的七言题目在相当程度上正是为了迎合说话艺人这一潜在顾客群的需求。[③] 考虑到当时“说话既盛行，则当时若干著作，自亦蒙话本之影响。”[④]的时代背景，应该说这种可能性是完全存在的。

从“说话人参考书”这一新定位出发，《青琐高议》中某些令人费解的题目所体现出的编写特点也就不难理解了。《青琐高议》中有相当数量的题目都遵循着同一编写原则，即将主标题（往往是人名）作为主语，副标题则更像是在此基础上添加的谓、宾、状、定，二者连读就会构成一个结构完整的句子，如《李太白》“跨驴如华阴县内”、《范文正》“不学方士干汞术”《张齐贤》“从群盗饮酒食肉”《韩魏公》“不罪碎盏烧须人”等，此类主、副标题可连成一句的情况集中体现在后集卷之二，其他卷中亦有，如《张浩》“花下与李氏结婚”、《王榭》“风涛飘入乌衣国”（别集卷之四）、《董遘》“夜行山寺闻狐精”（别集卷之五）等等。连读后的十言句子与其说是题目，倒不如说更像是



---

① 如学者凌郁之认为，“但此（《青琐高议》）标题也不是无端加上去的，它可能是一种时尚，但这种时尚可能本不属于口语之说话，而更可能出于追求书面语言之美感。”参见凌郁之．走向世俗——宋代文言小说的变迁[M]．北京：中华书局，2007：269．

② 李剑国．宋代志怪传奇叙录[M]．天津：南开大学出版社，1997：179．

③ 当然也并不能完全排除为普通读者服务的可能性，如程毅中先生就认为，“这种标题大概是给文化修养较低的读者作提示的，而且也不能排除它可以提供非说话人写‘招子’之用。”参见程毅中．宋元小说研究[M]．南京：江苏古籍出版社，1998：100．

④ 鲁迅．中国小说史略[M]//鲁迅全集：第九卷．北京：人民文学出版社，2005：125．

提示语，其所提示的故事梗概显然比七言题目更为充分。换言之，此类标题的真实“身份”应该是“伪装”成标题的提示语，向说话人尽可能地提示具有高度概括性的故事梗概正是其首要的存在意义。

这或许会给人造成这样一种印象，即用作说话人参考资料的故事文本往往倾向于长题目，事实果真如此吗？将唐传奇与《绿窗新话》《青琐高议》尤其是《醉翁谈录》中收录的相关文本题目（这里仅指通俗文言传奇类作品）加以参照，笔者认为这一印象基本上是正确的。现将便于对照的一些篇目列表如下：

| 唐传奇、宋话本 | 《绿窗新话》 | 《醉翁谈录》 |
|---|---|---|
| 《李娃传》 | 《李娃使郑子登科》 | 《李亚仙不负郑元和》 |
| 《柳毅传》 | 《柳毅娶洞庭龙女》 | 《柳毅传书遇洞庭水仙女》 |
| 《蓝桥记》 | 《裴航遇蓝桥云英》 | 《裴航遇云英于蓝桥》 |
| 《刘阮仙记》 | 《刘阮遇天台仙女》 | 《刘阮遇仙女于天台山》 |
| 《章台柳传》，亦作《柳氏传》 | 《沙吒利夺韩翃妻》 | 《韩翃柳氏远离再合》 |

此外，唐传奇《无双传》在《醉翁谈录》癸集卷一“重圆故事”中题作《无双王仙客终谐》，宋传奇《王魁传》在《醉翁谈录》辛集卷二“负约类”中题作《王魁负心桂英死报》，《鸳鸯灯传》在《醉翁谈录》壬集卷一“负心类”中题作《红绡密约张生负李氏娘》。从以上例证中可以明显地看出，当其作为书面阅读的小说文本时，题目仅为三言、四言，而一旦进入《醉翁谈录》这部说话人参考书后，文本题目就会极大地加长。这种情况并不仅仅局限于篇幅较长的传奇类作品，《醉翁谈录》中即便那些颇似笔记杂录的短篇作品也往往被冠以一个较长的题目，如《醉翁谈录》壬集卷二“题诗得耦类”之《华春娘题诗遇君亮成亲》与癸集卷一“重圆故事”中的《乐昌公主破镜重圆》即是如此。这种短篇幅配长题目的现象在“专门摘录前代或当代传奇的故事梗概”[①]的《绿窗新话》中更是普遍存在。《绿窗新话》对其所收录的全部作品都做了删节处理，其中有些文本，如《越州女姿色冠代》《李生悟卢妓箜篌》《郑康成家婢引诗》的篇幅更为短小、不足百言，但依然被冠以较长的七言题目。这当然是出于题目统一化的考量，但从中也可明确地看出作者具有以题目提示故事梗概的明确意识。否则的话，篇幅如此短小的文本配上一个两言、三言的标题便足矣，恰如六朝志怪小说所做的那样。

与“半路出家”的《青琐高议》相比，《绿窗新话》更为明显地呈现出了“说话人参考书”这一趋向。它对所有收录其中的作品都做了删节处理，从而形成了一个大容量的资料汇编。且不论删节之后的篇幅长短，均为之配上了能够有效提示故事梗概的七言题目。整个《绿窗新话》从篇幅到题目可以说都是高度浓缩、高度概括的。如此精炼的删节版当然会大大地损害普通读者的阅读乐趣，但对于说话人来说却实在

① 胡士莹.话本小说概论[M].北京：商务印书馆，2011：194.

称得上是再简便不过的“工具书”。说话艺人只须将简短的故事梗概稍作浏览便能快速地重建起整个故事的全貌，其中删节的部分则完全可以凭借着说话艺人的敷演功夫加以填充，这些充实进来的内容则往往显示出了说话人的功底与经验。

不仅如此，《绿窗新话》在目录设计与题目编排上也体现出了某种趋向于“说话人参考书”的意图。其在目录设计上具有一种“以类相从”的特点，如从《刘阮遇天台女仙》到《贤鸡君遇西真仙》的四则故事皆以“遇”字相从，从《杨生私通孙玉娘》到《何会娘通张彦卿》则皆以“通”“私通”相从。此外，尚有以“因”“判”“干”“欲”“嘲”“私犯”等字眼将前后两个题目两两相从的情况。更为重要的是，除了极个别的几个标题外，这些以类相从的题目又往往两两相对，颇似对仗工整的七言对句，呈现出了明显的组对意识。如《秦少游灭烛偷欢》与《杨师纯跳舟结好》《周簿切脉娶孙氏》与《薛媛图形寄楚材》《吴绛仙蛾绿画眉》与《寿阳主梅花妆额》等等，不胜枚举。作者在目录设计与题目编排上确实做了一番精心的安排。从“说话人参考书”的角度而言，这些颇具匠心的设计对于说话人的“温课”来说是极为便利的。正如背诵唐诗对句一样，说话艺人只要记住“上句”题目，便能联想起与之相对的“下句”题目；只要记住“遇”“通”“嘲”等关键词，便能回忆起以之串联起来的一连串同类故事的题目。说话艺人甚至可以像背诵《百家姓》《千字文》一样将具有极大内部关联性的《绿窗新话》目录背诵下来，这对于将史书笔记、烟粉传奇、风月须知、名篇佳句等海量资料“素蕴胸次之间”，“说收拾寻常有百万套，谈话头动辄数千回”[①]的说话艺人来说，当然是必须具备的资本与素养。

## 第三节　小说题目中的“学院派”与“实践派”

在此一小节的论述接近尾声时尚有一点须明确的是，对《绿窗新话》《青琐高议》题目形制的探讨不仅涉及该书的定性，亦有助于探讨其与说话的关系演进问题。在这一问题的探讨中，我们必须要有将作者的编创意图与该书的实际应用趋向区分开来的明确意识，而对题目体制的辨析则无疑能为问题的解决提供一个颇有价值的新角度。通过此小节的论证可基本得出这样一个结论，即因为长题目在提示故事梗概方面显然更为有效，因此，题目由短趋长的变化在相当程度上也正是其所具有的提示语功能被发掘、被重视、被强化的结果，而这种变化的产生与其可能被用作“说话人参考书”这一新用途有着密切的关联。《青琐高议》重编本的题目体制所体现出的

① (宋)罗烨.醉翁谈录[M].北京：古典文学出版社，1957：3.

恰恰正是这种由短趋长的变化。这就很可能意味着尽管成书于北宋后期的《青琐高议》[①]原本与说话无关，但在经过了南宋书坊重编后，却被赋予了"说话人参考书"这一新功能。[②] 其所添加的七言题目则很可能受到了大约成书于同时（即南宋前期）的《绿窗新话》的影响。但南宋书坊显然并无意于像《绿窗新话》那样追求题目形制上的美观、规范，而是着力于如何尽可能多地提示故事梗概这一实际功用。于是我们看到了《青琐高议》重编本中如《张浩》"花下与李氏结婚"《李太白》"跨驴入华阴县内"那样由主、副标题连读而构成完整一句的长标题的出现，且这种长标题在被公认为"说话人参考书"的《醉翁谈录》中得到了明确的继承，且在长度上完全超出了《绿窗新话》的七言形制。标题的提示语功能可以说得到了前所未有的重视与提升，而题目体制上的这一演进过程正与"说话人参考书"的新定位二者之间有着密切的关联。

当然，具备了"说话人参考书"的新定位并不必然意味着说话人就一定会以之为底本。譬如《绿窗新话》中有不少文本采自唐传奇，但因删节过甚、仅存梗概，虽便于说话人记忆、浏览，但终究不如原文那样辞采飞扬、风情蕴藉。说话人完全可以越过《绿窗新话》而直接以唐传奇原文为底本，而没有必要一定要经过这个所谓的"中间环节"。说话人那不容小觑的文言素养[③]将有助于其即便从长篇幅的文言作品中亦能获得直接的滋养。

不过，随着说话在两宋，尤其在南宋的迅猛发展，确实有一些文言作品，如《绿窗新话》《云斋广录》等受到了"说话"热潮的影响。这些作品在其编写之初就有着为说话人服务的明确意图，这又与《青琐高议》在重编后才被"赋予"新功能的情况有所不同。李献民在《云斋广录》序中曾言及其之所以编写这部书，正是因为受到了《甘泽谣》《松窗录》《云溪友议》《戎幕闲谈》等作品的影响，这些作品都能"见采于当时"，于是他也希望自己能编写出同样一部"用广其传，以资谈谑"的书，并对此充满了信心，"仆虽不揆，庶几跂而及也"。[④] 的确，书中所叙故事"全出北宋，人间情事，精怪狐鬼，

---

① 据李剑国先生考证，《青琐高议》的最后定稿时间"大约在哲宗元祐间"，《醉翁谈录》"当编于理宗朝，时间不会再晚。"至于《绿窗新话》所引书目大抵出自北宋，南宋著名小说诸如《夷坚志》《清尊录》《投辖录》《睽车志》《摭青杂说》等虽不乏丽情故事，但均未被采录，可知其成书年代"大约编于绍兴十八年后至绍兴三十二年间。"相关考证参见李剑国．宋代志怪传奇叙录[M]．天津：南开大学出版社，1997：183、78—379、294．此外，程毅中先生亦认为，"《绿窗新话》大概编辑于南宋初年，因为它所收的绝大多数是北宋以前的作品，几乎没有南宋的作品。"参见程毅中．宋元小说研究[M]．南京：江苏古籍出版社，1998：188．

② 李剑国先生认为，"只是由于书（笔者按：指《绿窗新话》）中多有新艳可喜之事，故被说话人采用为参考书，正犹《太平广记》、《夷坚志》然。"参见李剑国．宋代志怪传奇叙录[M]．天津：南开大学出版社，1997：294．胡士莹先生亦认为，"如皇都风月主人的《绿窗新话》，……专门摘录前代或当代传奇的故事梗概，分门别类，以供说话人参考之用的。"胡士莹先生又进一步认为"到了南宋，这类作品更多，而且成为说话人重要的参考书。"参见胡士莹．话本小说概论[M]．北京：中华书局，2011：193—194．

③ 关于说话人的文言素养参见（宋）罗烨．醉翁谈录[M]．北京：古典文学出版社，1957：3．

④ （宋）李献民．云斋广录（序）[M]．北京：中华书局，1997．

确实多'清新奇异之事',无怪乎各门要称呼为'新说'。"[①]这些"清新奇异"的"新说"当然并不仅止于为普通民众提供谈资,而是以职业的说话人为其主要服务对象。正因为如此,《云斋广录》在目录编排上才会体现出为说话人服务的明显意图,例如,从卷四至卷八就分别以"灵怪新说""丽情新说""奇异新说""神仙新说"命名,其取材倾向与"小说"说话中的烟粉、灵怪、传奇、神仙等分类相吻合。正是从这一意义上讲,胡士莹先生才认为"北宋时人李献民的《云斋广录》,也是一本话本的参考书。"[②]

综上所述,两宋,尤其是南宋以后文言小说中长标题的频繁运用在相当程度上体现了"说话"伎艺之于文言小说的某种导向式的影响,而其长标题所体现出的恰恰是两种发展趋向,即以《绿窗新话》七言标题为代表的"学院派"和以《青琐高议》、尤其是《醉翁谈录》的七言以上长标题为代表的"实践派"。具体而言,《绿窗新话》所选篇目多为"人仙姻缘""儿女私情""才子美人"之类的故事,从中可见作者皇都风月主人的意趣所在。且就其自称"风月主人"而言,亦绝非正统文人,但其在七言题目以及目录设计上所体现出来的种种精致、种种工巧却无一不带有文人化的趣味。在题目编排上体现出的匠心设计当然有助于实现"说话人参考书"的客观功能,但同时更像是一种精美的文字游戏,使得文字阅读本身亦能带来美的享受。换言之,《绿窗新话》既可供说话人作为参考书、工具书来使用,亦可作为普通的故事读本面向广大的庶民阶层。[③] 至于《醉翁谈录》的作者则毫无疑问应该是一位与"说话"关系极为密切的业内人士,很可能就是书会才人之类的角色。这一点从《醉翁谈录》卷一《舌耕叙引》之《小说引子》与《小说开辟》中所体现出的对本职业的熟悉程度以及那豪情满满的自赞中就能窥见一二。正因为如此,《醉翁谈录》中七言以上的长标题所着力的并不在于形式上的精致与否,而更关注的是能否更为充分地提示故事梗概的实践价值。也就是说,尽管《绿窗新话》《醉翁谈录》都可被用作说话人的参考书、工具书,但前者显然更倾向于案头的文本阅读,着力于经营形式上的美观、统一、对称,而后者则更倾向于场上的演出实践,不太在意标题的字数是否统一,对仗是否工稳,其所崇尚的显然是一种实用主义。

正唯如此,我们才会看到由《绿窗新话》所开创的"有趣的标目格式"更多地为后世的小说所继承,"对于明清拟话本及章回小说篇名回目的设置显然产生了极大影响,如'三言'《西湖二集》等书也都是前后两篇篇名相对,而'二拍'《醉醒石》等拟话本集及许多长篇章回,则又发育为对偶回目",[④]而以《青琐高议》(仅指以《青琐高议》

---

① 李剑国.宋代志怪传奇叙录[M].天津:南开大学出版社,1997:212.

② 参见胡士莹.话本小说概论[M].北京:中华书局,2011:193—194.

③ 程毅中先生亦认为,"《绿窗新话》七言句的回目似用对仗,又像是以类相从。它不像某些类书那样供文人查检典故之用,而是供说话人据以敷演故事的资料汇编。当然,它也是一种比较通俗简易的小说选本,可供初学者阅读,也许还可以供听说话的看官们当做一个说明书,就像现代给广播听众编印的《戏考》之类。"参见程毅中.宋元小说研究[M].南京:江苏古籍出版社,1998:188.

④ 李剑国.宋代志怪传奇叙录[M].天津:南开大学出版社,1997:295.

后集卷之二为代表的主、副标题连成一句而构成的长题目)、《醉翁谈录》为代表的七言以上的长题目则在更具场上实践性的戏剧，如宋元南戏乃至于元杂剧中得到了继承。

## 余论　长题目的变相与升级——戏剧中的定场诗、散场诗与题目正名

鲁迅先生曾有言，“《青琐高议》及《青琐摭遗》，……甚类元人剧本结末之‘题目’与‘正名’，因疑汴京说话标题，体裁或亦如是，习俗浸润，乃及文章。”[①]通过上文的论证可知，当时说话的题目并非七言，事实上，是否具有严格意义上的题目都很值得怀疑，因此，鲁迅先生的《青琐高议》及《青琐摭遗》的七言题目乃受说话标题影响使然这一观点还有待进一步商榷。但其所言的“甚类元人剧本结尾之题目正名”这一观点倒颇给人以启示，且笔者认为以《青琐高议》《醉翁谈录》为代表的长标题不仅与元杂剧之题目正名，亦与同期南戏的开场诗有着一定的渊源关系。具体而言，南戏开场的定场诗以及元杂剧的散场诗，亦即元杂剧结尾的题目正名实际上就是长题目的变种，[②]只不过相较于《醉翁谈录》中如《王魁负心桂英死报》《红绡密约张生负李氏娘》等长题目的“直白”“刻露”，南戏以及杂剧中以七言诗形式呈现出来的长标题表现得更加隐蔽、工巧。以《张协状元》《小孙屠》《宦门子弟错立身》这三部以完整姿态传世的南戏戏文的开场诗为例，便可探出其中的奥妙一二。

如《张协状元》的开场诗为“张秀才应举往长安，王贫女古庙受饥寒。呆小二村□调风月，莽强人大闹五鸡山。”《小孙屠》的开场诗为“李琼梅设计丽春园，孙必达相会成夫妇。朱邦杰识法明犯法，遭盆吊没兴小孙屠。”《宦门子弟错立身》的开场诗为“冲州撞府装旦色，走南投北俏郎君。戾家行院学踏爨，宦门子弟错立身。”这三首开场诗都分别概述了该戏文的故事梗概，且后两个开场诗的末句更是将题目直接隐含其中。显然，这种实为“题目的变相”[③]的“伪开场诗”所提示的故事梗概要远比《绿窗新话》的七言标题乃至于《醉翁谈录》那充其量为十言的长标题还要更为充分、更为全面。元杂剧中的散场诗，亦即“题目正名”的功能亦是如此，如《诸葛亮博望烧屯》

① 鲁迅. 中国小说史略[M]//鲁迅全集：第九卷. 北京：人民文学出版社，2005：125.

② 钱南扬先生曾就南戏开场诗与北剧散场诗所具有的“题目”性质做过论述，“南戏一开始便有四句韵语，用来点明剧情的大纲，这就叫做题目。……题目，在北剧里称为‘题目正名’，也兼有仅称‘题目’，或仅称‘正名’的；不放在开头，而放在末了；……而北剧的剧名，也就是题目正名的末句。”参见钱南扬. 宋元南戏百一录[M]. 哈佛燕京学社，民国二十三年十二月：16—17. 此外，青木正儿亦曾辨析过“杂剧曲本的末尾”所“写着两句或四句八句的对句”是为“题目、正名”，“其实那是戏目，与白并没有关系。”相关论证参见青木正儿著. 元人杂剧概说[M]. 隋树森译. 北京：中国戏剧出版社，1957：23—24. 笔者对青木正儿先生之于杂剧“题目正名”的定性深表赞同，但认为将“题目正名”解释为“题目的正名”，而非“题目”与“正名”更符合实际。例如尚仲贤《凤凰坡越娘背灯》杂剧的简名是《越娘背灯》，而题目的正名则是“龙虎榜杨生点额，凤凰坡越娘背灯。”(天一阁《录鬼簿》)参见赵景深主编、邵增祺编著. 元明北杂剧总目考略[M]. 郑州：中州古籍出版社，1985：172.

③ 钱南扬. 宋元南戏百一录[M]. 哈佛燕京学社，民国二十三年十二月：17.

的题目正名为“曹丞相发马用兵，夏侯惇进退无门。关云长白河放水，诸葛亮博望烧屯。”[①]《玉箫女两世姻缘》的题目正名为“梓檀君谪降金仙，张延赏大闹西川。韦元帅百年风月，玉箫女两世姻缘。”(《元人杂剧选》本，天一本《录鬼簿》只载后二句)[②]以上两例虽为散场诗，但究其实质则都是具有充分概括性的长题目，可以说是《醉翁谈录》七言以上长标题的升级版。

这些以七言诗面目出现的超长题目其概括故事梗概的提示性功能可以说是无与伦比的，且形式美观、朗朗上口，完全可以用作“演出海报”上的宣传语、广告词，起到诸如剧情提要之类的宣传作用。元初人杜善夫曾创作过一套题为《庄家不识勾栏》的散曲，描写的是乡民进城听戏的情景，其中就有一句是“见吊个花碌碌纸榜”。这说明当时的戏园子确实有张贴“演出海报”的风习，其上所书写的广告语应该就是题目正名或正名的末句。譬如《王月英元夜留鞋记》杂剧的宣传词应该就是“郭秀才沉醉误佳期 王月英元夜留鞋记”(《元曲选》)[③]，而不大可能将其简名“留鞋记”书于其上。诸宫调演出时也有类似的宣传海报，如《水浒传》第五十一回说唱诸宫调的白秀英在开场时就曾说道：“今日秀英招牌上明写着这场话本，是一段风流蕴藉的格范，唤做‘豫章城双渐赶苏卿’。”[④]其中提到的“招牌”也就是演出海报，其上书写的广告词也不大可能是“双渐赶苏卿”(见《西厢记》诸宫调引)这样的简名，而很有可能是“豫章城双渐赶苏卿”。这也再次证明了上文所论证的演出实践中并不会使用今日习见之简名，而是多以题目正名，或类似于题目正名的七言诗开场、散场或做广告宣传的观点。

此外，南戏《张协状元》的开场诗虽未像其他例证那样将题目隐于其中，但仍以二十八字的“篇幅”充分地概括了故事梗概，而这种形式在同期的话本小说中实际上已经得到了应用。一般来说，话本小说的散场诗往往都是劝诫性质的，如“当时不解恩成怨，今日方知色是空。”(《刎颈鸳鸯会》散场诗)“劝君出话须诚信，口舌从来是祸基。”(《错斩崔宁》散场诗)但以概括故事梗概为己任的散场诗依然存在，如“万员外刻深招祸，陶铁僧穷极行凶。生报仇万娘坚忍，死为神孝义尹宗。”(《山亭儿》散场诗)“如花妻妾牢中死，似虎乔郎湖内亡。只因做了亏心事，万贯家财属帝王。”(《错认尸》散场诗)“咸安王捺不下烈火性，郭排军禁不住闲磕牙。璩秀娘舍不得生眷属，崔待诏撇不脱鬼冤家。”(《碾玉观音》散场诗)“李社长不悔婚姻事，刘晚妻欲损相公嗣。刘安柱孝义两双全，包待制断合同文字。”(《合同文字记》散场诗)尤其是最后一首，即《合同文字记》的定场诗的最末一句实际上已将题目《合同文字记》隐含其中，俨然就是元杂剧中的题目正名。且元杂剧中就有同题材剧目，题为《包待制智赚合

① 青木正儿著．元人杂剧概说[M]．隋树森译．北京：中国戏剧出版社，1957：23．

② 赵景深主编、邵增祺编著．元明北杂剧总目考略[M]．郑州：中州古籍出版社，1985：343．

③ 赵景深主编、邵增祺编著．元明北杂剧总目考略[M]．郑州：中州古籍出版社，1985：503．

④ 施耐庵、罗贯中．水浒传[M]．北京：人民文学出版社，1975：678．

同文字》，其题目正名为“刘安柱归认祖代宗亲，包龙图智赚合同文字。”（《元曲选》）[①] 当我们将话本小说的题目、散场诗与同题材元杂剧的题目、散场诗（即题目正名）两相对比后，就会愈加清楚地看到二者之间的传承关系。

综上所述，虽然不能因为《绿窗新话》《青琐高议》具有与后世话本小说极为相似的七言标题就将其与话本小说联系起来，但七言题目背后所蕴含的丰富信息又确实说明了其与话本小说之间确实有着某种密切的关联。通过与评话、诸宫调的横向比较可以明确的是，宋说话以及话本并未形成所谓的七言题目范式，且连正式标题的存在与否都很成问题，其所谓的“标题”往往带有极大的随意性。通过纵向与宋元话本以及话本系统以外的宋元南戏、元杂剧的比较可知，文言小说中的两种题目类型，即以《绿窗新话》七言范式为代表的“学院派”和以《青琐高议》《醉翁谈录》中七言以上长题目为代表的“实践派”对诸如话本小说的题目、戏曲的定场诗、散场诗，包括元杂剧的题目正名等均产生了影响，并在相当程度上呈现出了一种双向互动的态势。



① 赵景深主编、邵增祺编著．元明北杂剧总目考略[M]．郑州：中州古籍出版社，1985：544.

# 第三章　两性题材说话名目的文本样态考察

## ——以《醉翁谈录·小说开辟》所列“灵怪类”“烟粉类”“传奇类”三大说话名目为主

本节考证以谭正璧先生《宋人小说话本名目内容考》以及胡士莹先生《话本小说概论》第八章《宋元以来官私著述中所载的宋人话本名目》为重要参考。[①] 在前辈学人相关考证的基础上，再结合己见得出结论。其中或有与前辈学人相左之处，还望方家指正。

### 一、灵怪类

#### 1. “杨元子”——宋人故事

明人晁瑮《宝文堂书目》有《墓道杨元素逢妖记》，谭正璧《话本与古剧》上卷话本之部《宋人小说话本名目内容考》中写为《慕道杨元素逢妖传》，笔者查《晁氏宝文堂书目》，实为“墓道”，故“慕道”应误。如为“慕道”，则该故事更应被归入神仙类，而非灵怪类。[②]“墓道逢妖”当出于社会传闻，属灵怪性质。按杨绘字元素，“子”当为“素”字之讹。《宋史》有传，但并无其“墓道逢妖”之类的记载，当是社会传闻对杨元素的附会。

#### 2. “汀州记”——宋人故事

故事或出《夷坚乙志》卷七《汀州山魈》，或《夷坚支景》卷八《汀州通判》，两个故事均涉及灵怪，且题目均与《汀州记》相近，都有成为说话题材的可能。

#### 3. “崔智韬”——唐人故事，宋时继续流传

本事出于唐人薛用弱《集异记》(亦见《太平广记》卷四三三)，又《太平广记》卷四二七引《原化记·天宝选人》一则，本事略同，或为一事两传。宋官本杂剧、金诸宫调、元人杂剧皆有同题材作品。

---

① 参见谭正璧.话本与古剧[M].上海:上海古籍出版社,1985:14—29;胡士莹.话本小说概论[M].北京:中华书局,2011:302—319.

② 参见(明)晁瑮.晁氏宝文堂书目[M].北京:古典文学出版社,1957:117;谭正璧.话本与古剧[M].上海:上海古籍出版社,1985:14.

4. **“李达道”——宋人故事**

本事出于宋李献民《云斋广录》卷五《丽情新说》之《西蜀异遇》。《西蜀异遇》乃长篇的通俗文言传奇，即“李达道”说话故事很可能是以成熟的文言文本为底本。此事似为宋代的社会传闻，并在流传过程中有所增饰。如邵博《河南邵氏闻见后录》卷三十载，“程致中为予言，近岁云斋小书出丹棱李达道遇女妖事，不妄。致中亲见泥金鸳鸾出入云气中，黄色衣奇丽夺目，非人间之物，盖妖所服留以遗达道者。”

5. **“红蜘蛛”——宋人故事**

《宝文堂书目》乐府类著录，题作《红白蜘蛛记》，当为剧本名目。宋元戏文、明杂剧均有相关题材剧目。此外，尚有元刊本《新编红白蜘蛛记小说》残页(仅存末页)存世。有关神臂弓的记载屡见于宋代文人笔记，如《梦溪笔谈》卷十九《器用》《容斋三笔》卷十六《神臂弓》《曲洧旧闻》卷九、《挥麈三录》卷三《洪景伯试克敌弓铭》等，徐梦莘《三朝北盟会编》卷二一引李大谅《征蒙记》中也提到金兀术深畏此弓。《红白蜘蛛》写郑信倚仗神臂弓保宋抗金事，无疑体现出了一种鲜明的宋人情绪。



6. **“铁瓮儿”——唐或唐前故事，宋时继续流传**

谭正璧先生认为出处不详，待考。胡士莹认为或出自《稽神录・彭虎子》(《太平广记》卷三一八)。其所叙故事涉鬼怪异物，且有床头瓮出现，或可能为说话所本，可备一说。《稽神录》作者为徐铉，宋初人，实为南唐入宋。《稽神录》序称“自乙未岁至乙卯，凡二十年，仅得百五十事。”(见《郡斋读书志校证》第十三卷小说类)[①]即于公元935年至公元955年撰写此书，为入宋之前作品。其所叙录的当为唐或唐前故事。

7. **“水月仙”——宋人故事**

据胡士莹先生考，此故事著录于《宝文堂书目》，题作《邢凤此君堂遇仙传》，《绿窗新话》卷上亦有《邢凤遇西湖水仙》。查《绿窗新话》所载故事为人仙遇合事，且“邢凤”、“此君堂”“水月仙”等称谓与《邢凤此君堂遇仙传》皆合，当与说话故事“水月仙”有直接的渊源关系。谭正璧先生认为出自《夷坚丙志》卷十四《水月大师符》，查该故事为道符灵异事，虽涉神怪，但在称谓上不符，仅为“水月大师”而已。谭判断应误，故不取。《绿窗新话》注出自《商芸小说》，应为《殷芸小说》之误。但查《殷芸小说》，并无此条。按语又云唐谷神子《博异志》始具雏形，但查《博异志》，亦无此条，待查。

8. **“大槐王”——唐人故事，宋时继续流传**

据胡士莹先生考，本事出于唐裴铏《江叟》(《太平广记》卷四一六 草木十一)。《江叟》事涉灵怪，且明确提及“大槐王”一词，如“某昨夜，闻槐神与盘豆官道大槐王论语云云。”此外，荆山槐与大槐还曾就大槐王的王位问题展开过对话，如“荆山槐



---

① (宋)晁公武撰.郡斋读书志校证[M].孙猛校证.上海:上海古籍出版社,1990:555.

曰：‘大兄何年抛却两京道上槐王耳。’大槐曰：‘我三甲子，当弃此位。’荆山槐曰：‘大兄不知老之将至，犹顾此位。’”①说话故事当本于此篇。赵景深疑出于唐李公佐《南柯太守传》，见《太平广记》卷四七五，题作《淳于棼》。该篇虽事涉灵怪，但文中所叙实为“大槐安国”，该国的国王则被直称为“王”，并无“大槐王”一说，主人公淳于棼则为该国之驸马。两相比较，笔者更倾向于胡士莹先生的观点，《南柯太守传》一说不取。

9. “妮子记”——宋人故事

本事当出于宋刘斧《青琐高议》之《泥子记》，但今本《青琐高议》并无此篇。今本《青琐高议》实为南宋书坊的重编本，与原书面貌极为不同，窜入、缺佚现象大量存在。程毅中先生辑录佚文15条，附于上海古籍出版社《青琐高议》别集之后，题作《青琐高议补遗》，《泥子记》就是其中的一条佚文，辑自宋曾慥《类说》卷四十六。“妮”当为“泥”字之讹。金院本、元杂剧、宋元戏文均有同题材作品。

10. “铁车记”

本事不详，待考。

11. “葫芦儿”——宋人故事

将几位前辈学者的考证相参照，可知《葫芦儿》的本事出处大致有如下三种可能：1. 据谭正璧先生考，本事应出于唐皇甫氏《原化记·葫芦生》，但查其所叙为占卜灵验事，并无鬼怪异物，葫芦生即占卜先生。似更应归入妖术类，而非灵怪类；2. 魏尧西疑其“葫芦儿”事或与明长篇神魔小说《平妖传》第二十九回《杜七圣狠行续头法》中杜七圣用葫芦儿施幻术断小儿头事相似。据胡士莹先生考，《平妖传》中杜七圣施幻术的本事当出于唐尉迟偓《中朝故事》，且宋人笔记如《西湖老人繁盛录》《武林旧事》中确有杜七圣施行法术的记载。但属妖术而非灵怪。3. 赵景深先生认为“葫芦儿”当为《宝文堂书目》收录的《葫芦鬼》，即《京本通俗小说》之《西山一窟鬼》。查该故事确实事涉灵怪，且小说结尾处赶来捉鬼的道士手持一个葫芦，将所有的鬼全部收入其中，成了“一葫芦的鬼”。因此，笔者以为相较于前两项，此项的可能性最大。此外，赵景深先生还提出一条论据，即“且《宝文堂书目》著录了《葫芦鬼》，却没有著录《西山一窟鬼》，明是一本。”②笔者对此并不完全赞同。如果说《京本通俗小说》中的所有篇目全部收录，却唯独没有《西山一窟鬼》，则几乎可以断定其所收录的《葫芦鬼》就是《西山一窟鬼》。题目虽有所改动，但这种情况在《宝文堂书目》中十分普遍。如同出于《京本通俗小说》的《碾玉观音》在《宝文堂书目》中被录为《玉观音》，《志诚张主管》被录为《小金钱记》，《冯玉梅团圆》被录为《冯玉梅记》。关键问题在于

① (宋)李昉：太平广记：第九册[M]. 北京：中华书局，1961：3389—3390.

② 胡士莹. 话本小说概论[M]. 北京：商务印书馆，2011：307.

包括《西山一窟鬼》在内，《京本通俗小说》中尚有两篇，即《拗相公》、《菩萨蛮》同样未被收录于《宝文堂书目》。因此，赵景深先生的这条论据并不能说明问题。不过尽管如此，其所认定的《西山一窟鬼》仍具有最大的可能性，故从赵说。如此一来，"葫芦儿"说话便与话本小说发生了直接联系。

12. **"人虎传"——或为唐人故事**

唐李景亮有《人虎传》，亦见张读《宣室志》(《太平广记》卷四二七)

13. **"太平钱"——宋元故事**

宋元戏文有《朱文贵使太平钱》(《永乐大典》卷一万三千九百八十九)，戏文已佚，但闽戏中亦有《朱文太平钱》，从胡士莹先生提供的戏文内容可知仅为诈称鬼魂祟人，其实并无真鬼出现。但据胡士莹先生考，《书生负心》散曲中有云，"昔有朱文，太平钱鬼为缔姻。"据谭正璧先生考，《南九宫谱·黄钟赚·集六十二家戏文名》中亦有"昔有《朱文太平钱》，鬼为缔姻。"此外，话本小说《金明池吴清逢爱爱》(《警世通言》第三十卷)开场诗中也有"朱文灯下逢刘倩，师厚燕山逢故人。"韩师厚燕山逢郑意娘鬼魂、吴清金明池逢爱爱鬼魂都是话本小说中著名的人鬼遇合故事，与之并列的"朱文灯下逢刘倩"亦应为同题材故事。因此，今传之闽戏戏文很可能经过了删改，原本的人鬼恋情节已被删去，至于小说文本中则似乎并没有同题材故事存在。如若果真如此，"太平钱"说话名目则极有可能直接取材于戏文，或还有另一种可能，即戏文与说话均取材于当时的社会传闻亦未可知。

14. **"芭蕉扇"——出处不详，待考**

本事不详。不知是否与《西游记》故事有关，元杂剧、金院本中都有以"西游"故事为题材的作品，但不知是否有芭蕉扇情节。据谭正璧先生考，元杨景言的《西游记》杂剧中倒是有铁扇公主出现，但其所使用的扇子被称作铁扇，而非芭蕉扇。

15. **"八怪国"**

出处不详，待考

16. **"无鬼论"——宋人故事**

本事出于宋李献民《云斋广录》卷七《奇异新说》，金院本有同题材作品。

### 二、烟粉类

1. **"推车鬼"——唐前故事，宋时继续流传**

据胡士莹先生考，本事出于唐释道世的《法苑珠林》，《太平广记》卷三一九(鬼四)引作《周临贺》。查该则故事中确实出现了女鬼，且该女鬼被唤去推车，如"向一更，闻外有小儿唤阿香声，女应曰：'诺。'寻云：'官唤汝推雷车。'女乃辞行。"(《思慎篇·慎过部第五·感应缘》,见《法苑珠林》卷第四十六)[1]但情节极为简略,并无人鬼幽期事,姑且存疑。查《法苑珠林》该条旁有小注云,"右此三验出《续搜神记》",当为唐前故事。

2. "灰骨匣"——宋人故事

据胡士莹先生考,其本事出于《夷坚丁志》卷第九《太原意娘》,查该则故事中有人鬼情缘,女鬼索命等烟粉类故事的典型情节,且有发冢裹骨迁葬事,但并未提及"灰骨匣"。谭正璧先生疑为《夷坚支景》卷第九《王县尉小箱》,查该则故事记一书生迁葬所欢妓女之骨灰事,明确提及骨灰被存放于一个"黑板箱"中。笔者认为此两则故事均有可能成为"灰骨匣"的本事来源。此外,胡士莹先生否认了《西内骨灰狱》(《夷坚乙志》卷第七)为"灰骨匣"本事的可能性。查该则故事写到为了粉饰宫城,需要大量的"牛骨和灰,不能给",但"洛城外二十里,有千人冢数十丘。"于是,有人献策说这数十座的千人冢"皆无主朽骴,发而焚之,其骨不可胜用矣。"如此巨量的骨灰显然与一"匣"之量不符,且并无烟粉类故事情节,故不取。

3. "呼猿洞"——本事不详, 待考

据谭正璧先生与胡士莹先生考,《高僧传》《西湖游览志》《咸淳临安记》卷二十三中虽有僧人养猿事,但并无女鬼事,当与说话故事无关。

4. "闹宝录"

本事不详,待考。

5. "燕子楼"——宋人故事

"燕子楼"本事虽出于唐白居易《和燕子楼诗序》,宋皇都风月主人《绿窗新话》卷下亦有《张建封家姬吟诗》,但此二处材料均无女鬼事,相较于烟粉类,纳入传奇类更为合适。真正与女鬼情节有关的是话本小说《钱舍人题诗燕子楼》(《警世通言》第十卷),该话本小说可以说是传奇类故事与烟粉类故事的结合,前半部分似本于《张建封家姬吟诗》(《绿窗新话》卷下),后半部分则增饰了钱希白登燕子楼遇盼盼鬼魂事。钱希白遇鬼事或许为宋代的社会传闻,之所以将盼盼鬼魂事附会于钱希白,很可能是因为钱希白本人就性喜鬼神,其所作的《越娘记》《桑维翰》《乌衣传》等通俗文言传奇作品均涉灵怪,与其有关的社会传闻亦被采入话本小说中。因此,相较于唐传奇类的渊源,经过全面改造的宋烟粉类近源与说话故事发生的关系更为密切。因此,笔者认为该说话故事或取材于《钱舍人题诗燕子楼》这一话本小说,或直接取材于钱希白遇鬼的社会传闻,两种情况皆有可能。

此外,据胡士莹先生考,《夷坚丙志》卷十五亦有《燕子楼》,[2]与钱希白遇鬼事同

---

① (唐)释道世撰. 法苑珠林校注[M]. 周叔迦、苏晋仁校注. 北京:中华书局,2003:1409.

② (宋)洪迈撰. 夷坚志[M]. 何卓点校. 北京:中华书局,1981:495.

涉女鬼题材，且同为宋人传说，但知者甚少。就故事流传的广度而言，显不如关盼盼鬼魂事。因此，即便考虑到《夷坚丙志》之《燕子楼》故事的存在，“燕子楼”说话故事的本事仍为钱希白遇关盼盼鬼魂事，《夷坚丙志》之《燕子楼》仅聊备一听而已。

6. “贺小师”

本事不详，待考。

7. “杨舜俞”——宋人故事

本事出于宋刘斧《青琐高议》别集卷三《越娘记》，为钱希白作，写杨舜俞为女鬼迁葬但为德不卒事。《绿窗新话》上卷有《越娘闻诗句动心》，此条注云“出《丽情集》”。谭正璧先生认为此则故事与《越娘记》题材不同，胡士莹先生则认为是《越娘记》的简略版。查该故事实为越娘在丈夫死后便与其小叔子陈敏夫相狎的风流故事，与《青琐高议》之《越娘记》毫不相干。胡士莹先生所言应误，故其“杨舜俞”说话故事的本事出于《丽情集》的判断也应是错误的。

8. “青脚狼”

本事不详，待考。

9. “错还魂”

本事不详，待考。

10. “侧金盏”

本事不详，待考。

11. “刁六十”

本事不详，待考。

12. “斗车兵”

本事不详，待考。

13. “钱塘佳梦”——宋人故事

本事出于宋王宇《司马才仲传》，亦见宋李献民《云斋广录》卷七《奇异新说》之《钱塘异梦》。该说话故事应取材于成熟的通俗文言传奇。

14. “锦庄春游”——宋人故事

本事出于《绿窗新话》上卷《金彦游春遇会娘》，此条注云“出《剡玉小说》”，但“《剡玉小说》不详撰人，各家书目均无著录。”[①]此外，该故事情节颇似《吴小员外》(《夷坚甲志》卷四)，皆为男主人公春游时与一女子相会甚欢，其后该女子因无缘再见而相思成疾，死后其鬼魂假托某个借口与不知情的男主人公生活在一起，亦为人

① (宋)皇都风月主人著. 绿窗新话[M]. 周楞伽笺注. 上海：上海古籍出版社，1991：47.

鬼遇合的烟粉类故事。《吴小员外》为话本小说《金明池吴清逢爱爱》(《警世通言》第三十卷)的本事出处。

15. “柳参军”——唐人故事，宋代继续流传

本事出于唐李朝威《柳参军传》,《绿窗新话》卷上题作《崔娘至死为柳妻》。

16. “牛渚亭”

本事不详,待考。

### 三、传奇类

1. “莺莺传”——唐人故事，宋时继续流传

本属出于唐元稹《会真记》(亦名《莺莺传》),《绿窗新话》卷上题作《张公子遇崔莺莺》。

2. “爱爱词”——宋人故事

据胡士莹先生考,其本事为《绿窗新话》卷下《杨爱爱不嫁后夫》,此条注“出《苏子美文》”。苏子美,即苏舜钦,宋初人。但据周楞伽考,“今本《苏学士文集》不载,仅见于《侍儿小名录拾遗》引苏子美《爱爱集》”,且“此条与原文无大差异,仅略数句”。[①]查《侍儿小名录拾遗》,其结尾处为“后三年念遑之勤,感疾而死。小婢子锦儿,今尚在。其绣手籍香囊缬履数物,香皆郁然而新。”并无楚子转述爱爱死讯之事,当为《绿窗新话》所增。此外,《绿窗新话》版故事还特别赞美了爱爱对贞操的坚守,“其节介高绝,至死无能侵乱之者”[②],改动颇大。相较之下,《侍儿小名录拾遗》更似为本事之出处。

3. “张康题壁”——唐人故事，宋时继续流传

据谭正璧先生考,其本事出于《青琐高议》前集卷六《温泉记》,其副标题为“西蜀张俞遇太真”,作者为亳州秦醇,《绿窗新话》卷上亦有《张俞骊山遇太真》。

4. “钱榆骂海”

本事不详,待考。

5. “鸳鸯灯”——宋人故事

其本事见于宋陈元靓《岁时广记》卷十二“约宠姬”条所引的《蕙亩拾英集》,至二人来年如约相会止。该事亦见《醉翁谈录》壬集卷一“负心类”之《红绡密约张生负李氏娘》。这是一篇相当成熟的长篇通俗文言传奇。其中又增加了借卖花人巧传消息、尼姑庵幽会、私奔他乡、张生负心、二女争夫并诉诸公堂,最后由包待制主持公

---

① (宋)皇都风月主人著.绿窗新话[M].周楞伽笺注.上海:上海古籍出版社,1991:142.

② (宋)皇都风月主人著.绿窗新话[M].周楞伽笺注.上海:上海古籍出版社,1991:142.

道，以二女共侍一夫的大团圆结局收场等一系列情节，体现了鲜明的市民趣味。不知“鸳鸯灯”说话故事所据为何，如是《蕙亩拾英集》版的则仅到如约相会为止，如是《醉翁谈录》版的则延伸至二女共侍一夫的大团圆结局，不得而知。

此外，胡士莹先生认为《醉翁谈录》版的《红绡密约张生负李氏娘》“当为这个头回（即“鸳鸯灯”说话故事）直接依据的底本”，其理由是因为“中间（笔者按：即《红绡密约张生负李氏娘》）保存着不少口语”[①]，笔者以为对这一问题的探讨还可再进一步深入下去。《蕙亩拾英集》版故事显然更倾向于才子佳人式的情节设定，而《醉翁谈录》版的《红绡密约张生负李氏娘》则在此基础上增加了大量极具市民趣味的情节，从而使得原本的才子佳人故事变得更加符合市民大众的口味。这种极具针对性的改写显然是将市民大众当做了预想的接受群。因此，相较于《蕙亩拾英集》版的才子佳人故事，《醉翁谈录》版的《红绡密约张生负李氏娘》确实更适合于充当说话艺人的参考资料（底本），即“鸳鸯灯”说话故事极有可能直接取材于《红绡密约张生负李氏娘》，敷演的是从巧传香囊、密约私奔一直到妻妾共处、同侍一夫的完整故事。相较于“保存着不少口语”的理由，叙事倾向性的调整显然更能说明问题。不过，也不能排除另一种可能，即《红绡密约张生负李氏娘》即为原故事，而《蕙亩拾英集》版则对原版故事进行了删节。

6. “夜游湖”——宋元故事

本事为《裴秀娘夜游西湖记》，见于《万锦情林》卷之二（上层），目录题作《秀娘游湖》。《万锦情林》虽为明刊本，但孙楷第先生认为其中收录的《裴秀娘夜游西湖记》“雅近宋元，似其时代甚早，至少亦从宋元旧本。”[②]胡士莹先生与谭正璧先生均表赞同。

7. “紫香囊”——宋人故事

谭正璧先生怀疑此说话故事为明邵灿传奇《香囊记》所取材，如若果真如此，则可从中大致窥测出“紫香囊”说话故事的基本内容。该传奇所叙为宋张九成事，但据《宋史》所载，张九成并无使金事，亦无夫妻散而复合事。笔者认为虽不能排除邵灿在编写传奇时有所增饰的可能性，但夫妻离散、破镜重圆的桥段非常符合市民大众的欣赏口味，很有可能早在宋代流传之时便附会到了张九成身上，并作为社会传闻一直传播到了明代。由于并没有发现相关的小说文本，“紫香囊”说话故事很有可能直接以当时的社会传闻为底本。

此外，胡士莹先生还考证出宋元南戏中有《杨实锦香囊》佚曲九支，但无法证实此《锦香囊》故事与《紫香囊》故事是否为同一个故事。如若果真如此，则有三种可能

① 胡士莹.话本小说概论[M].北京：商务印书馆，2011：284.

② 孙楷第.日本东京及大连图书馆所见中国小说书目提要[M].北平：国立北平图书馆、中国大辞典编纂处，中华民国二十一年（一九三一）六月：240.

性，即说话故事本于戏文，或戏文以说话故事为参考，或两者皆本于第三方，而第三方则很有可能就是当时流行的社会传闻。

8．“徐都尉”——**唐前故事，唐宋间继续流传**

本事出于唐孟棨《本事诗》，《醉翁谈录》癸集卷一“重圆故事”中亦有《乐昌公主破镜重圆》。此故事在宋代大曲、宋元戏文、元杂剧、明传奇中均有相关作品，可参见谭正璧先生与胡士莹先生的相关考证。

9．“惠娘魄偶”——**（1）宋人故事，元明继续流传；（2）唐人故事，宋时继续流传**

据胡士莹先生考，此说话故事应与明周朝俊的传奇《红梅记》中贾似道侍妾李慧娘事有关，《红梅记》则是依据宋元以来的民间传说敷衍而成。如此说成立，则“惠娘魄偶”说话故事的传播情况应与“紫香囊”十分相似，都很可能是依据某一社会传闻而来，或演化为说话故事，或为传奇所取材。至于说话与传奇二者之间有无渊源关系则很难下定论。

谭正璧先生则否定了胡氏的观点，理由有二：“一则李慧娘名字不见于宋人著作，二则时代在宋将亡时，似太晚了些。”[①]查贾似道为宋理宗时权臣，死于德祐元年(1275)，而南宋亡于祥兴二年(1279)，距南宋灭亡仅相差四年。就时间而言，确如谭正璧先生所言“太晚了些”，但贾似道斩侍妾事作为说话名目被列入《醉翁谈录》亦并非没有可能。就《醉翁谈录》的成书年代而言，虽尚无定论，但可以大致归结为“宋末元初刊”说、“元初刻本”说、“宋末刊本”说此三种。[②] 如果仅就一个笼统的时间段来说，《醉翁谈录》的成书年代大致可以限定于从宋末到明初这一时间范围内，而这一时间段恰恰与贾似道死后与其有关的种种传闻在社会上迅速流传开来的时间相重合。这些极具时事性的社会传闻被说话人利用以编成说话故事，同时又被罗烨收入同一时期内即将成书的《醉翁谈录》中，笔者认为这种可能性是完全存在的。可供旁证的是，元周一清的《钱塘遗事》与明初瞿佑的《剪灯新话》卷之一的《绿衣人传》中均载有贾似道斩侍妾事，《绿衣人传》中还写到了与贾似道有关的其他社会传闻，再与上文提及的明周朝俊的传奇《红梅记》相联系，我们就可以清晰地看到随着贾似道的死以及南宋的灭亡，与其有关的社会传闻在宋末元初的这一时间段内被广泛传播的种种途径，而说话不过是众多途径中的一个而已。因此，笔者赞同胡士莹先生的观点。

不过，谭正璧先生又认为“惠娘魄偶”说话故事可能出于唐陈玄佑的《离魂记》，《绿窗新话》卷上亦有《张倩娘离魂魄夺婿》，此种说法亦有可能。或有人认为该故事

---

① 谭正璧．话本与古剧[M]．上海：上海古籍出版社，1985：25.

② 有关《醉翁谈录》成书年代的各家观点参见凌郁之．走向世俗——宋代文言小说的变迁[M]．北京：中华书局，2007：298—300.

情节中的“生魂出窍”与传奇类的分类标准不符，但以“贾似道斩侍妾”为本的《红梅记》等故事中亦有人鬼相恋的情节，皆非全力展现人世间青年男女悲欢离合的传奇类故事。严格来说，“惠娘魄偶”这一说话题目被置于“传奇”类本身就有问题，除非另有所本，否则被置于“烟粉”类中似乎更为合适。

10. “王魁负心”——宋人故事

据谭正璧先生考，其本事出于张邦几《侍儿小名录拾遗》及曾慥《类说》卷三十四引《青锁摭遗》，而据胡士莹先生考，其本事应出于张师正《括异志》卷三“王廷评”条。查王魁即王俊民，嘉佑六年（公元1061年）进士状元及第，宋仁宗时人，张师正亦为宋仁宗时人，而曾慥则为南宋初年人，至于《侍儿小名录拾遗》的作者，已有学者考证出并非是《稗海》本所言的“宋晋阳张邦几”，而是南宋初年人董弅。[①] 因此，笔者以为相较于同为南宋初年人的曾慥与董弅，与王俊民几乎同时的张师正所叙才更有可能是本事之出处。王俊民事应是宋元时期广为流传的社会传闻，北宋末年徽宗时人李献民《云斋广录》卷六《丽情新说》有《王魁歌并引》，《醉翁谈录》中除说话名目“王魁负心”外，辛集卷二“负约类”中亦有通俗文言传奇《王魁负心桂英死报》。此外，宋官本杂剧、元杂剧、宋元戏文、明杂剧、明传奇中皆有同题材作品。

11. “桃叶渡”

本事不详，待考。

12. “牡丹记”——宋人故事

其说话故事当与《宝文堂书目》中的《宿香亭记》有关，亦即《宿香亭张浩遇莺莺》（《警世通言》第二十九卷）。《青琐高议》别集卷四有通俗文言传奇《张浩》，副标题为“花下与李氏结婚”，《绿窗新话》卷上亦有《张浩私通李莺莺》，该故事应在宋代广为流传。

据笔者考察，《绿窗新话》中的《张浩私通李莺莺》与《青琐高议》中的《张浩》所叙虽为同一个故事，但其实并不完全相同。这就存在着一个“牡丹记”说话故事究竟所本为何的问题，但谭正璧先生与胡士莹先生对此皆保持沉默。查《绿窗新话》版的情节仅到二人私会为止，而《青琐高议》版的情节则更像是在《绿窗新话》版基础上的延续，其后又增加了张浩迫于家长势力而另娶他人，莺莺得知后上告官府，官府主持公道让张、李二人得以成亲等情节。这新增的后半部分与《醉翁谈录》版的《红绡密约张生负李氏娘》的后半部分极为相似，都有书生负心、女子上告、官府证婚，终得团圆等基本情节，而新增的一系列情节显然更符合市民趣味。相较于更具才子佳人意味的《绿窗新话》版故事，《青琐高议》版的故事显然更适合于说话人的场上敷演。因此，笔者以为“牡丹记”说话故事所本的极可能就是《青琐高议》中的《张浩》。

---

① 参见罗宁、张克然. 侍儿小名录书考[M]//周裕锴主编. 第六届宋代文学国际研讨会文集. 成都：巴蜀书社，2011.

此外，可能有人会对笔者的“《青琐高议》版的情节则更像是在《绿窗新话》版基础上的延续”这一观点提出质疑。的确，就两书的成书年代而言，《青琐高议》成书在前，而《绿窗新话》成书在后。[①] 但有一点须明确的是，今本《青琐高议》并非该书的原貌，而是南宋书坊的重编本，且“不唯是南宋重编本，而且又经过南宋或元代人的增补。”[②]如此看来，今本《青琐高议》的成书时间就很可能与《绿窗新话》的成书时间极为相近，南宋书坊完全有可能在《绿窗新话》相关故事的基础上对《青琐高议》进行增补、改编。当我们将《青琐高议》版故事的前、后两部分相对比后就会发现，笔者的这一观点在小说文本中可以得到证实。具体而言，《青琐高议》之《张浩》故事的前后篇幅分配极为不均，后半部分在概述完新增的情节后就匆匆煞尾，很给人一种敷衍了事的感觉，这与前半部分花费了大量篇幅所进行的细致描摹形成了鲜明对此，增补痕迹十分明显。且增补的后半部分就其文采意蕴而言也远远达不到前半部分的水准，显非同一作者，其增补的后半部分很可能出于一个文才相对匮乏的文人，甚或就是南宋书商所为亦未可知。

此外，还有一点须明确的是，这两个说话故事，即“鸳鸯灯”与“牡丹记”彼此之间似乎具有一定的关联性。就“鸳鸯灯”说话故事的形成而言，《蕙亩拾英集》版的故事仅仅提供了到二人私会为止的前半部分内容，而《醉翁谈录》版的故事则是在《蕙》版故事的基础上增加了后半部分情节，并成为说话故事“鸳鸯灯”的直接底本。“牡丹记”说话故事的形成过程与之极为相似。具体而言，《绿窗新话》的故事也仅提供了到二人私会为止的前半部分内容，而《青琐高议》版的故事则在《绿》版故事的基础上增加了后半部分情节，并成为说话故事“牡丹记”的直接底本。且这两个故事各自新增的后半部分情节又极具相似性。这不禁让人思考这样一个问题，这两个故事的后半部分彼此之间是否有所参照，如若果真如此，又究竟是谁参照的谁呢？大体相似的基本情节在《青琐高议》版“牡丹记”故事的后半部分中仅用了极短的篇幅就匆匆而过，并与前半部分花费大量篇幅所进行的细腻描摹形成了鲜明对比，很给人一种敷衍了事的感觉，而《醉翁谈录》版“鸳鸯灯”故事的前后部分则篇幅均匀，且风格统一。因此，笔者认为《醉翁谈录》在为《蕙亩拾英集》版“鸳鸯灯”故事增加后半部分时，很有可能参考了《青琐高议》中《张浩》故事的后半部分，并在吸收了其基本情节的基础上踵事增华，铺排出《红绡密约张生负李氏娘》这篇长篇通俗文言传奇。即便从《青琐高议》与《醉翁谈录》各自的成书时间来看，这种可能性亦是存在的。如笔者的推测果真成立，则已有的通俗文言传奇作品很可能成为文本编写的直接依据。

---

① 据李剑国先生考，《青琐高议》“最后定稿时间大约在哲宗元祐年间”，而《绿窗新话》则“大约编于绍兴十八年后至绍兴三十二年间”，参见李剑国.宋代志怪传奇叙录[M].天津：南开大学出版社，1997：183、294.即《青琐高议》成书在前，而《绿窗新话》成书在后。

② 李剑国.宋代志怪传奇叙录[M].天津：南开大学出版社，1997：182.

13. “花萼楼”

本事不详,待考。

14. “章台柳”——唐人故事,宋时继续流传

据谭正璧先生与胡士莹先生考,本事当出于唐许尧佐《章台柳传》(亦作《柳氏传》),《绿窗新话》卷上有《沙吒利夺韩翃妻》,《醉翁谈录》癸集卷二“重圆故事”有《韩翃柳氏远离再合》。金院本、宋元戏文、元杂剧、明传奇等都有同题材作品,皆为韩翃柳氏事。唯明万历年间熊龙峰刊本《苏长公章台柳传》前半部分将韩翃借换为苏轼事。相较于“苏柳”故事,“韩柳”故事更为脍炙人口,故“章台柳”说话内容当为后者。

15. “卓文君”——宋人故事

司马相如与卓文君的风流韵事出于《史记·司马相如列传》,《绿窗新话》卷下有《文君窥长卿抚琴》,此条注“出《司马相如传》”。据周楞伽考,《文君窥长卿抚琴》“系节录《史记·司马相如列传》中一段,又增以司马相如《琴歌》”[①],但并无“瑞仙亭”事。明确提及“瑞仙亭”的是《宝文堂书目》,著录为《风月瑞仙亭》,当为清平山堂刊本之《风月瑞香亭》,并成为话本小说《俞仲举题诗遇上皇》(《警世通言》第六卷)的头回故事。此外,据程毅中先生考,“元末明初汤式有《风月瑞仙亭》杂剧,已佚。仅《北宫词纪》卷五收其《南吕·一枝花》套曲,题作《题卓文君花月瑞仙亭传奇》(《全元散曲》一五三〇页),尚可参证。”[②]查《全元散曲》之《卓文君花月瑞仙亭传奇》(笔者按:《全元散曲》题作《卓文君花月瑞仙亭传奇》,题目中并无“题”字),不仅题目中明确提及“瑞仙亭”,文本中亦有“抚琴挑情”事,如“隔幽花一片琴声”,“明出落求鸾觅凤”[③]皆为《史记·司马相如列传》所无有。更为重要的是,【尾声】部分更是明确交代了“且休将史记里源流细参订,传奇无准绳,关目是捏成,请监乐的先生自思省”[④],即该剧并非忠实于《史记》的“原版”故事。这一编写情况普遍适用于元明清时期流传着的话本小说、宋官本杂剧、元明杂剧、宋元戏文、明传奇等同题材作品,换言之,包括抚琴挑情、瑞仙亭私会等情节在内的卓文君故事才是当时民间社会中的流传样态。相较于更忠实于《史记》的《绿窗新话》版之《文君窥长卿抚琴》,“自是小说家格局”[⑤]的话本小说《风月瑞仙亭》更易为说话人所取材。

因此,笔者认为“卓文君”说话故事当与话本小说《风月瑞仙亭》有着直接的渊源关系,而与《史记·司马相如列传》以及《绿窗新话》版故事并无太多关联。具体来说,就司马相如与卓文君的风流韵事而言,其本事自然出于《史记·司马相如列传》,

① (宋)皇都风月主人著.绿窗新话[M].周楞伽笺注.上海:上海古籍出版社,1991:215.

② (明)洪楩辑.清平山堂话本校注[M].程毅中校注.北京:中华书局,2012:94.

③ 隋树森.全元散曲[M].北京:中华书局,1964:1530.

④ 隋树森.全元散曲[M].北京:中华书局,1964:1531.

⑤ 胡士莹.话本小说概论[M].北京:商务印书馆,2011:274.

但就宋元明所普遍流传着的故事样态来看，其本事当出于话本小说《风月瑞仙亭》。该故事在经过改造后已然具有了浓郁的民间气息，而《史记·司马相如列传》不过是提供了一个遥远的背景而已。从这一层面上讲，“卓文君”说话故事可以说已经成为了宋人故事。

16. “李亚仙”——唐人故事，宋时继续流传

本事出于唐白行简之《李娃传》，《绿窗新话》卷下有《李娃使郑子登科》，《醉翁谈录》癸集卷一“不负心类”有《李亚仙不负郑元和》。元杂剧、宋元戏文、明传奇皆有同题材作品。

17. “崔护觅水”——唐人故事，宋时继续流传

本事为唐孟棨《本事诗》，《绿窗新话》卷上有《崔护觅水逢女子》。金诸宫调、宋官本杂剧、宋元戏文、元明杂剧、明清传奇等皆有同题材作品。

18. “唐辅采莲”——本事不详，待考

**表格一:《醉翁谈录·小说开辟》所列两性关系题材“说话”故事的文本样态与分布情况**

| | 唐前故事 | 唐人故事 | 宋(元)人故事 |
|---|---|---|---|
| 唐人小说 | 2 | 10 | |
| 宋通俗文言传奇 | | 2 | 8 |
| 宋人笔记杂录 | 1 | 1 | 5 |
| 宋话本小说 | 1 | | 5 |
| 《绿窗新话》 | | 7 | 4 |
| 社会传闻 | | | 5 |
| 宋戏曲 | | | 2 |

**表格二:唐人故事在宋代的流传样态(《醉翁谈录》所列以唐人故事中两性关系为题材的“说话”名目与相应的唐宋文本样态)**

| 说话名目 | 唐人小说(出处) | 宋代通俗文言传奇 | 宋人笔记杂录 | 《丽情集》 | 《绿窗新话》 |
|---|---|---|---|---|---|
| 崔智韬 | [唐]薛用弱《集异记》 | | | | |
| 铁瓮儿 | [唐]徐铉《稽神录·彭虎子》 | | | | |
| 大槐王 | [唐]裴铏《江叟》 | | | | |
| 人虎传 | [唐]李景亮《人虎传》 | | | | |
| 莺莺传 | [唐]元稹《会真记》，亦名《莺莺传》 | | | 环者还也 | 《张公子遇崔莺莺》(卷上) |

| 说话名目 | 唐人小说(出处) | 宋代通俗文言传奇 | 宋人笔记杂录 | 《丽情集》 | 《绿窗新话》 |
| --- | --- | --- | --- | --- | --- |
| 章台柳 | [唐]许尧佐《章台柳传》,亦作《柳氏传》 | | 《韩翃柳氏远离再合》(《醉翁谈录》癸集卷二"重圆故事") | | 《沙吒利夺韩翃妻》(卷上) |
| 柳参军 | [唐]李朝威《柳参军传》 | | | | 《崔娘至死为柳妻》(卷上) |
| 李亚仙 | [唐]白行简《李娃传》 | 《李亚仙不负郑元和》(《醉翁谈录》癸集卷一"不负心类") | | 遣策郎 | 《李娃使郑子登科》(卷下) |
| 崔护觅水 | [唐]孟棨《本事诗》 | | | 崔护 | 《崔护觅水逢女子》(卷上) |
| 惠娘魄偶 | [唐]陈玄佑《离魂记》 | | | | 《张倩娘离魂魄夺婿》(卷上) |
| 张康题壁 | | 《温泉记》,其副标题为"西蜀张俞遇太真"(《青琐高议》前集卷六) | | | 《张俞骊山遇太真》(卷上) |



表格三:宋人说话故事的流传样态(《醉翁谈录》所列以宋人故事中两性关系为题材的"说话"名目与相应的文本样态)

| "说话"名目 | 与"说话"名目相对应的文本样态(包括社会传闻与宋元戏曲) | |
| --- | --- | --- |
| 李达道 | 宋通俗文言传奇 | 《西蜀异遇》(《云斋广录》卷五《丽情新说》) |
| 无鬼论 | | 《无鬼论》(《云斋广录》卷七《奇异新说》) |
| 钱塘佳梦 | | 《钱塘异梦》(《云斋广录》卷七《奇异新说》) |
| 牡丹记 | | 《张浩》"花下与李氏结婚"(《青琐高议》别集卷四) |
| 杨舜俞 | | 《越娘记》(《青琐高议》别集卷三) |
| 鸳鸯灯 | | 《红绡密约张生负李氏娘》(《醉翁谈录》壬集卷一"负心类") |
| 王魁负心 | | 《王魁负心桂英死报》(《醉翁谈录》辛集卷二"负约类")《裴秀娘夜游西湖记》(《万锦情林》卷二上层) |
| 夜游湖 | | |

| 汀州记<br>妮子记<br>灰骨匣<br>鸳鸯灯<br>王魁负心 | 宋人笔记杂录 | 《汀州山魈》(《夷坚乙志》卷七),或《汀州通判》(《夷坚支景》卷八)<br>《泥子记》(《青琐高议拾遗》)<br>《太原意娘》(《夷坚丁志》卷第九),或《王县尉小箱》(《夷坚支景》卷第九)<br>《蕙亩拾英集》([宋]陈元靓《岁时广记》卷十二"约宠姬"条引)"王廷评"条([宋]张师正《括异志》卷三);《王魁歌并引》([宋]李献民《云斋广录》卷六《丽情新说》) |
|---|---|---|
| 杨元子<br>红蜘蛛<br>水月仙<br>葫芦儿<br>燕子楼 | 宋话本小说 | 《墓道杨元素逢妖记》(《宝文堂书目》)<br>元刊本《新编红白蜘蛛记小说》<br>《邢凤此君堂遇仙传》(《宝文堂书目》)<br>《西山一窟鬼》(《京本通俗小说》第十二卷)《钱舍人题诗燕子楼》(《警世通言》第十卷) |
| 水月仙<br>锦庄春游<br>爱爱词<br>牡丹记 | 《绿窗新话》 | 《邢凤遇西湖水仙》(《绿窗新话》卷上)<br>《金彦游春遇会娘》(《绿窗新话》卷上)<br>《杨爱爱不嫁后夫》(《绿窗新话》卷下)《张浩私通李莺莺》(《绿窗新话》卷上) |
| 杨元子<br>太平钱<br>燕子楼<br>紫香囊<br>惠娘魄偶 | 社会传闻 | 杨元素墓道逢妖事<br>朱文与鬼缔结姻缘事<br>钱希白遇关盼盼鬼魂事<br>张九成夫妻散而复合事<br>贾似道斩侍妾事 |
| 太平钱<br>紫香囊 | 宋戏曲 | 宋元戏文《朱文贵使太平钱》、闽戏《朱文太平钱》宋元南戏《杨实锦香囊》 |



**表格四:《醉翁谈录》所列"说话"故事的本事出处及其所凭依的底本情况**

表格(一):

| | 第一种情况 | |
|---|---|---|
| | 本事出处 | "说话"所凭依的底本 |
| 钱塘佳梦 | [宋]王宇《司马才仲传》 | 《钱塘异梦》(《云斋广录》卷七《奇异新说》) |
| 鸳鸯灯 | 《蕙亩拾英集》([宋]陈元靓《岁时广记》卷十二"约宠姬"条引) | 《红绡密约张生负李氏娘》(《醉翁谈录》壬集卷一"负心类") |
| 王魁负心 | "王廷评"条(张师正《括异志》卷三) | 《王魁负心桂英死报》(《醉翁谈录》辛集卷二"负约类") |

表格(二):

| | 第二种情况 |
|---|---|
| | 本事出处兼为底本 |
| 崔智韬 | [唐]薛用弱《集异记》(亦见《太平广记》卷四三三) |
| 夜游湖 | 《裴秀娘夜游西湖记》(《万锦情林》卷之二上层,目录题作《秀娘游湖》) |
| 杨舜俞 | 《越娘记》(《青琐高议》别集卷三) |
| 汀州记 | 《汀州山魈》(《夷坚乙志》卷七)或《汀州通判》(《夷坚支景》卷八) |
| 李达道 | 《西蜀异遇》(《云斋广录》卷五《丽情新说》) |
| 锦庄春游 | 《金彦游春遇会娘》(《绿窗新话》卷上) |
| 红蜘蛛 | 元刊本《新编红白蜘蛛记小说》残页 |
| 大槐王 | [唐]裴铏《江叟》(《太平广记》卷四一六 草木十一) |
| 妮子记 | 《泥子记》(《青琐高议拾遗》) |
| 葫芦儿 | 《西山一窟鬼》(《京本通俗小说》第十二卷) |
| 人虎传 | [唐]李景亮《人虎传》,亦见张读《宣室志》(《太平广记》卷四二七) |
| 推车鬼 | [唐]释道世《法苑珠林》,该条旁有小注云,“右此三验出《续搜神记》”,《太平广记》卷三一九(鬼四)引作《周临贺》。 |
| 灰骨匣 | 《太原意娘》(《夷坚丁志》卷第九)或《王县尉小箱》(《夷坚支景》卷第九) |

表格(三):

| | 第三种情况 | |
|---|---|---|
| | 本事出处兼为底本 | 或另有底本 |
| 牡丹记 | 《张浩》“花下与李氏结婚”(《青琐高议》别集卷四) | 《张浩私通李莺莺》(《绿窗新话》卷上) |
| 卓文君 | 《风月瑞仙亭》(《清平山堂话本》卷一) | 《文君窥长卿抚琴》(《绿窗新话》卷下) |
| 水月仙 | 《邢凤此君堂遇仙传》(《宝文堂书目》) | 《邢凤遇西湖水仙》(《绿窗新话》卷上) |
| 张康题壁 | 《温泉记》“西蜀张俞遇太真”(《青琐高议》前集卷六) | 《张俞骊山遇太真》(《绿窗新话》卷上) |

表格(四):

| | 第四种情况 | |
|---|---|---|
| | 本事出处或兼为底本 | 或另有底本 |
| 崔护觅水 | [唐]孟棨《本事诗》 | 《崔护觅水逢女子》(《绿窗新话》卷上) |
| 柳参军 | [唐]李朝威《柳参军传》 | 《崔娘至死为柳妻》(《绿窗新话》卷上) |
| 杨元子 | 社会传闻(杨元素墓道逢妖事) | 《墓道杨元素逢妖记》(《宝文堂书目》) |
| 燕子楼 | 社会传闻(钱希白遇关盼盼鬼魂事) | 《钱舍人题诗燕子楼》(《警世通言》第十卷) |
| 爱爱词 | 《侍儿小名录拾遗》引苏子美《爱爱集》 | 《杨爱爱不嫁后夫》(《绿窗新话》卷下) |
| 太平钱 | 社会传闻(朱文与鬼缔结姻缘事) | 宋元戏文《朱文贵使太平钱》、闽戏《朱文太平钱》 |

# 第二编

## 道德失序与暴力制约

### ——宋元话本小说研究

宋话本小说的断代问题至今依然基本上处于悬而未决的状态，目前学界也只能以“宋元话本”这一笼统的称谓统而言之。笔者遵循这一话本小说研究领域之惯例，但同时也针对宋元话本小说的最初存在样态提出了自己的观点。简而言之，笔者认为在研究话本小说，尤其是以宋元话本小说为代表的早期话本小说时，作为话本小说最初存在样态的通俗文言传奇小说不应被漠视。对话本小说，尤其是早期的宋元话本小说的考察必须要将通俗文言传奇小说（“传奇体”文言话本）与今日学界普遍认可的诸如“三言”“二拍”之类的话本、拟话本小说（“说话体”白话话本）两相结合起来，并在此基础上进行综合考察，而不应以文言抑或是白话、话本体抑或是传奇体等语言、叙事法上的区别为转移。正是以此观点为依据，笔者在考察话本小说，尤其是早期的宋元话本小说时，将结合相应的通俗文言传奇小说做必要的综合研究。

宋人（无论是文人阶层，还是庶民阶层）嗜谈鬼怪的风尚与弥漫于整个宋人社会的巫鬼氛围有着密切关联。这一嗜鬼风尚不仅极大地影响了从社会传闻到文人书写的题材取向与趣味倾向，而且也使得为宋元话本小说所热衷表现的情欲问题带上了浓重的巫鬼色彩。相较于富于道德感的女性，女形物怪、女鬼以及由其演化而来的“淫妇”等性化了的女性形象成为宋元话本小说的重点表现对象，宋元话本小说的训诫主题也因此极大地集中到了戒色上。但由于宋基层社会中道德，尤其是正统伦理道德的声音过于微弱，为市民阶层所关注的情欲问题往往处于一个自发而无节制的状态，而较少受到理性精神的制约。对女形物怪、女鬼以及由其演化而来的“淫妇”等性化了的女性形象的处理方式也几乎无一例外地采取了残酷的暴力虐杀手段，其背后所反映出的正是宋基层社会道德失序状态的普遍存在。

# 第一章 概况综述——宋话本的发生过程与存在样态

## 第一节 宋话本的断代与确认问题



在话本小说研究领域中，宋话本的断代与确认问题可谓长期以来一直悬而未决，这其中的原因十分复杂。话本，作为与说话这一口头民间伎艺密切相关的文学样式其本身就具有世代累积的特点，总是处于不断地增删、改编、修订的动态状态中。如果从语言层次对一些所谓的宋话本进行分析，宋、元、明的语言成分往往都能分析出来。这很可能是因为话本本身即便产生于宋代，但往往又经过了元、明人的修订，其刊刻本则基本上都出现于明代。现今被认为是较多地保存了早期话本的小说集，如《清平山堂话本》《熊龙峰刊行小说四种》均刊刻于明嘉靖年间[①]。冯梦龙的"三言"亦被认为尚保留了一些宋话本旧本，其刊行时间则为明天启年间。至少到目前为止，并没有宋刊本的实证出现。就元刊本的情况而言，则仅有《红白蜘蛛》小说残页可被确认为是元刊本。除此之外，话本的宋元刊本可以说几乎为零。普遍的观点认为这很可能与宋元时期的小说大多以手抄本的形式流传有关。元时刻本虽渐渐增多，现存的平话也基本上都刊刻于元代，但相信小说的流传仍以手抄为其主要方式。这种手抄小说的"习惯"即使到了明清时期也依然存在，像《金瓶梅》《红楼梦》这样的鸿篇巨制最初也是以手抄本的形式在文人圈子里小范围地流传。

在话本的宋元刊本几乎为零，且现存的话本小说又普遍遭到后人删改的情况下，明确地判断出一部作品为宋话本几乎是不可能的。学者们所努力做到的也只是尽可能地通过内证、旁证的相互参照以大致判断出某部作品具有较为完整的宋元原貌，或虽遭后人改动，但大体上基本保留了宋元旧貌，如此而已。

胡士莹先生为此制定了"推勘"宋元话本的基本方法。其所依据的勘定条目有如下八条，即 1. 依据话本的体裁、语言风格；2. 话本中叙述的社会风俗习惯；3. 话本

① 一说"熊氏所刊行的小说""由版式来看，大概系万历时期的俗书"。参见熊龙峰刊行. 熊龙峰四种小说（"本书的介绍"）[M]. 王古鲁、蒐録校注. 上海：上海古籍出版社，1987.

中反映的社会思想意识;4.以同一内容的话本互相比勘;5.考察地理、官职及典章制度;6.从官史、杂史、笔记及诗文集等相互参证;7.依据宋戏文、杂剧、金院本,证明话本中的故事,在当时的表演情形和话本所反映的时代背景来探讨其成篇时代;8.参考现代人研究所积累的见解。并认为在将以上这八条"互相参照,综合考察"的基础上,"凡有若干条符合宋代情况的,就可以基本上肯定为宋人话本。符合越多,当然就越可肯定。"[①]这一考辨策略的提出确实为解决话本小说的断代问题提供了切实可行的研究方法,因而得到了许多学者的支持。如程毅中先生曾就"三言"中宋话本的判定问题提出了大致相同的主张,他认为,"如果只根据'三言'的版本,无论判断它写作于宋元还是明代,都是有片面性的。我们还须从它的主要内容,结合语言习惯、名物制度、社会风貌、生活习惯以及思想意识等方面,作综合的考察。有些作品,从其主体来看,如果基本面貌还是宋元作品,即使枝节曾经修改,还是应该看作宋元作品。有人根据'三言'里的个别文字,就判定其为明代作品,恐怕是不全面的。"[②]可以毫不夸张地说,由胡士莹先生提出的这一极具可行性的考辨策略几乎"拯救"了整个宋元话本小说的研究领域。否则,宋元话本小说的研究将从一开始就陷入令人尴尬的僵局。正是在这一方针的指引下,宋元话本的考辨工作得以展开,但考辨出来的话本篇目与数量并不一致,落实到具体篇目的辨析上依然是问题重重。

章培恒先生曾于1996年发表过一篇重量级论文,即《关于现存的所谓"宋话本"》。这篇论文的发表无异于在宋元小说研究界投下了一枚重磅炸弹,瞬间"瓦解"了许多人之于"宋话本"研究的信心。在这篇论文中,章培恒先生所针对的文本基本上都是为学界所普遍认同的"宋话本",如《清平山堂话本》中的《简帖和尚》、《西湖三塔记》《柳耆卿诗酒玩江楼记》《风月瑞仙亭》《合同文字记》;《京本通俗小说》中的《碾玉观音》《菩萨蛮》《西山一窟鬼》《志诚张主管》《错斩崔宁》以及提及而未收录的《定州三怪》;"三言"中被普遍认定为宋人话本的《崔待诏生死冤家》《一窟鬼癞道人除怪》《十五贯戏言成巧祸》以及其他一些被认定为宋话本的作品,如《五代史平话》《梁公九谏》《大唐三藏取经诗话》等,甚至于包括现存唯一的元刊本《红白蜘蛛》。通过对上述这些文本进行"社会风貌、思想意识、语言习惯、生活习惯、典章因革、官职流变"等方面的综合考辨,章培恒先生得出的最终结论是"今天所见话本,实在没有一种是货真价实的宋话本,至少已经过元人的增润。"[③]

必须引起注意,章培恒先生所采用的综合考辨法恰恰是胡士莹先生提出来的,但却得出了与胡士莹先生的初衷完全相悖的结论。依据胡先生提出的方法非但未能勘定出几篇基本保持宋元旧貌的作品,反而基本上完全否定了宋话本的存在。如章培恒先生认为"三言"中的三篇作品,即《崔待诏生死冤家》、《一窟鬼癞道人除怪》



---

① 胡士莹.话本小说概论[M].北京:商务印书馆,2011:255.

② 程毅中辑注.宋元小说家话本集("前言")[M].济南:齐鲁书社,2000:27.

③ 章培恒.关于现存的所谓"宋话本"[N].上海大学学报(社会科学版),1996(1).

与《十五贯戏言成巧祸》"各自存在非宋话本的痕迹"，即便它们并非元话本，那也"一定已在宋话本的基础上由明代人做了大量的改动、加工，远远不是宋话本的原貌了。"[①]并且，章培恒先生的结论并不是仅仅因为一两处文字特征或某一名物制度就草率得出的。他所凭依的论据往往极为有力，让人无法辩驳。譬如在论证《西湖三塔记》"反映的仍是元代甚或明代前期的情况"[②]时，对西湖三塔修建原因这一论据的运用；在论证《红白蜘蛛》"纵使不是元话本，也是经过了元代人增润的宋话本"[③]时，对主人公郑信故事与皮场土地神，尤其与土地神的两位夫人发生关联的时间的考证。可以说，章培恒先生的论证既遵从了胡士莹先生提出来的综合考辨法，又没有程毅中先生所担心的片面与草率。正因为如此，他的论证确实凿凿有力，但也同时让人倍感沮丧，宋话本的断代问题就此又陷入了僵局，但笔者以为于话本小说领域之外的一些新的思考方向却也因此而得到了释放。



**表格："三言"之宋元话本小说篇目表**

| | |
|---|---|
| 《喻世明言》 | 《新桥市韩五卖春情》(第三卷)《赵伯升茶肆遇仁宗》(第十一卷)<br>《史弘肇龙虎君臣会》(第十五卷)《陈从善梅岭失浑家》(第二十卷)<br>《杨思温燕山逢故人》(第二十四卷)《张古老种瓜娶文女》(第三十三卷)<br>《简帖僧巧骗黄甫妻》(第三十五卷)《宋四公大闹禁魂张》(第三十六卷)<br>《任孝子烈性成神》(第三十八卷)《汪信之一死救全家》(第三十八卷) |
| 《警世通言》 | 《拗相公饮恨半山堂》(第四卷) 《陈可常端阳仙化》(第七卷)<br>《崔待诏生死冤家》(第八卷) 《钱舍人题诗燕子楼》(第十卷)<br>《范鳅儿双镜重圆》(第十二卷) 《三现身包龙图断冤》(第十三卷)<br>《一窟鬼癞道人除怪》(第十四卷)《小夫人金钱赠年少》(第十六卷)<br>《计押番金鳗产祸》(第二十卷) 《崔衙内白鹞招妖》(第十九卷)<br>《宿香亭张浩遇莺莺》(第二十九卷)《金明池吴清逢爱爱》(第三十卷)<br>《蒋淑真刎颈鸳鸯会》(第三十八卷)《皂角林大王假形》(第三十六卷)<br>《万秀娘仇报山亭儿》(第三十七卷)《乔彦杰一妾破家》(第三十三卷)<br>《福禄寿三星度世》(第三十九卷) |
| 《醒世恒言》 | 《小水湾天狐贻书》(第六卷) 《勘皮靴单证二郎神》(第十三卷)<br>《闹樊楼多情周胜仙》(第十四卷) 《张孝基陈留认舅》(第十七卷)<br>《隋炀帝逸游召谴》(第二十四卷)《郑节使立功神臂弓》(第三十一卷)<br>《十五贯戏言成巧祸》(第三十三卷) |

注：该表直接采用的是学者刘果的研究成果。该研究成果是刘果通过将胡士莹、郑振铎、谭正璧、欧阳代发、孙楷第、程毅中等知名学者对"三言"中宋元话本小说

① 章培恒.关于现存的所谓"宋话本"[N].上海大学学报(社会科学版),1996(1).
② 章培恒.关于现存的所谓"宋话本"[N].上海大学学报(社会科学版),1996(1).
③ 章培恒.关于现存的所谓"宋话本"[N].上海大学学报(社会科学版),1996(1).

的存目情况所做的辨析加以综合堪比的基础上形成的结论。笔者对其研究成果做了一番细致研读，除了对《拗相公饮恨半山堂》(《警世通言》第四卷)的判断略有不同外，余者皆表赞同。具体参见刘果：《"三言"性别话语研究——以话本小说的文献比勘为基础》第二章《"三言"中宋元、明话本小说分布情况的文献考察》第二节《"三言"中的宋元、明话本小说的分布》，刘果：《"三言"性别话语研究——以话本小说的文献比勘为基础》，中华书局2008年版，第39页—第61页。

## 第二节　通俗文言传奇小说：宋话本的最初存在样态

学界一般习惯上将早期的话本小说合称为"宋元话本"，究其原因，多是认为"中国小说史把宋元作为一个不可分割的历史阶段，首先就因为话本的编写和刻印贯串于宋元两代，许多作品很难作出明确的划分。"[①]即一般多为"宋话本的元刊本"，宋话本无疑是宋元话本中的主体。但鉴于从章培恒先生的考证中获得的启发，所谓"宋元话本"的主体应偏移至"元话本"，即"元话本的元刊本"。正如上文所引证的，至少到目前为止，货真价实的宋话本其实并不存在。即便退而求其次，将注意力从对"货真价实的宋话本"的发掘转移到"基本保留旧貌的宋话本"的考证上，考察出来的所谓"旧貌"也往往十分可疑。

须明确的是，笔者绝无意于否认宋话本的存在。尽管确实没有宋刊本存世，基本保留原貌的宋人话本也为数极少，但宋话本的存在本身是毋庸置疑的。笔者只是想说真正的宋话本与白话小说的关联并没有如今人想象得那样密切。鲁迅先生在《中国小说史略》第四讲《宋人之"说话"及其影响》中论及随着说话艺术的兴盛，当时的宋人社会兴起了一种"平民底(的)小说"，且"用的是白话"。[②] 这些用白话写成的平民小说就被鲁迅先生称为"话本"。但紧接着鲁迅先生又说道："到现在，我们几乎已经不能知道宋时的话本究竟怎样。幸而现在翻刻了几种书，可以当作标本看。"[③]接下来作为例证出现的就是《五代史平话》《大宋宣和遗事》《大唐三藏法师取经诗话》与《京本通俗小说》。显然，鲁迅先生将这些作品视为宋话本，且是宋话本的"标本"。其中，《京本通俗小说》已被基本确定为是"一部根据《警世通言》和《醒世恒言》而制造的伪书"，因此，"并不能作为判断宋话本依据的实物"。[④] 而剩下三部作品，即《五代史平话》《大宋宣和遗事》《大唐三藏法师取经诗话》在语言形式上显然并非白话，与今日所见之"三言""二拍"等白话短篇小说完全不同。但笔者认为，真正的宋话本很有可能就是这样以文言，尤其是以"半生不熟"的通俗文言写成的。语言上的

---

① 程毅中.宋元小说研究[M].南京：江苏古籍出版社，1998：417.

② 鲁迅.中国小说的历史的变迁[M]//鲁迅全集：第九卷.北京：人民文学出版社，2005：329.

③ 鲁迅.中国小说的历史的变迁[M]//鲁迅全集：第九卷.北京：人民文学出版社，2005：330.

④ 章培恒.关于现存的所谓"宋话本"[N].上海大学学报(社会科学版)，1996(1).

通俗趋向显然来自于说话伎艺的影响，但也仅仅是一种趋向而已，尚没有能力达到，似乎暂时也没有必要达到口语白话的程度。受说话伎艺影响而形成的通俗文言传奇小说当为宋话本的真实存在样态。

为了进一步明确宋话本的存在样态，恐怕还是要先追溯一下宋话本的发生过程，而这又与说话人的底本有一定的关联。因此，还是先从说话人底本的相关情况谈起。

宋说话人有底本这一点是毋庸置疑的。底本基本上都是以写本的"实体"状态存在，但也不能排除仅存在于脑海中而全凭记忆的"虚拟"底本的存在，如文盲艺人、瞽目艺人的情况即是如此。尽管虚拟底本并无法以写本的实体状态呈现出来，但这并不能否认底本本身的存在。此外，有学者认为"宋代说话人的底本有两种：一是前人或当代人收集的小说集《太平广记》或者是史书《资治通鉴》等；二是说话人根据说话的需要自己编订的故事集如《绿窗新话》等。"[①]按照这种逻辑推导下去，《醉翁谈录・小说开辟》在描述说话人学识素养时所提及的《太平广记》《夷坚志》《琇莹集》《东山笑林》《绿窗新话》乃至于"历代史书"等都可被认定为是说话人的底本，对此笔者并不赞同。以上这些资料的准确定位应是"故事素材"或者说"素材来源"，仅仅是尚未加工过的原始素材而已。而底本则需要经过说话艺人或文人一定程度上的创作参与，需要对故事素材进行必要的提炼、改编、整理等工作。故事素材以及依据故事素材编写而成的底本完全是两个概念。将说话人可资利用的一切文学、文化资源统统称为底本，底本也就被无限地泛化而无所谓底本，从而失去了存在的意义。当然，也并不能排除特殊情况的存在。譬如有些唐传奇故事说话人已经非常熟悉，他完全可以直接以唐传奇为底本进行敷衍，而没有必要再重新编写一个底本。这种情况是完全有可能存在的。

底本与故事素材不可截然等同，底本与话本亦是如此。说话人的底本究竟是什么样子的？这个问题很难回答。宋话本的确凿证据尚未发现，更遑论说话人的底本。不过，通过近些年来一些学者对说书艺人的底本，即所谓的"梁子"（有"粗梁子""细梁子"[②]之分）所做的田野调查还是可以从中多少获得一些参证。"粗梁子""细梁子"，或者说，"提纲式的简本""语录式的繁本"在《绿窗新话》《醉翁谈录》以及较多地保留了宋元话本旧貌的小说集《清平山堂话本》中均能找到相应的文本。《绿窗新话》可以说就是"提纲式简本"的合集，篇幅短小、仅存梗概；而《醉翁谈录》中则包含

① 卢世华. 试论宋代说话人的底本[N]. 江汉大学学报（人文科学版），2005(24).

② 所谓"粗梁子"，颇似程毅中先生所说的"提纲式的简本"，大致记载着诸如"故事主角的姓名字号，人物赞，武器的描述和其他包括对话的套语等。"所谓的"细梁子"，则与程毅中先生所言的"语录式的繁本"大体相近，"比较接近场上演出本的格式"。具体内容参见王秋桂. 论"话本"一词的定义校后记[C]. 中国古典小说研究专集（三）. 台北：联经出版社，1981：65；汪景寿、王决、曾惠杰. 中国评书艺术论[M]. 北京：经济日报出版社，1997：155；程毅中辑注. 宋元小说家话本集[M]. 济南：齐鲁书社，2000：4.

了繁、简两种底本，前者如《王魁负心桂英死报》(辛集卷二“负约类”)、《红绡密约张生负李氏娘》(壬集卷一“负心类”)等，后者如《乐昌公主破镜重圆》(癸集卷一“重圆故事”)、《韩翃柳氏远离再会》(癸集卷二“重圆故事”)等，都是非常典型的例子。《清平山堂话本》的情况亦大体如此。[①]

有学者认为说话从“一开始它所据以讲唱的底本便不是一种简略的提纲，而是较为详细的叙事作品。”“讲说出来是‘故事’，供给阅读便是‘读本’。”[②]笔者以为这一说法并不全面，并没有充分认识到提纲式底本的存在意义。笔者想要强调的是，说话人的场上表演绝非是底本背诵式的照本宣科，这种情况不能说不存在，但实为说话人的大忌。在说书行业中，这种完全仰仗底本而绝少发挥的情况被称作“墨刻儿”，指的就是“艺人所说的书中人物、情节、细节都和书坊刻印的书本大体一样，只不过用口语评讲，加上身段表演而已”。[③] 这样做显然是无法吸引观众的，亦无法在行业中立足。说话人当然讲究记忆背诵的功夫，只有“素蕴胸次之间”，才能在场上左右逢源，所谓“说收拾寻常有百万套，谈话头动辄是数千回”是也。[④] 但同时更讲究敷演的功夫，在有所凭依的基础上更要有所发挥。因此，所谓“较为详细的叙事作品”对于说话艺人来说并不是必要的。

不过，正如上文所论述的那样，“语录式的繁本”本身确实存在，但笔者想要强调的是，这种繁本式的底本显然并不是“一开始”就出现的。随着说话行业的发展与渐趋成熟，逐渐出现了一些专门组织(如书会)与职业写手(如书会才人)以向说话人提供专业的底本编撰服务，这是市场发展的一般规律使然。如此发展而来的底本渐趋丰赡、细致、完善，在故事情节的完整程度上越来越接近于说话人的场上演出实况，以至于逐渐脱离了最初提纲式底本的模式而呈现出类似于小说的文本样态，即便当做普通读本来看亦未尝不可。鲁迅先生曾这样评价过《三国志平话》，“观其简率之处，颇足疑为说话人所用之话本，由此推演，大加波澜，即可以愉悦听者，然页必有图，则仍亦供人阅览之书也。”[⑤]至于《醉翁谈录》中的《王魁负心桂英死报》《红绡密约张生负李氏娘》更是早已突破了底本的范围，即便是普通的读者亦能从中获得阅读的享受。

亦有学者认为书会才人在为说话艺人编写底本时会在结构上模仿说话程式，如开场诗、入话、头回、中间穿插的诗词赞赋以及散场诗等等。说话程式的模仿不能说不存在，但笔者更倾向于认为这并非是底本编写的应有之义。对于一个说话艺人来

---

① 程毅中先生认为“《清平山堂话本》绝大部分是话本，但有些简本只是素材和提纲，基本上是资料。”“《清平山堂话本》里收了不少提纲式的简本，只是说话人的资料。”(明)洪楩辑．清平山堂话本校注[M]．程毅中校注．北京：中华书局，2012：12—13.

② 刘兴汉．对“话本”理论的再审视——兼评增田涉《论“话本”的定义》[J]．社会科学战线，1996年(4).

③ 汪景寿、王决、曾惠杰．中国评书艺术论[M]．北京：经济日报出版社，1997：164.

④ (宋)罗烨．醉翁谈录[M]．北京：古典文学出版社，1957：3.

⑤ 鲁迅．中国小说史略[M]．上海：上海古籍出版社，1998：86.

说，说话程式是再熟悉不过的模式化套路，“说书艺人在长期演出过程中，早已熟练地掌握了说书本身的体裁，不需要在底本中把说书本身的体裁原原本本地记录下来。”[①]因此，底本完全没有再去模仿说话体制的必要。说话人之所以需要底本，甚至于需要职业写手为其专门编写底本，其目的显然是希望底本能为其提供一个精彩的故事框架，甚或就是完整的故事本身，这也正是书会才人所应努力的方向。在专为说话人编写的底本中，提供一个精彩的故事其本身就是首当其冲的任务。说话人完全可以将书会才人提供的故事按照其所熟悉的说话程式，以“列位看官，且听小子今日说一个故事”这样的说话人声口讲述出来，因此，说话程式、说话人声口在专为说话人编写的底本中是完全没有必要的。正因为如此，当底本渐趋完善而逐渐趋向于小说样态后，其所自然而然呈现出来的面貌也必然近似于通俗文言小说，而绝不应是今人所见之模仿说话体制的白话话本小说。



有一点须引起足够重视的是，无论是“提纲式的简本”，还是“语录式的繁本”，这些底本基本上都是以文言，或以文白相杂的通俗文言写成，后世如“三言”“二拍”那样较为纯熟的白话运用在宋时其实还不大可能出现。《醉翁谈录》与《绿窗新话》可基本定位为说话艺人的文言底本集，而《宣和遗事》这部为讲史家服务的宣和年间资料汇编也基本上是文言写成的。之所以不大用白话，笔者以为不是不愿意用，而是没有能力用。对于习惯于文言写作的宋人来说，运用白话写作其实是一件非常困难的事情。因此，笔者认为由底本发展而来的通俗文言小说当为宋话本的最初存在样貌。随着说话行业的逐渐成熟与规范，尤其是职业写手的创作参与使得底本由最初的提纲式简本逐渐发展为语录式繁本，并最终突破了底本的范畴而呈现出类似于小说文本的样貌。笔者认为这才是宋话本的真实发生过程。



## 第三节 “传奇体”文言话本与“说话体”白话话本

元刊本《红白蜘蛛》的发现曾让许多学者都对宋元话本小说的艺术水准产生了质疑，但亦有学者在努力地为其辩护，如程毅中先生就曾提出过这样一个问题，“试想，在已经产生了《董西厢》《刘知远》诸宫调之后，在已经产生了《张协状元》等戏文之后，在关汉卿、王实甫、马致远等大家纷纷编纂杂剧之际，在即将出现施耐庵、罗贯中这样的大作家的时代，为什么就不能出现比较成熟的小说呢？”[②]并且进一步认为“在元末明初，中国通俗小说显然有一个飞跃的发展，在中国文学史上是一个高峰。为什么能出现这样的奇迹，似乎是一个谜。如果像某些疑古论者所说，宋元时代还没有艺术上比较成熟的话本，能凭空产生这三大奇书吗？（笔者按：即程毅中先生之

① 周兆新．“话本”释义［M］//国学研究：第二卷．北京：北京大学出版社，1994：204．

② 程毅中辑注．宋元小说家话本（“前言”）［M］．济南：齐鲁书社，2000：29．

前提及的《三国志演义》《水浒传》与《西游记》。)[①]这的确是一个问题，但被“辩护方”用作例证的一些艺术上较为成熟的“宋元”话本其断代问题并没有得到权威性的解决，其所谓的“宋元身份”也没有得到学界的公认。至于那些较为可信的宋元话本，如元刊本《红白蜘蛛》以及洪刻本中的早期话本小说，其艺术水平上的差强人意反倒却是一个公认的事实。如此一来，在似乎是“横空出世”的“三大奇书”以及艺术水平着实令人担忧的宋元话本小说之间就产生了一个令人无法忽视的断层，“三大奇书”所体现出来的较为成熟的艺术水准也就成了无源之水、无本之木。正是看到了这一矛盾，才会有许多学者都在宣称宋元话本小说在艺术上确实已经达到了一个很高的水平，尽管并无多少确凿的证据可为佐证。

况且艺术水准的提升也绝不是一蹴而就的事情。正如我们上文所分析的那样，对于习惯于用文言写作的古代文人来说，白话写作其实是一件很困难的事情，这恐怕也正是早期的白话小说中总是掺杂着文言成分的原因所在。对于宋末元初之际才刚刚起步的白话小说而言，用白话(其实更多的是文白夹杂的语言形式)把一个故事叙述清楚都尚嫌吃力，更遑论还有什么余力去兼顾艺术层面上的经营。但反观“传奇体”的文言话本，尤其是《醉翁谈录》《云斋广录》取《青琐高议》中的那些通俗文言传奇作品，我们却惊喜地发现为后世话本小说所普遍运用的种种艺术技巧基本上都得到了体现。悬念、巧合，乃至于说话人惯用的捏合都在文言话本中得到了较为纯熟的运用。小说家的着力点也更多地从“诗笔”“史才”转向了叙事技巧上的打磨。与唐才子那些前辈文人不同，宋小说家显然更专注于怎样才能把故事讲得更精彩，更符合庶民大众的欣赏口味。也正因为如此，唐传奇以来文人负心的悲情题材在宋话本中时常被改编为“儿女满眼前，青紫盈门户。”(《流红记》)“夫妻偕老，子孙繁茂。”(《谭意歌记》)之类为庶民大众所普遍热衷的大团圆结局，从而呈现出了鲜明的世俗化、庶民化倾向。在充满市井气息的热闹中虽不免带着几分浅薄，但从那浅薄中透出来的却也正是不愿深究太多，只想过好当下的庶民现世精神。

由此可见，“说话”伎艺中的种种艺术技巧乃至于鲜活的庶民精神其实都是率先在文言话本中得到体现的。如果说宋元话本艺术上的成熟为其后通俗小说的艺术水准奠定了基础的话，那么，其艺术水平也是首先体现在“传奇体”的文言话本中，而不是“说话体”的白话话本。白话话本更多地继承了说话伎艺的表演程式，而艺术经验上的继承与发展则主要是由文言话本率先实现的。相较之下，文言话本就像一个有着深厚家学渊源的世家子弟，自然而然地继承了唐传奇以来丰厚的艺术滋养，同时又可以凭借其艺术上的先天优势而积极地吸纳说话伎艺的有益经验。而白话话本则更像是一个一穷二白的白手起家者，只能一步步地从基层做起。对于“话”还没有说明白的“说话体”白话小说而言，想要期待其在艺术上能有多么大的造诣，或者

① 程毅中辑注.宋元小说家话本(“前言”)[M].济南:齐鲁书社,2000:31.

说能有多么高的成熟度显然是不符合实际的。白话话本真正能够做到在艺术上有所提升必定是在这一语言形式得到熟练应用之后的事情。因此,笔者还是坚持认为不能过高地估计宋元白话话本的艺术水准。如果说宋元白话话本在艺术上有所成就的话,那么,其艺术上的成就也一定是首先在宋元文言话本中实现的。正因为如此,笔者认为对宋元话本的考察必须要将“传奇体”文言话本与“说话体”白话话本两相结合起来,并在此基础上进行综合考察。

那么,宋代究竟有没有模仿话本体制而产生的白话小说呢?笔者认为并不能完全否定。两宋,尤其是南宋是说话伎艺发展的高峰,而与之相应的仿说话体制而形成的白话小说大约是到了南宋末年,尤其是元代才逐渐发展起来,这一点我们从此类话本小说中南宋背景的普遍性设定上也可窥见一二。有一些想当然的看法会认为宋话本是与宋说话相伴而生、同时发展的。但正如上文所论述的那样,真正与宋说话相伴而生的文本是繁、简底本以及在底本的基础上逐渐发展起来的通俗文言小说。且这些与说话伎艺密切关联的写本基本上都是文言的,或是文白掺杂的通俗文言,而直至到了元代才真正“开始了从文言向白话的转移”①,例如当时的政府公文就经常使用“文白相杂的混合语”。② 此类仿说话体制的白话小说其创作动机与在底本基础上发展起来的通俗文言作品并不同,其目标读者也不同。正如上文所述,职业写手所编写的提纲式简本以及语录式繁本都是作为底本以供说话人凭依,其所服务的首要对象是说话人。这样简要甚至于粗糙的提纲式底本基本上是不会被刊刻出来的,即便刊刻出来也不大可能投向市场,普通读者从中能获得的阅读享受是十分有限的。出版商“并非找不到说书艺人底本加以刻印”,他们之所以对这一工作兴趣缺乏,主要就是因为“说书艺人底本不太适合广大群众案头阅读”,③但语录式的繁本则不同。在文人写作与艺人实践的双向互动中,语录式繁本愈来愈明显地呈现出了渐趋小说化的发展走势,原本干枯的筋骨被逐渐充实了鲜活的血肉而变得丰满起来,譬如《醉翁谈录》中的《王魁负心桂英死报》《红绡密约张生负李氏娘》这两部通俗文言传奇作品既可供说话人充作底本,亦可以供普通读者阅读,真的已经很难说清究竟是底本还是小说了,其功能重心显然已经发生了偏移。

至于今日所见之“三言”“二拍”之类的话本体小说则为后出,与由底本发展而来的通俗文言小说不同。此类话本体小说从一开始就将目标读者定向为以庶民大众为主的普通读者。勾栏瓦舍的场地要求使得庶民渴望随时随地享受听话乐趣的愿望受到了极大地限制,夜雨长灯之下、孤航倚枕之时显然更需要听个故事消遣解闷。有需求就会有市场,正是在这样一种需求之下,才会有文人将场上说话实况尽可能地以文字的形式“复制”出来。这种复制出来的故事写本就其性质而言依然是说话,

---

① (美)韩南.中国白话小说史[M].杭州:浙江古籍出版社,1989:7.

② (美)韩南.中国白话小说史[M].杭州:浙江古籍出版社,1989:7.

③ 周兆新:“话本”释义[M]//袁行霈主编.国学研究:第二卷.北京:北京大学出版社,1994:207.

只不过在传播媒介上由口头变成了书面，由听话变成了看话，如此而已。在结构布局上，此类“拟说话”的故事写本普遍遵循着入话、头回、正话、散场诗等说话程式，“故意把说书的体裁也原原本本记录下来，其目的是增强话本的吸引力，使广大群众阅读话本时的感受，就好像亲临瓦舍勾栏听书一样。”①并在行文中常常有自称“小子”、“说话的”的叙事者跳出来，就故事中的物理人情进行点评，发表一些既合正统道德，又颇具庶民意趣的观点，时常自问自答地解释可能导致“听众”理解障碍的典章名物，并总是在热心地营造着一种说话人与听众之间互动、交流的书场氛围。正如美国学者韩南所言，“决定作品的形式和风格的，却仍然是最初的写作目的。”②通过模仿说话程式与说话人声口而对场上说话实况进行复制与再现，这样一种“形式与风格”的形成正是与将目标读者定位于庶民大众这一“最初写作目的”有关。后人所普遍认同的文体意义上的话本也正是指这种通过“拟说话”而形成的故事文本。此种定位于普通读者的“拟说话”白话话本显然是后起之事，与宋人语境中旨在为说话人服务的由底本发展而来的“传奇体”文言话本显然不同。

在“宋话本的发生过程与存在样态”这一问题的辨析中，其实只要树立起将“宋人语境中的话本”与“今人文体意义上的话本”区别开来的自觉意识，许多问题都可以得到富于建设性的解决。在宋人语境中的话本，首先意指的是从说话人底本发展而来的通俗文言传奇作品，其次才是以说话人口吻叙述故事的“拟说话”文本。前者将以“传奇体”叙事出来的故事用通俗文言呈现出来，而后者则是用白话将故事按照“说话体”的方式叙述出来。二者在预定的目标对象、语言的使用以及故事的叙事法上截然不同。这一点理应引起足够的注意，但现今学界则完全侧重于“说话体”的白话文本，并将其作为宋人话本的唯一存在样态，“传奇体”文言话本却遭到了极大的漠视，“传奇体”文言话本与“说话体”白话话本之间的关联研究更无从谈起。对于古人而言，由“拟说话”而形成的“话本体”更多的只是一种叙事法，也就是模仿说话人的声口将一个故事按照说话程式讲述出来，而今人则习惯于以今日所见之话本样态来反推古人之话本，亦如以今人习惯的文体观念来衡量宋话本的内涵一样。今人对宋人语境中的话本内涵以及宋话本的最初存在样态的认识之所以会产生种种混乱，在相当程度上正是由于脱离了宋话本的实际生存环境而以今律古的结果。



## 第四节　与拟话本有关的三个问题

章培恒先生曾深刻地指出，在中国小说史的研究上存在着“影响颇为广泛的误解”，③目前学界对拟话本的认识即是如此，在这一问题上有一些颇为一致的观点，如

---

① 周兆新:“话本”释义[M]//袁行霈主编.国学研究:第二卷.北京:北京大学出版社,1994:203—204.

② (美)韩南.中国白话小说史[M].杭州:浙江古籍出版社,1989:5.

③ 章培恒.关于现存的所谓“宋话本”[N].上海大学学报(社会科学版),1996(1).

“如果一定要说明清文人创作的白话短篇小说是对某种艺术形式的模拟，那也不是模拟底本，而是模拟说话艺术。”[①]“明代的短篇通俗小说，从体裁上看，并非模拟说书艺人底本，而是模拟说书艺人本身。”[②]显然，这些观点的共通之处就在于都认为拟话本的发生是出于对说话伎艺的模仿，但实际情况并非如此。明清人其实已经完全没有必要再去模仿场上说话实况了，因为在他们之前已经有了颇成规模的“拟说话”故事文本。因此，为明清人所直接模拟的当是宋元话本，而非宋人说话。宋元人是在对宋“说话”进行模拟，而明清人则是在对宋元“话本”进行模拟，二者所模拟的对象是完全不同的。

此外，更有论者对“拟话本”一词本身产生了质疑，认为应该取消“拟话本”的称谓。这一论断所依据的主要理由是认为拟话本的“编写方法与宋元话本完全一致”，“话本是故事的意思，拟话本是模拟故事，模拟故事仍旧是故事，拟话本概念便没有任何意义。”“在明代通俗小说中无法划清话本与拟话本的界限，拟话本这一名称似应考虑取消。与此相应，把宋元明通俗小说区分为话本和拟话本的两分法，自然也该取消。”[③]

诚然，话本与拟话本在体制上都呈现出了对说话程式的模仿，二者在小说体制上确实无法分别清楚。但笔者想要强调的是，并不能因为技术层面上话本与拟话本的难以区分，于是就否定拟话本本身的存在，并进而主张取消这一称谓，或仅仅因为是约定俗称的用法而勉强用之，笔者以为这些观点都是错误的。因为“话本”与“拟话本”的区别本来就不体现在小说体制上，它们在体制上的相似与否并不重要。二者的差异真正体现在创作缘起上，那是文本之外的东西，从文本内的体制层面上当然看不出来。

具体而言，宋话本（这里专指供普通读者阅读的“说话体”白话话本，而非从底本发展而来“传奇体”文言话本）直接模仿的是场上说话实况，其与口头文学的关系极为密切，而明清时期的拟话本则直接模仿的是宋元以来的话本小说，完全是一种从文本到文本的书斋创作活动，其距离场上说话表演已十分遥远了。在这一问题的认知上，笔者非常赞成萧欣桥先生的观点，萧先生认为，“如果取消明代拟话本称呼则抹煞了宋元话本小说与明代拟作的区别，即前者是在说话人底本（笔者按：实应为场上说话实况）的基础上加工而成的，极大地保持了民间文艺的风貌，属于民间文学的；而后者只是模拟话本小说或说话艺术的形式进行创作或改编，应属文人创作的范畴。”[④]确是的见。

---

① 傅承洲．拟话本概念的理论缺失[J]．文艺研究，2008(4)．

② 周兆新．“话本”释义[M]//袁行霈主编．国学研究：第二卷．北京：北京大学出版社，1994：205—206．

③ 参见傅承洲．拟话本概念的理论缺失[J]．文艺研究，2008(4)；周兆新．“话本”释义[M]//袁行霈主编．国学研究：第二卷．北京：北京大学出版社，1994：206—207．

④ 萧欣桥．话本研究二题[J]．浙江学刊，2000(5)．

此外,尚有一点须补充的是,明清的拟话本对宋话本的模拟更多地体现在形式上,即对说话程式与说话人声口的模仿。其在题材内容上已经和宋话本发生了相当程度上的脱离。以"三言"中的拟话本小说为例,其所依据的往往都是当代故事,而较少宋元或者唐人、唐前故事。这些拟话本作品除了还在结构上基本保留了说话程式与说话人声口外,可以说已经完完全全是"明人制造"了,很难再看出其与早期话本之间还有多少渊源关系。更何况还有些话本小说,如清艾衲居士的《豆棚闲话》甚至在体制上也已完全摆脱了说话程式的影响。换言之,明清的拟话本创作呈现出了脱离母体,即话本乃至于说话的离心趋向。这一点可以从与话本关系密切的平话中获得参证,"明清时期已经上升为小说文体的'平话'受说话表演程式的影响"也是"越来越小",在一些平话中,"带有'明显'表演痕迹的说书人和说书程式也被忽略,只保留了'平话'最基本的特征——口头性和故事性,即以平白如话的口语讲述故事。"[①]小说话本亦大体如此。

应该说,这一渐趋脱离母体的离心趋向是完全符合艺术发展规律的。在逐渐摆脱话本乃至于说话影响的同时,明清的拟话本小说创作也越来越明显地呈现出了现代意义上的"白话短篇小说"的新面貌。或许正是从这一层面出发,有些学者,如美国学者韩南甚至已经完全抛开了"话本""拟话本"之说,而将学界普遍界定的宋元话本小说、明清拟话本小说分别冠以"早期白话小说""中期白话小说",将整个话本小说发展史直接定名为"中国白话小说史"。笔者对此其实并不完全赞同。正如将拟话本的界定取消的话,就会抹杀掉话本与拟话本在创作缘起上的差异一样,将话本的界定取消的话,则会使得话本类小说与非话本类小说在叙事法上存在着的重大差异遭到极大地消解。还是同样的道理,并不能因为技术层面上的难以操作而否定其本身的存在。尽管拟话本与话本在体制上很难区分,但不能因此而否定拟话本本身的存在;尽管向现代意义上的白话短篇小说渐趋靠拢的拟话本其话本特征变得越来越少,但这也并不能否定其孕育于话本这一母胎的事实,其与话本乃至于说话的血脉联系是无法斩断,亦是无法否认的。今日之学者或许总是过多地囿于讲求"眼见为实"的技术层面,但正如上文所分析的那样,有很多隐微曲折的"幕后"联系是很难清清楚楚地摆在眼前的。正因为如此,笔者才努力地从发生学的角度出发,以便能尽可能地清理出事物发展的历史痕迹并还原其在当时语境下的真实存在样态。



① 具体论述参见张莉."平话"概念流变考[N].安徽大学学报(哲学社会科学版),2012(2).

# 第二章 巫鬼信仰与民间传闻、文人书写之间的双向互动

## 第一节 自造仙话与嗜鬼风尚——宋庶民趣味之于传奇小说的改造(以仙话故事“王子高遇芙蓉仙事”为例)

在自造遇仙故事的宋人之中,王子高恐怕是其中最为出名的一个。胡微之曾依据王迥遇仙故事写成传奇小说《王子高芙蓉城传》,今仅存节本。据李剑国先生辑校《宋代传奇集》之《工子高芙蓉城传》按语,今存本主要是依据王十朋《东坡先生诗集注》卷四赵次公注所引的五节,《施注苏诗》卷一四施元之注所引的四节以及《绿窗新话》卷上《王子高遇芙蓉仙》集结而成。其中,据王十朋《东坡先生诗集注》卷四赵次公注云,“胡微之作《王子高传》,……载其所遇周事甚详。人用其传为《六幺曲》。先生诗中稍涉其事,今略去之。”[①]赵彦卫《云麓漫钞》卷十亦提及,“王迥字子高,……旧有周琼姬事,胡微之为作传,或用其传作《六么》,东坡复作《芙蓉城》诗以实其事。”[②]按此二人的说法,即早在苏轼做《芙蓉城》诗之前,胡微之的传奇小说《王子高芙蓉城传》就已然流传开来,且苏诗当是配合传奇而作,与传奇内容相合。通过将苏轼《芙蓉城》诗与胡微之《王子高芙蓉城传》相比对,可知确是如此。如诗中“俗缘千劫磨不尽,翠被冷落凄余馨”之句,当据自传奇小说中女仙周瑶英的自媒之语,即“我于人间嗜欲未尽,缘以冥契,当侍巾帻。”;“芳卿寄谢空丁宁”之“芳卿”当据自传奇小说中的那位因登碧云楼而与王子高邂逅的美人;“罗巾别泪空荧荧”一句则显然化用了传奇小说中周瑶英临别赠诗的最后两句,即“临行惟有相思泪,滴在罗衣一半斑。”苏诗是为配合传奇小说而写这一点是可以确定的。

胡微之的传奇小说扩大了王迥仙话故事的传播面,但多有人质疑其“真实性”,如“世传王迥芙蓉城鬼仙事,或云无有,盖托为之者。”(《避暑录话》)“世传王迥遇女仙周瑶英事,或言非实,托寓而为之尔。”[③]这一自造仙话的真实性最终获得广泛认可

---

① 转引自李剑国.宋代志怪传奇叙录[M].天津:南开大学出版社,1997:87.

② (宋)赵彦卫撰.云麓漫钞[M].傅根清点校.北京:中华书局,1996:168.

③ (宋)王铚:默记[M].北京:中华书局,1981:5.

当与苏轼的这首《芙蓉城诗》有关。这不仅是因为苏轼与王迥之间有姻亲关系，“苏子瞻与□姻家，为作歌，人遂以为信。”（《避暑录话》）也是因为苏轼曾亲自向当事人王迥本人认真地求证过，这一点在《芙蓉城》诗序中曾有过交代。苏轼《芙蓉城》诗序言，“世传王迥子高与仙人周瑶英游芙蓉城。元丰元年三月，余始识子高，问之，信然。乃作此诗，极其情而归之正，亦变风止乎礼义之意也。”虽然得到了王迥本人的当面承认，但笔者颇认为苏诗也好，胡微之传奇小说也好，其中所叙之“芙蓉城”在王迥自造的原版本故事中其实并不存在，原版本应仅仅是一个单纯的书生遇仙故事，与芙蓉城毫无关联。其基本情节当为女仙自荐枕席、百日欢好、赠长生药以及临别赠诗，大致意趣应与唐张鷟《游仙窟》相仿佛，不过是少年文人“忽发奇想，编出遇仙谎言”，“效法唐人故伎以逞风流”而已，并无所谓之芙蓉城。[①] 换言之，今世所传之王迥遇仙事所本的胡微之传奇小说《王子高芙蓉城传》、苏轼《芙蓉城》诗与王迥最初自造的那个遇仙故事并非是同一个版本，其中与芙蓉城有关的情节都是在原版本的基础上后加入的。

这一推论的线索据自于苏轼《芙蓉城》诗中的“芙蓉城中花冥冥，谁其主者石与丁”一句。在这句诗中，苏轼写到了两位芙蓉城主，即石曼卿与丁度。据欧阳修《石校理曼卿墓表》（《名臣碑传琬琰集》中卷三六）载，石曼卿“年四十八，康定二年二月四日，以太子中允、秘阁校理卒于京师。”但墓表中并未提及芙蓉城，将石曼卿与芙蓉城首次联系在一起的，当是欧阳修的《六一诗话》，其文如下：

曼卿卒后，其故人有见之者，云恍惚如梦中，言我今为鬼仙也，所主芙蓉城，欲呼故人往游，不得，忿然骑一素骡去如飞。其后又云，降于亳州一举子家，又呼举子去，不得，因留诗一篇与之。余亦略记其一联云：“莺声不逐春光老，花影长随日脚流。”神仙事怪不可知，其诗颇类曼卿平生语，举子不能道也。[②]

石曼卿死后为芙蓉城主的神异事件当是欧阳修一手编造的。究其原因，恐怕正出自于欧阳修对石的深厚友谊。《欧阳修全集》中收录有欧阳修悼念石曼卿的许多文字。通过欧阳修那充满深情的描述，可知这是一位极有才华、极有个性的人物，“自少以诗酒豪放自得，其气貌伟然，诗格奇峭，又工于书，笔画遒劲，体兼颜、柳，为世所珍。”（《六一诗话》，《欧阳修全集》卷一二八）“廓然有大志，时人不能用其材，曼卿亦不屈以求合。无所放其意，则往往从布衣野老，酣嬉淋漓，颠倒而不厌。”（《释秘演诗集序》，《欧阳修全集》卷四十三・居士集卷四十三）是一位“一时贤士皆愿从其游”，“知名当世”的知名文人。但怀才不遇、落落难合，且正当茂年之际便英年早逝，这让身为挚友的欧阳修沉痛不已。这种沉痛之情不仅可以从《石曼卿墓表》《祭石曼卿文》《哭曼卿》等悼文中看出，亦时时渗透于其他文字的字里行间。如欧阳修在为

① 李剑国先生认为王迥除了模拟唐人以逞风流外，尚有沽名钓誉、欺世惑人之心。具体论证参见李剑国：宋代志怪传奇叙录[M]．天津：南开大学出版社，1997：89.

② （宋）欧阳修著．“第二十四条”[M]//六一诗话．郑文校点．北京：人民文学出版社，1962：15.

释惟俨文集写序时就想到了石曼卿，因为释惟俨“与吾亡友曼卿交最善”（《释惟俨文集序》，《欧阳修全集》卷四十三·居士集卷四十三），看到为世所珍的南唐澄心堂纸时也会想到石曼卿，因为“余家尝得南唐后主澄心堂纸，曼卿为余以此纸书其《筹笔驿》诗。”（《六一诗话》，《欧阳修全集》卷一二八）因此，可以有充分的理由相信欧阳修之所以为其亡友编造一个死后成仙的“谎言”，应该是出于对才华横溢但却生前落寞的挚友的补偿心理。或者说，欧阳修真诚地相信、真诚地期待着那不幸的友人死后能有一个更好的归宿。显然，欧阳修为石曼卿编造仙话的动机并不是为了取信于人，而仅仅是为了心理慰藉而已。故而，在石曼卿仙话故事的结尾，欧阳修又补充了一句“神仙事怪不可知，其诗颇类曼卿平生语，举子不能道也”这样模棱两可的话语，以此来模糊自己对此事的真伪判断。

但即便如此，此“人造”仙话还是被当做真实事件迅速地传播开来。与欧阳修同时代的文莹很快地就在其《湘山野录》中“转述”了石曼卿仙话故事，不仅在情节上有所改动，更重要的是还在结尾处提到了“序其事尤详”的一个“碑石”，从而将欧阳修原本存疑的态度彻底变为了确信无疑。[①] 其后的苏轼更是在《芙蓉城》诗中开篇即言，“芙蓉城中花冥冥，谁其主者石与丁。”毫不迟疑地将胡微之传奇小说《王子高芙蓉城传》中提及的芙蓉城主与石曼卿联系在了一起，从中亦可见其对石曼卿仙话故事的确信，而此时距这一人造仙话的产生已过去了三十余年。

明确了所谓芙蓉城主的来历，问题也就随之产生。据欧阳修《石校理曼卿墓表》，石曼卿卒于康定二年（1041）二月四日，其死后成芙蓉城主的仙话故事当产生于其死后不久，但最迟在庆历二年（1042）之前，王子高遇仙事就已经广为流传了。这一推测可从王铚《默记》中所记宰相晏殊请王迥就皇室嗣子早夭事询问天意一事中得到证实。[②] 据《宋史·仁宗纪》载，晏殊任宰相的时间当自庆历二年（1042）起至庆历四年（1044）止。在此两年中，王迥遇仙事早已“盛传天下”，甚至到了“禁中亦知”的程度。而此时石曼卿才刚刚去世不久，其仙话故事不可能迅速形成、传播并与王迥遇仙事相结合。故而，笔者认为在王迥遇仙故事的原版本中并无与芙蓉城有关的内容，而最迟在庆历二年（1042）至庆历四年（1044）这段时间内，王迥遇仙故事应该还是以近似于张鷟《游仙窟》式的风流遇合故事为核心的原版状态流传，尚未与石曼

① （宋）文莹．湘山野录：卷上“石延年死后命范补之同行”条[M]//湘山野录．北京：中华书局，1984：18.

② 王铚是南宋初年的著名学者，不仅能一目十行，且有着过目不忘的本领。陆游对王铚的博闻强识深为叹服，其《老学庵笔记》有云：“王性之读书，真能五行俱下，往往他人才三四行，性之已尽一纸。”“王性之记问该洽，尤长于国朝故事，莫不能记。对客指画诵说，动数百千言，退而质之，无一语谬。予自少至老，惟见一人。”《四库全书总目提要》亦云：“铚熟于掌故，所言可据者多矣”。足见王铚《默记》所载之事颇有可信之处。

卿成仙故事发生联系。[①] 换言之，此时的王迥遇仙事与石曼卿成仙事应该是各自流传的两个仙话故事，其共同点在于都是宋人编造的"当代"仙话故事，是充满神异色彩的民间传闻。李剑国先生在考证王子高遇仙故事时，认为在庆历二年(1042)至庆历四年(1044)之间，"胡微之尚未作传"，但"估计胡作此传在此后不久"。对此，笔者深表赞同，但李剑国先生将"胡微之尚未作传"的原因归结为"因为传中记及二人离别"，[②]笔者颇不敢认同。恕笔者愚钝，实在是看不出此二者之间究竟有何因果关联。相较之下，笔者倒是认为以上所做的细小考证更具有一定的说服力。

胡微之生平不可考，其作传奇小说《王子高芙蓉城传》的创作时间亦不可知。唯一可以基本断定的是，其作小说当在庆历四年(1044)之后，其具体操作基本上就是在王子高遇女仙事的基础上再加入石曼卿死后成芙蓉城主事，将两个宋人编演的"当代"仙话，或者说将两个民间传闻捏合在一起，手法颇似说话艺人。但捏合得显然并不到位，尚未达到彼此融会贯通的程度，多少还是能看出些强行捏合而留下来的生硬痕迹。譬如小说中仅有两次提到"芙蓉城"，一处借女仙之口交代此处是芙蓉城，但并无有关芙蓉城的具体介绍，亦不见其与故事情节发展有任何关联；一处说是要朝见芙蓉城主，但也只是远远一望，除了知道这是一位"美丈夫"外便别无展开而就此带过，真不知作者提及这位芙蓉城主究竟所为何故。与芙蓉城主的生硬介入相对比，女仙对王子高的自荐枕席、接下来的百日欢好、赠仙药以固情、赠离别诗以留情等一系列仙凡遇合的典型情节倒是极为流畅地顺势而下。这种原版故事的流畅与插入故事的生硬二者之间形成的对比是十分明显的。原版的遇仙故事在主题、基本情节，甚至于笔法上都显现出了追模唐传奇的特点，程毅中先生看到了这种相似性，认为"故事当然是虚构的，和唐人小说《后土夫人传》《传奇·封陟》等有近似之处。它在宋人小说中是比较早、比较注重诗笔的作品"，[③]确为的见。

通过对"王子高芙蓉城遇仙"这一"当代"仙话故事的成因加以分析，我们可以清晰地看出宋时广泛流传的一些民间传闻究竟是如何产生、形成，又在流传过程中如何进一步地增饰、定型并最终形成文字的全过程。欧阳修出于对亡友的痛惜之情而编造出石曼卿死后成芙蓉城主的成仙故事，一个名叫王迥的少年文士则艳羡于唐人风流而自造出以自己为主角的遇仙故事。这两个原本各自传播的"当代"仙话终于在一个叫胡微之的无名文人的笔下被捏合一处，于是"王子高芙蓉城遇仙"故事得以成形。流传期间尽管有人质疑，但终究在大文豪苏轼的一首《芙蓉城诗》后被最终落



① 至于苏轼《芙蓉城》诗中"谁其主者石与丁"一句提及的"丁"姓人士，据李剑国先生考证当为丁度，其亦有死后成芙蓉城主之传闻流行。但丁度卒于皇祐五年(1053)，较石曼卿的卒年康定二年(1041)还要更晚，故丁度成仙事与王迥遇仙事相结合的可能性更小。因此，笔者认为胡微之在做《王子高芙蓉城传》小说时，仅嵌入了石曼卿成仙事，而与丁度成仙事毫无关联。丁度成仙事当在苏轼做《芙蓉城》诗后才与王子高遇仙事发生关联。

② 李剑国. 宋代志怪传奇叙录[M]. 天津：南开大学出版社，1997：89.

③ 程毅中. 宋元小说研究[M]. 南京：江苏古籍出版社，1998：28.

实了“真实性”。事实上，这一故事的流变并未到此为止，至其孙辈手中又增添出了王子高与转世女仙再续前缘的新情节，此事王明清《玉照新志》卷一中有载。至于其动机，李剑国先生认为这不过是其后人为王子高入赘江阴富孀之劣行而巧言掩饰而已。①

令人颇感奇怪的是，王子高遇仙事尽管在宋代广为流传，但在宋人小说中除了始作俑之《王子高芙蓉城传》传奇外，并无其他同题材的小说文体，尤其是白话文本的存在。或许是这一文人遇仙事更接近于唐人风味而不甚合宋庶民阶层之胃口，抑或是相较于风流蕴藉的“遇仙”，深受巫鬼文化影响的宋人更乐闻耸人视听的“见鬼”，尚不得而知。萧相恺先生曾就宋人的嗜谈鬼怪做过相关论述，“从总体上看，宋元的志怪小说，内容上记鬼怪的比较多，这大约与鲁迅先生《中国小说史略》中所言‘宋代虽云崇儒并容释道，而信仰本根，夙在巫鬼’有关。”②这一志怪趣向不仅仅体现于志怪小说中，亦并不仅仅体现于文言小说领域，而是普遍地存在于更符合庶民阶层欣赏趣味的白话小说中。笔者非常赞同萧相恺先生对宋传奇志怪倾向所做的分析，他认为传奇小说亦“兼具轶事、怪异两类小说的特点，完全可以分别归入这两类小说之中。”③换言之，宋传奇小说与前两种小说的区别更多地体现为艺术表现手法上，而在题材内容上则完全可以志怪写异、这与其文体形式并不矛盾。事实上，以传奇手法写怪异故事的文言小说大量存在，胡微之《王子高芙蓉城传》即为代表。其文人遇仙事因模拟唐传奇而呈现出了鲜明的唐人风韵，但其后“补叙”的女仙转世以再续前缘则明显地带上了宋人的调子。这样一种格调上的转变很有可能是受了南宋社会上流传的诸如女鬼转世(或复活)而得以与情人再续前缘之类“鬼话”的影响，并在此基础上进行嫁接、改编的结果。相较于颇“不接地气”的仙话，此类本朝“鬼话”显然更为宋庶民阶层所热衷，因之而敷演成文的白话小说亦大量存在。

因此，王子高之孙辈所增补的“女仙转世”事或可能从当时流行的民间传闻中直接取材，抑或可能从依据民间传闻敷演而来的同题材白话小说中获得“灵感”。如若果真如此，则“王子高遇芙蓉仙”故事的增补版应反映了宋人所热衷的“鬼话”向以“仙话”为重要题材特征的唐人风调的渗透，在相当程度上体现了宋庶民趣味之于以唐传奇为代表的传统型传奇小说的改造。须明确的一点，王子高后人所增补的后续情节其实并没有真正进入到传奇小说的文字当中，而是依然以民间传闻的形态口头流传着，但即便如此，还是体现出了这种化仙为鬼的世俗化趋向。这种世俗化倾向对传统型传奇小说的改造不仅体现在文字上的趋于浅白，也更体现于题材与趣味上的庶民化，所谓“虽属文言，而浅近如话；多涉志怪，而迹近传奇”，④北宋后期乃至于

① 具体论证参见李剑国.宋代志怪传奇叙录[M].天津：南开大学出版社，1997：91.

② 萧相恺.宋元小说史[M].杭州：浙江古籍出版社，1997：166.

③ 萧相恺.宋元小说史[M].杭州：浙江古籍出版社，1997：330.

④ 凌郁之.走向世俗——宋代文言小说的变迁[M].北京：中华书局，2007：132.

南宋前期的《青琐高议》《云斋广录》《醉翁谈录》中许多通俗文言传奇小说所体现出的恰恰正是这样一种倾向。应该说，这种倾向早在北宋中期“王子高遇芙蓉仙”故事的形成过程中就已出现。在宋人的嗜鬼风尚对传统型传奇小说不断渗透的时代背景下，《王子高芙蓉城传》这部由仙遇风流的唐人精神所支撑的小说显然颇有些逆潮流而动的意味，其更多体现的是一个艳羡唐人风流的少年文人的绮想遐思，而完全不符合追求辛辣刺激的庶民趣味。这或许正是这个遇仙故事在宋白话小说中并无相应文本的原因所在。[①]

## 第二节 文人阶层对民间传闻、庶民趣味的接受情况（以鬼话故事“王魁遭女鬼索命事”为例）

苏轼向王子高本人求证遇仙故事的真实性一事发生于其写《芙蓉城》诗之时，即元丰元年(1078)，而稍后于苏轼的叶梦得也曾经向自称早年遇仙的韩宗武求证过所谓事实的真相，其求证过程还被叶梦得记录于《避暑录话》中，引文如下：

余在许昌与韩宗武会，坐客有言宗武年二十馀时有所遇如子高，是时年八十馀，余质之，宗武笑而不肯言。客诵其人往来诗数十篇，皆五字古风，清婉可爱，如《玉台新咏》。宗武见余爱，乃笑曰：“荆公尝亦甚称，云非近人，当是齐梁间鬼。遂略道本末云：见之几二年，无甚苦，意但恍惚，或食或不食。后国医陈易简教服苏合香丸半年馀，一日忽不见，未知为药之验否也？”[②]

我们注意到稍后于王子高的韩宗武在其自编的灵异事件中已然将女仙改为女鬼，仙、鬼之间的转变无疑是一种宋人趣味的体现。而苏轼也好，叶梦得也好，他们之于灵异事件的认真求证以及自称有灵异经历的王子高们那笑而不言的故作神秘，虽以今人眼光观之殊觉可笑，但在时人看来却是一件十分郑重的事情。具有深厚巫鬼信仰的宋人并不否认鬼神的存在，这一点即便对于学术纯良的大儒们来说亦是如此。二程曾有言，“世间有鬼神冯依言语者，盖屡见之。未可全不信，此亦有理。”[③]作为理学思想之集大成者的朱熹虽认为“鬼神不过阴阳消长而已”(《朱子语类》卷三)，但同时又认为鬼神“不可谓无，特非造化之正耳。”(《朱子语类》卷八三)[④]大学者洪迈甚至感到都城临安也是人鬼混杂之地，“十之三皆为鬼辈”，“或官员、或僧、或道士、或商贩、或倡女、色色有之。与人交往还不殊，略不为人害，人自不能别耳。”(《夷坚



① 不过，还有一点令笔者深感困惑的是，虽然王子高遇仙故事并未形成相应的白话小说文本，但在宋官本杂剧、宋元南戏、金院本乃至于清杂剧这些同为通俗文学的各种文艺形式中均有同题材作品存在。何以唯独在宋白话小说中就没有回应呢？这着实令人费解。除笔者于正文中所分析的原因外，或许另有深层原因亦未可知。

② 转引自李剑国．宋代志怪传奇叙录[M]．天津：南开大学出版社，1997：90.

③ (宋)程颢、程颐撰．二程遗书(二先生语二上)[M]．上海：上海古籍出版社，2000：65—66.

④ (转引自凌郁之．走向世俗——宋代文言小说的变迁[M]．北京：中华书局，2007：80.)

丁志》卷四《王立爊鸭》)[①]

诸如程颢、朱熹这样的饱学醇儒以及苏轼、洪迈这样的上层文人对鬼神之道尚且抱着姑且存疑或甚坚信不疑的态度，其他芸芸众生中的小民们又怎能不诚惶诚恐地深陷其中呢？正是在这样一种浓重的巫鬼氛围之下，以女鬼索命为"噱头"的王魁见鬼这一当代鬼话得以新鲜出炉。其流传时间稍后于王迥遇仙事，但又与之几乎同时流行。[②] 尤其自治平二年(1965)夏噩作《王魁传》起，至绍兴三十年左右(1162)王子高孙辈为其编造人仙再世情缘止其间长达七十年左右的时间中，这一仙一鬼两大"当代"灵异事件可以说是并行流传的。

据李剑国先生考证，王魁实有其人，即嘉祐六年(1061)的状元王俊民是也。王俊民生于景佑三年(1036)，卒于嘉祐八年(1063)，死时年仅 27 岁。少年才子高中状元但随即英年早逝，这事件本身就已很有话题性了。且在王俊民临死前一年，即嘉祐七年(1062)年充南京考试官时竟然出现了种种精神异常的行为，北宋张师正《括异志》与南宋周密《齐东野语》均有相关记载。《括异志》卷三《王廷评》部分引文如下：

王廷评俊民，莱州人，嘉祐六年进士状头，登第释褐廷尉评，签书徐州节度判官。明年充南京考试官，未试间，忽谓监试官曰："门外举人喧噪诟我，何为不约束？"令人视之，无有也，如是者三四。少时又曰："有人持檄逮我。"色若恐惧，乃取案上小刀自刺，左右救之，不甚伤。即归本任医治，逾旬创愈，但精神恍惚，如失心者。[③]

《齐东野语》卷六《王魁传》则转述了初虞世在《古今录验养生必用方》(《宋史》著录)中披露的内幕，其部分引文如下：

状元王俊民，字康侯，为应天府发解官，得狂疾，于贡院中尝对一石碑呼叫不已，碑石中若有应之者，亦若康侯之奋怒也。病甚不省，觉，取书册，中交股刀自裁及寸，左右抱持之遂免。出试院未久，疾势亦已平复。[④]

时人显然并没有料想到这样一位春风得意的青年才俊竟然会在精神方面出现问题，于是王俊民的种种病态行为并没有被作为疾病得到及时的治疗，反而引起了家人的种种恐慌与猜测。《括异志》与《齐东野语》都写到了他的家人请道士画符驱鬼的事情，显然他们认为这是鬼魂作祟所致。王俊民的反常行为及其家人的驱鬼行动无疑促成了引发种种民间议论的契机。作为与王俊民既"有父祖乡曲之旧"，又"自童稚共笔砚"(周密《齐东野语·王魁传》)的友人初虞世此时虽远在他地，但也有

① (宋)洪迈撰. 夷坚志[M]. 何卓点校. 北京：中华书局，1981：571.

② 之所以如是说，是因为王迥遇仙事早在庆历二年(1042)前就已流传，其后胡微之的传奇小说《王子高芙蓉城传》以及苏轼于元丰元年(1078)所作的《芙蓉城》诗又进一步扩大了王迥遇仙事的社会影响，而王魁见鬼事的流传时间则大约始于嘉佑六年(1061)左右。

③ (宋)张师正. 括异志[M]. 北京：中华书局，1996：38.

④ (宋)周密撰. 齐东野语[M]. 张茂鹏点校. 北京：中华书局，1983：105.

所风闻。这也就是说早在王俊民去世前的最后一年，确切地说即嘉祐七年(1062)发病至嘉祐八年(1063)病卒的这一年时间里，与王俊民有关的民间传闻就已经在社会上开始流传了。相信此类民间传闻的内容必有许多添枝加叶的妄言之处，其内容大体不离怨鬼缠身而导致新科状元举止失常等等宋人最“喜闻乐见”的“见鬼”情节。这一传闻想必传得相当“邪乎”，以至于深知王俊民学问、人品的友人初虞世也深感“传闻可骇”，并火速乘船赶来彭城探望故友。

关于这一围绕着王俊民的怪异行为而引发的民间传闻中很可能涉及鬼魂作祟事的推测在张师正《括异志·王廷评》中得到了证实。在该篇结尾这样写道：“或闻王未第时，家有井灶，婢蠢戾不顺，使令积怒，乘间排坠井中。又云：王向在乡閈与一娼妓切密，私约俟登第娶焉，既登第为状元，遂就媾他族，妓闻之，忿恚自杀。故为女厉所困，夭阏而终。”这显然仅仅是当时若干版本中的两个而已，且均为女鬼索命型，相信与女鬼索命有关的传闻尚有许多。如若果真如此，便颇能说明宋代民间社会的趣味所在，而进士出身的张师正本人从传闻的众多版本中单单拎出女鬼索命“题材”，亦足见文人阶层的嗜好所向。

宋代文人普遍嗜谈怪异，这一点只需对宋人笔记稍作翻检便可看出，且不说志怪小说集比比皆是，即便是宋人的传奇类作品较其所承接的唐人传奇亦少了几分“仙气”，而多了几分“鬼气”。围炉夜谈、聚众谈鬼之类的怪谈活动为宋人所普遍热衷。陆游曾“五客围一炉，夜语穷幻怪。”[①]苏轼虽遇“不能谈者”，亦“强之说鬼，或辞无有，则曰：‘姑妄言之’。于是闻者无不绝倒，皆尽欢而后去。”[②]其强人说鬼的风神面貌，着实令人想见。王明清亦同样热衷此道，其在《投辖录》序中交代何以将其小说集命名为“投辖”时这样写道：“因念晤言一室，亲友话情，夜漏既深，互谈所覩，皆侧耳耸听，使妇辈敛足，稚子不敢左顾，童仆言变于外，则坐客忻忻，怡怡忘倦，神跃色扬，不待投辖，自然肯留，故命以为名。”[③]在这番绘声绘色的描述中，我们可以充分地感受到在深夜豆灯、暗影重重的恐怖氛围中，谈鬼者的眉飞色舞、口沫横飞，听鬼者的息肩屏气、神色惊恐，种种情态真是宛在眼前。至于张师正唯独将王俊民传闻中的女鬼索命型故事收入《括异志》，毫无疑问亦是同样的好尚使然。

当然，张师正《括异志》中所记之事还仅仅更多地停留在民间传闻阶段，将王魁遭女鬼索命这一民间传闻真正引入小说领域的是夏噩的《王魁传》。将夏噩的传奇小说《王魁传》与张师正《括异志》的《王廷评》两相对照就会发现，二者的侧重点完全不同。张师正《王廷评》虽引入女鬼索命的民间猜测，但仅仅将其置于篇尾。该篇文字的重心依然放在了王俊民的失常行为以及家人请道士驱鬼这两件事上。值得注

① (宋)陆游著.剑南诗稿：卷二〇.致斋监中夜与同官纵谈鬼神效宛陵先生体[M]//剑南诗稿校注.钱仲联校注.上海：上海古籍出版社，1985：1568.

② (宋)叶梦得.避暑录话：卷一[M]//宋元笔记小说大观(三).上海：上海古籍出版社，2007：2583.

③ (宋)王明清撰.投辖录(序)[M] //宋元笔记小说大观(四).朱菊如校点.上海：上海古籍出版社，2007：3857.

意的是，这两件事同样也出现在初虞世的《养生必用方》中。初虞世痛感英年早逝的友人王俊民死后“不幸为匪人厚诬，弟辈又不为辨明”，担心女鬼索命之类的谣言会败坏友人的名誉，于是专门在《养生必用方》中借着“戒人不可妄服金虎碧霞丹”之机为王俊民辟谣。在这篇文字中，初虞世一再辩白王俊民生前“性刚峭不可犯，有志力学，爱身如冰玉，不知猥巷俚人语。”因此，绝无《王魁传》中所谓寻花问柳、变泰负心、女鬼索命之类的无稽之谈，力证王俊民只是误服金虎碧霞丹而死。在这篇专务辟谣而不以怪谈为尚的文字中就写到了王俊民的风疾与其家人的驱鬼，足见这两件事应该是真实的。因此说，尽管张师正在《王廷评》结尾处加上了女鬼索命的“传闻”，但其行文重心依然落在了有事实依据的“事件”本身。且即便在“传闻”的叙述上，也采用了“或闻……，又云……”这样的揣测口吻。但在夏噩的《王魁传》中，其行文重心却发生了重大转移，已然从对事件本身的关注转移到了民间传闻上，于是诸如士妓欢爱盟誓、书生变泰负心、女子怨愤而死、终遭女鬼索命之类的情节便构成了传奇小说的基本故事框架，至于王俊民所患的精神疾病则在小说中完全没有交代，其自残行为也被解释为女鬼索命所致，而与疾病无关。

简而言之，张师正《王廷评》重本事，而夏噩《王魁传》则重传闻，二者不仅在故事内容上，更在思想意趣上呈现出了鲜明的差异。此二者之间当具有一定的源流关系，即夏噩之《王魁传》很有可能是在《王廷评》所提供的故事原型的基础上，再依据与之有关的民间传闻敷演而成。具体而言，王俊民卒于嘉祐八年(1063)，在其死前即有种种诡异的传闻出现，其死后更有女鬼索命说流行于世。这一极具怨灵色彩的民间传闻相当符合宋人的脾胃，为民间社会疯传，以至于到了令其友人初虞世深感忧虑，担心事实真相“日久无知者”的程度，足见当时流传之广泛、传闻之骇人。这一传播迅猛的当代鬼话不可能不引起嗜尚谈鬼的文人阶层的关注，更何况故事的主角还是一位曾经高中过状元的青年才俊。正因为如此，夏噩的《王魁传》在治平二年(1065)，即王魁死后仅两年便已出炉，相信张师正的《王廷评》亦应出现在此时前后。据李剑国先生考证，张师正约在熙宁年间就已开始编写《括异志》，即在 1068 年至 1077 年间，其《括异志》的写作工作就已经开始。笔者相信其中的《王廷评》很有可能就写在 1068 年前后，或甚至更早一些。在这一民间传闻被热烈疯传的火爆氛围中便将其记录下来，而不是相对冷却的二十年后，应该是更为合理的推断。

如若果真如此，则张师正的《王廷评》与夏噩的《王魁传》很可能产生于同时，即 1065 年左右，最迟不晚于 1068 年，且二人很可能并未见过彼此的作品。换言之，他们的文字应是各自在民间传闻的基础上直接加工而成的，但却在具体的行文过程中发生了意趣取向上的分离。张师生对民间传闻尚抱着姑且存疑的态度，而夏噩则已然完全抛开了事实本相，而专力于民间传闻本身的骇人并在此基础上大加敷演。夏噩虽为当世知名文人，但在这篇传奇小说中却表现出了对充满诡异色彩的民间传闻的浓厚兴趣，在欣赏取向上反而更接近庶民阶层的好尚。正因为如此，他们的作品，即《王廷评》与《王魁传》在相当程度上代表了文人之于民间传闻的两种态度，即文人式的姑且存疑、保守审慎与庶民式的添油加醋、肆意敷演。在“王魁遭女鬼索命”故事的流变过程中，继承前者的寥寥无几，屈指算来恐怕也就只有初虞世于绍圣元年(1094)所写的辟谣文字，而继承后者的却是云集影从、余音不断。李献民就曾写有《王魁歌并引》，并收录于其在北宋政和辛卯(1111)编写的小说集《云斋广录》卷六《丽情新说》中。据该诗的引言交代，李献民之所以作此长诗，正是为了配合夏噩的《王魁传》，所谓“贤良夏噩尝传其事，余故作歌以伤悼之云尔。”尽管早已有初虞世站出来辟谣，但或其言论流传不广，抑或是即便有所耳闻亦不以为然，总之，李献民依然以夏噩的《王魁传》为据。相较于平淡无味的事实真相，女鬼索命之类匪夷所思的民间传闻显然更能让人兴致勃勃。

须明确的是，这些民间传闻被文人敷衍、加工，并以文字的形式记录下来并不意味着传播的暂停或终结，反而往往是新一轮更为迅猛的传播的开始。诚如上文所述，王迥的自造仙话如果仅仅停留在口头传播的阶段，而没有胡微之、尤其是大文豪苏轼的笔墨加入，其传播的范围广度以及可信度将会大打折扣。至于王魁遭女鬼索命事之所以愈传愈烈、愈传愈广，在相当程度上也正是源于夏噩《王魁传》的出炉所引发的又一轮扩散。在初虞世为其亡友所写的辟谣文字中，就直接点明了其所欲批驳的正是夏噩的《王魁传》，显然，他是将《王魁传》视为种种不实谣传的重要源头。尽管初虞世因对夏噩的名公身份有所顾虑而坚称此传应为“欲市利于少年狎邪辈”的“妄人”假托之作，但这一诡异传闻确实是在《王魁传》出炉后加剧了传播这一事实并没有改变。在初虞世的辟谣文字中，他颇为详细地描述了王俊民之人品才学，指出其“性刚峭不可犯”、“爱身如冰玉”，且“有志力学”并最终“登科为第一”，以证《王魁传》中所谓因科举不顺而在“失意浩叹”之下寻花问柳之说的荒谬。可见，这篇辟谣文字就是专门针对《王魁传》而发的。在初虞世看来，那些在小民之口纷纷传扬着的种种传闻在其社会影响力上显然不及当世名公的一篇笔墨文字。这也充分说明了文人的文字参与在民间传闻的广泛传播上发挥了重要的促进作用。李献民在编写《云斋广录》时也是希望其所收集的种种“清新新奇之事”能“见采于当时”，于是才“编而成集，用广其传，以资谈谑。”[①]从这一意义上讲，文人书写显然成为了民间传闻于口头之外的又一传播途径。

落实在“王魁遭女鬼索命”这一民间传闻的传播例证中，我们还能清晰地看到民间说话之于文人书写产生的重要影响。罗烨《醉翁谈录》“小说开辟”中列举的小说名目“传奇类”中有“王魁负心”，辛集卷二“负约类”则有通俗文言传奇小说《王魁负心桂英死报》。尽管夏噩《王魁传》原传已不存，但幸而有配合其小说所做的《王魁歌并引》流传于世。长诗之内容当有重要的参照价值，从中可大体推断出夏噩《王魁

① (宋)李献民.云斋广录(“序言”)[M].北京：中华书局，1997.

传》的基本原貌。将李献民《王魁歌并引》与传奇小说《王魁负心桂英死报》相比照可知,除了《王魁歌并引》结尾处增添了诸如“皇家结网罗英才,沉迷丧真诚可哀。施为未尽经济策,空余腐骨埋黄埃。”[①]这样“壮志未酬身先死”之类的文人式感慨之外,二者在基本情节上可以说完全一致,这也间接证明了《王魁负心桂英死报》与夏噩《王魁传》之间承继关系的存在。不过细究之下,还是稍有差异。

《醉翁谈录》是南宋说话人重要的参考书,“所编话本和参考资料极多”,“是编给说话人用作参考的资料书”。[②] 作者罗烨虽身份难考,但从其《醉翁谈录·舌耕叙引》之“小说开辟”部分对说话人的学识素养、小说分类的界定、种种说话名目的罗列、说话伎艺的艺术效果等方面的详细记述可以看出,他应该是对说话行业相当熟悉的业内人士,很有可能是书会才人之类的角色,甚或就是活跃于勾栏瓦舍的一线艺人亦未可知。通过引文对说话艺人的学识素养的介绍可知,说话艺人的文言功底相当深厚。周密《武林旧事》卷六“诸色伎艺人”条中列有说话艺人的名单,其中就有诸如乔万卷、张解元、刘进士(另有陈进士、陆进士)、戴书生(另有穆书生、武书生)、许贡士(另有王贡士)[③]等说话人名字。他们很可能并未真的取得功名,且均为说话艺人中的讲史家,而非小说家,但这亦足以说明说话艺人中确有一部分人已具有了相当程度的文化水准,是完全能够读懂文言作品的。更何况随着宋代文学整体性的世俗化,白话之于文言小说的影响也表现得更为明显,一些用通俗文言写成的传奇小说开始大量出现,《醉翁谈录》中就收录有许多通俗文言作品。萧相恺先生甚至认为《醉翁谈录》本身就是“由于传奇小说与市人小说的相互渗透和融合”而诞生的“供传奇小说和市人小说作家(包括‘说话’艺人)相互学习的‘教科书’。”[④]显然,这些被罗烨收入《醉翁谈录》中的通俗文言传奇小说是有着“先天”指向的,从其编写之初就专门针对于说话艺人,这与《青琐高议》、《云斋广录》中的通俗文言传奇小说被“后天”当做说话人参考资料是完全不同的。凭着说话艺人的文言功底,他们应完全能够看懂。

正是因为《王魁负心桂英死报》“先天”就负有为说话艺人服务的使命,因此小说中的许多细节描写才被表现得格外直显尽露,呈现出了与唐传奇的蕴藉、含蓄完全不同的美学风格。譬如桂英死后复仇的情节就被铺排得十分细致、具体。作者写她如何到海神面前控诉,并“自杀以助神”;如何“忽于屏间露半身”,告知侍儿复仇行动即将开始;如何又跨马持剑,“执兵者数十人,隐隐望西而去。”到了王魁家后,又如何“满身鲜血”,四处狂走地寻觅王魁;当被告知王魁已在南京做官后,又如何瞬息之间赶至南京,“披发仗剑”,厉声指骂等等,[⑤]整个复仇过程展开得可谓十分详致、细腻。

① (宋)李献民.云斋广录(“序言”)[M].北京:中华书局,1997:43.

② 李剑国.宋代志怪传奇叙录[M].天津:南开大学出版社,1997:380.

③ (宋)孟元老等.东京梦华录(外四种)[M].北京:古典文学出版社,1956:454.

④ 萧相恺.宋元小说史[M].杭州:浙江古籍出版社,1997:357.

⑤ 李剑国辑校.宋代传奇集[M].北京:中华书局,2001:162—163.

尽管《王魁负心桂英死报》与夏噩《王魁传》之间有明显的继承关系，并在基本情节上保持一致，但在夏噩的《王魁传》中当没有如此详尽、如此直显的铺排，这其中显然有着说话人的敷演成分，是说话人铺排功夫的体现，在相当程度上体现了说话伎艺之于文言小说，尤其是以“说话”为指向的通俗文言传奇小说的渗透与影响。

## 第三节　庶民趣味以及文人意识对庶民趣味的改造（以负心题材为例）

在本节论述接近尾声之时，笔者想着重强调《王魁负心桂英死报》中桂英这一愤怒的复仇者形象所具有的重大意义。“文人负心”题材在小说，尤其是传奇类小说中极为常见，多半都是文人既向往绮情之浪漫，又不愿为之付出代价的心态使然。此类作品往往发生在士、妓之间，基本情节大多是士妓欢好、双双盟誓，妓女欲从良待嫁，书生却变泰（或因家长势力）负心，最后大多以妓女幽怨而死，书生受到惩罚（或肉体，或精神）的悲剧收场。此类故事，在《王魁负心桂英死报》之前有唐人传奇《霍小玉传》为典型代表，在其之后则有宋人传奇《谭意歌记》可资对比。而桂英这一愤怒的复仇者形象则使夹在二者之间的《王魁负心桂英死报》显得格外突出。

面对书生的负心行为，唐传奇中的女性总是表现得十分“克制”，《莺莺传》中崔莺莺的“命也如此，知复何言?”自不必说，即便是死后化鬼作祟的霍小玉也仅仅在临死前的最后一刻才表现出“我死之后，必为厉鬼，使君妻妾，终日不安”这样的愤恨之情，且即使在设此毒誓之时，也是“引左手握生臂，掷杯于地，长恸号哭数声而绝”，其对李益的留恋之情昭然可见。可以说，霍小玉对李益的“恨”正是与幽怨、眷念、不甘等情绪复杂地纠结在一起的。其化鬼后所实施的报复行动尽管让李益终身生活在对女性忠诚度的严重猜忌中，并因此饱受精神煎熬，但毕竟没有害其性命，然而桂英却不同。桂英远比霍小玉更加清醒、更加决绝。在遭到情人的背叛后，霍小玉尚“日夜涕泣，都忘寝食，期一相见”，而桂英则在“仆地大哭”一场后立刻想到的就是“必杀之而后已”；霍小玉如果没有得到出于义愤的黄衫客的主动帮助，其再见李益的愿望绝无实现之可能，而只能是继续“怀忧抱恨”“委顿床枕”，但桂英却竟然以“自杀以助神”的方式主动地促成复仇的机会。她在海神祠前的割喉行为无疑是在以自身为祭品向神做出的“献祭”，这又是何等的血性！何等的决绝！霍小玉临死之前那凄凄楚楚的幽怨、那生生死死的依恋是绝无法与之相比的。霍小玉化鬼后似乎也从未想过向李益直接索命，而桂英的怨魂却在急于保命的王魁许偌为其超度亡灵后勃然大怒，并怨怒冲天地发誓道：“我只要汝命，何用佛书纸钱!”其掷地之声，铮然可闻。

应该说，桂英身上所体现出来的强烈的爱与同样强烈的恨正是为庶民精神所特有的，是庶民阶层、尤其是市井女性所特有的情感表达方式。在具有庶民色彩的通俗文言传奇小说与话本小说中，我们经常能看到为一时欢会而不计后果的爱，如《刎颈鸳鸯会》中的蒋淑真，也同样能看到因遭欺骗与背叛而非将对方置于死地的恨，如《二刻拍案惊奇》第十一卷《满少卿饥附饱飏 焦文姬生仇死报》中的焦氏。正所谓“春浓花艳佳人胆，月黑风寒壮士心”[①]，在那些具有庶民色彩的宋人作品中所着重体现出来的正是佳人之“胆”，这与侧重于表现佳人之“情”的唐人作品以及更侧重于表现佳人之“才”的清初才子佳人小说形成了鲜明的对比。这些极具勇气、胆量、钢骨的市井女性以强烈的爱恣意地满足着自己的同时，亦往往以同样强烈的恨毁灭着自己。其情感表达得是如此地执著、如此地浓烈，甚至给人一种完全从感性需要出发，而绝少理性制约的印象。在相当程度上，这可以说正是庶民阶层那旺盛、充盈的生命力的体现。但这样一种激烈的情感表达方式显然并不为崇尚“发乎情，止乎礼”的文人阶层所欣赏。

在夏噩《王魁传》[②]之后，相似题材的《王幼玉记》与《谭意歌记》也相继出现。据李剑国先生考证，《王幼玉记》大约作于熙宁中，即1073年前后，《谭意歌记》则大约作于元丰中，即1082年前后，基本上都出现于夏噩《王魁传》问世后二十年左右的时间里[③]。这两部作品都采用的是妓女遭书生负心这一题材，但其主旨内蕴却已然发生了深刻的变化，它们都不约而同地强调了书生负心实为无奈之举，颇有为《王魁传》翻案之意。《王幼玉记》中的柳富“以亲年老，家又多故，不得如其约，但对镜洒涕。”[④]而《谭意歌记》中的张正宁则是“内逼慈亲之教，外为物议之非”而“终不敢作书报意”，但时常“感泪自零”“对乐成悲”。[⑤] 总之，两部作品都在强调着书生的所谓负心实迫于外界之压力而与书生本人无关，书生自己则是多情而又无奈的。除了书生的形象外，更重要的“翻案”体现在遭情变的妓女身上。《王幼玉记》中的王幼玉终因相思成疾而死，但至死都对柳富毫无怨恨，且在死后又托梦于柳富表示将转世投胎，与之再续前缘。而在《谭意歌记》中，尽管遭情变的谭意歌对张正宇的负心行为表现得十分冷静与决绝，但既没有抑郁而死，更没有化鬼报复，而是完全独立地承担起了抚养私生子的重任，且“掩户不出”“治家清肃，异议纤毫不可入”，[⑥]完全不用张正宇操心。不得不说，谭意歌从妓女到贞妇这一充满道学气的转变在相当程度上不过是文人作者一厢情愿的愿望而已。相较于王幼玉抑郁而死的“多情而无用”、桂英以死复仇的“执念而恐怖”，谭意歌全然不以被弃为意，而专注于持家教子的“明理而谨重”显然更符合文人阶层之于“怨妇”的单方面幻想。的确，谭意歌真正做到了“怨而

① (宋)罗烨. 醉翁谈录[M]. 北京：古典文学出版社，1957：3.

② 尽管夏噩《王魁传》并没有像《王魁负心桂英死报》铺排得那样厉害，但“桂英死报”的基本情节应该是一致的。这从李献民《王魁歌并引》的相关诗句中可以看出，而该长诗正是为了配合夏噩的《王魁传》而作，二者在基本情节上应该是一致的。正因为如此，笔者认为尽管《王魁传》是为文人所作，但其所表达的思想意趣却是庶民式的，其与《王魁负心桂英死报》的差异仅在于渲染程度的强弱之别，在“桂英以死向王魁复仇”这一基本情节上并无本质差异。正是从这一角度出发，笔者才认为夏噩的《王魁传》具有很强的庶民性。究其原因，恐怕正与夏噩直接以民间传闻为据有关。

③ 具体考证参见李剑国. 宋代志怪传奇叙录[M]. 南开大学出版社，1997：135—136、164.

④ 李剑国辑校. 宋代传奇集[M]. 北京：中华书局，2001：186—187.

⑤ 李剑国辑校. 宋代传奇集[M]. 北京：中华书局，2001：232.

⑥ 李剑国辑校. 宋代传奇集[M]. 北京：中华书局，2001：233.

不怒”、“哀而不伤”，文人作者也就为其安排了最终被明媒正娶，且“夫妻偕老，子孙繁茂”[①]的良好结局以资回报。

从唐人传奇中霍小玉的“被”克制到宋人传奇中谭意歌的“被”贤德，可以说体现的都是一种单方面的文人式幻想，尤其是后者，更是文人意识改造后的产物。而唯有夹于二者之间的桂英身上所体现出的庶民性得到了最为纯粹的保留，这是十分难得的。随着宋代文学（或者说整个宋代社会）的日趋世俗化、庶民化，有许多文人都对通俗文学表现出了异常浓厚的兴趣，那些为市井小民热议不已的诡异传闻也往往是在经过文人作者的写作参与后才得以迅速地扩大了社会影响，正如上文所分析的“王子高遇芙蓉仙”事、“王魁遭女鬼索命”事的传播过程所显示的那样，这一点是不可否认的，但这并不意味着具有正统意识与高度文化素养的文人阶层会对市民文化毫无排斥地全盘接受。市民文化中那些俚俗、庸俗或甚至于恶俗的东西往往会遭到文人的鄙夷与嘲弄。文人一方面对市井文化深感兴趣，另一方面又对其中的庸俗成分嗤之以鼻，于是，文人式的改造也就在所难免。上文中提及的《谭意歌记》如此，下文即将例证的《鸳鸯灯传》亦是如此。

《醉翁谈录》“小说开辟”所开列的说话名目“传奇类”中即有“鸳鸯灯”，并有同名小说《鸳鸯灯传》流行于世，这应该是一个在民间社会流传甚广的故事。目前传世的“鸳鸯灯”故事有两个版本，一个是《蕙亩拾英集》（见于陈元靓《岁时广记》卷一二“约宠姬”条）中所引的“鸳鸯灯”故事，另一个则是《醉翁谈录》壬集卷一“负心类”中的《红绡密约张生负李氏娘》。前者的故事发展仅到张生与那个神秘的美妇人如愿欢会为止，其后的双双私奔、书生负心、二女争夫、女子上告，最后在包待制的主持公道下，终于以妻妾共侍一夫的大团圆结局完满落幕等一系列情节则被删除殆尽，而这些情节恰恰构成了《红绡密约张生负李氏娘》的后半部分。换言之，《蕙亩拾英集》中所引的“鸳鸯灯”故事仅保留了整个故事的前半部分而已。为什么会进行如此大篇幅的删节呢？笔者认为当与文人阶层对市井趣味的改造有关。《蕙亩拾英集》所载的“鸳鸯灯”故事之前有一小段作者自叙，其言道：“近世有《鸳鸯灯传》，事意可取，第缀辑繁冗，出于闾阎，读之使人绝倒。今一切略去，掇其大概而载之云。”[②]的确，其所删节的后半部分情节确实充斥着种种市井俗套，经删节后的版本则彻底剔除了庸俗趣味，将一个热闹喧哗的市井喜剧一变为才子佳人型的风流艳遇，而基本上完整保留了“鸳鸯灯”故事原貌的《红绡密约张生负李氏娘》则无疑是市井气的。相较于《蕙亩拾英集》版的才子佳人故事，《醉翁谈录》版的《红绡密约张生负李氏娘》显然更适合充当说话艺人的参考资料（底本），这恐怕也正是罗烨将其收录于《醉翁谈录》的原因所在。



① 李剑国辑校.宋代传奇集[M].北京：中华书局，2001：234.

② （宋）陈元靓.岁时广记[M].北京：商务印书馆，中华民国二十八年十二月：124.

# 第三章　女怪、女鬼与“淫妇”：性恐惧感、情欲及其背后的性别政治意味

## 第一节　性恐惧感的生成与消除



在宋元话本小说中，有一类“三怪”系列的小说非常值得注意，即《西湖三塔记》（《清平山堂话本》）、《洛阳三怪记》（《清平山堂话本》）、《定山三怪》[1]、《福禄寿三星度世》（《警世通言》第三十九卷）。其中，《定山三怪》（一作《定州三怪》）故事来源虽不可考，但很有可能是“宋代定州地方的民间传说”，[2]虽然缪荃孙（江东老蟫）因其“破碎太甚”而弃之不用，但“这篇话本，今天并没有失传于世，幸而还保存在《警世通言》里”，[3]即为《警世通言》第十九卷《崔衙内白鹞招妖》。至于《西湖三塔记》则为后世“许仙故事的雏形”，[4]“大约就是后来《警世通言》卷二十八《白娘子永镇雷峰塔》，《西湖佳话》卷十五《雷峰怪迹》，《雷峰塔》小说及传奇和《义妖传》弹词等的蓝本，为盛传民间的有名故事之一”。[5] 虽然《白娘子永镇雷峰塔》被基本判定为明话本小说，但因其与《西湖三塔记》有着明显的承接关系，并在故事类型上与“三怪”系列具有极大的相似性，因此，笔者还是将其包括在内一并加以考察。

### 一、从“女怪”到“女鬼”：渐趋迫近的性恐惧感

在“三怪”系列的五部话本小说，即《西湖三塔记》《白娘子永镇雷峰塔》《洛阳三怪记》《定山三怪》（《崔衙内白鹞招妖》）《福禄寿三星度世》中，至少有三部作品都与民间传说有关，有着广泛的群众基础。以白娘子故事为例，该民间传说可谓流传甚广、妇孺皆知。如田汝成《西湖游览志余》卷二十有载，“杭州男女瞽者，多学琵琶，唱

---

① 《京本通俗小说》跋中提及，原文为“尚有《定州三怪》一回，破碎太甚。”黎烈文标点．京本通俗小说[M]．北京：商务印书馆，中华民国二十六年三月．

② 谭正璧．三言两拍源流考[M]．上海：上海古籍出版社，2012：388．

③ 谭正璧．三言两拍源流考[M]．上海：上海古籍出版社，2012：388．

④ 谭正璧．唐人传奇给予后代文学的影响（二八）．白蛇记[M]//三言两拍源流考．上海：上海古籍出版社，2012：442．

⑤ 谭正璧．宝文堂书目所录宋元明人话本考[M]//三言两拍源流考．上海：上海古籍出版社，2012：440．

古今小说、平话，以觅衣食，谓之‘陶真’。大抵说宋时事，盖汴京遗俗也。……其俗殆与杭无异，若红莲、柳翠、济颠、雷峰塔、双鱼扇坠等记，皆杭州异事，或近世所拟作者也。”[①]其中的“雷峰塔”，即白娘子故事应该是在西湖地区广泛流传的民间传说。《西湖三塔记》《白娘子永镇雷峰塔》在进入正话之前，说话人也都有这样一番交代，“今日说一个后生，只因清明，都来西湖上闲玩，惹出一场事来。直到如今，西湖上古迹遗踪，传诵不绝。”（《西湖三塔记》）“俺今日且说一个俊俏后生，只因游玩西湖，遇着两个妇人，直惹得几处州城，闹动了花街柳巷。”（《警世通言》第二十八卷《白娘子永镇雷峰塔》）虽大都为说话人之习语，但也可以说明该故事在民间社会确实享有很高的知名度。不仅如此，当地民众对白娘子传说可谓深信不疑，明万历年间所修《钱塘县志》中有载，“雷峰塔相传镇青鱼白蛇之妖，父老子弟转相告也。”[②]崇祯辛巳年(1644)，西湖地区因“旱魃久虐”，导致“水泽皆枯，湖底泥作龟裂，塔顶烟焰熏天”。不寻常的异象给当地民众造成了巨大的心理恐慌，“居民惊相告曰：‘白蛇出矣！’互相惊惧”，之所以如此，主要是因为据说当初建塔镇妖之时，曾有“大士嘱之曰：‘塔倒湖干，方许出世。’”《白娘子永镇雷峰塔》结尾部分也有类似的说法。法海禅师在将白蛇、青鱼镇压于雷峰塔下后留下了四句谒语，“西湖水干，江湖不起，雷峰塔倒，白蛇出世。”恐慌情绪的触动与爆发实际上是当时民众信仰的一种反映，他们坚信妖物异类的存在。只有在捉妖人法力的保护之下，民众的生命安全才能得到保障。当地民众的恐慌情绪直到下雨后，“湖水重波，塔烟顿息，人心始定”[③]才被抚平。“三怪”系列的其他作品也很可能是建立在民间传说的基础上，为当地民众所普遍相信，并作为一种集体性的禁忌口耳相传地世代流传下来，话本小说的写定不过是于口头传播之外的另一传播途径而已。

从故事类型上来看，“三怪”系列有着非常近似的叙事模式，美国学者韩南将其总结为“三个必有的演员，四个必有的行动。”具体来说，“三个演员，按其出场的先后排列：一个未婚的青年，一个伪装成年轻妇女的鬼或怪，一个驱邪人（大多是道士）。四个行动是：相遇，相爱，接近危险，驱邪。”在故事情节的具体展开过程中，“最先是那个青年春日到郊野出游，遇见一位漂亮的妇女，相爱通奸，后来青年发现她威胁自己的生命，就求助于驱邪人作法，使鬼怪现出原形并加以惩罚。”[④]此类故事往往弥漫着一种充满了诡异感的恐怖气息。还是先以白娘子故事为例。事实上，白蛇化美女诱惑凡男的故事早在《太平广记》中就有记载。《太平广记》中记载的两则故事都发生在元和年间的官宦子弟身上，故事情节也十分相似，都是凡男受邀后与邂逅于途的白衣丽人宴饮欢会，但回家之后，异常恐怖的情景却出现了：一则故事中的男子觉



① （明）田汝成．西湖游览志余[M]．杭州：浙江人民出版社，1980：326．

② 谭正璧．唐人传奇给予后代文学的影响（二八）．白蛇记[M]//三言两拍源流考．上海：上海古籍出版社，2012：442．

③ 谭正璧．湖壖杂记雷峰塔[M]//三言两拍源流考．上海：上海古籍出版社，2012：438．

④ （美）韩南．中国白话小说史[M]．杭州：浙江古籍出版社，1989：45．

得“身重头旋”，待躺下后，很快就发现“口虽语，但觉被底身渐消尽。揭被而视，空注水而已，唯有头存。”而另一则故事中的男子“才及家，便觉脑裂，斯须益甚，至辰巳间，脑裂而卒。”[①]刚刚经历了一场风流艳遇的凡男们瞬间就异常恐怖得死于非命，这种充满了诡异感的恐怖气息在“三怪”系列的话本小说中同样存在。《崔衙内白鹞招妖》中的崔亚在进入定山这一“精灵不少，鬼怪极多”的险境之前，就预兆性地遭遇了一个长相十分凶恶的酒保，并差点喝下了“血水里浸着浮米”的血酒。《洛阳三怪记》中的潘松在池边钓鱼时，“只见水面开处，一个婆子咬着钓鱼钩。吓得潘松丢下钓竿，大叫一声，倒地而死。”此外，《洛阳三怪记》《西湖三塔记》还都写到了喜新厌旧的女怪杀活人以取心肝下酒喝的情景，尤其是《西湖三塔记》中杀人场面的血腥更是赤裸裸地与情欲纠缠在一起。因为奚宣赞的到来，之前被抓来的后生被“缚在将军柱上，面前一个银盆，一把尖刀，霎时间把刀破开肚皮，取出心肝，呈上娘娘。”这一切发生得太突然，刚刚还在为美妇的“如花似玉”而“心神荡漾”的奚宣赞毫无心理准备，被这突如其来的血腥场面惊得“魂不附体”。韩南将这种种的“狂野的景色和惨怪的视像”称为“中国的‘哥特式’”，充满了“野蛮的‘哥特式’因素”。[②]

在宋元话本小说中，与“三怪”故事的叙事模式大致相似的还有一篇，即《一窟鬼癞道人除怪》（《警世通言》第十四卷），但名为“除怪”，实为“驱鬼”，因为主动接近凡男的异类已然从“三怪”故事中诸如白猫精、红兔儿、白鹤、白蛇之类的物怪[③]变成了横死的女鬼李乐娘。这个女鬼在凡男毫不知情的情况下就嫁了过去。凡男贪恋的无疑是美妇那有如“南海观音”般惊为天人的美貌以及“一千贯钱房卧，带一个从嫁”的丰厚陪嫁。但这桩财色兼得的美满婚姻很快地就透出了恐怖的味道。一日凡男早起出门经过灶前，“看那从嫁锦儿时，脊背后披着一带头发，一双眼插将上去，脓项上血污着。”凡男“大叫一声，匹然倒地”，但随即被美妇救醒，却又发现锦儿好端端地站在面前。接下来发生的一连串故事就更加惊悚，满腹狐疑的凡男在清明之夕的荒山野岭里接二连三地遭遇了整整“一窟鬼”，其中就包括了那位新娶的美妇。在识破了娇妻的真实身份后，躲在庙门后的凡男被吓得“不敢则声”，“日里吃的酒，都变做冷汗出来。”

这个故事之所以特别提出来的原因是因为李乐娘这一女鬼形象所具有的过渡意义。具体而言，“一窟鬼”故事在基本的情节模式上虽与“三怪”故事大致相似，但妖物异类已然从女怪变成了女鬼。尽管如此，但这一女鬼形象却又与宋元话本小说中的其他女鬼，诸如《崔待诏生死冤家》（《警世通言》第八卷）中的璩秀秀、《小夫人金

① （宋）李昉等．李黄[M]//太平广记，卷四百五十八．北京：中华书局，1961：3752．

② （美）韩南．中国白话小说史[M]．杭州：浙江古籍出版社，1989：45—46．

③ 《洛阳三怪记》中的物怪分别是白鸡精、赤斑蛇、白猫精；《西湖三塔记》中的物怪分别是乌鸡、獭、白蛇；《崔衙内白鹞招妖》中的物怪分别是大虫、红兔儿、死后成精的晋国将军；《福禄寿三星度世》中的物怪分别是黄鹿、绿毛灵龟、白鹤；《白娘子永镇雷峰塔》中的物怪分别是白蛇、青鱼。

钱赠年少》(《警世通言》第八卷)中的小夫人、《杨思温燕山逢故人》(《喻世明言》第二十四卷)中的郑意娘、《金明池吴清逢爱爱》(《警世通言》第三十卷)中的爱爱、《闹樊楼多情周胜仙》(《醒世恒言》第十四卷)中的周胜仙等有着极大的不同。后面提及的这些女鬼生前都与凡男有着程度不同的情感交集,即便在化鬼之后也依然在未尽情缘的驱使下回到了凡男的身边,换言之,这些女鬼实际上都是人间形象的延续。但李乐娘不同,这是一个突然闯进凡男生活的陌生女鬼,其生前与凡男没有任何情感交集,她的出现除了给凡男带来了短暂的愉悦之外就是无边的恐惧。因此,就其形象的性质而言,李乐娘虽身为女鬼,但更接近于缺乏人性的物怪。而且,即便从整个故事的情节模式来看,这个"一窟鬼"故事走的显然还是"三怪"故事的套路。正因为如此,该故事依然被命名为"除怪",而非"驱鬼"。

不过,尽管李乐娘身上的人性化特征并不强烈,但无论如何,在"非人性"物怪向着"人性化"女鬼的转变过程中,李乐娘这一披上了女鬼外衣的物怪形象依然具有重要的过渡意义。相较于白猫精、红兔儿、白鹤、白蛇之类的物怪,人死之后转化而来的"鬼"与人间社会的距离显然更近了一步。这一方面使得女鬼多少具备了一些人性,这一点尤其体现在那些生前与凡男有所交集,死后依然情缘未断的女鬼身上,但在另一方面也恰恰说明了在宋人的观念世界中,他们深深地相信那些令人恐惧的异世界存在很可能就生活在自己的身边,并将在毫无预警的情况下给自己带来无法预料的灾难。考察一下宋元话本小说中女鬼的"窝点"就很证明这一点。在《西山一窟鬼》(即《警世通言》第十四卷《一窟鬼癞道人除怪》)中的女鬼李乐娘就住在白雁池边的陈干娘家,陈干娘又托住在钱塘门下的王婆为李乐娘说媒。王婆与凡男吴教授是邻居,于是就主动找到了吴教授说这门亲事。吴教授自然非常高兴地接受了这桩人财两得的"完美"婚姻,但却对陈干娘、王婆、李乐娘以及陪嫁锦儿的女鬼身份毫无察觉。尽管她们早已死后做鬼,但还是毫无违和感地继续住在原来的居所,混杂在熙熙攘攘的人群之中,与凡人一般无二地参与着各种社会生活。尤其是女鬼李乐娘更是通过与凡男结婚的方式使得自己即便在做鬼之后,还是顺利地加入进了人间秩序,重新获得了人世间的合法身份,这又与"三怪"故事中那些并不在意获取社会身份的艳遇型女怪有着极大的不同。

鬼怪就在身边。《夷坚志》中的一些记载很能说明在宋人社会中广泛存在着"人鬼混杂"的观念。宋人普遍相信鬼怪,尤其是女鬼就在身边,她们将在凡男毫无防备的情况之下毫无预警地出现在凡男面前,用让人无法抗拒的性魅力诱惑着凡男走向死亡的恐怖。相较于女怪,早已深入人间社会的女鬼无疑具有一种更为强烈的象征意义,一种无法克制的恐惧感觉正在悄无声息地渐趋迫近。

## 二、性恐惧感的生成:以"阴阳"为代表的性别阐释理论

性的恐惧感在那些以女鬼惑人为主题的种种民间传闻中得到了集中体现。这

些民间传闻总是会不约而同地写到与女鬼性交合后给凡男的身心带来的巨大损害。如"颜色日枯悴"(《夷坚甲志》卷十三《杨大同》)"精爽消铄，饮食益损。"(《夷坚乙志》卷九《胡氏子》)"神情日昏悴，饮食顿削。"(《夷坚丁志》卷一《南丰知县》)"意中愦愦，渐不喜食，行步言气衰劣。"(《夷坚乙志》卷六《赵七使》)"未两月积以羸悴"(《夷坚丁志》卷十三《潘秀才》)"渐觉羸悴，继得疾惙甚。"(《夷坚甲志》卷五《叶若谷》)"容日羸悴，医巫不能愈。"(《夷坚丁志》卷九《陈媳妇》)"比苦心志罔罔，不忆人事。"(《夷坚丁志》卷二十《陈巫女》)等等，不一而足。这些遭遇女鬼色诱的凡男除了被捉妖人及时解救的个别情况之外，往往都会异常恐怖地死于非命，有的"即仆地死，耳鼻口眼皆血流。"(《夷坚乙志》卷二《蒋教授》)有的"百方禳治，弗少衰，竟至不起。"(《夷坚丙志》卷七《马先觉》)有的竟然在毫无征兆的情况下，"跪膝于窗下，以衣带自绞死矣。"(《夷坚甲志》卷十八《黄氏少子》)至于那位自以为得遇了一场风流艳遇的童银匠虽未遭到女鬼的直接索命，但在识破了对方身份后，还是被那个自缢而死的女鬼"遽升梁间，吐舌长二尺"(《夷坚乙志》卷二十《童银匠》)的骇人景象吓得魂飞魄散。

与女鬼的性交合将会给男性的生命健康带来灾难性的损害，这一观念并非为古代中国所独有，在近代早期西欧社会中也同样流传着类似的看法。在十七世纪初出版的一个故事集中就"汇集了当时人对女人的所有恐惧心理，他们认为女人就是魔鬼的同盟军。"在其中的一则故事中，魔鬼化身为一位美貌的女子来诱惑人间的三个男子。当这位可疑的美女与三位男子"翻云覆雨"后就褪下了自己的裙子和衬裙，于是这些尚沉浸于性愉悦的男子们看到了"一具世上最恐怖、最丑陋、最难闻、最恶心的尸体"。接着房屋消失了，只见满是粪便的废墟；最后，三个人相继在恐惧中死去。[①] 这则明显寓意着性恐惧感的寓言与《夷坚志》中的一则故事十分相似。在这则故事中，同样有三位男子出现，他们在暗夜四鼓，"行人寥落"的街上闲逛，突然看到一个"美好女子"按辔而来。尾随而至的三位男子跟着这位神秘女子进入了曲巷中的一家酒肆，相对而坐，"据案索酒，情不能自制。"于是，遥呼这位美女同桌而坐。在得到了女子的应允后，三人欣喜若狂，其中一人嫌这位女子"以巾蒙首，不尽睹其貌"，得意忘形之下遂伸手将女子的头巾掀开。于是，一个令人恐惧的戏剧性画面出现了，面巾下赫然是"一大面恶鬼，殊可惊怖。"三位男子"合声大呼曰：'有鬼。'酒家奴出视，则寂无一物，嗤其妄。具以所遇告，奴曰：'但见三秀才入肆，安得有此。'三子战栗通昔，至晓乃敢归。"(《夷坚乙志》卷十五《京师酒肆》)与上文提到的那三个相继丧命的男子相比，《夷坚志》中的这三位男子要幸运得多，这恐怕是因为他们的行为尚仅止于意念层面上的蠢蠢欲动而已。但尽管如此，这两则东西方故事都同样传达出了男性之于性的恐惧感。

这种性恐惧感究竟是如何产生的呢？其所依据的原理又是什么呢？我们不要

① 陆启宏. 近代早期西欧的巫术与巫术迫害[M]. 上海：复旦大学出版社，2009：280.

忘记凡男之所以遭受到了身心损害甚至于命丧黄泉都是源于其与女鬼之间发生了性交合。换言之，如果没有发生性交合，女鬼的危害就不会作用到男性身上，男性即便受到点惊吓，也会全身而退。《夷坚志》中的一则故事就表明了这样的观点。这位"柳下惠"式的男子在深夜投宿到一户人家后，意外地遭遇了女主人的性诱惑。这位女主人显得非常主动，"强邀至数四"，男子无奈之下，只好"取腰间小书刀削爪"以延缓时间。可是"刀才出鞘"，美丽的女主人以及这座宅院就都瞬间消失了，男子于是惊异地发现自己正只身坐在一座坟冢上。（《夷坚丙志》卷七《沈押录》）相较于这位男子的消极防御，《夷坚志》另一则故事中的男子则采取了"默诵天蓬咒"的主动攻势，且"益疾诵咒.声渐厉"。女鬼虽愤恨不已，却也只能在痛骂一声"何必如此！"后无可奈何地退身而去。（《夷坚丙志》卷一《陈舜民》）无论是消极防御还是主动进攻，这两位男子都抗拒住了女鬼的性诱惑，因此才得以毫发无损地脱离险境。由此可见，与女鬼之间有无发生性交合是决定凡男命运的关键所在。笔者认为这种观念之所以存在，且普遍存在于东西方社会中，应与东西方人颇为相似的性别阐释理论有关。

十六、十七世纪的近代早期西欧社会曾普遍流行过以"体液学说"来阐释两性的性别差异。这种学说将人体看做是"一副容纳着体液的皮囊"，"男人性属热干，女人则属冷湿"。[①] 男性体内的热干性体液应高于冷湿性体液，否则就会损害男性的生命健康。女性亦如此，相较于热干性体液，女性体内的冷湿性体液应保持在一个更高的水平上。当时的学者曾以这一理论解释过何以女人沉在水里时会面朝下而男人一般面朝上的现象，认为其原因就在于"男人、热量、光线和上帝之间存在着内在关联，而女人则与潮湿、阴冷联系在一起，所以很少会面向天空。"[②]

西方的体液学说与中国的阴阳观念颇有几分相似。男性体内的热干性体液无疑象征着一种阳性的力量，与太阳、热量、光线保持着某种内在的联系；而女性体内的冷湿性体液则与阴性的力量非常相似，并总是与潮湿、阴冷发生联系。当时的西欧社会普遍相信月亮是女性"所有湿润产生的根源"，尤其在满月之时，"在月光的影响下，女人的生育力很强，身体也因此非常湿润并充满活力。"[③]这种将男女两性的性别差异归结为日月、阴阳的做法在司马光的《居家杂仪》中得到了跨文化的印证。在这部以规范两性秩序为重点的家训性作品中，司马光就非常明确地指出，"夫天也，妻地也；夫日也，妻月也；夫阳也，妻阴也。天尊而处上，地卑而处下。日无盈亏，月有圆缺。"（司马光《居家杂仪》卷八"妻上"条）通过对天地、日月、阴阳等自然秩序的比附，男尊女卑的两性等级秩序也就随之获得了天经地义般不证自明的合理性。在西欧社会，这种性别等级上的合理性更进一步取得了宗教层面上的支撑，"女人的本

① （法）罗贝尔·穆尚布莱著.魔鬼的历史[M].张庭芳译.桂林：广西师范大学出版社，2005：82.
② （法）罗贝尔·穆尚布莱著.魔鬼的历史[M].张庭芳译.桂林：广西师范大学出版社，2005：90.
③ （法）罗贝尔·穆尚布莱著.魔鬼的历史[M]. 张庭芳译.桂林：广西师范大学出版社，2005：95.

性是造物主创造的阴暗面，她比男人更接近魔鬼，而男人则受到的更多是上帝的好影响。……从历史角度看，这个看法奠定了男性的优越地位，并说明了女性在社会中处于从属地位的原因。……女人生来就低男人一等，也就是说这是上帝的意志。"①

更为重要的是，对阴阳、日月的比附所决定的并不仅仅是两性之间尊卑、主从等社会地位上的差异，更同时预先设定了两性在秉性气质上的优劣、善恶。"阴阳的原则就把男子等同于阳，天，太阳，光明，力量和主动；女子则与阴，地，月亮，黑暗，软弱和被动对应。"②通过对日月、阴阳的比附，女性不仅在社会地位上是从属性的，在品性气质上也是劣等性的。在宋人家训中，此类贬低女性的言论时常出现。如北宋思想家李觏曾言，"盖妇人之性，鲜克能正也，刚则昧，柔则弱。……自古妇人之贤者，盖不易得。"(《李觏集》卷五《周礼致太平论·内治第一》)南宋思想家朱熹亦曾言，"家人离必起于妇人。"③与朱熹同时代的袁采亦持同样的观点，认为女性"以言激怒其夫及同辈"往往是造成"人家不和"的重要原因，因此，"见识高远之人不听妇女之言"。④ 而且妻妾们又很容易听信那些好搬弄是非的婢女们的谎言，"妇女之易生言语者，又多出于婢妾之间"，从而发生完全不必要的争吵，最终导致家庭秩序的混乱。⑤ 在近代早期的西欧社会中，人们同样普遍"将女人视为一种未完成的创造物，是不完整的男性，因此她们是脆弱和易变的。女人生来易怒、不知羞耻、爱撒谎、迷信、淫荡，在众多作家看来，她们只受子宫运动的驱使，她们所有的疾病，尤其是歇斯底里都来自此。"⑥

因此，当时的西欧社会普遍相信，与女性接触，包括与女性的体液接触都是一件十分恐怖的事情，"沾上女人的经血会让鲜花枯萎、果实腐烂、象牙失去光泽、长剑不再锋利、狗儿发疯。"⑦但男子则不同，"男性的热量能焕发近旁物体的光芒"，被女子触碰而"失去光泽"的珊瑚会在男子的触碰下重新变得红润起来。当时的人们甚至相信"男性天生的热量是可以发散的，柔和而清爽，几乎是一种香味。"而女性则天生气味难闻，这一点不仅让人联想起了上文提及的白蛇女怪身上所散发出来的腥臭气味。总而言之，正是因为女性天生低贱、恶劣，因此，其所"散发出的气味能污染那些最纯洁的东西"，尤其是与女性的性接触更会让女性的不良因素传染到男性身上，"败坏男性天生的气味"，从而使得男性"与生俱来的热力消退，而通过亲密的身体接

① (法)罗贝尔·穆尚布莱著.魔鬼的历史[M].张庭芳译.桂林:广西师范大学出版社,2005:89.
② 柏清韵.朱熹与女子教育[M]//田浩编.宋代思想史论.杨立华、吴艳红等译.社会科学文献出版社,2003:353.
③ (宋)朱熹、吕祖谦纂.治体[M]//近思录集释:卷八.张京华辑校.长沙:岳麓书社,2010:640.
④ (宋)袁采.睦亲"妇女之言寡恩义"条[M]//袁氏世范:卷一.丛书集成本.12.
⑤ (宋)袁采.睦亲"婢仆之言多间斗"条[M]//袁氏世范:卷一.丛书集成本.13.
⑥ (法)罗贝尔·穆尚布莱著.魔鬼的历史[M].张庭芳译.桂林:广西师范大学出版社,2005:88.
⑦ (法)罗贝尔·穆尚布莱著.魔鬼的历史[M].张庭芳译.桂林:广西师范大学出版社,2005:90.

触转移到他身上的不祥的潮湿却增加了。"[①]伟大的基督教神学家圣保罗甚至认为"对于一个男人来说，最好不和任何女人发生关系。"[②]

在宋元话本小说中，这种女性的恶劣气质对男性健康的危害常常被表述为阴性力量对阳性力量的侵袭。尤其是女鬼，作为纯阴性的存在其对凡男造成的伤害更是致命的。上文列举的那些源自于《夷坚志》的民间传闻就很能说明这一点，但这些民间传说往往是被洪迈以笔记杂录的形式简明扼要地记录下来，其在细节上的渲染程度显然不及小说。在宋人的传奇体文言小说中，阴阳理论往往依托于生动的故事情节而得到了形象的阐释。如在《越娘记》这则故事中，书生杨舜俞接受了因战乱而客死他乡的女鬼越娘的请求，将其骨殖迁回故土。但为德不卒的杨舜俞竟然以恩人自居向越娘求欢，结果遭到了拒绝。越娘拒绝的理由则完全是从阴阳观念出发的，"妾之初遇郎，不敢以朽败尘土之迹交君子下体之欢者，无他，诚恐君子思而恶之也。以君之私我，我之爱君，何时而竭焉？妾乃幽阴之极，君子至盛之阳，在妾无损，于君有伤，此非厚报之德意也。"[③]杨舜俞并不能体察越娘的初心，在杨的执意要求下，越娘无奈之下只能顺从其愿，但很快就消失了踪影，"虽舜禹思念深深，而越娘不复再见。"最后，一个道士不请自来地为杨舜俞"抱打不平"，"子憾此鬼乎？吾为君辱之。"结果使得越娘在道士法术的作用下被迫现身并遭到了一番毒打。

杨舜俞的恶劣品行不在笔者讨论之列，但道士在"惩治"了越娘后转过头来教训杨舜俞的一番话却很值得注意，"幽冥异道，人鬼殊途，相遇两不利，尤损于子。凡人之生，初岁则阳多而阴少，壮年则阴阳相半，及老也，阳少而阴多，阳尽而阴存则死。子自壮，气血方刚，自甘逐阴纯异物，耗其气，子之死可立而待。"[④]在这番以阴阳理论为依据的训诫中，我们可以清楚地看到时人相信在一个人从生到死的生命历程中，阴阳两种力量将在一定规律的作用下此消彼长。作为纯阴之物的女鬼将会吸收大量的阳气，从而对凡男造成致命性的危害。《夷坚志》中有一则故事也反映了类似的观点。在这则故事中，一位西湖女子因为一些原因未能与心爱之人结合，不久抑郁而死。死后化鬼的她依然无法忘情，于是又来到了凡男身边。在过了一段夫妻生活之后，这个女鬼不得不向凡男告别，"今之此身，盖非人也，以宿生缘契，幽魂相从，欢期有尽，终天无再合之欢，无由可陪后乘。"临别前，这位女鬼又告诫凡男应及时服用"平胃散"，理由是"阴气侵君已深，势当暴泻，惟宜服平胃散，以补安精血。"[⑤]女鬼的话令这位男子马上联想起他自己曾经看过的一个故事。在这则故事中，一个凡男仅仅因为与早已化鬼的友人长谈了一番，便被"阴气所侵""面色不佳"。幸亏这位鬼友



---

① (法)罗贝尔·穆尚布莱著.魔鬼的历史[M].张庭芳译.桂林:广西师范大学出版社,2005:92.

② 转引自李银河.性·婚姻——东方与西方[M].西安:陕西师范大学出版社,1999:22.

③ 李剑国辑校.宋代传奇集[M].北京:中华书局,2001:113

④ 李剑国辑校.宋代传奇集[M].北京:中华书局,2001:114.

⑤ 李剑国辑校.宋代传奇集[M].北京:中华书局,2001:697.

在临别前告诫男子回家后速速服用平胃散，但即便如此，这位男子在次日还是“大泻三十余行”。[①] 此外，当时的民间社会中亦常常有女鬼因与人间男性交接而得以复活之类的传闻。在洪迈记载的“毕令女”事中，家人们怀疑与生人交接的女鬼很可能是死去的长女作祟所致。于是打开棺材验看，结果却发现长女的尸首居然“自腰以下肉皆新生，肤理温软，腰以上犹是枯脂。”（《夷坚乙志》卷七《毕令女》）在宋人话本小说《闹樊楼多情周胜仙》（《醒世恒言》第十四卷）中则写到了亲事不顺的周胜仙原本气极而死，但在遭到盗墓者的奸尸后却又意外复活的故事。女鬼之所以能够复活，显然是从凡男那里获得了阳气的滋补。可见，获得阳气的最佳办法就是与凡男发生性结合。这一观念在当时显然有着深厚的群众基础，因此，才会有此类传闻在民间社会的广泛流传。话本小说《闹樊楼多情周胜仙》很可能就是依据此类民间传闻改编而来，宋人笔记中记载的《大桶张氏》（《说郛》卷一一《清尊录》）、《玉条脱》（《投辖录》）、《鄂州南市女》（《夷坚支庚》卷一）等民间传闻与这部小说就有着非常明显的渊源关系。

诸如此类的故事都说明了在宋人的观念世界中普遍认为男性所代表的阳性力量具有补充元气的生命力量，不仅能够有效地维持自身生命体的健康运行，甚至还能通过对阴性力量的有力补充而产生起死回生的神奇功效。然而，“繁盛的阴”却对男性十分有害，尤其是纯阴之体的女鬼更是如此。阴所代表的种种负面力量将会侵蚀男子的阳气，从而对男性的生命健康造成威胁。中国古代房中术中的“阴阳采补”、“还精补脑”之类的观念可以说都是建立在这一阴阳机制上。这也从一个侧面说明了尽管宋人小说与明清小说中时常都有戒色主题的出现，但二者的出发点是不同的。明清小说中的戒色主题往往是从道德与秩序的角度出发，而宋人小说中的戒色主题则更多的是从保持生命健康这一养生角度出发的，其背后的理论依据正是中国传统的阴阳观念。

这一在宋人小说中体现出来的阴阳观念在清人小说《野叟曝言》中得到了极致呈现，拥有纯阳之体的文素臣就曾利用自己强大的阳气为多位女性治愈了顽疾。他在小说中被明确地象征为太阳，是一个太阳般的纯阳性存在。更为重要的是，小说中的文素臣被描绘成虽然拥有纯阳的强大力量以及同样强大的性能力，但却能运用更为强大的自制力有效地控制住自己的欲望。小说中曾多次描写到素臣的“却色”经历。面对着美女们一次又一次地投怀送抱，素臣总是表现得十分淡定。尽管遭遇了数次被众多美女“围攻”的性危机，但也总是能凭借着自己坚强的自制力成功化解。不得不说这实在是一个市井小民们所无法企及的神化形象。在女色以及欲望的强大攻势下，在宋人市井社会中生活着的凡男们更多地只有丢盔卸甲、惨死“杀场”的份儿。在迷恋与恐惧之间形成的张力恐怕正是女鬼故事的魅力所在。宋人对

① （宋）洪迈撰．夷坚甲志：卷一“孙九鼎”条[M]//夷坚志．何卓点校．北京：中华书局，1981：2．

女鬼故事的津津乐道当然有着在浓重的巫鬼信仰下猎奇心理的作用，但也不能完全排除以女鬼故事来警戒男性的动机存在。恰如那位严肃的道士对杨舜俞的训诫所显示的那样。在女鬼，实际上是被妖魔化了的女性面前，男性自身对于自己那点可怜的自制力实在是心知肚明的。

### 三、性恐惧感的消除：捉妖人、替罪羊与“色、欲”问题的失衡

在白蛇女怪的系列故事中，性恐惧感在唐人的那两则故事中并没有得到有效的释放，魔鬼般的元凶白蛇没有受到任何惩罚。但在宋元话本小说中，人们却惊喜地发现一个法力强大的捉妖人（禅师）终于登场了。正是由于捉妖人的出现，白蛇女怪终于遭到了镇压，由其所带来的恐惧感也随之得到了纾解。在“一窟鬼”故事接近尾声时，同样有一位捉妖人（道士）不请自来地降临到早已被吓得死去活来的凡男身边，并用一个神奇的葫芦将“抱头鼠窜”的“一窟鬼”统统收入其中。捉妖人的身份往往是道士，但其施行的除妖术却极具巫术的味道。在除妖行动中，道士们除了喃喃念咒外，最经常使用的就是符，他们往往会“书道符灯上烧了”，并让受害的凡男“吃符水”（《西湖三塔记》），自信地宣称他们的符具有能让妖怪现出原形的神奇法力。《福禄寿三星度世》（《警世通言》第三十九卷）的皖公山道士取出一道符交给刘本道并叮嘱道：“女娘到晚归来，睡至三更，将这符安在他身上，便见他本来面目。”《白娘子永镇雷峰塔》（《警世通言》第二十八卷）中的终南山道士则交与许宣两道灵符，“一道符，三更烧，一道符放在自头发内。”并宣称，“我行的是五雷天心正法，凡有妖怪，吃了我的符，他即变出真形来。”道士们所用的符、咒最初都是以巫术的形式存在，“咒语”“符箓”乃至于逼迫对方现出原形的“毁形”也都是常见的巫术类型。[①] 民间巫术本来就“与道教有着天然的血缘联系”，[②]崇信道教的宋代统治者更是在政和六年制定了包括“书符咒水”在内的“七科”作为铨选道士的基本准则。[③] 至于上文提到的终南山道士所修习的“五雷天心正法”，有学者认为很可能就是建立在天人感应的基础之上，“‘天心’一词似向人们表明：他们的道法乃是上通于天，从而能产生某种感动天心，使之做出反应的效果。”[④]而所谓的天人感应，究其实质也无非就是“交感巫术”这一基本的巫术原理、巫术逻辑的运用。[⑤] 可以说，宋代的道士，尤其是活跃于民间社会的道士实际上更多地扮演了，或者说兼顾了巫师的角色，他们所施行的除妖



---

① 关于正文提及的三种巫术类型的具体分析，参见《宋代民间巫术研究》第四章《宋代民间巫术的类型分析（一）》第五节《驱鬼巫术》，刘黎明．宋代民间巫术研究[M]．成都：四川出版集团巴蜀书社，2004：197—204．

② 刘黎明．宋代民间巫术研究[M]．成都：四川出版集团巴蜀书社，2004：320．

③ 除了“书符咒水”外，铨选道士的其他六科是“通真善演、修文辅教、说经谈论、修真养命、诗书琴乐、煅炼金石”，具体内容参见（宋）赵彦卫．云麓漫钞：卷十四[M]．北京：中华书局，1996：253．

④ 刘黎明．宋代民间巫术研究[M]．成都：四川出版集团巴蜀书社，2004：323．

⑤ 所谓“交感巫术”，简而言之，即“物体通过某种神秘的交感可以远距离的相互作用”。具体论述参见《金枝》第三章《交感巫术》，（英）弗雷泽．金枝[M]．北京：大众文艺出版社，1998：12—46．

行动具有浓重的巫术色彩。巫师除妖活动本身正是宋人巫鬼信仰的反映。

在明确了宋人社会，尤其是民间社会中普遍存在着的巫术背景后，我们对“三怪”故事的考察也就会因此而能站在一个更为开阔、更为深入的视角上。置身于宋人的社会文化语境中，我们将会清晰地看到“三怪”故事中巫师的除妖行动无一例外的都是针对女性，确切地说是化身为美丽女性的妖怪，姑且将之称为“女形妖怪”亦未为不可。这些女形妖怪之所以成为清剿对象，其最根本的罪行莫过于利用色相引诱人间男性，从而使凡男的生命健康受到威胁。因此，必须对其进行无情的肉体消灭，或者与人间社会永久隔离。于是，我们看到了在被逼现出原形后，女形妖怪的下场往往是当场被烧死、被打杀，或被镇压于某处，永世不得翻身。通过对女形妖怪的消灭与隔离，女形妖怪带来的恐惧感也随之化解。这种情绪上的释放在一些“三怪”故事的散场诗中得到了体现，如“今日捉来藏篋内，万年千载得平安。”(《西湖三塔记》)“一自真人明断后，行人坦道永无忧。”(《崔衙内白鹞招妖》)等等。

但问题显然并没有得到根本性的解决。当人们的注意力都被集中到了前台故事中女怪惑人、道妖斗法、打压女怪的种种热闹场面时，其内里所潜藏的色欲问题却在有意无意之间被极大地忽视了。尽管这些故事都有着女怪通过展现自身的“女性”性魅力来诱发男性的情欲，从而使其沉湎不知归处之类的基本情节，从中提炼出色欲亡身之类的主题原本应该是一件顺理成章的事情，但事实上并没有。譬如《西湖三塔记》《洛阳三怪记》这两篇故事中都潜藏着与恐惧感奇特地交织在一起的色情意味，但这种色情意味却并没有被提炼出来以促成戒色主题的形成，给人的感觉似乎是其专注点就仅在于讲述一个恐怖故事，而不太关心什么道德上的劝诫。《崔衙内白鹞招妖》的入话部分虽有“内作色荒，外作禽荒”的诗句或可作戒色主题的证据，但笔者相信这一主题更多的只是针对入话中的明皇故事，且这一入话故事显然是后植入“定山三怪”故事中的，为的就是能让古本的“三怪”故事在形式上更加符合入话、正话二者兼具的话本小说体制。至于之所以选择将明皇故事，而不是其他故事与“定山三怪”嫁接在一起则主要是出于故事类比性的考虑。因为“定山三怪”故事中的崔亚既好田猎，又为色所迷，与历史上的玄宗形象颇有几分相似。因此，笔者认为在被改造为《崔衙内白鹞招妖》之前，古本的《定山三怪》应该是没有入话故事的，只是一个流行于定州地区的民间恐怖故事而已。明皇故事的添加以及从中提炼出来的“内作色荒，外作禽荒”这一戒色、戒欲的主题则很可能是出于明人之手的“后天”改造，正如《西湖三塔记》在被明人改造为《白娘子永镇雷峰塔》后，就增添出了“色即是空空即色，空空色色要分明”的道德劝诫一样。具体而言，宋元话本小说《西湖三塔记》将女怪的被镇压作为故事的终结，女怪被封印于湖中，整个故事也就随之迅速结束。而在宋元话本小说基础上改编而来的明话本小说《白娘子永镇雷峰塔》中，法海禅师在镇压活动完成后还会再不慌不忙地诵上几句诸如“奉劝世人休爱色，爱色之人被色迷”的偈语，从而使得作品的戒色主题得到了凸显。明人显然是注重道德训诫的，而作为早期话本小说的《西湖三怪记》《定山三怪》，也包括《洛阳三怪记》其叙事的兴趣点则仅仅在于绘声绘色地讲述一个恐怖故事。作者既“不想把这故事扩大意义，如联系到轮回报应等”，也不打算“着眼于道德问题和社会问题”，这种专注于故事本身的叙事而对外围性的价值判断漠不关心的态度或许正是韩南所言的早期小说所具有的“叙述技巧”上的“超然性”。[①]

随着情欲问题的被漠视，凡男自身的过失，即因无法克制情欲而使自己身陷险境也就随之被做了淡化处理。但事实上，尽管美色的确惑人无穷，凡男自制力的严重缺失或许才是问题的关键所在。在“三怪”故事中，除了《洛阳三怪记》中的潘松自始至终未曾动念外，其他故事中的凡男们都无一例外地深陷于美色而无法自拔，这种情况在亲眼目睹了女怪杀人的血腥场面后竟然也没有改变。如《西湖三怪记》中的奚宣赞尽管被吓得“魂不附体”，但还是在女怪的引诱之下，与之“携手共入兰房”。在这个民间故事被改造为《白娘子永镇雷峰塔》后，凡男在情欲面前自制力的严重缺乏得到了更为鲜明的呈现。尽管小说开篇就交代了许宣（亦即《西湖三塔记》中的奚宣赞）是个“老实之人”，但在“见了此等如花似玉的美妇人”后，“也不免动念。”在其后的事态发展中，许宣因白娘子的缘故而数次濒于险境。虽然他对白娘子多次产生过怀疑，但终究还是为色所迷，很快地就朦胧过去。在库银被盗事件发生后，许宣受到白娘子的牵连被发配到了苏州。待白娘子找上门来后，许宣虽然认定白娘子是“鬼怪，不许入来”，但在白娘子的一番花言巧语下，竟放下了疑虑而与之成亲。洞房之夜，白娘子更是“放出迷人声态，颠鸾倒凤，百媚千娇，喜得许宣如遇神仙，只恨相见之晚”，并“自此日为始，夫妻二人如鱼似水”，终日“快乐昏迷缠定”。在接下来的又一次库银被盗案中，许宣再次被白娘子牵连并二次发配到了镇江。待白娘子随后赶到后，许宣的直接反应是“怒从心上起，恶向胆边生，无明火焰腾腾高起三千丈”，并痛骂白娘子，“你这贼贱妖精，连累得我好苦！”“你如今又到这里，却不是妖怪？”但在白娘子又一番巧舌如簧的辩解下，许宣再次“回嗔作喜，沉吟了半晌，被色迷了心胆，留连之意，不回下处，就在白娘子楼上歇了。”在历经了多次反反复复之后直至遭遇了法海禅师，许宣“方才信是妖精”，而此时距离二人的初遇至少已过去了一年多的时间。

我们完全有理由相信，如果没有法海禅师的及时出现，许宣将永远无法摆脱白娘子的纠缠。而许宣那软弱的自制力也将在强大的情欲面前被一次又一次地挫败，单靠他个人的力量将永远无法从欲望的漩涡中挣脱出来。从这一意义上讲，捉妖人的出现是完全必要的，其所施行的种种法术作为一种外部力量无疑能使凡男那脆弱不堪的自制力得到了极大地补强，从而在外界力量的介入下，将凡男从女色，或者说从女色所诱发的欲望危机中拯救出来。正因为如此，法海禅师才会在成功地镇压了

① （美）韩南. 中国白话小说史[M]. 杭州：浙江古籍出版社，1989：35—38.

女怪之后留下"奉劝世人休爱色，爱色之人被色迷"的谒语。在《白娘子永镇雷峰塔》中，女色的惑人无穷以及男性的为色所迷几乎得到了等量的批判，但须明确的一点是，这种对男性自制力的反思更多地出现在经过了人欲思潮洗礼的明话本小说中，而在早期的宋元话本小说中，"女色"总是被以女怪、女鬼的骇人面貌推向了前台，成为从捉妖人到凡男亲属的整个男性社会的攻击对象，而凡男则蜷缩在义正词严的捉妖人背后忠实地扮演起受害人的角色，至于其自身的问题则基本上不予追究。

显然，被妖魔化了的女色充当起了"替罪羊"的角色。女色是诱人的，但同时又是危险的。因为女色能诱发情欲，情欲却常常因无法克制而导致理性的丧失，并最终迷失自我，"肉欲之爱是头脑发热，是狂热的激情，沉溺于此的人是非常危险的，因为他迷失了自己。他不再属于自己，千方百计追求肉体的快感。他的精神为欲望服务，欲望不断增长，发展为疯狂。它自然而强烈，人人皆有，让人迷失自我。它融合疯狂与理智，人与兽，破坏智慧、决心、谨慎、沉思和一切灵魂的活动。"[①]然而，因自身无法克制情欲而产生的恐惧感毕竟是难以把握的抽象性存在，人们需要将这种恐惧感以及由此而带来的焦虑、挫败甚至于自我厌恶等诸多负面情绪加以具象化。于是，女形鬼怪诞生。从这一角度而言，那些以色相惑人的女形鬼怪正是情欲的人形载体，是男性因无法克制情欲而产生的恐惧感的具象化投射。通过对"替罪羊"的肉体消灭，被集中于"替罪羊"身上的一切罪恶也将会随之得到了一次性的彻底清除。从这一层面而言，"替罪羊"的存在对于男性摆脱情欲纠结实在是再便利不过的了。但这一自欺欺人的做法显然并没有使情欲问题得到应有的正视，性恐惧感依然存在。于是，当下一次性危机发生时，难免就会有新的替罪羊被贴上女形鬼怪的"标签"并遭到义正词严的无情清除。只要情欲问题不被正视，性的恐惧感就不会消失，替罪羊的标签战略也将会在男性社会中继续下去，这恐怕也正是男性社会中女祸论、厌女情绪长期以来得以普遍存在的心理根源所在。

## 第二节　淫妇的生成与清除

情欲问题虽然在"三怪"系列的"物怪"故事中遭到了极大的漠视，但在涉及两性关系的"人世间"故事中却得到了较为鲜明的呈现。以保留在"三言"中的大约三十四篇宋元话本小说为例，除了《拗相公饮恨半山堂》(《警世通言》第四卷)、《皂角林大王假形》(《警世通言》第三十六卷)、《小水湾天狐诒书》(《醒世恒言》第六卷)、《张孝基陈留认舅》(《醒世恒言》第十七卷)、《赵伯升茶肆遇仁宗》(《喻世明言》第十一卷)、《宋四公大闹禁魂张》(《喻世明言》第三十六卷)、《汪信之一死救全家》(《喻世明言》

① (法)罗贝尔·穆尚布莱著.魔鬼的历史[M].张庭芳译.桂林:广西师范大学出版社,2005:111.

第三十九卷）这七篇小说外，余下的故事都或多或少地涉及到了两性关系，[1]且往往都与情欲有关，上文例举的五个女鬼故事即是如此。

此外，在公案类小说中，情欲也往往是诱发案件的主要因素。《简帖僧巧骗皇甫妻》（《喻世明言》第三十五卷）中的僧人是在见到了小娘子的帘下风姿后才使出了离间诡计；《三现身包龙图断冤》（《警世通言》第十三卷）中的大孙押司之所以在三更三点离奇丧命更是奸夫淫妇将计就计的结果；至于《十五贯戏言成巧祸》（《醒世恒言》第三十三卷）中那个被冤死的可怜崔宁，如果不是在小娘子"虽然没有十二分颜色"，却也"好生动人"的美貌下主动与之搭讪并结伴同行的话，那场突如其来的飞来横祸是完全可以避免的。此外，在具有灵异色彩的《陈从善梅岭失浑家》（《喻世明言》第二十卷）中那个一面肆无忌惮地抢夺良家妇女以供淫乐，一面又真诚地为自己"无能断除爱欲，只为色心迷恋本性"而苦恼着的申阳公则更是具有一种强烈的象征意义。即便在《陈可常端阳仙化》（《警世通言》第七卷）这样的仙话故事中，陈可常悟道坐化的契机也是一桩风流冤案。与两性题材有关但又不涉及情欲的仅有三篇，即《钱舍人题诗燕子楼》（《警世通言》第十卷）、《范鳅儿双镜重圆》（《警世通言》第十二卷）、《宿香亭张浩遇莺莺》（《警世通言》第二十九卷）。前两篇着重展现的是充满了道德感的爱情，而非情欲；至于《宿香亭张浩遇莺莺》虽以两性相吸的情欲为始，但终究还是转向了婚姻的诉求，故而不能以情欲简单论之。综上所述，我们可以清楚地看到对两性关系，尤其是情欲问题的关注普遍存在于宋元话本小说中，在相当程度上体现了宋人，尤其是市民阶层的意趣所在，是市民阶层自身愿望诉求的一种表达。

### 一、"淫妇"的生成：女怪、女鬼的现实投射

关注并不等于正视，更不等于解决。勇于关注自身的情欲问题并在以话本小说为代表的市民文学中积极地加以表现当然是市民阶层作为一个阶层的意识觉醒的体现，但因不擅于克制情欲而产生的焦虑与恐惧却并没有因此而消退。在话本小说中时常出现的"二八佳人体似酥，腰中折剑斩愚夫。虽然不见人头落，暗里叫君骨髓枯"之类的劝诫性套语正是这种情绪的反映。负面的情绪之所以产生，在相当程度上正是源自于男性的自制力被情欲击溃后的挫败感。焦虑的情绪渴望得到发泄，恐惧感、挫败感也需要得到及时抚慰，于是，淫妇出现了。淫妇的生成机制与女形鬼怪几乎完全相同。作为情欲的对象化存在，淫妇成了欲望的人形载体，上文中提及的"二八佳人"正是情欲对象化之后的产物。正是这些"二八佳人"们的存在勾起了男性的情欲，并将缺乏自制力的男性一步步地推向死亡。消灭淫妇，也就等于消除了情欲，男性在情欲面前所遭受的一切焦虑、恐惧、挫败也将会随之得到抚慰，男性由此获得了拯救。从这一角度而言，我们可以清晰地看到人世间的淫妇其实在相当程



---

① 《隋炀帝逸游召见遣》（《醒世恒言》第二十四卷）因其为历史题材亦不列入考察范围。

度上承担起了异世界中女怪、女鬼之类的角色，她们不仅会像女怪、女鬼一样损害男性的生命健康，更会对男性的社会名誉、家庭秩序构成严重的威胁。正是由于淫妇的存在，饱受诱惑的男性才会落得家庭破碎、身败名裂甚至于死于非命的可悲下场，而这一切都是淫妇的错，淫妇由此成了男性薄弱意志的替罪羊，而男性则再次忠实地扮演起了受害者的角色，一如他在面对女怪、女鬼时一样。

在宋元话本小说中，此类淫妇形象共计出现了六次，即《曹伯明错勘赃记》

（《清平山堂话本》）中的妓女谢小桃；《计押番金鳗产祸》（《警世通言》第二十卷）中的庆奴、《乔彦杰一妾破家》（《警世通言》第三十三卷）中的小妾周氏；《蒋淑真刎颈鸳鸯会》（《警世通言》第三十八卷）中的蒋淑真；《任孝子烈性成神》（《喻世明言》第三十八卷）中的圣金以及《三现身包龙图断冤》（《警世通言》第十三卷）中的押司娘。其中的庆奴颇值得注意，小说开篇就对庆奴的真实身份做过明确的暗示。在身为金明池掌的金鳗鱼被杀来吃肉的当晚，计押番的妻子就成功受孕，并在怀胎十月后生下了庆奴。庆奴显然是金鳗鱼为了实践“若害我，教你合家死于非命”的诅咒而转世投胎的产物，究其实质当是化身为人形的物怪，或者说是为物怪所操纵的人形傀儡，而其他五个淫妇则完全是人世间的存在，在女怪、女鬼、淫妇的转变过程中，作为人形物怪的庆奴显然具有一定的过渡性质，她的淫荡更多的是物怪作用下的结果，与其自身的品性并无太多关联。但其他五个淫妇则不同，尤其是蒋淑真，小说详细地交代了她的淫荡实乃天性使然，“却这女儿心性有些蹊跷，描眉画眼，傅粉施朱。梳个纵鬓头儿，着件叩身衫子，做张做势，乔模乔样。或倚槛凝神，或临街献笑，因此闾里皆鄙之。”她那身着叩身衫子，乔样作势的样子很让人联想起《金瓶梅》中的潘金莲。这一淫妇形象具有一定的典型意义。其他的淫妇其淫荡或是物怪作祟所致，或是由于丈夫长期外出经商而导致久旷变心，或是本有相好的情人但因诸种原因未能结合而导致婚外恋情，但蒋淑真却不然，她的淫荡完全是从骨子里带出来的，是毫无客观理由的天性使然，可以说是一个天然的淫妇，生来就是色情与淫欲的人形载体。

淫妇的存在几乎无一例外地使其所属家庭遭受到了家破人亡的灭顶之灾，在《乔彦杰一妾破家》这则故事中，由于小妾周氏与长工董小二私通而引发的一连串恶劣事件最终导致了乔彦杰一家“可怜不勾半个月日，四个都死在牢里”，“家私抄扎入官”的悲惨结局。外出经商的乔彦杰回来后发现“自家房屋，俱拆没了，止有一片荒地”，走投无路之下只好投河自尽。须注意的是，《乔彦杰一妾破家》与其所本的《错认尸》（《清平山堂话本》）尽管在故事情节上大体相似，但在部分情节的细微改动上却透露出了在淫妇问题上与原本不尽相同的态度。在原本《错认尸》中，乔俊（笔者按：即《乔彦杰一妾破家》中的乔彦杰）同淫妇一样都被列入了批判之列，“尸首不能入棺归土，这个便是贪淫好色下场头！”但在《乔彦杰一妾破家》中，这句话被完全删去，不仅如此，在感叹了一番“这乔俊一家人口，深可惜哉！”后，改写者又增添了二百余字的篇幅为在《错认尸》中逍遥法外的告密者王酒酒安排了被乔俊附身、自扇巴掌、最后投湖自尽的现世恶报。在小说的结尾还借着众人之口对乔俊的不幸遭遇表示了同情，“都道乔俊虽然好色贪淫，却不曾害人，今受此惨祸，九泉之下，怎放得王青(笔者按：即王酒酒)过！这番索命，亦天理之必然也。”就这样，原本应由乔俊自身承担的责任被极大地转移到了告密者以及淫妇身上。尽管相较于淫妇的通奸以及王酒酒的告密，乔俊的“贪淫好色”才是这一连串恶性事件的根源所在，但这个问题已然被做了淡化处理而不再被追究，乔俊则变身为几乎完全意义上的受害者并得到了社会舆论的广泛同情。就这样，作为情欲的人形载体而被推向前台的淫妇继女怪、女鬼之后再次成为男性薄弱意志的替罪羊。

有一点须明确的是，在宋元话本小说之前的唐人或唐前小说类作品中，淫妇的形象很少出现，淫妇形象的集中出现可以说就是从宋元话本小说开始的。通过对宋元话本小说中的女性形象进行统计，可以发现在约计 60 篇[①]的宋元话本小说中，淫妇形象共出现了六次(如上文所述)，女鬼形象也出现了六次，即《杨思温燕山逢故人》(《喻世明言》第二十四卷)中的郑意娘；《崔待诏生死冤家》(《警世通言》第八卷)中的璩秀秀；《一窟鬼癞道人除怪》(《警世通言》第十四卷)中的李乐娘；《小夫人金钱赠年少》(《警世通言》第十六卷)中的小夫人；《金明池吴清逢爱爱》(《警世通言》第三十卷)中的爱爱；《闹樊楼多情周胜仙》(《醒世恒言》第十四卷)中的周胜仙。具有道德感的贞妇形象仅出现了三次，即《陈从善梅岭失浑家》(《喻世明言》第二十卷)中的张如春；《范鳅儿双镜重圆》(《警世通言》第十二卷)中的顺哥；《钱舍人题诗燕子楼》(《警世通言》第十卷)中的关盼盼。从上述的统计数字可以清楚地看出，宋元话本小说中的女性形象已然出现了两极化倾向：一端是魔鬼属性的女鬼、淫妇；另一端则是天使属性的贞妇烈女，两极化的女性形象在其后的明清小说中均得到了强有力的继承。但就宋元话本小说而言，其所关注的女性形象则主要侧重于女鬼、淫妇，贞妇次之。换言之，宋元话本小说更多地是关注了女性的情欲问题，而非道德品行，这在相当程度上也正是市民阶层的意趣所在。



## 二、肉体清除，抑或是人情考量：对情欲问题的转嫁与正视

淫妇形象在宋元话本小说中的高比例出现绝非孤立事件。联系上文的分析就会发现，淫妇往往是异世界的女怪、女鬼在人世间的投射，是乍看之下与普通人毫无二致地生活在市井社会中的人形魔鬼，是男性无法克制的情欲以及由此带来的性恐

---

① 该数字包含了一定的重复率，因为有些小说往往在不同刊本中并存，但因多少经过了改动，作品的面貌已经发生了变化，因此还是算作两部作品。如《简帖和尚》(《清平山堂话本》)与《简帖僧巧骗皇甫妻》(《喻世明言》第三十五卷)、《刎颈鸳鸯会》(《清平山堂话本》)与《蒋淑真刎颈鸳鸯会》(《警世通言》第三十八卷)、《错认尸》(《清平山堂话本》)与《乔彦杰一妾破家》(《警世通言》第三十三卷)、《志诚张主管》(《京本通俗小说》第十三卷)与《小夫人金钱赠年少》(《警世通言》第十六卷)等。此外，《京本通俗小说》虽被学界基本认定为伪作，但这并不等于说其中的作品都是伪作，因此，《京本通俗小说》中的作品还须区别对待，部分作品也可列入考察之列。

惧感的人格化存在。从这一角度而言，淫妇可以说是女性色情化，尤其是妖魔化之后的产物，在她们的身上残留着凡男之于女怪、女鬼的恐怖记忆。淫妇天性即淫荡，天然是淫欲与色情的人形载体。这种通过女性色情化、性化的方式而对女性的道德品行加以贬低的做法在近代早期的西方社会中也同样存在。

宋元话本小说中淫妇形象的象征意义及其生存处境很让人联想起十六、十七世纪西欧大陆普遍存在着的猎巫行动。被指控为邪恶巫师而遭受巫术迫害的往往是女性，"在巫术迫害中，大量的受害者是女性，欧洲巫术审判的性别比率一般是女性80%左右。"①而女性的受指控率之所以远远高于男性就在于人们普遍相信女性天生就具有"邪恶特征"，因此更容易被魔鬼诱惑而成为邪恶巫师。正如夏娃(而不是亚当)受到了邪恶的蛇的引诱吞下了禁果一样，"基督教认为妇女更容易受诱惑，沉迷于巫术和性放纵。神学家相信妇女在迷信、报复心、虚荣心、好撒谎、无廉耻上远胜男人，因此本性容易接受巫术，是巫术的主要信奉者。"②因此，这一性别要远比男性更为"卑下"，更容易在欲望的驱动下受到魔鬼的诱惑而犯下种种罪恶。在一项研究调查中，通过对1490年—1620年之间的6000幅版画的创作主旨进行分析可以清楚地看到，"在题材总数占四分之三的宗教主题中，罪孽观念占了主导地位。女性正在恬不知耻地犯罪。首先是淫荡，这是最常被提起的；其次是嫉妒、虚荣、懒惰；最后是骄傲。"③

有学者分析当时西欧社会之所以热衷于猎巫行动，在相当程度上就是根源于宗教改革之后普遍加强的道德诉求。人们相信"放纵的生活是受魔鬼诱惑的，而真正的信徒应是虔诚和禁欲的"④，但勃发的欲望仅仅依靠单纯的宗教意志很难得到有效的遏制，由此而产生的罪恶感需要被及时地转嫁出去，于是天性淫荡的女性便被指控为巫师，"当教士为自己的性放纵而内疚时，他们就积极地投入对女巫的搜捕。女巫是性放纵的象征，消灭女巫即是消灭性，这样不仅可以转嫁教士的负罪感，而且可以重申虔诚的生活方式，并建立道德秩序。"⑤男性将因缺乏自制力而产生的内疚、自责、挫败统统转化为对女巫的恐惧与厌恶，为色所迷以及由此所造成的一系列恶果也就不再是男性自身的问题所致，而完全成为女巫诱惑下的产物，尤其是当把女巫贯以"魔鬼的共谋"等罪名后，对女巫的肉体消灭也就具有了宗教所赋予的神圣意义。这些因自身淫邪而遭到魔鬼引诱的邪恶女巫因此而普遍遭到了被烧死在火刑柱上的残酷对待。近代早期西欧社会对女巫所进行的肉体消灭又让人不禁得回想起了宋元时期的鬼故事中那些女怪、女鬼们所遭受到的灭顶之灾。作为女怪、女鬼

① 陆启宏. 近代早期西欧的巫术与巫术迫害[M]. 上海：复旦大学出版社，2009：274.

② 陆启宏. 近代早期西欧的巫术与巫术迫害[M]. 上海：复旦大学出版社，2009：278.

③ (法)罗贝尔·穆尚布莱著. 魔鬼的历史[M]. 张庭芳译. 桂林：广西师范大学出版社，2005：88—89.

④ 陆启宏. 近代早期西欧的巫术与巫术迫害[M]. 上海：复旦大学出版社，2009：70.

⑤ 陆启宏. 近代早期西欧的巫术与巫术迫害[M]. 上海：复旦大学出版社，2009：71.

在人世间的象征性投射，宋元话本小说中的淫妇们也无一例外地被施行了肉体消灭。执行淫妇灭绝任务的往往是官方势力或甚至于扮演着受害人角色的亲夫，他们实际上充当了传统鬼故事中捉妖人的角色。

这些淫妇的下场称得上惨绝、酷烈，如《曹伯明错勘赃记》中的谢小桃被收监问罪；《乔彦杰一妾破家》中的小妾周氏死于狱中；《计押番金鳗产祸》中的庆奴“不合因奸杀害两条性命，押赴市曹处斩。”《蒋淑真刎颈鸳鸯会》中的蒋淑真与奸夫则被亲夫双双斩首，“则见刀过处，一对人头落地，两腔鲜血冲天。”《任孝子烈性成神》中的圣金被亲夫“一手按头，一手将刀去咽喉下切下头来，丢在楼板上”，其一家三口、使女连同奸夫也全被亲夫杀光，并将“五个头结成一块，放在地上。”对淫妇施行的肉体消灭得到了毫不留情地执行，淫妇们根本没有辩白的机会。但正如上文所分析的那样，在宋元话本小说中出现的六个淫妇里，除了一个为物怪所操纵，一个被设定为天性淫荡外，其余的四个淫妇其通奸行为的发生都有一定的客观原因，基本上都是际遇型的。换言之，如果小妾周氏没有遭到亲夫见异思迁后的久旷，如果谢小桃、圣金当初能顺利地嫁给自己的相好，那么，她们就很有可能不会出轨，因通奸而造成的一系列恶果也就完全可以避免。但从人情物理出发设身处地地体察淫妇的生存处境正是宋元话本小说所缺乏的，这一点只要将宋元话本小说与明清小说之于淫妇的态度相对比就可以清楚地看到。譬如明话本小说《蒋兴哥重会珍珠衫》(《喻世明言》第一卷)中三巧儿的处境就与《乔彦杰一妾破家》中的小妾周氏十分相似，但二人的结局却完全不同。在三巧儿的丈夫蒋兴哥查明了妻子与陈大郎的奸情后，内心十分痛苦，“不觉堕下泪来”，心中想道：“当初夫妻何等恩爱，只为我贪着蝇头微利，撇他少年守寡，弄出这场丑来，如今悔之何及!”可见，亲夫虽因遭到了妻子的背叛而痛苦万分，但还是站在了“淫妇”的立场上设身处地地为其考量。虽然蒋兴哥最后还是休了三巧儿，但在三巧儿改嫁吴知县后，还是“将楼上十六个箱笼，原封不动，连钥匙送到吴知县船上，交割与三巧儿，当个赔嫁。”小说中写到了周围人对这件事的反应，“旁人晓得这事，也有夸兴哥做人忠厚的，也有笑他痴呆的，还有骂他没志气的，止是人心不同。”周边人的议论实际上就是社会舆论的体现。尽管众说纷纷，但并没有一个人主张应将“淫妇”置于死地。

在清代小说《姑妄言》中也写到了一个从人情出发体察淫妇苦衷的故事。故事中的嬴氏因嫁给了一个天阉(有严重性功能障碍的男性)的丈夫而饱受性饥渴的折磨，不过她在婚后很长一段时间内还是保持住了对丈夫的忠贞。这其中确实是因为夫妻之间具有较为深厚的情感。深知自己性缺陷的邬合出于对妻子的愧疚待她特别好，“像活菩萨一般供养”，这使得嬴氏即便无法从丈夫那里获得基本的性满足，但“见他这样周到相怜，倒也换出一点好心。过了几日，性气瘫了，也好好起来，恩恩爱爱过日子，把个邬合喜得屁滚尿流。”(《姑妄言》第六回)但同时也实在是因为在嬴氏生活圈子所及的范围内确实没有可以排解性饥渴的对象，这使得性饥渴的嬴氏也只能“如穷汉”一般，“手中无钱食肉，苦捱淡薄而已”。（《姑妄言》第六回）因此，当嬴氏终于遇到了一个性力超强的和尚后，她就毅然决然地开始了一个早已酝酿许久，但苦无实施对象的私奔计划。但不幸的是，这位和尚虽然性力强大但却毫无体恤之意，无法承受其性剥削的嬴氏苦不堪言、后悔不跌。紧接着在经历了一系列的波折后，被送进监牢的嬴氏又不幸落入了两个狱卒色魔手中，饱受折磨、几乎丧命。但即便如此，邬合还是将早已被折磨得不成人形的嬴氏接回家中，并毫无怨言地加以悉心照料。丈夫邬合的脉脉温情终于使得嬴氏那曾被高涨的淫欲蒙蔽了的夫妻情谊得以复归，于是，夫妻间展开了一段十分感人的谈话：

那妇人道：“哥哥，我负了你，我实该死的了。你不恨我，倒这样疼我，我今生报你不尽，来生变马变狗都报你的恩罢。”邬合道：“我同你虽是干夫妻，数年的恩爱怎么忘得了？况原是我不是，我一个废人，把你一个花枝般的少妇耽搁着，我何尝不悔？这是你被人坑陷说不出来，我也不要你补报，从今一心一意，安心乐业过日子就够了。苦楚你也都尝了，再不妄想了。”嬴氏道：“我经过这一番，又蒙你这样恩情，再生他想，真是猪狗不如了。”（《姑妄言》第七回）

自此以后，嬴氏果然“欲念全消，就是一时偶动淫心，想起这和尚的狠毒，两个禁子的凶恶，一点高兴乐趣也没有。又想在衙门中那一番苦楚，任你一丈高的欲火，想到此处，一星也无。他疼爱这丈夫，比那有的更甚，一心一意，十分的和美。”（《姑妄言》第七回）嬴氏的故事称得上是典型的“淫妇回头”，作为一个“曾经的淫妇”，嬴氏还能拥有这样一个美好的结局，与亲夫能从人情物理出发设身处地地为其考量这一充满人情味的做法有着直接关联。这也间接反映了当时社会在淫妇问题上所持的开明态度，那些因为某些客观原因而犯下淫行的“际遇型”淫妇完全有可能得到社会的宽宥，但这种从人情物理出发体察淫妇现实处境的观念在宋元话本小说中并不存在。

诚如上文分析所示，宋元话本小说中出现的六个淫妇无一例外地遭到了残酷的肉体清除，她们根本没有申辩的机会。此外，穿插于叙事性文字之间的诗句也很能体现出说话人之于淫妇的态度。作为迎合市民意趣的话本小说，说话人的态度在相当程度上正是民间舆论的一种体现。《曹伯明错勘赃记》中的谢小桃被问罪后，说话人的评论是“凶恶若还无报应，天地神明必有私。”《计押番金鳗产祸》中的庆奴被处斩后，说话人的评论是“把眼睁开，今日始知天报近。正是：但存夫子三分礼，不犯萧何六尺条。”《乔彦杰一妾破家》中的小妾周氏得到的总结性评论是“一家人口因他丧，万贯家资指日休。”可见，当时的民间舆论对淫妇的态度是十分决绝的，没有分辩的余地而直接置于死地。宋元话本小说中对淫妇的决绝态度与灭绝措施与西欧近代早期社会之于女巫的处理完全一致，“只要从生理上消灭了这些女巫，一切灾难将会远离，这类似于古代的替罪羊仪式，只要找出罪魁祸首，就能借惩罚她来驱逐邪恶，消除污染。”①宋元话本小说中的淫妇们无疑像西欧女巫一样“被”扮演了替罪羊的角色。

与对淫妇的冷酷态度相比，执行淫妇清除行动的亲夫则往往会得到民间舆论的普遍赞誉，这一点尤其体现在《任孝子烈性成神》中。将奸夫淫妇以及淫妇一家全部杀光的任珪虽被判处了死刑（官府其实有心宽宥，只因杀人太多，无法回护而已），但仍得到了民间社会的交口称赞，“众人见他是个好男子，都爱敬他。早晚饭食，有人管顾。”在执行死刑的那一天，任珪更是端然坐化、当场成神。当地民众于是“敛出财物，买下土植，将任珪基地盖造一所庙宇。连忙请一个塑佛高手，塑起任珪神像，坐于中间，前备三牲福礼祭献。”据曾经附体于小儿的任珪亲口解释，他之所以能够死后成神，是因为“玉帝怜我是忠烈孝义之人，各坊城隍、土地保奏，令做牛皮街土地”的结果。这也就是说，上至玉皇大帝，中至官府势力，下至市民大众普遍都认为任珪铲除淫妇的行为是正确的、正当的、正义的，说话人更是热情洋溢地盛赞任珪“生为孝子肝肠烈，死作明神姓字香。”“除却奸淫拚自死，钢肠一片赛阎罗。”至于淫妇圣金，在被任珪砍下头颅后，说话人只是冷冷地评了一句，“种瓜得瓜，种豆得豆。天网恢恢，疏而不漏。”民间舆论对淫妇以及将淫妇处决的亲夫的态度可谓判然而别。

此外，民间舆论对奸夫的态度则比较微妙，尽管奸夫往往逃不掉被亲夫清除的下场，但相较于淫妇，民间舆论对奸夫还是投予了极大的同情。譬如《蒋淑真刎颈鸳鸯会》中的奸夫朱秉中，说话人开篇这样就评价道：“于今又有个不识窍的小二哥，也与个妇人私通，日日贪欢，朝朝迷恋，若惹出一场祸来，尸横倒下，命赴阴间；致母不得侍，妻不得顾，子号寒于严冬，女啼饥于永昼。静而思之，着何来由！况这妇人不害了你一条性命了？真个：峨眉本是婵娟刀，杀尽风流世上人。”奸夫成了被同情的对象，他的被害完全是淫妇造成的。至于同样惨死于亲夫之手的蒋淑真，说话人却毫无怜悯之意，反而对她的死大呼痛快，“送了他三条性命，果冤冤相报有神明。”其实早在这之前，说话人就已经在“诅咒”这个淫妇“偷鸡猫儿性不改，养汉婆娘死不休”了。



当然，笔者列举的明清小说中所体现出来的宽容态度并不一定具有普遍性，淫妇被肉体消灭的事例依然大量存在。但无论如何，至少就小说文本反映的情况而言，明清庶民社会之于淫妇的持论终究还是宽容了许多，这当与明末的尚情思潮以及明末清初的知识分子之于“情、欲、理、性”所做的真诚思考有着密切的关联。随着明末尚情思潮的展开，男性已然能对自身在情欲面前自制力的匮乏有所正视，并在一定程度上认识到了自己之所以深陷于感官享乐而无法自拔，在相当程度上正是源于自身意志力的薄弱。当男性对自身在情欲面前的意志匮乏有所正视，甚至于开始检讨后，其将责任一味地推卸给所谓“淫妇”的行为动机也必将随之减弱，这恐怕正

① 陆启宏.近代早期西欧的巫术与巫术迫害[M].上海:复旦大学出版社,2009:288.

是明清小说更多地从人性角度体察淫妇苦衷的原因所在。虽然不敢说明清的市民社会就一定比宋元开明多少，但对淫妇的宽容态度还是反映出了社会的一种进步。在明清人的观念世界中至少有了这样一种认识，即淫妇也是人的存在，对其淫行动机也更多的是从人性的角度加以曲近人情的解释。而在宋元人的观念世界中，至少在宋元话本小说所体现出的观念世界中，淫妇则更多地被视为女怪、女鬼的现实投射。她们对男性的危害已经不仅止于生命健康，更对男性的社会名誉、家庭秩序、私有财产都构成了严重威胁，因此必须要像对待女怪、女鬼一样对其进行彻底地肉体清除。在宋元话本小说所体现的宋人市民社会中，尽管情欲问题得到了普遍关注，但从内心深处真正地正视这一问题，正视自己在情欲面前的意志薄弱则需要很大的勇气。宋市民阶层显然还没有正视的勇气，不过似乎也没有正视的必要。直逼灵魂深处进行痛苦地自我拷问的往往都是文人们的事儿，而讲求功利、崇尚实用的市民则只需将一切罪责都推到倒霉的淫妇身上便可以轻松地解决一切问题。

的确，通过替罪羊的罪责转移机制，男性在情欲面前因缺乏自制而产生的恐惧感、挫败感、负罪感都最大限度地转移到了淫妇身上，再通过对淫妇的道义谴责与肉体消灭，男性社会的焦虑情绪也就由此获得了极大的舒缓。至此问题似乎得到了解决，但事实上并没有。男性在情欲面前因缺乏克制而导致的诸多问题只是被转移了、被回避了，并没有得到真正地正视，更遑论解决。男性的性恐惧感根源于是自身的意志薄弱。只要这种情况继续存在下去，其之于性的恐惧感就不会消退；男性无法从性恐惧感中挣脱出来，淫妇也就没有理由不继续“存在”下去。我们完全有理由相信人世间的淫妇也好、异世界的女鬼、女怪也好，在相当程度上都是男性因自身意志力的薄弱而导致的性恐惧下的产物。在男性的心里其实很需要有一个淫妇的存在，这对于他转移伦理罪责、消除负面情绪来说都是十分便利的。

## 第三节　监控机制与秩序整肃：淫妇虐杀行为的社会政治学分析

宋元话本小说中的六个淫妇无一例外地遭受了残酷的肉体清除，这无疑是对女性身体施行的一种终极暴力。男性热衷于对淫妇实施毫不留情的暴力灭绝，在相当程度上是对潜意识中之于女形鬼怪的恐怖记忆的一种回应。这种恐怖记忆之所以存在，并非是某个具体男性的某次实际经验所致，而是作为一个整体的男性群体普遍具有的性恐惧感以及由此产生的厌女情绪在女性身体上的投射，是男性群体集体无意识的某种反映。这一点尤其适用于那些以色惑人的女怪、女鬼，但作为异世界女形鬼怪在人世间的对应体，淫妇对男性造成的危害显然并不仅止于损害男性的生命健康这一个层面，更重要的是将会对男性的社会名誉尤其是家庭秩序构成潜在威胁。这种社会层面上的危险无疑是更为严重的。从这一角度而言，淫妇，即发生婚外恋情的有夫之妇所代表的危险并不仅止于个体性的情欲诱惑，更在于社会性的秩序破坏，对淫妇所实施的肉体灭绝行动也就因此而具有了重整秩序的社会性意义。尤其在中国人的观念世界中，两性关系从来就没有被局限于夫妻婚姻生活的内部。作为社会秩序的重要基石之一，两性秩序也必将突破家庭的局限而与“更大的社会结构”发生关联，从而带上了“性别政治”的强烈意味。学界有一种较为普遍的观点，即认为宋市民阶层在婚姻爱情生活中普遍地呈现出了一种近乎民主、自由的近世化倾向，但笔者对此持保留意见。笔者将通过以下的论证证明即便在宋市民阶层的婚姻生活中，男权社会之于女性实施的性别统治依然是婚姻生活得以维系的根本运行机制。即使宋市民阶层的婚姻生活呈现出了某种近乎民主、自由的倾向，那么，这种倾向也将是浮于表面的。这一点在对淫妇灭绝行动的社会性成因分析中可以得到充分的证明。

### 一、与大家族文化的割裂：权威与秩序的缺失

就话本小说反映的情况来看，对淫妇实施暴力灭绝是宋市民社会处理淫妇问题的唯一手段。在《任孝子烈性成神》(《警世通言》第三十八卷)这则故事中，因错过了城门的关闭时间而投宿于丈人家中的任珪偏巧撞上了正在丈人家中偷情的奸夫淫妇。尚不知晓奸情的任珪却在丈人一家子的恶意陷害下被当成了贼人并遭到了一顿暴打。小说中写到了闷闷不乐的任珪第二天混在等候开城门的人群中时无意中听到的一段议论。

内中忽有一人说道：“我那里有一邻居梁凉伞家，有一件好笑的事。”这人道：“有什么事?”那人道：“梁家有一个女儿，小名圣金，年二十余岁。未曾嫁时，先与对门周待诏之子周得通奸。旧年嫁在城外牛皮街卖生药的主管叫做任珪。这周得一向去那里来往，被瞎阿公识破，去那里不得了。昨日归在家里，昨晚周得买了嗄饭好酒，吃到更尽。两个正在楼上快活，有这等的巧事，不想那女婿更深夜静，赶不出城，径来丈人家投宿。奸夫惊得没躲避处，走去东厕里躲了。任珪却去东厕净手，你道好笑么？那周得好手段，走将起来劈头将任珪揪住，到叫：‘有贼！’丈人、丈母、女儿，一齐把任珪烂酱打了一顿，奸夫逃走了。世上有这样的异事!”众人听说了，一齐拍手笑起来，道：“有这等没用之人！被奸夫淫妇安排，难道不晓得?”这人道：“若是我，便打一把尖刀，杀做两段！那人必定不是好汉，必是个煨脓烂板乌龟。”又一个道：“想那人不晓得老婆有奸，以致如此。”说了又笑一场。

围在城门边等着开城门的这些“经纪行贩”们的言论无疑是民间舆论的代表。在众人看似轻描淡写的轻松谈笑中，却蕴含着以暴力手段灭绝淫妇的冷酷与无情。得知了奸情的任珪更是随即立刻“到铁铺里买了一柄解腕尖刀”，开始筹备起了杀人计划。在《蒋淑真刎颈鸳鸯会》(《警世通言》第三十八卷)这则故事中，对妻子的奸情有所察觉的张二官首先想到的也同样是“他两个若犯在我手里，教他死无葬身之地！”并“上街买一口刀，悬挂腰间。”这两则故事中的淫妇最终都惨死于亲夫的刀刃

之下。尽管在处决淫妇的暴力场面中充满了血腥的恐怖气氛，但在暴力的血腥中却总是可以隐隐地体察到男性社会的一种焦虑情绪。暴力灭绝之所以成为处理淫妇问题的唯一手段，或许正是因为除了暴力之外，并无其他手段可供选择。这也从一个侧面暗示了宋市民社会中道德教化力量严重缺失的可能性。笔者拟从宋话本小说中反映出的市民阶层构成、家庭规模以及市民社会的监控机制这三个方面加以分析。

在宋元话本小说中出现的六个淫妇中，有四个生活在小商人、小经纪人家庭，即《乔彦杰一妾破家》(《警世通言》第三十三卷)中小商人乔彦杰的小妾周氏，《蒋淑真刎颈鸳鸯会》(《警世通言》第三十八卷)中行商张二官的妻子蒋淑真，《任孝子烈性成神》(《喻世明言》第三十八卷)中生药铺主管任珪的妻子圣金，《曹伯明错勘赃记》(《清平山堂话本》)中客店主人曹伯明的后妻谢小桃；有两个生活在下层官吏家庭，即《三现身包龙图断冤》(《警世通言》第十三卷)中亲夫为“奉符县城里第一名押司”的押司娘，《计押番金鳗产祸》(《警世通言》第二十卷)中父亲为北司官厅押番的庆奴。其中，庆奴家又兼营着一家小酒店。故事的发生地则多为临安。这些小商人、小经纪人所代表的坊郭户正是“城镇居民的主要组成部分”，[①]在宋市民社会中具有极大的普遍性。其中，庆奴所在的家庭更有着鲜明的时代特点。

小说中交代计押番夫妻在“士马离乱”的“靖康丙午年间”，一家三口“收拾随身细软包裹，流落州府。后来打听得车驾杭州驻跸，官员都随驾来临安。计安(笔者按：即计押番)便迤逦取路奔行在来。”这段文字与陆游《老学庵笔记》卷八中的“大驾初驻跸临安，故都及四方士民商贾辐辏”[②]刚好应合。此外，史料中亦有“高宗南渡，民之从者如归市。”[③]“四方之民云集两浙，百倍于常”[④]的相关记载。两宋时期的人口流动性原本就很大，“近世之民，离乡轻家，东西南北转徙而之四方”[⑤]，而“在绍兴和约签订前”，更是“估计大约有五百万左右的北方移民迁入并定居在南方。”[⑥]计押番一家人正是在靖康之乱中随驾南下的五百万大军中的一员，是典型的移民家庭。这些因靖康之乱而被迫南迁的人常自称“流寓之人”，其中有许多人即便在南方居住了多年，“但仍以原籍相称”，“在心理上，他们仍自视为北方人，希望若干年后还会迁回北方原籍。”[⑦]此种“流寓”心态在南宋君臣身上同样得到了体现，“南宋皇帝自称临安

① 漆侠.宋代经济史[M].上海：上海人民出版社，1987：966.

② (宋)陆游.老学庵笔记：卷八[M].北京：中华书局，1979：104.

③ (元)脱脱等.宋史·食货：卷一百七十八.志第一百三十一.食货上六(役法下 振恤)[M]//宋史：第十三册.北京：中华书局，1977：4340.

④ (宋)李心传.建炎以来系年要录：卷一百五十八[M].北京：中华书局，1956：2573.

⑤ (宋)李焘.续资治通鉴长编：卷二一四(神宗熙宁三年)[M]//续资治通鉴长编：第十六册.北京：中华书局，1995：5214.

⑥ 吴松弟.中国移民史[M]：第四卷.福州：福建人民出版社，1997：414.

⑦ (美)赵冈.南宋临安人口[C].中国历史地理论丛，1994(2)：118.

是'行在',不承认是永久性的首都,北方南来的臣民自然采取同样的态度。中央政府的官员更是如此,随着皇帝在行在临时办公而已。"[①]当然,这些因靖康之乱而被迫南迁的移民家庭最终还是不得不在南方长期地定居下去,正如计押番一家那样。但尽管身体安定了下来,心却因归属感的缺失而无法获得安宁。此类战争移民所特有的流寓心态便足以说明这一点。且据《乾道临安志》卷二载,乾道五年(1169)前后的临安府有二十六万户,其中土著约占七万七千户,外来居民及其后裔则约有十八万三千户。"由此可见,南宋初期临安的人口增长主要是依靠外来人口的迁入,移民的人数已经远远超过了当地的土著人口。"[②]因此,战争移民所特有的流寓心态以及因漂泊感而造成的种种焦虑、不安应该在南宋,至少在南宋初期的市民社会中普遍存在。笔者认为归属感的缺失在相当程度上正是由于被迫与土地,尤其是与土地上聚族而居的大家族文化相割裂造成的。

作为中国古代社会近世化的原点,宋人社会在各个方面都较之前代发生了剧烈的变动,一些士大夫深深地"意识到自己各个家庭的政治地位和经济地位的不稳定,于是就产生了一种同族共居来抵御风险的需要。"[③]这些聚族共财而居的大家族往往制定有极为细化的家规、家训,同时更有确保家规、家训得以顺利执行的惩罚性措施。大家庭中的家长更是被赋予了极大的权力,"家有严君焉,其下安敢直行而自恣不顾?必当咨禀而行,号令出于一人,家政始可得而治矣。"[④]家长的权力显示出了有如"君权"般的绝对权威。"在中华帝国统治下,行政机构的管理还没有渗透到乡村一级,而宗族特有的势力却一直维护着乡村社会的安定和秩序。"[⑤]但是,此种家族秩序以及大家族家长所体现出来的权威在散居于城市中的市民家庭中却处于严重缺失的状态。

通过对六个淫妇所属家庭的家庭规模加以考察,可以发现这些家庭基本上都是超小型家庭。尽管出于抵御风险、维护家族秩序稳定、传承家族文化传统等方面的考量,聚族而居的大家族依然为宋士大夫乃至于中央朝廷所提倡,但在渐趋近世化的宋人社会中,家庭规模的缩小化已然成了不可避免的发展趋势。就宋代家庭的平均人口数量来说,"最保守的估计也应在5口以上,或许5.4比较合理一些。"[⑥]如此规模的家庭基本上都属于"三代五口"结构,即以中间的壮年夫妇为核心,上养老人、下育子女的小型家庭。有学者将此种"三代五口"结构的家庭称为"宋型家庭",[⑦]但淫妇们所隶属的家庭却比典型的宋型家庭还要小。庆奴出身的家庭仅有一家三口;



---

① (美)赵冈.南宋临安人口[C].中国历史地理论丛,1994(2):119.

② (宋)周淙.乾道临安志[M].杭州:杭州出版社,2008:307.

③ 朱瑞熙.宋代社会研究[M].郑州:中州书画社,1983:99.

④ (宋)司马光.居家杂仪:第880册[M].四库全书本.上海:上海古籍出版社,1987:50.

⑤ (美)古德.家庭[M].北京:社会科学文献出版社,1986:166.

⑥ 吴松弟.中国人口史[M].上海:复旦大学出版社,2000:162.

⑦ 邢铁.宋代家庭研究[M].上海:上海人民出版社,2005:27.

小妾周氏隶属的家庭仅止于乔彦杰一家三口；谢小桃嫁给曹伯明后，也与丈夫以及丈夫前妻所生子一起生活；圣金的本家是一家三口，夫家则仅有丈夫与公公两人；蒋淑真的本家也是一家三口，嫁人后则是夫妻二人单独生活；押司娘家仅有孙押司夫妇二人。此类“两代三口”、甚至于“一代两口”的家庭已经非常近似于现代社会的原子家庭了，他们与整个大家族那种枝蔓叠出的血缘网的联系已然被降到了最低点。在这些散居于城市的原子家庭中，聚族而居的大家庭所特有的权威与秩序基本上丧失殆尽。

此外，日本学者刘田节子认为宋代实行的户等制亦是造成市民家庭秩序松弛的重要原因。因为户等制“是完全以主户为对象支配体制。客户作为等外户而不入户等之内”。[①] 这一制度的实施虽然极大地加强了国家之于社会财富与税收的控制，但却相对放松了对于那些无力承担赋税的广大客户的监管力度。而事实上，客户所占的人口比例相当之高，据相关统计，“北宋时客户占全国总户数的百分比不低于百分之三十五，而南宋比这一数字还要高。”[②]在城市中，以入城谋生的农民为主的坊郭客户虽处于城市中的底层，但在城镇居民中所占比例极高，这些无产业可守的坊郭客户正是市民阶层的重要组成部分。此外，市民阶层中尚包括了数量庞大的城市游民。这些城市游民“缺少稳定的谋生手段，居处也不固定，他们中间的人多数人在城市乡镇之间游动。迫于生计，他们以出卖劳动力(原注：包括体力与脑力)为主，也有以不正当的手段牟取财物的。他们中间的绝大多数人有过冒险生涯或者非常艰辛的经历。”[③]分别与庆奴、小妾周氏通奸的周三、董小二就是典型的城市游民。《计押番金鳗产祸》中交代了在庆奴家小酒店量酒的周三“却是外方人，从小在临安讨衣饭吃，没爹娘，独自一人”。在《乔彦杰一妾破家》这则故事中，通过里长对董小二的介绍可知这个“上海县人”“自幼他父母俱丧，如见专靠为人家做工过日”。他们的“游”在相当程度上正是脱离社会秩序的表现。相较于客户阶层，被极大边缘化了的游民阶层更是处于几乎零关注的状态。

国家在放松对客户、游民经济监管的同时，亦同时放松了对其精神领域的监控力度。就城市生活而言，这在相当程度上意味着中央皇权之于市民阶层精神生活的监管缺失。以说话、话本为代表的两宋市民文化之所以能够得到蓬勃发展，与此当有着密切关联。但恰如一枚硬币的两面，市民阶层的精神生活因此而获得相当自由度的同时，亦使得中央皇权的道德教化未能有效地下行于市民阶层。再加上上文所分析的市民阶层由于脱离大家族文化而造成的权威与秩序的严重缺失，最终导致了市民阶层作为一个整体的道德失序状态的普遍存在。

① 日本学者研究中国史论著选译：第五卷[M]．北京：中华书局，1993：191．

② 段有成．宋代流民问题研究[D]．西安：西北师范大学，2004．两宋客户所占人口比例的相关论述参见漆侠．宋代经济史[M]．上海：上海人民出版社，1987：47—57．

③ 王学泰．游民文化与中国社会[M]．北京：学苑出版社，1999：17—18．

此处，笔者须做出明确强调的是，这里提出的“道德失序状态”并不可被简单地理解为“道德缺失”或者“无道德”。虽然“道德失序状态”很可能会导致这样的结果，但二者绝不能截然等同。其更强调的是因为市民的道德水准缺乏必要的监管，尤其是教化力量与权威制约的缺失而导致下滑的可能性，而非其后的结果。

## 二、“监视的网”与非道德性的“耻感”维系

以小农经济为经济主体的中国乡村社会基本上处于一种不流动的封闭状态，人与人之间的关系就“好像把一块石头丢在水面上所发生的一圈圈推出去的波纹。每个人都是他社会影响所推出去的圈子的中心。被圈子的波纹所推及的就发生联系。”[①]正是在这样一种凝固、稳定、一成不变的文化土壤中，聚族而居的大家族所制定的家规、家训以及乡土社会所特有的族规、乡约等约束力量才能得以有效地执行。但在秩序与权威严重匮乏的流动性市民社会中，在与乡土地缘、大家族文化割裂开来的市井原子家庭中，究竟还有何种力量可供维系基层社会的基本秩序呢？王安石在神宗熙宁三年（1070）十二月于全国推行开来的“保甲法”或许在相当程度上正是对这一问题的回答。

据司农寺制定的《畿县保甲条例》规定，“凡十家为一保，选主户有材干心力者一人为保长；五十家为一大保，选主户最有心力及物产最高者一人为大保长；十大保为一都保，仍选主户有行止材勇为众所伏者二人为都、副保正。……每一大保逐夜轮差五人，于保分内往来巡警，遇有贼盗，昼时声鼓，报大保长以下，同保人户即时救应追铺，如贼入别保，递相击鼓，应接袭逐。……同保内有犯强窃盗、杀人、谋杀、放火、强奸、略人、传习妖教、造蓄蛊毒，知而不告，并依从伍保法科罪。”[②]并规定，“居民添益三人以上，经三日，同保内邻人虽不知情，亦科不觉察之罪。”[③]尽管史学界对王安石推行保甲法的主观意图各有不同的看法，但加强基层社会的治安管理无疑是保甲法推行的重要目的之一。诚如王安石所言，“保甲之法成，则寇乱息而威势强矣。”[④]一家发生奸盗杀人等治安事件，其余九家必须及时知晓并立即举报，否则就会遭到“连坐”式的连带处罚。这就要求人人都要时刻保持高度警惕，对自己所处保内的任何异常情况都要做到准确掌握并及时上报。宋元话本小说中写到的许多命案都是因为邻居出首才得以被官府知晓的。在《计押番金鳗产祸》（《警世通言》第二十卷）这则故事中，计押番夫妻被双双杀死在家中，正是邻居们首先察觉到了事有异常，“且说天色已晓，人家都开门，只见计押番家静悄悄不闻声息。邻舍道：‘莫是睡杀了也？’隔门叫唤不应。推那门时，随手而开。只见那中门里计押番死尸在地，便叫押



① 费孝通．乡土中国 生育制度［M］．北京：北京大学出版社，1998：26．

② 徐松辑．宋会要辑稿（兵二之五）［M］．北京：中华书局，1957：6773—6774．

③ 徐松辑．宋会要辑稿（兵二之六）［M］．北京：中华书局，1957：6774．

④ 王安石．上五事劄子［M］//临川文集：卷第四十一．北京：中华书局，1959：441．

番娘，又不应。走入房看时，只见床上血浸着那死尸，箱笼都开了。"众人当即将计家命案通报给了官府，并提供了犯罪嫌疑人的重要线索，"不是别人，是戚青这厮，每日醉了来骂，便要杀他。今日真个做出来！"众人之所以一口咬定必是计押番的前任女婿戚青所为，主要因为被夺了休（笔者注："夺休"即女方主动提出离婚要求以断绝夫妻关系）的戚青时常到计押番的门前叫骂，"看我不杀了你这狗男女不信！"小说在这里特意交代了一句"邻里都知"。戚青在邻里们众口一词的指证下分辨不得，最终被"押赴市曹处斩"。

在《十五贯戏言成巧祸》（《醒世恒言》第三十三卷）中，刘官人的被杀也是邻居们首先发现的，"次早邻舍起来，见刘官人家门也不开，并无人声息，叫道：'刘官人，失晓了。'里面没人答应，捱将进去，只见门也不关。直到里面，见刘官人劈死在地。'他家大娘子，两日家前已自往娘家去了，小娘子如何不见？'免不得声张起来。"为了免除连带责任，这些邻居们在报案之前就异常主动地承担起了追捕杀人嫌犯的任务。在被追赶上的小妾陈二姐表示拒绝回去后，众人的反应是"好自在性儿。你若真个不去，叫起地方有杀人贼在此，烦为一捉，不然，须要连累我们。"在《任孝子烈性成神》（《喻世明言》第三十八卷）中，任珪之所以被称为"好汉"，除了将奸夫淫妇"杀得快活，称心满意"外，更重要的原因恐怕就是连害五条人命的任珪并没有选择逃走了事，而是主动自首，"我自做自当，并不连累你们。""我若走了，连累高邻吃官司，如今起烦和你们同去出首。"

通过以上事例可以看出，保甲法的推行确实极大地加强了基层社会的治安管理，但保甲法的功用远不止于此。要做到对保内信息了如指掌，就"需要充分掌握保内各家的情况"。① 在强化旨在打击地方刑事犯罪的治安控制的同时，保甲法的推行更极大地加强了中央皇权之于地方民众的精神控制，将中央皇权的监控触角深深地扎入基层社会的土壤之中。尽管保甲法更多的是一种亡羊补牢式的"事后"机制，它所直接指向的是事后的惩罚，而非先期的教化。但也正是因为有这样一种事后机制的存在，才使得"监视的网"得以最大限度地笼罩于城乡基层社会。如此一来，即便先期的道德教化并未实现，广大民众依然会在"监视的网"的震慑下，有意识地约束、收敛、规范自己的行为。尽管民众的道德水准并不会因此而得到实质性的提升，但"监视的网"所具有的先期震慑与事后惩罚的双重功能还是会对民众构成有力的强制性约束。当然，保甲法的推行在加强了中央皇权之于地方社会监管的同时，亦不可避免地加剧了基层社会与中央皇权之间的紧张与对立。这恐怕正是保甲法一经推出便遭到了以苏轼、司马光为首的士大夫们强烈反对的重要原因，而这些士大夫正是代表了"乡村自治势力的朝廷官员"。②

---

① 吴松弟. 中国人口史[M]. 北京：复旦大学出版社，2000：50.

② 保甲法与地方社会之间的冲突的相关论述参见杨建宏. 宋代礼制与基层社会控制研究[D]. 成都：四川大学，2006：93—94.

由于保甲法的实行而形成的笼罩于地方社会的“监视之网”与福柯所说的“敞视式社会监狱制度”十分相似。“其构造的基本原理是大家所熟知的:四周是一个环形建筑,中心是一座瞭望塔。瞭望塔有一圈大窗户,对着环形建筑,环形建筑被分成许多小囚室,每个囚室都贯穿建筑物的横切面,各囚室都有两个窗户,一个对着里面,与塔的窗户相对,另一个对着外面,能使光线从囚室的一端照到另一端。然后,所需要做的就是在中心瞭望塔安排一名监督者,在每个囚室里关进一个疯人或一个病人、一个罪犯、一个工人、一个学生,通过逆光效果,人们可以从瞭望塔的与光源恰好相反的角度,观察四周囚室里被囚禁者的小人影。这些囚室就像是许多小笼子、小舞台。在里面,每个演员都是茕茕孑立,各具特色并历历在目。敞视监视机制在安排空间单位时,使之可以被随时观看和一眼辨认。总之,它推翻了牢狱的原则,或者更准确地说,推翻了它的三个功能——封闭、剥夺光线和隐藏。它只保留下第一个功能,消除了另外两个功能。充分的光线和监督者的注视比黑暗更能有效地捕捉囚禁者,因为黑暗说到底是保证被囚禁者的,可见性是一个捕捉器。”[①]在“敞视式社会监狱制度”所构成的“封闭的、被割裂的空间”中,“每个人都被镶嵌在一个固定的位置,任何微小的活动都受到监视”,[②]而监视的目光正来自于就生活在自己身边的邻居之眼。

在宋元话本小说中写到的“奸情类”故事中,可以分明地感受到主人公之于周围视线的异常警惕。《任孝子烈性成神》(《喻世明言》第三十八卷)中,身为人妇的圣金在与旧相好周得勾搭成奸后,小说特意写到了周围的邻人对此事的反应,“此时牛皮街人烟稀少,因此走动,只有数家邻舍,都不知此事。”其后,圣金又设计陷害公公强奸未遂,以便能被送回娘家好与周得长期通奸。在圣金向任珪大声哭诉公公的“兽行”时,任珪的第一反应也是“娘子低声!邻舍听得,不好看相。”当事人从周围人的视线中感受到了一种无时不在的监视压力,“没有人会不怕世人的裁判而更害怕上帝的裁判,因为他亲自直接感受到世人裁判的结果——希望受人欢迎,忠于传统,惧怕惹人讥笑和担心人们议论是非——这就是比宗教观念更强大得多的种种动因。”[③]这种比宗教观念更为强大的力量正是“监视的视线”所代表的社会舆论。

在《计押番金鳗产祸》(《警世通言》第二十卷)的结尾部分奸夫淫妇被处决后,说话人这样评论道:“但存夫子三分礼,不犯萧何六尺条。这两个正是明有刑法相系,暗有鬼神相随。道不得个:善恶到头终有报,只争来早与来迟。”这里提到的“礼”、即道德教化与国家法律、因果报应正是社会控制的主要手段。在先期的道德教化严重缺失的情况之下,因果报应、刑法处罚以及发挥着“监视网”作用的社会舆论监控等事后惩戒措施的重要性也就更加凸显出来。但正如上文所分析的那样,由保甲法的



① (法)米歇尔·福柯.规训与惩罚——监狱的诞生[M].上海:生活·读书·新知三联书店,2003:224—225.

② 李丰春.传统旌表活动与基层社会的控制[D].上海:上海大学,2008:82.

③ (法)霍尔巴哈.健全的思想[M].北京:商务印书馆,1980:143.

推行而形成的“监视之网”无论就其先期的震慑功能，还是事后的惩罚功能来看，都并不能对民众的道德水准起到实质上的提升，宋元话本小说中涉及命案的许多人物其道德水准就着实令人怀疑。在《乔彦杰一妾破家》(《警世通言》第三十三卷)中，最具道德感的恐怕就是乔彦杰的正妻高氏。女性的道德感首先体现在贞节意识上。小说不止一次地强调“高氏是个清洁的人”，“是个清清白白的人”，即便在乔彦杰长期外出经商时，独守空房的高氏也是“立性贞洁，自在门前卖酒，无有半点狂心。”其谋杀董小二的行为动机也多少带有惟恐玷污门风的高尚意味。高氏深恨与董小二通奸的小妾周氏，“我是个清清白白的人，如今讨了你来，被你玷辱我的门风，如何是好！我今与你只得没奈何害了这蛮子性命，神不知，鬼不觉。倘丈夫回来，你与我女儿俱各免得出丑，各无事了。”“都是你这贱人与他通奸，因此坏了我女儿！你还恋着他?”在高氏的辱骂与威胁下，原本还对董小二恋恋不舍的周氏也不得不加入其中。在这一针对奸夫的谋杀行动中，高氏表现得极为果断、冷静，没有丝毫的罪恶意识。在周氏出主意将董小二的尸体缚石沉入河中“待他尸首自烂”，便可“神不知，鬼不觉”时，高氏的第一反应竟然是“大喜”，并立刻找来了打工的洪三沉尸灭迹。在血腥的杀人事件结束后的第二天，高氏若无其事地“依旧在门前卖酒”，但心里却着实“疑决不下，早晚心中只恐事发，终日忧闷过日。”值得注意的是，令高氏倍感沉重的并不是杀人恶行所带来的罪感，而是唯恐东窗事发的耻感。

文化人类学者本尼迪克特曾对罪感文化与耻感文化做出过明确的界定。所谓“罪感文化”，即“提倡建立道德的绝对标准，并且依靠其发展人的良心的社会”，而“耻感文化”则是“公认的道德标准借助于外部强制力来发展人的良心的社会”。[①] 换言之，罪感文化中的制约力量主要来自于人内部的良心不安，引发良心不安的往往是道德力量或者宗教力量，如基督教中的原罪意识。由良心不安所带来的“自我折磨、自我忏悔”是其他“任何外在的折磨(如肉体折磨)和外在的忏悔(言词、行为等所表示的忏悔)”[②]都无法代替的。而耻感文化中的制约力量则更多地来自于外部的某种监控，“真正的耻感文化依靠外部的强制力来做善行。真正的罪感文化则依靠罪恶感在内心的反映来做善行。羞耻是对别人批评的反应。一个人感到羞耻，是因为他或者被公开讥笑、排斥，或者他自己感觉被讥笑，不管是哪一种，羞耻感都是一种有效的强制力。但是，羞耻感要求有外人在场，至少要感觉到有外人在场。罪恶感则不是这样。有的民族中，荣誉的含义就是按照自己心目中的理想自我而生活。这里，即使恶行未被人发觉，自己也会有罪恶感，而且这种罪恶感会因坦白忏悔而确实得到解脱。”[③]高氏在杀人时以及杀人后都没有表现出丝毫良心上的不安，或者说即便有所不安，这种不安也是更多地来自于唯恐罪行败露的羞耻心，而非道德上的自

① (美)本尼迪克特.菊与刀[M].北京：商务印书馆，2000：222.

② 陈新汉.权威评价论[M].上海：上海人民出版社，2006：339—346.

③ (美)本尼迪克特.菊与刀[M].北京：商务印书馆，2000：222—223.

省与忏悔。正因为如此,当发现事实真相的破落户王酒酒上门讹诈时,高氏矢口否认,并且表现得相当理直气壮,"你这破落户,千刀万剐的贼,不长俊的乞丐!见我丈夫不在家,今来诈我!"直到在官府的审问下自己的罪行大白于天下后,高氏才被"惊得魂不附体",第一次真正地恐惧起来。令她恐惧的显然是罪行败露后不可避免的严酷惩罚,而并不是意识到自己的杀人罪行所犯下的罪恶。

此外,颇引人注意的一点是,在市民社会普遍道德失序的背景之下,高氏身上体现出的道德感并没有得到应有的尊重,反而受到了一次次辛辣的嘲弄。这种嘲弄的口吻在说话人的评论中得到了充分的体现。小妾周氏为了能够与董小二保持长期通奸关系而怂恿正妻高氏将女儿许配给董小二,结果遭到了高氏义正言辞的一顿训斥。说话人针对此事做了这样一番评论,"高氏只倚着自身正大,全不想周氏与他通奸,故此要将女儿招他。若还思量此事,只消得打发了小二出门,后来不见得自身同女打死在狱,灭门之事。"在高氏为了整肃门风而将诱奸其女的董小二杀死后,说话人又这样评论道:"高氏虽自清洁,也欠些聪明之处,错干了此事。既知其情,只可好好打发了小二出门便了。千不合,万不合,将他绞死。后来却被人首告,打死在狱,灭门绝户,悔之何及!"当高氏义正词严地呵斥了前来讹诈的破落户王酒酒后,说话人又不禁发了一通议论,"能杀的妇人,到底无志气,胡乱与他些钱钞,也不见得弄出事来。"

在这位说话人看来,正是高氏接二连三的愚蠢行为最终导致了"灭门绝户"的严重后果,而这一连串的愚行之所以发生,又与高氏的道德自信密切相关。如果不是"倚着自身正大",自认为"清洁"的话,原本"只消得打发了小二出门",或者"胡乱与他些钱钞"就能够解决问题的。显然,在这位说话人看来,实用主义的功利性要远远胜于道德感。只要能本着实用主义原则使问题得到解决即可,至于在此过程中是否违背了道德原则就不在考虑范围之内了。自倚贞节的高氏主动放弃了以功利手段解决问题的做法在这位说话人看来无疑是愚蠢的。事实上,尽管《乔彦杰一妾破家》这则故事表面上宣扬的是戒色主题,但通过说话人的评论却时时地透露出一种强烈的功利主义心态。"小说宣扬的主旨是求实利。叫人不要去做某事,不是用道德标准说服,而是指出这种行为必有不利的后果。小说对人的行为的动机是不在乎的,却极重视经济现实",[①]笔者相信此种漠视道德而推崇功利的实用主义态度在市民社会中具有相当的普遍性。

综上所述,由于市民家庭与大家族文化以及乡土地缘的普遍割裂,家规、家训、族规、乡约等传统的社会控制机制并没有有效地下达于市民社会,由此而造成的道德失序状态只能更多地从后期的监控与惩罚中得到补救,由保甲法的推行而在城乡社会中形成的监视之网以及官府王法、因果报应等正是扮演了这样的角色。尽管后



① (美)韩南.中国白话小说史[M].杭州:浙江古籍出版社,1989:61.

期的监控与惩罚确实能对市民的个体行为起到强有力的制约作用，但由于缺乏必要的道德教化内涵，使得外部的监控措施所发挥的道德维系作用更多地仅仅停留于耻感层面，而并没有深入内心形成自觉、自省的罪恶意识。在明确了这一深刻的时代背景后，或许我们就能更为深刻地理解何以宋元话本小说中的淫妇总会遭受到血腥、残酷的肉体清除。在男权意识的解读之下，淫妇无疑是家庭秩序的破坏者。由其淫行而引发的一系列恶果将最终导致整个家庭的解体。而家庭又是人伦社会的基本构成单位，淫妇对家庭秩序的破坏无疑在更深层面上对整个社会秩序都构成了严重的威胁，这一点在具有"家国同构"意识的古人看来更是如此。

在教化滞后，惩戒先行的宋市民社会中，对淫妇的残酷虐杀无疑具有杀一儆百的警戒作用。事实上，严酷的惩罚措施并不仅止于淫妇虐杀，宋官方社会在惩处罪犯时本身就存在着一种重典化趋势。这种重典化趋势在基层地方官的执法中普遍存在。太宗时的赵彦韬、仁宗时的钱惟济、蒲宗孟等地方官执法严酷的情况在《宋史》、《续资治通鉴长编》等史料中都有明确记载。对此，真宗朝的钱易在《请速除非法之刑疏》中更是语出沉痛，"窃见近代以来，非法之刑异不可测，不知建于何时、本于何法，律文不载，无以证之，亦累代法吏不敢言，至于今日乃或行之。劫杀人、白日夺物、背军逃走与造恶逆者，或时有非常之罪者，不从司法所断，皆支解脔割，断截手足，坐钉立钉，钩背烙筋，及诸杂受刑者，身见白骨而口眼之具犹动，四体分落而呻吟之声未息。置之圜圜，以示徒众。四方之外，长吏残暴，更加增造，取心活剥，所不忍言。"[①]宋官方社会在惩处罪犯时何以会存在重典化的普遍趋势并不在本文的讨论之列，但严酷执法这一重典化趋势的存在却有助于我们深化对淫妇虐杀行为的认识。

虽然从表面上看虐打淫妇的暴力行为似乎仅局限于两性关系内部，但无论是家庭层面对淫妇的残酷虐杀，还是国家层面对罪犯的严酷惩罚，事实上都建立在以暴力贯彻秩序的统治意识之上，淫妇虐杀行动的背后无疑隐含了由家庭秩序出发进而整顿社会秩序的政治意图。此种充满政治意味的秩序整肃行动在相当程度上正是从对淫妇实施的暴力虐杀开始的。在《任孝子烈性成神》(《喻世明言》第三十八卷)中，我们可以清楚地看到这一针对淫妇的暴力手段得到了上至神明、中至官府、下至民众的一致赞誉，暴力虐杀被最大限度地正当化、常态化，甚至道德化。贞节、忠诚等道德内涵于是在暴力的血腥之下得到了最"痛彻肌肤"的贯彻。正是从这一角度出发，笔者认为在宋元话本小说中普遍反映出来的淫妇虐杀行为在相当程度上正是"性别政治"的体现，是以暴力贯彻秩序的社会政治在两性关系中的延伸。显然，将性别政治与更为广阔的时代语境相联系将有助于我们获得一个更为宽阔的视野以

---

① (宋)钱易．请速除非法之刑疏[M]//宋名臣奏议：卷九十九．(转引自郑迎光．宋代地方社会治安问题初探[D]．保定：河北大学，2007：70．)"宋罪犯惩处的重典化趋势"的相关论述参见郑迎光．宋代地方社会治安问题初探[D]．保定：河北大学，2007：65—70．

深化对问题的认识。

## 余论 未完成的任务:情欲的自发状态与道德制约的匮乏

话本小说是市民文学的代表之一,在描绘千姿百态的市民生活的同时,亦对市民阶层的观念世界有所反映,市民道德正是其观念世界的重要表现对象。在明清话本小说中,以劝诫为尚的市民道德总是能得到多方面、全方位的展示。劝诫的内容相当之广泛,几乎每一个故事都有一个明确的劝诫主题,如财富方面的拾金不昧、临财不苟、仗义疏财、要善于营生等;如做人方面的知恩图报、扶危济困、戒除淫欲、坚守贞节、不可恃才傲物、恃才不如藏拙、切记小器易盈、不可嫌贫爱富、贫贱之人不可欺、应常怀善念,多积阴骘等;居家方面的丈夫不可过于软弱、妻妾应彼此无妒、教子弟立身有为、兄弟应和睦相处、不可听妇人言、财富过多将会有碍于孝道等等。以上这些劝诫内容都是围绕着市民道德展开的,是市民社会在长期的社会实践、人际交往中逐渐形成的道德观念,并落实到了市民生活的方方面面,规范着、引导着、制约着人们的思想与言行。但在宋元话本小说中,如此能够广泛地涵盖市民生活方方面面的道德体系并没有得到展现。相反,除了极个别的篇目外,几乎所有的篇目都集中到了对两性关系的表现上,且着重关注的是情欲,而非以爱情为基础的婚姻。情欲书写在宋元话本小说的文本表现中占据着最为重要的位置,“情欲”(包括情欲的对象化“女色”)的诱惑力、危险性以及遏制措施成为宋元话本小说的表现重点。由这一趋于单一化的表现内容所决定,宋元话本小说中反映的市民道德也几乎全部集中到了戒色主题上,并没有如之后的明清话本小说那样呈现出体系化的趋势。

而且,如果对宋元话本小说中体现出来的“戒色”主题加以仔细辨析的话,又会发现这一“戒色”主题的所谓道德根基着实令人怀疑。正如“性恐惧感的生成”这一部分的分析所示,宋元话本小说中的戒色主题更多的是从养生的角度出发的。因为女色的诱惑通常会导致男性的情欲缺乏节制,而渔色过度则将不可避免地对男性的生命健康构成威胁。至于男性的纵欲是否会危害到伦理道德,尤其是如果情欲的投注对象是有夫之妇的话,是否会对家庭伦理乃至于社会秩序造成危害则并非是宋元话本小说的关注重点。在宋元话本小说中如果一位男性下定决心克制欲望,他往往更多的是出于养生层面的考虑,而不是道德层面的反省。《新桥市韩五卖春情》(《喻世明言》第三卷)中的吴山也正是从“色欲过度”、“贪花恋色”而“险些儿丢了一条性命”的死亡恐惧中才获得了深刻的警醒,并痛下决心从此断绝与暗娼的往来。

除了《万秀娘仇报山亭儿》(《警世通言》第三十七卷)中的英雄好汉尹宗外,宋元话本小说中唯一能够抵抗住情欲诱惑的恐怕就只有《小夫人金钱赠年少》(《警世通言》第十六卷,即《清平山堂话本》之《志诚张主管》)中的张胜了。然而,张胜对情欲的抵制是否出于道德的力量也颇值得怀疑。接受了小夫人馈赠的财物后,满腹狐疑的张胜回到了家中并将此事汇报给了母亲。察觉了小夫人用意的张母警告儿子应看清利害、及早抽身,“孩儿,小夫人他把金钱与你,又把衣服银子与你,却是甚么意思?娘如今六十已上年纪,自从没了你爷,便满眼只看你。若是你做出事来,老身靠谁?明日便不要去。”孝顺的张胜于是听从了母亲的意见。张母对儿子的警告显然并“不是用道德标准说服,而是指出这种行为必有不利的后果。”[①]尽管张胜确实是一个“本分”的人,非追求风流艳遇的市井浮浪子弟可比,但张胜的成功制欲显然更多地是从现实的利害关系出发考量的结果,而非源于自身的道德操守。主观动机上的趋利避害会使人们对自己的行为有所约束,从而形成了一种貌似道德制约的客观效果。如果说这种似是而非的道德也算是一种道德的话,那么其所体现出的正是市民阶层所特有的实用主义道德观。



正是因为宋元话本小说中的道德声音过于微弱,其所着力展现的两性关系,尤其是情欲问题往往处于一个自发而无节制的状态,较少受到以道德教化为代表的理性精神的制约。当然,市民社会显然意识到了情欲的顺遂尤其是放纵所具有的潜在危险性,也由此展现出了一些克制情欲的决心与努力。但这种决心与努力显然并不是从道德教化的理性精神出发,而是源自于罪责转嫁后对“淫妇”这一替罪羊的痛恨以及由此而采取的更具原始意味的血腥暴力。

就女性形象的角度而言,宋元话本小说显然热衷于表现女形鬼怪、淫荡的女人以及艳遇的美妇人。这些女性形象无不成为情欲的符号而诱使男性走向性的放纵。相较于被性符号化了的淫妇,宋元话本小说中具有道德感的女性可谓凤毛麟角。除了上文分析到的《乔彦杰一妾破家》(《警世通言》第三十三卷)中的正妻周氏外,也就仅有《范鳅儿双镜重圆》(《警世通言》第十二卷)中的吕顺哥以及《钱舍人题诗燕子楼》(《警世通言》第十卷)中的关盼盼了。身为女性,她们的道德感都无一例外地体现在了贞节上。在城破前夕,吕顺哥对丈夫反复表白的就是“忠臣不事二君,烈女不更二夫”、“妾宁死于刀下,决无失节之理”,未能殉夫的关盼盼则在自己的贞节志向不被理解后憔悴而死。“贞节”意味着婚前的守身如玉与婚后的从一而终,但坚守贞节的女子在宋元话本小说中着实太少,其所大量展现的更多的是私情苟合的怀春少女与背夫通奸的淫荡妇人。即便是就性符号化程度较小的普通女性而言,贞节也并非是女子自觉坚守的道德原则,被丈夫休了后就痛快改嫁的女性普遍存在。



由于宋元话本小说对贞节观的表现普遍趋于淡薄,“将合二姓之好,上以事宗庙而下以继后世也”(《礼记·昏义》)的婚姻本应具有的神圣使命感在小说文本中亦遭到了极大的消解。在宋元话本小说中,婚姻发挥的功能更多地局限于实用主义的层面,即遮羞布式的事后补票,如《宿香亭张浩遇莺莺》(《警世通言》第二十九卷)以及慧眼识英雄式的先期投资,如《史弘肇龙虎君臣会》(《喻世明言》第十五卷)、《风月瑞

① (美)韩南.中国白话小说史[M].杭州:浙江古籍出版社,1989:61.

仙亭》(《清平山堂话本》)。其中,《史弘肇龙虎君臣会》中的阎越英与柴夫人之所以愿意分别嫁给泼皮破落户史弘肇、郭威正是看中了他们是日后必将“发迹变泰的贵人”,《风月瑞香亭》中的卓文君愿意以身相许也是因为认定了司马相如“日后必然大贵”。现实功利的掺杂使得婚姻的神圣感大为降低,与神圣感密切关联的坚贞、忠诚等道德品质也就随之被做了淡化处理。在明话本小说《蒋兴哥重会珍珠衫》(《喻世明言》第一卷)中因通奸败露而被丈夫休掉的三巧儿尚有羞愧之下欲自裁谢罪的举动,而宋元话本小说《简帖僧巧骗皇甫妻》(《喻世明言》第三十五卷,即《清平山堂话本》之《简帖和尚》)中的杨氏在被丈夫误认为与人通奸后却并没有以死明志,而只是盘算着“丈夫又不要我,又没一个亲戚投奔,教我那里安身?”她虽然一度有过投河自尽的念头,但那更多的是出于对日后生活无着的担忧。在经人介绍得嫁他人而有了“倚靠”后,自尽的念头也就随之消失了。

在明话本小说《蔡瑞虹忍辱报仇》(《醒世恒言》第三十六卷)中,蔡瑞虹在保全贞节与忍辱复仇之间做了艰难的取舍,“隐忍不死者,以为一人之廉耻小,阖门之仇怨大。”但数年后终于得以报仇雪恨的蔡瑞虹依然还是选择了以死明志的方式了结残生,“妾之仇已雪而志以遂矣。失节贪生,贻玷阀阅,妾且就死,以谢蔡氏之宗于地下。”但在宋元话本小说《万秀娘仇报山亭儿》(《警世通言》第三十七卷)中,与蔡瑞虹遭遇极为相似的万秀娘却从来没有在“大节”与“小义”之间做过任何痛苦的纠结。遭劫持后的万秀娘首先想到的就是展现自己的性魅力以便笼络住贼人,“离不得是把个甜言美语,啜持过来。”待报仇成功后也未见早已失身于贼的万秀娘有什么以死明志的举动。而且,这篇话本小说的关注点显然也不在贞节上。相较于女性的贞节,尹宗这位英雄好汉的孝义倒是在小说的结尾处被大肆渲染了一番。小说对贞节所做的淡化处理或许也正从一个侧面说明了当时市民阶层的价值取向。明话本小说中时常出现的女性自杀(或意欲自杀)以全贞节的情节在宋元话本小说中完全不存在,相较于牺牲自己的生命以实践某种伦理道德,宋元话本小说中的女性显然更专注的是如何保命、如何生存的现实问题。毕竟,活着才是人生的第一要义。

贞节是道德的体现。宋元话本小说中贞节观的淡薄在相当程度上正反映了市井社会中道德,尤其是正统道德意识(而非秉持着实用主义的市民道德)的薄弱。宋元话本小说的普遍关注点集中到了淫妇而非贞女,情欲而非爱情,艳遇而非婚姻,对淫妇的惩治措施也是集中到了暴力灭绝而非道德教化,凡此种种都无不说明了正统道德意识在市民社会中的薄弱状态。为广大市井民众所关注的情欲问题更是处于一种自发的存在状态而缺乏理性精神的必要约束。以一种理性的态度来正视情欲并合理地解决由情欲失控而带来的诸多问题,这一任务在宋人社会中并没有得到实现,而是留给了后人。

# 第三编

## 情教论与调和性思维——『三言』研究

进入以“三言”为代表的话本小说案头阅读阶段后，由于文人作者的积极参与使得话本小说的叙事格调发生了重大变化。叙事整合度的提升、道德内涵的强化、果报思想与市民趣味的增强，尤其是“情”的因素的凸显是“三言”相较于早期宋元话本小说呈现出的新特征。“三言”的编创者冯梦龙深受晚明个性解放思潮的影响，其对“情”，尤其是情之“私”的肯定可视为对这一思潮的回应。“私情”“艳遇”等有违正统伦理道德的两性情感故事因此成为“三言”的表现热点。富于性魅力的性别美，即女子的“媚态”与男子的“风流”也同样在“三言”中获得了丰富的呈现。而提升男子、尤其是市井子弟的“风流”气质的努力又将不可避免地使男性气质进一步趋向文人化，并最终导致男性气质的分化。为宋元话本小说阶段所热衷书写的武人气（男子气概）渐趋衰落，而文人化，甚至于女性化的美男子则受到追捧。伴随着男性气质上的弱化，“女强人”的形象开始崭露头角，从而使得两性的性别气质呈现出了一种奇妙的错位感。上述所有这些性别书写层面上的变化都与冯氏的主情论调有着密切关联。然而，冯氏本人学术背景的复杂性又使得其力倡的主情论调不可能彻底地走向叛逆，而是更多地倾向于在“情”“理”之间求得兼顾与平衡，如何以真情补强名教以便让正统伦理道德能够真正地入主人心才是冯氏努力思考的方向。正唯如此，始于私情，终于婚姻的“半截子”爱情便成为“三言”处理男女私情的惯用模式，而“情教论”本身所具有的理想主义色彩也使得“三言”对“负心”“殉情”等题材的处理同样被一种调和性思维所左右而难以触及事实之真相，廉价的幸福与虚幻的团圆大量充斥其间。

# 第一章　概况综述——“三言”中的故事、叙事与趣味



## 第一节　“三言”在题目上的改动

从早期宋元话本小说题目的修短参差，到《醉翁谈录》中信息量激增的超长题目，再到《绿窗新话》中那整饬、工稳的“七言范式”，话本小说题目长短的变化趋势显然愈来愈趋向于尽可能地以精简但又适度的文字来概括、提示故事梗概。这一叙事功能的实现也正是以“三言”“二拍”为代表的文人话本以及拟话本小说在题目编排上努力的方向。仅就“三言”中 120 个小说题目而言，除了部分七言题目外，题目的字数已基本上定型为八言，八言题目的比例在“三言”中达 67%。这一题目长短的确定自然是“三言”的编纂者冯梦龙极具独创性的个人创建，但更是自早期宋元话本小说，包括相关的文言小说（如《绿窗新话》、《青琐高议》）以来不断累积的题目编写经验自然选择的结果。在普遍性的文学发展规律与文人对形式美感的天然探求的双重作用下，七言、尤其是八言的长度设定最终终结了自早期宋元话本小说以来题目编排上的杂乱无序而成为其后话本小说题目长度设定上的理想范式。继之而起的凌濛初在“二拍”题目的编排上虽别出心裁地采用了上下句的对仗形式，如《乌将军一饭必酬 陈大郎三人重会》（《初刻拍案惊奇》第八卷）、《徐茶酒乘闹劫新人 郑蕊珠鸣冤完旧案》（《二刻拍案惊奇》第二十五卷），但究其实质仍不过是七言、八言单句题目的变体。且此种单句题目的变体，即双句对仗的题目构建方式在“三言”中其实早已普遍存在。尽管“三言”在单篇题目设定上并不是两两相对的对仗，但这一结构依然在前后两篇小说的题目编排上得到了隐性的贯彻，如《新桥市韩五卖春情》（《喻世明言》第三卷）与《闲云庵阮三偿冤债》（《喻世明言》第四卷）、《钝秀才一朝交泰》（《警世通言》第十七卷）与《老门生三世报恩》（《警世通言》第十八卷）、《张孝基陈留认舅》（《醒世恒言》第十七卷）与《施润泽滩阙遇友》（《醒世恒言》第十八卷）等皆是如此。对简洁、工稳、精巧这一形式美的追求更成为继“三言”“二拍”之后明末清初话本小说题目编写的基本趋向。题目形式上的规范化、典雅化无疑体现了话本小说领域由于文人的积极参与所带来的叙事格调上的转变。因此，以对“三言”故事题目的考察

为切入点探究文人参与为话本小说叙事所带来的变化不失为一个角度新鲜且又扎实可据的尝试。

从故事源流考察的角度而言,“三言”的故事来源几乎遍及正史、野史、笔记、传奇、话本、民间笑话、社会传闻等各个“流通”领域,但鉴于本节的主要考察目的,即考察“三言”故事题目对源故事题目的修改状况、修改动机以及修改行为背后的文化因素等,本节对“三言”故事的“源故事”的涉猎范围将会主要集中于文体上与之相一致的话本小说系统,亦即《清平山堂话本》、《熊龙峰刊行小说四种》、《京本通俗小说》中的可靠篇目以及《宝文堂书目》子杂类中的相关话本小说。相较于“三言”故事的其他“文言版”故事来源,这些同处于话本小说系统中的“白话版”源故事显然更具可比性。

## 一、题目的改写与道德内涵的增强

相较于源故事题目,“三言”中有些故事的题目几乎没有经过什么实质上的改动,如《陈从善梅岭失浑家》(《喻世明言》第二十卷),其源故事题目为《陈巡检梅岭失妻记》(《清平山堂话本》),再如《赵伯升茶肆遇仁宗》(《喻世明言》第十一卷),其源故事题目为《赵旭遇仁宗传》(《宝文堂书目》著录);《晏平仲二桃杀三士》(《喻世明言》第二十五卷),其源故事题目为《齐晏子二桃杀三学士》(《宝文堂书目》著录);《蒋淑真刎颈鸳鸯会》(《警世通言》第三十八卷),其源故事题目为《刎颈鸳鸯会》(《清平山堂话本》)。如果说这也是一种改动的话,那么充其量也不过是一种“多退少补”式的修改,以便将其凑成“三言”故事题目中通行的七言、八言而已。当然,如果“三言”对原题目的改动仅仅停留在这一程度,本节的讨论也就变得毫无价值。但事实上,即便本身就是七言、八言的原题目在进入“三言”后,也往往难逃被改写题目的“宿命”,原题目在未经改写的情况下就直接进入“三言”的情况几乎是不存在的。至于题目修改行为的背后,则往往包含了提升、凸显、侧重作品道德内涵的用意。



就《范巨卿鸡黍生死交》(《喻世明言》第十六卷)的题目而言,其源故事题目为《生死交范张鸡黍》(《清平山堂话本》),两个题目皆为七言,且显然都以概括、提示故事梗概这一叙事功能为旨归。即便不加修改,原题目亦能“形神兼备”地履行这一职责。但结合具体的故事情节后,我们就会发现两个题目的侧重点还是有着细微的差别。就基本的故事情节而言,这是一个不惜以死亡为代价也要坚决履行诺言的信义故事。故事中的张元伯与范巨卿虽为不辜负对方的深厚友情而先后自杀,但因忘记了友人的鸡黍之约而懊悔不已,于是不惜以自杀的方式让一己之灵魂及时摆脱形骸束缚,从而实现千里赴约的则是范巨卿。相较于备受感动而随后自杀的张元伯,“信义”这一道德品质在范巨卿身上无疑呈现得更为主动、更为强烈。整个故事也以范巨卿自杀以赴鸡黍之约为主体,而非张元伯的感念与自杀。显然,相较于源故事题目中“范张”的“齐头并进”,修改后的“三言”题目则唯独突出了“范巨卿”的大名。如此一来，集中体现在范巨卿身上的信义也就得到了突出和强调。尽管小说在篇首诗中赞美了真挚的友情，但友情更多地仅仅是信义的载体。也正因为如此，在小说的结尾处，范张友情中体现出的信义（而非友情本身）被剥离出来并上升为新的歌颂对象，连皇帝也“怜其信义深重”，并建“信义之祠”“信义之墓”，整个故事也随之在对“范巨卿”不惜“托游魂”也要赴约的“信义”之举的歌颂中结束。从“范张”到“范巨卿”这一题目上的细微改动所体现的正是一种叙事焦点，即从友情到信义的转变，并由此传达出了“三言”借友情这一载体以表达信义崇尚的道德诉求。

近似的情形亦存在于对《五戒禅师私红莲记》（《清平山堂话本》）的题目修改上。原题目本身即为八言（去掉“记”字后，实为七言），且同样概括了故事梗概，似乎也并无修改的必要。但该题目在进入“三言”后还是被做了修改，修改后的题目则变为《明悟禅师赶五戒》（《喻世明言》第三十卷）。这一修改实际上既是一种叙事重心的转移，同时也是一种叙事焦点的转移。因为故事本身是由前后两部分组成的，《五戒禅师私红莲》这一题目实际上仅仅涵盖了前一部分的内容，即原本德行高尚的高僧在红莲的诱惑下终犯色戒并羞愧自杀的故事；《明悟禅师赶五戒》这一题目则更多地指代了后一部分的内容，即五戒禅师的师兄弟明悟禅师担心五戒转世后会就此堕入恶道而随即坐化以便来世继续监督、点化五戒的故事。修改后的故事重点从故事的前半部分转移到了后半部分，其叙事焦点也就由对和尚淫行的关注转移到了对德行操守的护持与皈依，其道德内涵无疑得到了提升。

须补充的一点是，从题目对故事情节的涵盖程度出发能够有效地探究出小说主题的重心所在。如《郝大卿遗恨鸳鸯绦》（《醒世恒言》第十五卷）这则故事是由纵欲亡身的奸情类故事以及由此导致的公案类故事构成，尽管叙事篇幅在前后关联的两个故事中得到了基本等量的分配，但题目对“遗恨鸳鸯绦”的强调无疑预示着叙事重心向着纵欲亡身这一主题的倾斜，篇首议论中的“淫色自戕”与篇尾诗中的“野草闲花恣意贪，化为蜂蝶死犹甘”也印证了这一点。同样的情形亦存在于《月明和尚度柳翠》（《喻世明言》第二十九卷）、《崔待诏生死冤家》（《警世通言》第八卷）、《赵太祖千里送京娘》（《警世通言》第二十一卷）等故事中。题目有效地传达出了故事主题上的侧重与倾斜，而这一点从叙事篇幅的分配上是无法获知的。

诚如上文分析所示，原本就是七言、八言的“标准化”题目在进入“三言”后还是会遭到二次加工，那些三、四、五言不等的“杂言”题目就更是如此了，其修改行为的背后同样蕴含着提升作品道德内涵的动机。如“三言”中《任孝子烈性成神》（《喻世明言》第三十八卷）的原题目为《任珪五颗头》（《宝文堂书目》著录），《乔彦杰一妾破家》（《警世通言》第三十三卷）的原题目为《错认尸》（《清平山堂话本》）。两则故事的原题目都侧重于公案类故事常有的血腥与离奇，但修改后的题目则将关注的焦点极大地转移到了命案发生的原因上。任珪之所以身负五条人命是出于对奸夫淫妇的血腥惩罚，乔彦杰的正妻将与家庭女性成员通奸的董小二杀死则是为了保全家庭的名誉。二人都是出于某种道德信条的坚守而将导致家庭破裂的淫行者杀死，对奸淫者的愤怒在任珪的“烈性成神”中得到了体现，戒淫、戒色的主题亦在“一妾破家”的家庭悲剧中得到了贯彻，人们对公案类故事的猎奇心理也因此而极大地转移到了其所蕴含的道德内涵上。

“三言”对道德主题的强调不仅表现在对单篇小说题目的改写上，同时也体现在前后两篇小说的题目照应上。如《新桥市韩五卖春情》(《喻世明言》第三卷)与《闲云庵阮三偿冤债》(《喻世明言》第四卷)都表达了纵欲亡身的戒欲主题。《羊角哀舍命全交》(《喻世明言》第七卷)与《吴保安弃家赎友》(《喻世明言》第八卷)则均赞美了不以生死贵贱易交的忠诚与信义。前后两篇小说不仅在题目的编排上以两两相对的对仗实现了形式上的沟通，亦在道德主题的表达上呈现出了相互映衬、彼此感发的“互文”效应。此外，为了强化对同一道德主题的表现，“三言”在前后篇目的搭配上也往往会叠用相同、相近的故事要素。如《月明和尚度柳翠》(《喻世明言》第二十九卷)与《明悟禅师赶五戒》(《喻世明言》第三十卷)写的都是和尚犯色戒的故事，《郝大卿遗恨鸳鸯绦》(《醒世恒言》第十五卷)与《陆五汉硬留合色鞋》(《醒世恒言》第十六卷)则都写到了由奸情引发的命案，《两县令竞义婚孤女》(《醒世恒言》第一卷)与《三孝廉让产立高名》(《醒世恒言》第二卷)都表现了品质高尚的双方彼此促进对方以成就美德的“竞义”故事，《苏知县罗衫再合》(《警世通言》第十一卷)与《范鳅儿双镜重圆》(《警世通言》第十二卷)都描写了忠贞的夫妻因一件小道具而得以破镜重圆，《卖油郎独占花魁》(《醒世恒言》第三卷)与《灌园叟晚逢仙女》(《醒世恒言》第四卷)表现的都是为人厚道、真诚的市井小民最终得到了远比自己身份高贵的优秀女性的青睐。须引起注意的是，“三言”中的有些小说尽管在各自表达的“显性”道德主题上并无关联，但潜伏于其后的“隐性”的叙事线索却仍然有相通之处。如《徐老仆义愤成家》(《醒世恒言》第三十五卷)与《蔡瑞虹忍辱报仇》(《醒世恒言》第三十六卷)，一写忠诚的老家人扶持浪荡的败家子重振家业，一写坚忍的弱女子最终为惨遭毒手的家人报仇雪恨。二者在道德诉求与故事要素上似乎并无关联，但细究之下却可以发现其中都蕴含了以坚定的意志使原本无望的愿望得以实现这一同一的精神主线。

的确，从对单篇小说题目的改写到前后两篇题目的“互文”照应，从对相同、相近的故事要素的叠用到深层精神主线的彼此沟通，“三言”在题目编排、情节搭配、线索勾连上最大限度地实现了形式与内容的完美契合，从而使得道德主题的表现与传达变得更加高效、鲜明，令人印象深刻。

## 二、题目的改写与叙事功能的进一步完善

进入“三言”的源故事题目在经过了修改后基本上都能更好地完成概括故事梗概这一基本的叙事功能。这一叙事功能的实现使得修改后的题目本身往往就具备了人物、事件等基本叙事要素。以《张古老种瓜娶文女》(《喻世明言》第三十三卷)这

一篇小说的题目为例。其原题目为《种瓜张老》(《宝文堂书目》子杂类著录,《也是园书目》宋人词话类亦著录),仅提示人名,至于与故事情节有关的基本信息则无法从题目中获知,“三言”将其增补为《张古老种瓜娶文女》后则实现了这一叙事功能。类似的情况尚有将《拗相公》(《京本通俗小说》第十四卷)增补为《拗相公饮恨半山堂》(《警世通言》第四卷)、《史弘肇传》(《宝文堂书目》著录)增补为《史弘肇龙虎君臣会》(《喻世明言》第十五卷)、《简帖和尚》(《清平山堂话本》)增补为《简帖僧巧骗皇甫妻》(《喻世明言》第三十五卷)等。

“三言”对原题目的增补除了体现在人物要素基础上的增补,还体现在地点要素基础上的增补,如将《宿香亭记》(《宝文堂书目》著录)增补为《宿香亭张浩遇莺莺》(《警世通言》第二十九卷),《西山一窟鬼》(《京本通俗小说》第十二卷)增补为《一窟鬼癞道人除怪》(《警世通言》第十四卷);在小道具基础上的增补,如将《合色鞋儿》(《宝文堂书目》著录)增补为《陆五汉硬留合色鞋》(《醒世恒言》第十六卷),《山亭儿》(笔者按:“山亭儿”是泥制的风景建筑物等小玩具、小摆件的总称。)(《宝文堂书目》子杂类著录,《也是园书目》宋人词话著录为《小亭儿》)增补为《万秀娘仇报山亭儿》(《警世通言》第三十七卷),《勘靴儿》(《宝文堂书目》著录)增补为《勘皮靴单证二郎神》(《醒世恒言》第十三卷)。

还有相当一部分“三言”题目则并不仅仅是在原题目中的故事要素,如人物、地点、小道具的基础上加以增补,而是做了一番彻底的改头换面,从而达到更为有效地概括小说的故事梗概这一叙事目的。如“三言”中《陈可常端阳仙化》(《警世通言》第七卷)的原题目为《菩萨蛮》(《京本通俗小说》第十一卷),故事中的陈可常向郡王的数次献词中采用的都是这一词令,但其与陈可常因一桩风流冤案而最终端阳仙化的情节发展则毫无关联。《崔待诏生死冤家》(《警世通言》第八卷)的原题目《碾玉观音》(《京本通俗小说》第十卷)的情形亦大体如此。玉观音仅仅是碾玉匠崔宁为咸安郡王碾制的众多玉器中的一个,如果说这个玉观音是崔宁私赠予璩秀秀的定情信物的话,那么,以其为题目倒也情有可原,恰如《闲云庵阮三偿冤债》(《喻世明言》第三卷)的原题目《戒指儿记》(《清平山堂话本》)、《陆五汉硬留合色鞋》(《醒世恒言》第十六卷)的原题目《合色鞋儿》(《宝文堂书目》著录)所显示的那样,但事实上玉观音与崔、璩二人的私情并无任何关联,以其为题目着实有些莫名其妙。

“三言”中《张舜美灯宵得丽女》(《喻世明言》第二十三卷)与《沈小官一鸟害七命》(《喻世明言》第二十六卷)这两个题目的修改情形则与上文两例有所不同。前者的原题目是《张生彩鸾灯传》(《熊龙峰刊行小说四种》,另《宝文堂书目》子杂类著录为《彩鸾灯记》),后者的原题目是《沈鸟儿画眉记》(《宝文堂书目》著录)。张生正是在“彩鸾灯”的指引下于元宵节的人山人海中寻觅到了心上人,以沈小官被杀为首的一系列命案的发生也正是源起于一只百伶百俐的画眉鸟儿。这两件小道具与各自故事的发展均有关联,但仅以此为题目显然也并不能有效地概括故事梗概,这也是原题目被修改的原因所在。

## 三、题目的改写与对市民趣味的纠正

从以上对若干原题目的修改状况的分析可知，以整饬的形式实现概括故事梗概这一叙事功能已然成为了“三言”在题目编写上的自觉追求。相较于单纯的人物、地点、小道具，“三言”对故事的关注已经从零散支离的某个情节要素拓展为情节构建上的整体性。尽管自早期的说话艺人起，讲述一个生动、完整的故事就是说话伎艺努力的方向，这似乎与“三言”对故事情节整体性的追求并无实质上的区别，但从题目设定透露出的信息中还是可以多少体察到一些细微的变化。早期的话本小说基本上都是以单篇独册的形式刊行，这样一本薄薄小册如何才能调动起潜在读者的购买欲、阅读欲显然需要编写者，尤其是出版商费上一番琢磨的功夫。恰如今日之街头小报往往会以耸动的标题惊人耳目一样，早期的话本小说在题目内容的设定上也同样倾向于将笔墨集中到故事中那最能引人兴趣的某个“细枝末节”上，而最能鼓动小民兴致的“点”恐怕莫过于色情、怪异与暴力。如《合色鞋儿》(《宝文堂书目》著录)这一源故事题目的设定。故事讲的是一位情窦初开的深闺娇女本有意于一个风流子弟，并以自己穿过的合色鞋儿私赠予意中人作为定情的表记。却不想反被陆五汉这个市井凶徒“半路”截获，并以此为凭证趁着黴夜之时潜入闺房冒名奸骗。在小说的结尾处，“奸情”败露的女子在得知了自己不仅被歹人奸骗，更因此而导致父母命丧歹人之手后难掩羞愧，触阶而死。小说对这位女子的不幸遭遇充满了同情，在陆五汉行奸得逞时，小说这样评论道：“可怜美玉娇香体，轻付屠酤市井人。”在女子“望丹墀阶沿青石上一头撞去，脑浆迸出，顷刻死于非命”后，小说紧接着的评论，即“可怜慕色如花女，化作含冤带血魂”更是难掩痛惜之情。那位风流子弟亦因此而大受触动，“立誓再不奸淫人家妇女，连花柳之地也绝足不行。”对女子的深切同情与戒淫、戒色的谆谆劝诫构成了这篇小说主要的情感主线。但《合色鞋儿》这一原题目却将叙事的焦点完全集中到了作为定情信物的绣鞋上。小说中写到了这位风流子弟在得到合色鞋儿后，先“将指头量摸”，见“果是金莲一瓣”后，又禁不住联想到“怪他香喷喷不沾泥，只在楼上转。”这只合色鞋儿落入凶徒陆五汉手中后，陆五汉首先想到的也是“这个小脚女子，必定是有颜色的。若得抱在身边睡一夜，也不枉此一生！”尽管有文野之别，但风流子弟与市井凶徒在合色鞋儿的诱惑下所引发的色情联想其实别无二致，如此香艳的意味也正是《合色鞋儿》这一题目所努力暗示并传达的，至于文本中所蕴含的道德情感则完全被忽视。尽管说话人也完整地讲述了一个故事，但其立意显然更倾向于对市井小民欣赏趣味的迎合而非提升。在“三言”将原题目修改为《陆五汉硬留合色鞋》(《醒世恒言》第十六卷)后，对故事梗概的如实概述使得原题目所具有的色情意味得到了极大的淡化，这无疑是文人趣味对市民趣味的纠正而非迁就。

同样的情况亦存在于对《羊角哀死战荆轲》(《清平山堂话本》)、《任珪五颗头》(《宝文堂书目》著录)、《错认尸》(《清平山堂话本》)、《定山三怪》(又名《新罗白鹞》,《京本通俗小说跋》中则称作《定州三怪》)、《金鳗记》(《宝文堂书目》著录)、《红白蜘蛛记》(《宝文堂书目》著录)等原题目的改造上。不可否认的是,这些源故事的题目颇能引人兴趣:春秋时期的羊角哀怎么会和战国末年的著名刺客荆轲战在一处?血淋淋的五颗人头究竟是怎么一回事?在"错认尸"的背后莫不是还隐藏了什么秘密?定山三怪、金色鳗鱼、红白蜘蛛等物怪的出现又引发了怎样离奇的故事?收录于《清平山堂话本》、《宝文堂书目》中的这些源故事的题目生动地反映了早期话本小说在题目设定上的"噱头"取向,尤其是在牵涉到人命案的公案类作品中,透着血腥、恐怖、暴力的"惊悚"题目总是会毫不费力地抓紧市井小民们的猎奇胃口。这些标榜着色情、怪异、暴力的"噱头"式题目在进入"三言"后同样得到了纠正,上述这些题目依次被修改为《羊角哀舍生全交》(《喻世明言》第七卷)、《任孝子烈性成神》(《喻世明言》第三十八卷)、《乔彦杰一妾破家》(《警世通言》第三十三卷)、《崔衙内白鹞招妖》(《警世通言》第十九卷)、《计押番金鳗产祸》(《警世通言》第二十卷)、《郑节使立功神臂弓》(《醒世恒言》第三十一卷)。与上文列举的《陆五汉硬留合色鞋》(《醒世恒言》第十六卷)的题目修改情况相一致,尽管这些题目在修改后基本上还是保留了诸如色情、暴力、怪异等原文固有的情节因素,但对概括故事梗概这一叙事功能的重视则使得叙事焦点已然由对某个"噱头"的突出强调而真正扩展到了故事本身。在以文人的欣赏趣味纠正市井趣味的同时,对故事整体性的关注使得小说的叙事视野亦随之得以拓展,丰富实用的人生经验、苦口婆心的道德劝诫、感同身受的情感诉求乃至于更富于个性色彩的社会问题评论、政治历史见解、人生处世哲学等等都将有更多的可能性被纳入到叙事范围之内。话本小说的创作也因此而更倾向于继传统的诗文之后,成为文人作者表现人生、干预人生的新渠道,这对于提升话本小说的叙事格调来说无疑具有积极的建设性作用。

## 第二节　篇首诗:叙事功能的增强与劝诫意图的有效传达

在早期的宋元话本小说阶段,篇首诗与故事情节毫无关联的情况比较多。如《陈从善梅岭失浑家》(《喻世明言》第二十卷)讲的是一位武将最终借助神仙的力量将已被妖猴劫持了三年的妻子成功救出的故事,其间历经的隐忍、煎熬、惊险自不必说,但篇首诗"君骑白马连云栈,我驾孤舟乱石滩。扬鞭举棹休相笑,烟波名利大家难"却颇表达了一种无所畏惧、无所牵绊的豪迈情怀。《计押番金鳗产祸》(《警世通言》第二十卷)写的是一家人因误食金明池主化成的金色鳗鱼而遭致金鳗的无情报复并最终家破人亡的故事。故事情节颇为诡异、神秘,发生在金鳗转世后的庆奴身上的一系列通奸、私奔、谋杀更是渗透出了一种令人窒息的阴暗与无望,但篇首诗

“终日昏昏醉梦间，忽闻春尽强登山。因过竹院逢僧话，又得浮生半日闲”却毫无疑问地表达了一种士大夫式的闲情逸致，从内容到情调都与小说毫无关联。《勘皮靴单证二郎神》(《醒世恒言》第十三卷)中的篇首位置引用了一首“故宋时一个学士所作”的“词调寄《柳梢青》”，词本身写得很是优美，“柳色初浓，余寒似水”，但同样与小说着力描写的侦探故事毫无关联。至于《万秀娘仇报山亭儿》(《警世通言》第三十七卷)中的篇首诗就显得更加随意、草率，其所谓的篇首诗“春浓花艳佳人胆，月黑风高壮士心。讲论只凭三寸舌，秤奇天下浅和深”完全是从《醉翁谈录》卷之一《舌耕叙引·小说引子》中直接抄袭过来的。类似情形的宋元话本小说尚有《三现身包龙图断冤》(《警世通言》第十三卷)、《皂角林大王假形》(《警世通言》第三十六卷)、《福禄寿三星度世》(《警世通言》第三十九卷)、《郑节使立功神臂弓》(《醒世恒言》第三十一卷)等篇。篇首诗与故事情节的毫无关联极大地浪费了宝贵的篇首位置，读者并不能从中获得与故事相关的任何启发与联想，这样的篇首诗对于话本小说的叙事来说完全是无意义的。

进入以“三言”为代表的明话本小说阶段后，篇首诗与故事情节毫无关联的情况虽不能说完全没有，如《黄秀才徼灵玉马坠》(《醒世恒言》第三十二卷)的篇首诗“净几明窗不染尘，图书镇日与相亲。偶然谈及风流事，多少风流误了人”传达了一种“风流误人”的思想，而故事讲的却是一对有情男女借助神奇力量终成眷属的故事，其所表达的显然是一种“风流成人”的故事内涵，但篇首诗与故事情节毫无关联的情况在明话本小说中已然大为减少。“三言”中的篇首诗承担起了更多的叙事功能，提示故事情节的大意与主旨，从而有效地引起下文，在相当程度上成为故事正式展开之前的预告与铺垫，而不再是单纯地为篇首诗而篇首诗。如《张舜美灯宵得丽女》(《喻世明言》第二十三卷)的篇首诗“太平时节元宵夜，千里灯球映月轮。多少王孙并士女，绮罗丛里尽怀春”暗示了怀春的青年男女于元宵夜可能发生的艳遇。《宋小官团圆破毡笠》(《警世通言》第二十二卷)的篇首诗“不是姻缘莫强求，姻缘前定不须忧。任从波浪翻天起，自有中流稳渡舟”则预示了故事中的宋小官有惊无险的求婚过程。《赵春儿重旺曹家庄》(《警世通言》第三十一卷)的篇首诗“不是妇人偏可近，从来世上少男儿”与正话“有智妇人，胜过男子”的主旨相契合，《俞仲举题诗遇上皇》(《警世通言》第六卷)的篇首诗“时来也，皆为将相，方表是男儿”则提示了正话很可能讲的是男儿发迹变泰的故事。《三孝廉让产立高名》(《醒世恒言》第二卷)的篇首诗“紫荆枝下还家日，花萼楼中合被时。同气从来兄与弟，千秋羞咏豆萁诗”点明了正话的主旨当与兄弟情有关，《刘小官雌雄兄弟》(《醒世恒言》第十卷)的篇首诗“衣冠未必皆男子，巾帼如何定妇人”则提示了正话故事很可能有男扮女装，或女扮男装之类的情节设定。类似的“三言”篇目尚有《杨谦之客舫遇侠僧》(《喻世明言》第十九卷)、《沈小官一鸟害七命》(《喻世明言》第二十六卷)、《李谪仙醉草吓蛮书》(《警世通言》第九卷)、《桂员外穷途忏悔》(《警世通言》第二十五卷)、《卖油郎独占花魁》(《醒世恒言》第三卷)、《张孝基陈留认舅》(《醒世恒言》第十七卷)、《薛录事鱼服证仙》(《醒世恒言》第二十六卷)、《李玉英狱中讼冤》(《醒世恒言》第二十七卷)、《杜子春三入长安》(《醒世恒言》第三十七卷)、《李道人独步云门》(《醒世恒言》第三十八卷)、《汪大尹火烧宝莲寺》(《醒世恒言》第三十九卷)、《马当神风送滕王阁》(《醒世恒言》第四十卷)等篇。篇首诗对故事内容的概括度最高的当属《玉堂春落难逢夫》(《警世通言》第二十四卷)和《张淑儿巧智脱杨生》(《醒世恒言》第二十一卷),其篇首诗分别为"公子初年柳陌游,玉堂一见便绸缪。黄金数万皆消费,红粉双眸在泪流。财货拐,仆驹体,犯法洪同狱内囚。按临驼马冤想脱,百岁姻缘到白头。""自昔财为伤命刃,从来智乃护身符。贼髡毒手谋文士,淑女双眸识俊儒。已幸余生逃密网,谁知好事在穷途?一朝获把封章奏,雪怨酬恩显丈夫。"与局部性的暗示、提示不同,这两首篇首诗将与之相关的正话的故事梗概以艺术性的语言从头至尾做了极为完整的概述,几乎通篇叙事,可以说是话本故事的诗化再现。这两首篇首诗的叙事功能已然发挥到了极致,完全可以将其作为叙事诗来读。

"三言"中篇首诗叙事功能的增强与上一节分析到的题目叙事功能的增强相一致,与那些游离于故事之外的所谓篇首诗相比,具有叙事功能的篇首诗与正话(有时也包括入话,因为有的篇首诗更多的只是提示、概括了入话的故事情节,反而与正话无甚关联)之间的关联显然变得更加密切,从篇首诗开始,甚至于从题目开始愈来愈趋向于成为整个叙事话语的有机组成部分。

除了提示、概括故事大意、主旨外,篇首诗的叙事功能尚体现在对故事情节要素,如地点、人物、话题、氛围等的提示、引导、营造上。如《苏知县罗衫再合》(《警世通言》第二十一卷)、《白娘子永镇雷峰塔》(《警世通言》第二十八卷)、《钱秀才错占凤凰俦》(《醒世恒言》第七卷)的篇首诗分别引出了故事发生的地点钱塘江、西湖和太湖。《卢太学诗酒傲公侯》(《醒世恒言》第二十九卷)、《唐解元一笑姻缘》(《警世通言》第二十六卷)、《一文钱小隙造奇冤》(《醒世恒言》第三十四卷)的篇首诗分别引出了故事的主人公卢柟(正话的主人公)、唐伯虎(正话的主人公)和吕洞宾(头回故事的主人公)。《陈多寿生死夫妻》(《醒世恒言》第九卷)、《孤独生归途闹梦》(《醒世恒言》第二十五卷)、《徐老仆义愤成家》(《醒世恒言》第三十五卷)、《蔡瑞虹忍辱报仇》(《醒世恒言》第三十六卷)的篇首诗则分别引出了下棋、做梦、义仆、戒酒等话题,都与各自的正话故事相关。至于《赵太祖千里送京娘》(《警世通言》第二十一卷)的篇首诗"兔走乌飞疾若驰,百年世事总依稀。累朝富贵三更梦,历代君王一局棋。禹定九州汤受业,秦吞六国汉登基。百年光景无多日,昼夜追欢还是迟"则营造了一种谈天说地、论说古今的平话氛围,与入话中隐士与儒者之间展开的"宋朝何者胜于汉、唐?"的历史评论十分契合。类似的"三言"篇目尚有《乐小舍拼生觅偶》(《警世通言》第二十三卷)、《闹樊楼多情周胜仙》(《醒世恒言》第十四卷)等篇。

诸如此类的叙事功能,即提示、引导、营造故事的地点、人物、氛围在早期宋元话本小说的篇首诗中亦存在，但往往“引”得相当曲折、繁琐、甚至颇有枝蔓从生、不着要领之感。在很多情况下，由于不能(很可能也是不愿)干净利落地将叙事要素引导出来，篇首诗之后往往还要铺排上很长一段文字。这样的文字与其说是入话，不如说是篇首诗的强行延续，早期的宋元话本小说中时常出现的诗串就给人以这样一种感觉，如《碾玉观音》(亦即《警世通言》第八卷《崔待诏生死冤家》)、《西山一窟鬼》(亦即《警世通言》第十四卷《一窟鬼癞道人除怪》)、《史弘肇传》(亦即《喻世明言》第十五卷《史弘肇龙虎君臣会》)、《种瓜张老》(亦即《喻世明言》第三十三卷《张古老种瓜娶文女》)等篇，这恐怕也正是有些学者并不承认诗串为入话的原因所在。[1] 这其间固然有说话艺人拖延时间、稳定现场的职业需求，更难免有自我卖弄文学素养的炫技意图，但叙事要素的延迟出现显然还是阻碍了受众对故事的及时接受。当然，作为舞台表演伎艺的说话与作为案头读本的话本其对正话展开之前的“预备阶段”的处理有着不同的要求。说书现场的嘈杂、听众不时地走动、尤其是听话的一维性，使得说话艺人在正式说话之前的长长铺垫很快地就会一听而过，在对听众造成较少延迟感的同时起到了安抚听众、肃静现场、集中注意力、唤起兴趣等作用，从而为正话的进入创造了一个相对良好的接受环境。但作为案头读本的话本则不同，没完没了的“漫长”引导因书场环境的缺失而变得多余了起来，对于急性子的读者来说更显得累赘。正鉴于此，在说话故事刊刻为话本发行后，有许多小说的入话部分，这其中当然包括那些由于篇首诗的强行延续而造成的所谓入话往往都被出版商刊落，正如《清平山堂话本》所显示的那样，仅仅留下了“入话”二字以显示这一部分确实曾经存在过。这对于话本小说的整理研究来说当然是一大憾事，但从小说的实际刊行与阅读来说，却不得不说是一个既节省出版预算，又照顾到读者阅读愿望的好康之举。

此两类具有较强叙事特征的篇首诗，即提示、概括故事大意、主旨的篇首诗与提示诸如地点、人物、话题、氛围等故事要素的篇首诗在“三言”中约有40篇，其中的宋元话本约有6篇，分别是《简帖僧巧骗皇甫妻》(《喻世明言》第三十五卷)、《钱舍人题诗燕子楼》(《警世通言》第十卷)、《宿香亭张浩遇莺莺》(《警世通言》第二十九卷)、《金明池吴清逢爱爱》(《警世通言》第三十卷)、《小水湾天狐诒书》(《醒世恒言》第六卷)、《崔衙内白鹞招妖》(《警世通言》第十九卷)，从篇目数量的对比亦可大致体察到从宋元话本小说到明话本小说的发展过程中，篇首诗的叙事功能渐趋强化的基本走向。

不过有一点须明确的是，“三言”中篇首诗的叙事功能虽有渐趋增强之趋势，但仍有相当数量的篇首诗与话本在叙事层面上的联系极为薄弱。除了本节开篇提及的篇首诗与故事情节毫无关联的情况外，还有许多篇首诗的故事针对性极低。它们



---

① 原文为“早期话本中由篇首诗引出长长的诗串的情形较多，而这些诗串又算不得入话。”王昕：话本小说的历史与叙事[M].北京：中华书局，2002：51.

往往以一种类似于格言警句、人生座右铭的面目出现，阐发的都是一些具有相当普遍性的人生经验、处世哲学，如“世人尽说天高远，谁识阴功暗里来。”“祸福前程如漆暗，但凭方寸答天公。”“少贪色欲身康健，心不瞒人便是仙。”“若论破国亡家者，尽是贪花恋色人。”“谁识天公颠倒用，得便宜处失便宜。”“冤家宜解不宜结，各自回头看后头。”“时人不解苍天意，枉使身心著意图。”等等。这些劝诫性的处世哲学具有极强的普适性，但却缺乏必要的针对性，可谓放之四海而皆准。如《两县令竞义婚孤女》（《醒世恒言》第一卷）中篇首诗的“时人不解苍天意，枉使身心著意图”一句，在《皂角林大王假形》（《警世通言》第三十六卷）、《大树坡义虎送亲》（《醒世恒言》第五卷）中均曾出现过，只不过被略加修改为“时人不解苍天意，枉使身心半夜愁。”“世人不解苍天意，恐使身心半夜愁”而已。此外，戒色欲的如“时因酒色亡家国，几见诗书误好人。”（《醒世恒言》第三十三卷《十五贯戏言成巧祸》）“若论破国亡家者，尽是贪花恋色人。”（《警世通言》第三十三卷《乔彦杰一妾破家》）“不贪花酒不贪财，一世无灾无害。”（《警世通言》第三十四卷《王娇鸾百年长恨》）等，凭良心做事、天理自明的如“祸福前程如漆暗，但凭方寸答天公。”（《警世通言》第十五卷《金令史美婢酬秀童》）“但存方寸公平理，恩怨分明不用疑。”（《醒世恒言》第三十卷《李汧公穷邸遇侠客》）“万事由天莫强求，何须苦苦用机谋。”（《醒世恒言》第二十卷《张廷玉逃生救父》）等话本小说中惯有的“老生常谈”也都可以大致互换。诸如此类的篇首诗在“三言”中约有13处，分别是《游酆都胡母迪吟诗》（《喻世明言》第三十二卷）、《吕大郎还金还骨肉》（《警世通言》第五卷）、《金令史美婢酬秀童》（《警世通言》第十五卷）、《假神仙大闹华光庙》（《警世通言》第二十七卷）、《王娇鸾百年长恨》（《警世通言》第三十四卷）、《两县令竞义婚孤女》（《醒世恒言》第一卷）、《郝大卿遗恨鸳鸯绦》（《醒世恒言》第十五卷）、《陆五汉硬留合色鞋》（《醒世恒言》第十六卷）、《吴衙内临舟赴约》（《醒世恒言》第二十八卷）、《李汧公穷邸遇侠客》（《醒世恒言》第三十卷）、《张廷玉逃生救父》（《醒世恒言》第二十卷）、《乔彦杰一妾破家》（《警世通言》第三十三卷）、《十五贯戏言成巧祸》（《醒世恒言》第三十三卷）等（其中最后两篇是为宋元话本小说）。与叙事功能较强的篇首诗的数量40篇相比，亦是一个数目不小的存在。

相较于渐趋增强的叙事功能，在劝诫色彩普遍强烈的话本小说领域中，篇首诗的劝诫功能显得更为“本色当行”。这些通俗易懂、朗朗上口的人生格言涵盖面极广，覆盖了市井民众为人处世的方方面面，对民众的社会生活具有较强的现实指导意义。“三言”对此类劝诫性篇首诗的大量保留亦验证了冯梦龙意欲使“怯者勇，淫者贞，薄者敦，顽钝者汗下”（《喻世明言》叙）之道德教化于“三言”的编纂意图。只是这些放之四海而皆准的老生常谈往往缺乏与故事本身的契合度，反而在相当程度上影响了故事本身所具有的劝诫意图的有效表达，最为典型的如《陆五汉硬留合色鞋》（《醒世恒言》第十六卷）。这则故事的篇首诗是“得便宜处笑嘻嘻，不遂心时暗自悲。谁识天公颠倒用，得便宜处失便宜”，故事本身讲的却是一个深闺娇女不幸被歹人奸骗并最后导致家破人亡的悲剧。虽然完全可以从中提炼出色欲亡身的劝诫主题，但编写者却将其主旨概括为“也是为讨别人的便宜，后来弄出天大的祸来。”对爱情充满无限憧憬的纯情少女不幸失身于市井凶徒，并最终导致出官献丑、身败名裂、家破人亡的悲惨结局，这原本是一个颇具凝重色调的悲剧故事，但篇首诗中颇为世故的人生格言却与故事本身的思想内涵发生了严重偏离，其本应传达出来的悲剧意蕴也在所谓“占便宜，吃大亏”的“人生智慧”中遭到了极大地贬低与消解。诸如此类的篇首诗只能让话本小说的思想境界停留在一个肤浅、平庸的层次，这对于职业说话人来说或许并无大碍，但对于怀着极大的道德热情介入话本小说编写领域的文人作家们来说却显然急需改进。

笔者认为“三言”中道德意识的提升、叙事功能(这其中当然包括篇首诗、题目的叙事功能)的增强与文人的参与度密切关联。就本节论述的篇首诗而言，相较于与故事本身毫无关联、或无甚关联的所谓篇首诗，叙事功能强化了的篇首诗将使自身能够更为有效地纳入到整个故事的叙事话语中，成为叙事话语不可或缺的有机组成部分，从而更好地为故事内容的叙述以及故事主旨的传达服务。这也正是意图借助“谐于里耳”的话本小说实现道德劝诫的文人所希望达成的效果。在这种情况之下，篇首诗自身因叙事功能的强化而与故事本身变得更为契合的趋势与缺乏内容契合度的陈腐格言二者之间的矛盾也变得日益突出。对那些陈腐格言的直接照搬将会极大地损害故事本身思想内蕴的传达，既契合故事本身又富有创建性的个性化议论正在呼之欲出，这一需求的实现更多地被“三言”中的入话部分所承担，这也正是笔者下节将要探讨的问题。

## 第三节　入话与头回

### 一、头回:叙事整合度的提升与头回部分的非技术性淘汰



笔者通过以上两节对题目、篇首诗的专题论述一直在努力论证着这样一个观点，即进入以“三言”为代表的话本小说的整理、创作阶段后，话本小说的叙事功能在不断提升。那些叙事功能偏低的题目、篇首诗在进入“三言”后基本上都得到了纠正，从而使得正话故事的叙述往往从题目、篇首诗阶段实际上就已开始。题目、篇首诗也由此与整个故事的叙事话语发生了愈来愈紧密的关联，在成为叙事话语的有机组成部分的同时，亦与入话、头回、正话、篇尾诗等组成部分共同作用，并最终使得整个话本小说的叙事成为一个环环相扣、密不可分的有机体。

但不可否认的是，尽管题目、篇首诗具有“开宗明义”的功效，但相较于入话，其所能发挥的叙事整合功能毕竟有限。通过笔者对“三言”120 篇话本小说的入话与头回的搭配情况所做的梳理可知，入话使用率的增强与头回使用率的降低正在使得整

个叙事体的结构朝着更为紧凑、更为密切的方向推进。

**列表:"三言"话本小说入话与头回的搭配情况表**

<table>
<tr><td rowspan="2">有入话,有头回</td><td colspan="4">有入话,无头回</td><td rowspan="2">无入话,有头回</td><td rowspan="2">无入话,无头回</td></tr>
<tr><td>无故事<br>无议论</td><td>有故事<br>无议论</td><td>有故事<br>有议论</td><td>无故事<br>有议论</td></tr>
<tr><td>10<br>(宋 4)</td><td>26<br>(宋 9)</td><td>8<br>(宋 0)</td><td>13<br>(宋 3)</td><td>13<br>(宋 0)</td><td>22<br>(宋 7)</td><td>28<br>(宋 11)</td></tr>
</table>

据上表的统计数字可知,"三言"中有入话的话本小说共计 70 篇,占"三言"话本小说总数的 58%,其中入话处于独立存在状态的(即"仅有入话,无头回")有 60 篇,占"三言"话本小说总数的 50%,即"三言"中有半数的话本小说其正话之前的铺垫工作是由入话独立完成的。与此同时,"三言"中有头回的话本小说共计 32 篇,占"三言"话本小说总数的 27%,其中头回处于独立存在状态的(即"仅有头回,无入话")有 22 篇,占"三言"话本小说总数的 18%,即在"三言"中有 18%的话本小说其正话之前的铺垫工作是由头回独立完成的。由此可见,"三言"中头回的使用率与重要性都要远逊于入话。

单就"三言"中宋元话本小说的情况来看,"有头回"的宋元话本小说共计 11 篇,占"三言"中宋元话本小说总数(34 篇)的 32%。当然,这一数字的准确性尚值得怀疑,因为除了极个别的几篇外,宋元旧篇在进入"三言"后基本上了都做了一定的增删,其宋元原貌中是否具有头回部分已很难考证。因此,笔者在此提供的数据更多地还仅仅是一种参考。不过即便如此,从头回在宋元话本小说中所占比例的 32%,到"三言"中所占比例的 27%,我们还是可以大致看出相较于宋元时代,进入话本小说的书面文本阶段后,头回的使用率乃至于重要性确实呈现出了下降的趋势。

此种趋势的产生当与话本故事从相对被动的听话、听书到更具主动性的案头阅读这一接受方式的转变有关。为了使文化水平不高的市井小民在单向、一维的听话过程中能够更加有效地理解故事主旨,说话艺人往往都会在正式开讲之前安排上一段被称作"头回"的小故事。这段小故事"虽然在情节上和正话没有必然的逻辑联系,但它对正话却有启发和映带作用"[①],足以为市井民众更好地理解即将展开的正话故事做好必要的铺垫。头回与正话之间的意义关联在二者的衔接处往往都会得到明确地引导与提示。如宋元话本小说《十五贯戏言成巧祸》(《醒世恒言》第三十三卷)在头回故事结束后这样写道:"这便是一句戏言,撒漫了一个美官。今日再说一个官人,也只为酒后一时戏言,断送了堂堂七尺之躯,连累两三个人,枉屈害了性命。"说明即将展开的正话同头回故事一样也是一个因一时戏言而惨遭祸事的愚行故事。再如《汪信之一死救全家》(《喻世明言》第三十九卷)中在头回与正话的衔接

① 胡士莹.话本小说概论[M].北京:中华书局,1980:140.

处做了这样一番过渡，“那时南宋承平之际，无意中受了朝廷恩泽的不知多少。同时又有文武全才，出名豪侠，不得际会风云，被小人诬陷，激成大祸，后来做了一场没挞煞的笑话，此乃命也，时也，运也。”表明了既有人会在无意之中受到朝廷的恩泽（如头回故事中“做得好鲜鱼羹”的宋五嫂那样），也会有人在不知情的情况下遭到小人的诬陷（如即将展开的正话故事中的汪信之一样）。在头回与正话故事一正一反的两相对照中，无法掌控命运的茫然感也得以自然地映带而出，并成为统摄整个叙事话语的情感基调。其他宋元话本小说，诸如《宋四公大闹禁魂张》（《喻世明言》第三十六卷）、《金明池吴清逢爱爱》（《警世通言》第三十卷）、《蒋淑真刎颈鸳鸯会》（《警世通言》第三十八卷）、《小水湾天狐诒书》（《醒世恒言》第六卷）、《范鳅儿双镜团圆》（《警世通言》第十二卷）等篇其头回与正话之间的衔接处莫不如此处理。

但在进入话本小说的书面阅读阶段后，书场上被动听话的一维性被打破，只要读者愿意，他完全可以随心所欲地把一册小说翻来覆去地读上几遍，直到看懂、看腻为止，头回部分设置的必要性也因此而大为减弱，完全成了一个无可无不可的存在。这正是话本小说在进入以“三言”为代表的书面阅读阶段后，其头回的使用率与重要性大为减弱的原因所在。同时笔者亦认为，即便没有这样一种因接受方式的改变而造成的技术性淘汰，随着话本小说叙事功能的增强，尤其是各组成部分叙事整合度的提升，头回部分从话本小说的整体结构中“被出局”的可能性依然是不可避免的。因为“‘头回’是一小段故事，比较简略，它可以独立发展为艺术完整的话本正本。不像‘入话’必须依赖‘正话’而存在。”[①]“它自身就成为一回书，可以单独存在。”[②]在话本小说作为一个有机体而不断增强叙事整合度的总体趋势下，与正话故事并无直接关联且具有完全独立性的头回故事就像凭空飞来的利刃般劈进了原本自成一体的钢板中，从而在相当程度上破坏了叙事的连贯性。尤其是当被用作头回的故事与正话本身在原本并无任何可比性的情况下，却被强行捏合在一处时，往往会因其错误的“引导”而对整个故事内涵的阐发造成灾难性的后果，正如前文一再列举的《陆五汉硬留合色鞋》（《醒世恒言》第十六卷）所显示的那样。与正话，即深闺娇女被市井凶徒奸骗并最终导致家破人亡的悲剧故事强行对接在一起的头回讲的却是一个本欲骗取他人财物的市井小民“偷鸡不成蚀把米”的赔本故事。在头回与正话的衔接处，说话人从正话故事中强行“提炼”出了所谓的“也是为讨别人的便宜，后来弄出天大的祸来”以便和头回故事中的“得便宜处失便宜”相对接，正话故事原本具有的思想内蕴也就在一番有赔有赚的市井谈中被消解殆尽。

正因为如此，笔者认为头回部分的使用率与重要性在“三言”中的走低当与话本小说在进入案头阅读阶段后对叙事整合度的要求有着密切关联。从这一层面上来



---

① 胡士莹. 话本小说概论[M]. 北京：中华书局，1980：141.

② 胡士莹. 话本小说概论[M]. 北京：中华书局，1980：138.

讲，“三言”中何以会有高达 73％（88 篇）的话本小说完全取消头回部分也就不难理解了。

## 二、入话

### （一）“粗犷型”入话与“集约型”入话

由《“三言”话本小说入话与头回的搭配情况表》中的信息可知，“三言”中入话与头回的搭配模式大致有如下四种：1. 有入话、有头回；2. 有入话、无头回；3. 无入话、有头回；4. 无入话、无头回。其中“有入话、无头回”的搭配模式在“三言”中所占比例最高，达 50％（60 篇），这与上节分析到的头回部分在“三言”话本小说中的使用率与重要性走低的基本走向相一致。与头回部分的下行趋势相反，有入话部分的话本小说在“三言”中的所占比例达 58％（70 篇），其作为话本小说的有机组成部分仍然与话本小说的整体结构保持着相当稳定的联系。

与篇首诗相同，入话部分承担的叙事功能也主要体现在概括故事大意与主旨，或者提示诸如地点、人物、背景、氛围等故事要素上。此类提示性入话往往既无议论、也无故事，且多用极为简短的一句话就从篇首诗中迅速引出了故事大意、主旨或者某个故事要素。如《乔太守乱点鸳鸯谱》（《醒世恒言》第八卷）的入话部分在从篇首诗中提炼出“人的婚姻，乃前生注定，非人力可以勉强”的故事主旨后，就以简短的一句“今日听在下说一桩意外姻缘的故事，唤做‘乔太守乱点鸳鸯谱’”就直接导入了正话。《蔡瑞虹忍辱报仇》（《醒世恒言》第三十六卷）的入话部分也是先用一句话点明了篇首诗的主旨“劝人节饮”，随后就以“今日说一位官员，只因贪杯上，受了非常之祸”的简洁文字引导出了正话故事。类似的“一句”式入话尚有提示故事人物的《卢太学诗酒傲公侯》（《醒世恒言》第二十九卷）、《一文钱小隙造奇冤》（《醒世恒言》第三十四卷），提示故事发生地点的《苏知县罗衫再合》（《警世通言》第十一卷）、《单符郎全州佳偶》（《喻世明言》第十七卷）等篇。

这样精简高效的“集约型”入话在早期的宋元话本小说中当然也有，如《“三言”话本小说入话与头回的搭配情况表》中“无故事、无议论”一栏中所列出的《隋炀帝逸游召谴》（《醒世恒言》第二十四卷）等 9 篇小说，但更加令人“难忘”的却是那些没完没了地耗费了若干篇幅后才总算引出了一个故事要素的“粗犷型”入话。如宋元话本小说《闹樊楼多情周胜仙》（《醒世恒言》第十四卷）的入话部分先是由篇首诗咏御驾临行引出了天子建都之处往往有名山胜水的议论，在列举了“唐朝，便有个曲江池”后，引出了“宋朝，便有个金明池”。接着又引出了金明池边开的酒楼“樊楼”，又从樊楼引出了樊楼的店主人范大郎，最后才引出了故事的男主人公范大郎的兄弟范二郎。宋元话本小说《史弘肇龙虎君臣会》（《喻世明言》第十五卷）的入话部分则更像是一个漫长的引子，先是从篇首诗的作者刘季孙引出了苏东坡，然后又从苏东坡引出了洪迈，接着又从洪迈引出了宴会上吹龙笛的乐妓，从吹龙笛的乐妓又引出了洪迈即席赋的《龙笛词》，又从《龙笛词》引出了当众指出“此词八句，偷了古人作的杂诗、词中各一句也”的孔通判。接着就是以孔通判不无卖弄地逐句解释串联起来的漫长诗串，最后才以说话人自问自答的一句“说话的，你因甚的头回说这“八难龙笛词”？自家今日不说别的，说两个客人，将一对龙笛蕲材，……”结束了这无休无止的入话，而入话与正话唯一相关的故事要素就是耗费了如此巨大的篇幅才引出来的“龙笛”二字。这种毫无章法、毫不经济的拖沓、散漫在宋元话本小说《勘皮靴单证二郎神》(《醒世恒言》第十三卷)的入话部分中可谓达到了极致。小说先是从篇首诗中引出了宋徽宗，在介绍完宋徽宗的生平履历后又写到了其所享受的园囿之乐，然后又不知怎么地就引出了宣和六贼、接着笔锋一转又写到了受宠幸的安妃娘娘。在拉拉杂杂地“说”了半天后才总算以一句“不说安妃娘娘宠冠六宫。单说内中有一位夫人”将正话故事的主人公韩夫人引了出来。

正如上文在篇首诗一节所做的分析显示得那样，此种有如漫长引子的“粗犷型”入话在早期宋元话本小说中大量存在的原因当与说话现场上拖延时间以等候迟到观众、稳定已到场观众的情绪、集中观众的注意力、调动其情绪、引发其兴趣等现场演出需求有关。但在进入书面阅读阶段后，此种原本为适应说话现场演出需要的“粗犷型”入话也势必会走向末路，取而代之的将是与正话故事发生更多关联的“集约型”入话。当然，所谓的“集约型”入话并非必然都像“一句式”入话那样惜字如金，而应是以合理的篇幅“成本”有效地履行概括故事梗概、提示故事要素等叙事功能的入话。就这一点而言，明话本小说《钱秀才错占凤凰俦》(《醒世恒言》第七卷)可以说是一个极好的例子。这篇小说的入话风格乍看之下与宋元话本小说常见的“粗犷型”入话并无二致。先是由篇首诗引出了故事发生的地点——太湖，接着简短地介绍了“三洲”“五湖”“三小湖”等太湖名胜，最后将篇幅的重点集中落到了对太湖中东西两山的险要地形的介绍上，“那东西两山在太湖中间，四面皆水，车马不通。欲游两山者，必假舟楫，往往有风波之险。”这看似漫不经心的闲闲几笔却对整个故事的发展走向起到了极为重要的制约作用。正是因为太湖中东西两山之间有着天然阻隔，这才使得受表兄颜俊之命前往西洞庭冒名迎亲的秀士钱青在突遭暴风雪之时无法及时返回。尽管急于回东洞庭交差的钱青心急如焚，但还是在女方家长的执意要求下当晚与“新娘”拜堂成亲。待雪霁天晴得以乘船返回东洞庭时已然是成亲三天后的事情了。正因为如此，这才引得误以为钱青早已与新娘发生关系的颜俊恼羞成怒、大打出手，并引出了后文一系列令人啼笑皆非的精彩故事。如果入话中没有对洞庭两山地势的必要铺垫，“钱秀才错占凤凰俦”这一整出好戏也就无从发生了。诸如此类以相对省简的篇幅而与正话发生更多密切关联的“集约型”入话正是话本小说进入案头阅读阶段后所要努力的方向。

### (二)入话中的议论与故事

相较于“基本上是故事性的”头回，入话则更多的是“解释性的”，[①]概括故事的大意、题旨，引出时间、地点、人物等故事要素，介绍相关的时代背景、社会氛围、宗教背景等等这些正话故事开始前的必要铺垫基本上都是在入话部分完成的。此类的入话多以介绍性、解释性的文字为主，往往“既无故事，也无议论”，在“有入话，无头回”这一标准化搭配模式(60篇)中所占比例最高，达43%(26篇)，而其中亦有多达9篇的入话故事皆来自于宋元话本小说。单就宋元话本小说而言，“无故事，无议论”的纯介绍性、解释性的入话(宋元9篇)在“有入话，无头回”这一标准化搭配模式(宋元12篇)中所占比例为75%。因此，无论从“三言”的总体情况来看，还是单就宋元话本小说而言，“无故事，无议论”的入话所占的比例都比较高，这也说明了将笔墨集中于纯介绍性、解释性文字上的入话仍然是入话的主流。但即便如此，从75%到43&这一所占比例的下降，也同样表明了这样一个发展趋势，即进入以“三言”为代表的案头阅读阶段后，尽管纯介绍性、解释性的入话仍然是入话的主流，但已明显呈现出了下行的趋势。究其原因当与入话中议论性文字的增加有关。同样还是以“有入话，无头回”这一标准化搭配模式(60篇)为例，其中以议论性文字为主的入话达到了26篇，与纯介绍性、纯解释性的入话数量基本持平，而在这26篇有议论的入话中，仅有3篇来自于宋元话本小说。从中当可以看出话本小说在进入案头阅读阶段后，议论性入话的走强趋势确实是存在的。随着议论性入话的增多，纯介绍性、解释性入话的减少自然也就不可避免，二者的“同步”发生显然是彼此关联的。

在议论性入话逐渐走强的基本趋势中，入话中即便有故事存在，其立意也很少再是故事本身的完整讲述，而是更多地将其作为支撑某个观点的例证使用。此类“例证性”故事多以极其简省的梗概面貌存在，如《况太守断死孩儿》(《警世通言》第三十五卷)的入话中提及的玉通禅师事、《卖油郎独占花魁》(《醒世恒言》第三卷)的入话中提及的李亚仙事、《陈希夷四辞朝命》(《喻世明言》第十四卷)的入话部分中提及的“庄公梦蝶”事基本上都是一笔带过，可见文人作者的兴趣点根本就不在讲故事，而仅仅将其作为例证。为了进一步增强说服力，此类“例证性”故事还常常以说明同一道理的多个故事串联起来的“故事串”形式出现。如《李秀卿义结黄贞女》(《喻世明言》第二十八卷)的入话部分将花木兰、祝英台、黄崇嘏三个故事串联起来以说明“有智妇人，赛过男子”的道理；《新桥市韩五卖春情》(《喻世明言》第三卷)的入话部分则将陈灵公、陈叔宝、隋炀帝、唐明皇等人的故事勾连在一起以提炼出“只为贪爱女色，至于亡国捐躯”的戒色主题。此外，“故事串”中的“例证性”故事亦可正反搭配、彼此激发，如《杨八老越国奇逢》(《喻世明言》第十八卷)的入话部分将吕蒙的先富后贫与杨仁杲的先贱后贵相对比，以验证“穷通有命”，“如云踪无定，瞬息改

① 胡士莹. 话本小说概论[M]. 北京：中华书局，1980：140.

观，不由人意想测度”的命运无常感。《裴晋公义还原配》(《喻世明言》第九卷)的入话部分则将邓通、周亚夫与裴度这两反一正的三个故事串联起来，从正反两方面说明了做善事、积阴德能改变面相的道理。《老门生三世报恩》(《警世通言》第十八卷)的入话部分提及的甘罗、姜尚事亦采用了同样的对比手法。

纵观入话中的“例证性”故事就会发现，此类故事多为脍炙人口、耳熟能详的历史故事、民间传说、社会传闻，换言之，其新鲜度并不高。一些故事还会被反复使用，如李亚仙事在《卖油郎独占花魁》(《醒世恒言》第三卷)、《赵春儿重旺曹家庄》(《警世通言》第三十一卷)的入话部分中都曾出现过，且由于在入话中往往只是一笔带过，其本身所具有的故事性也并未得到充分的展现。诸如此类新鲜度不高，故事性又不强的“例证性”故事之所以还能继续保留在入话中，更多仅仅是出于证明某个观点的技术性需求，故事本身的价值已然大打折扣了。[①]

正是在这样一种趋势之下，完全抛开例证的纯议论性入话终于出现。此类“无故事，有议论”的入话(13 篇)在“有入话，无头回”这一标准化搭配模式(60 篇)中所占比例达 22%，且其中并无一篇宋元话本小说，这说明无故事例证的纯议论性入话完全是进入以“三言”为代表的案头阅读阶段后才产生的新动向。其议论多以劝诫为主，几乎涵盖了市井生活的方方面面，如宣扬“淫人妻子，妻子淫人”的《蒋兴哥重会珍珠衫》(《喻世明言》第一卷)；主张戒色欲的《郝大卿遗恨鸳鸯绦》(《醒世恒言》第十五卷)；提倡及时婚嫁的《闲云庵阮三偿冤债》(《喻世明言》第四卷)；赞生死友情的《吴保安弃家赎友》(《喻世明言》第八卷)；“劝人家弟兄和睦”的《滕大尹鬼断家私》(《喻世明言》第十卷)；劝人乐天知命，莫要与命强争的《闹阴司司马貌断狱》(《喻世明言》第三十一卷)；劝人斩断情欲，莫要听妇人言的《庄子休鼓盆成大道》(《警世通言》第二卷)；“奉劝世人虚已下人、勿得自满”，“便宜不可占尽”的《王安石三难苏学士》(《警世通言》第三卷)；“奉劝世人公道存心，天理用事，莫要贪图利已，谋害他人”的《大树坡义虎送亲》(《醒世恒言》第五卷)等等。还有一些话本小说，如《滕大尹鬼断家私》(《喻世明言》第十卷)等篇，其入话中议论性文字的篇幅已相当之长，其中最为典型的当属《李玉英狱中讼冤》(《醒世恒言》第二十七卷)。其入话部分对“富贵之家”、“中户人家”、“朝趁暮食，肩担之家”三种不同家庭状况中继母虐待前妻所生子女的不同情况分别做了极为详细的分析，完全可以当做一篇论说文来读，纯议论性文字的出现无疑使得话本小说的理性色彩得到了提升。尽管道德劝诫在早期的宋



① “例证性”故事的故事性能得到充分展现的入话在“三言”中并不多，只有《三孝廉让产立高名》(《醒世恒言》第二卷)、《施润泽滩阙遇友》(《醒世恒言》第十八卷)等为数不多的几篇。前者从篇首诗中的三句“紫荆枝下还家日”、“花萼楼中合被时”、“千秋羞咏豆萁诗”分别引出了三个关于兄弟情的故事；后者亦同样从篇首诗中的两句“还带曾消纵理纹”、“返金种得桂枝芬”引出了两个关于积阴骘、得善报的故事。这些“例证性”故事串中的故事确实都得到了充分的铺写，但同时也使得入话的篇幅被极大地拉长，在相当程度上兼具了本应由头回承担的叙事功能，已非严格意义上的入话可言。

元话本小说中就已存在，但"三言"中的议论性入话，尤其是抛开了例证的纯议论性入话的增多还是显示了话本小说的道德教化功能正在得到愈来愈多的重视，这与冯梦龙欲"以《明言》《通言》《恒言》为六经国史之辅"，以便"触里耳而振恒心"(《醒世恒言》叙)，并最终达到"怯者勇，淫者贞，薄者敦、顽钝者汗下"(《喻世明言》叙)的道德教化意图完全一致，话本小说道德感的真正提升在相当程度上也正是在富于社会责任感的文人愈来愈多地参与到话本小说的创作领域后才得以实现的。

**(三)入话与正话之间的衔接**

话本小说作为案头读物进入以"三言"为代表的整理、编创阶段后，"叙事者"在相当程度上取代了早期宋元话本小说阶段中的"说话人"。尽管叙事者常常在行文中有意模仿早期说话人的口吻，如"看官，今日听我说……这桩奇事。"(《喻世明言》第二卷《陈御史巧勘金钗钿》)"今日为甚说这段话？却……，惹出一场奇奇怪怪的事来。未知……否？且听下回分解。"(《喻世明言》第二十三卷《张舜美灯宵得丽女》)"说话的，依你说，……，如何又差错了？看官有所不知。"(《醒世恒言》第二十八卷《吴衙内临舟赴约》)"说话的，这……，毕竟还带些腐气，未为全美。若有别桩希奇故事，异样话文，再讲回出来。列位看官稳坐着，莫要性急，适来小子道这段小故事，原是入话，还未曾说到正传。"(《醒世恒言》第三十五卷《徐老仆义愤成家》)"列位看官们，要听者，洗耳而听；不要听者，各随尊便。"(《警世通言》第一卷《俞伯牙摔琴谢知音》)"你道这段话文出在哪个朝代？何处地方？"(《醒世恒言》第四卷《灌园叟晚逢仙女》)等等，皆为叙事者对说话人声口的模仿。至于"变成一本风流说话"(《喻世明言》第三卷《新桥市韩五卖春情》)"做几回花锦似话说"(《喻世明言》第十五卷《史弘肇龙虎君臣会》)"做了锦片一场佳话"(《警世通言》第十一卷《苏知县罗衫再合》)"花锦般一段话文"(《警世通言》第三卷《王安石三难苏学士》)"做出一段奇奇怪怪的事迹，留下一段轰轰烈烈的话柄。"(《喻世明言》第四十卷《沈小霞相会出师表》)"有分教才人把笔，编成一本风流话本。"(《警世通言》第二十八卷《白娘子永镇雷峰塔》)"变出一本跷蹊作怪的小说来"(《喻世明言》第三十五卷《简帖僧巧骗皇甫妻》)"变做一段有笑声的小说"(《喻世明言》第三十六卷《宋四公大闹禁魂张》)"变成一件蹊跷神仙的事"(《喻世明言》第三十三卷《张古老种瓜娶文女》)等处文字更是点明了叙事者有意模仿说话人声口所要写的正是"话本"，而非传奇志怪、笔记杂录什么的。

可见，叙事者对宋元话本小说的模拟意图是十分明确的。但相较于文化程度不高的早期说话艺人，以冯梦龙为代表的"拟说话人"在对故事材料的把握与衔接上显然表现出了更高的艺术水准，而绝没有仅仅停留在模拟阶段。其编写的故事在相当程度上已然褪去了早期话本的粗糙、简陋而更趋于精致、完善，合情入理。譬如同一个故事素材可以根据不同的主题需求而加以适当的改编，如"佛印出家"这一故事素材在《佛印师四调琴娘》(《醒世恒言》第十二卷)与《明悟禅师赶五戒》(《喻世明言》第三十卷)中都有所应用,但情节设置并不相同。前者写谢瑞卿(笔者按:即佛印)本不愿出家为僧,而更倾向于走仕途经济的道路,“他为应举到京,指望一举成名,建功立业,如何肯做和尚?”他的出家只是圣谕之下的无奈之举。而后者则将情节设置为谢瑞卿“自幼不吃荤酒,一心只爱出家。”但只因出身于“世宦之家”,而不得不进“学堂攻书”,“可惜一肚子学问,不屑应举求官,但说着功名之事,笑而不答。”皇帝的一道圣谕反倒是阴错阳差地顺遂了谢瑞卿一直以来的夙愿。叙事者之所以对同一故事素材在不同的话本小说中做了不同的处理,完全是出于主题表达上的需要。在《佛印师四调琴娘》(《醒世恒言》第十二卷)中,正是因为谢瑞卿的出家实乃违心之举,所以才会有苏东坡指使妓女琴娘施展美人计以检验佛印是否禅心坚定的后续情节;而《明悟禅师赶五戒》(《喻世明言》第三十卷)中的谢瑞卿之所以心向佛法,既有其本为明悟禅师转世的前生夙缘,同时也为其今生能以坚定的佛心度脱“偏不信佛法”的苏东坡(实为犯色戒的五戒禅师的转世)以免其堕入恶道做好铺垫。由此可见,叙事者可以根据不同的主题需求对同一故事素材进行加工改造,其对故事素材的把握度更为自由,能更富于创建性地组织材料为我所用。

富于创建性地组织材料还体现在入话与正话的衔接上。如《张舜美灯宵得丽女》(《喻世明言》第二十三卷)的入话部分实为《醉翁谈录》壬集卷一“负心类”中的《红绡密约张生负李氏娘》,也就是民间广为流传的“鸳鸯灯”故事。这个故事大致讲的是一对青年男女幽期密约,并成功私奔,但女子不久就遭遇了男子停妻再娶的负心之举。悲愤万状的女子一怒之下兴讼于官府,并最终在官方势力的介入下得以与男子复合的故事。当这个故事被作为入话融入“三言”后,只有前半部分,即幽期密约、成功私奔得到了保留。之所以如此删节,其原因主要就是为了能与正话之间有一个更好的衔接。因为正话故事中的青年男女尽管也历经了种种波折,但完全是客观原因造成的,而男子则一直以来都对当年意外走失的女子怀着刻骨相思,并无任何负心之举可言。这样的一个钟情故事显然与“鸳鸯灯”故事的前半部分搭配起来更为合适。这其中当然体现出了叙事者剪裁故事素材的自由度,同时也体现出了叙事者对故事“品质”的一种坚持。其实,单就“鸳鸯灯”故事的情节构成而言,前后两部分的叙事格调实际上颇有些抵牾之处。前半部分行文优美、措辞文雅,很有几分文言传奇小说的味道;而后半部分则无疑触及到了私奔后不得不面对的种种现实问题。男子“专务赌博”,败光了女子所有的积蓄,随后就是停妻再娶、对峙公堂、二女争夫、包公出场等一系列热闹戏码,最后则是为世俗民众所喜闻乐见的二女共侍一夫、皆大欢喜的大团圆结局,走的完全是通俗小说的路线。相较于前半部分的才子佳人,其实后半部分无论就其内容还是风格而言,都能更好地迎合世俗大众的口味。但叙事者此处却显然将入话与正话之间如何实现完美对接这一问题作为优先考量的对象,这样的做法无疑体现的是对故事“品质”的坚持。这样一种执着于品质的专业态度与早期以世俗趣味为导向的职业说话人不同,也与明末以小说为衣食而媚俗、滥造的职业写手不同，在相当程度上保障了“三言”从整理、改编、创作话本小说伊始便走上了话本小说发展史上的巅峰，而其后包括“二拍”在内的话本小说，乃至于在明末清初的话本小说创作风潮中被制造出来的大量小说则都难以继其肩踵、望其项背。

**(四)从伊始阶段开始的离心倾向**

通过对《“三言”话本小说入话与头回的搭配情况表》中提供的数据进行分析，笔者纠正了一直以来的一个错误观念，即认为话本小说的“标准化”构成模式必定是由篇首诗、入话、头回、正话、篇尾诗这五部分构成的，且此种“标准化”构成模式多存在于早期的宋元话本小说阶段。但通过对相关数据进行分析后可知，事实并非如此。相较于篇首诗、正话、篇尾诗这三部分的绝对稳定性，入话、头回部分的存在与否是问题的关键所在。事实上，“有入话，有头回”的所谓标准化构成模式在“三言”中为数甚少，仅有10篇(其中，宋元4篇)。大量存在的则是“有入话，无头回”或“有头回，无入话”这样的“二缺一”式的构成模式。此外，尚有一种“无入话，无头回”的构成模式尤其值得注意。除了篇首诗与篇尾诗外，此种构成模式的小说就“外形”而言与话本小说之间的相似度已降到了最低。如果再进一步删去篇首诗与篇尾诗，甚至进而剔除于正话的叙事话语中保留着的说话人套语，此类小说身上的话本“气质”也就很难再被辨认出来了。而此类外形辨识度极低的话本小说在“三言”中的所占比例并不少，达23%(28篇)，是除了“有入话，无头回”这一基本搭配模式(60篇)外，数量最多的一个，且均非宋元话本小说。

笔者借以上数据的分析力图说明这样一个观点，即单就其构成形式而言，话本小说从进入以“三言”为代表的整理、编创阶段伊始就出现了一个渐趋偏离于话本模式的“离心”趋向。这样一种“离心”倾向在继之而起的“二拍”中尚未得到明显地继承，但在致力于形式经营的清初小说家李渔、艾衲居士的手中却得到了发扬光大。尤其是艾衲居士的《豆棚闲话》还被美国学者韩南认为是“就其形式而言，不仅标志着和冯梦龙及其同时代人所采用的、又由李渔和《照世杯》的作者稍加改变的小说形式的决裂，而且也标志着和中国白话小说本身的基本模式和方法的决裂。”[①]形式上的不断创新使得其后的话本小说变得越来越不像话本小说，这恐怕也正是韩南索性在称谓上直接以“白话短篇小说”取代“话本小说”的原因所在。但笔者认为话本模式的“离心”趋向早在冯梦龙那里就已经开始，只是其形式创新的自觉性远未达到李渔、艾衲居士那样的高度而已。或者是否可以这样认为，致力于道德教化的冯梦龙更多的只是将注意力集中到了劝诫意图的有效传达上，如果说其中的一些小说体现出了某种形式上的创新，那么，这种所谓的创新也更多的只是一种附带性产品，而非冯氏致力的方向所在。但即便如此，“无入话，无头回”这样的话本小说还是出现了，

---

① (美)韩南.中国白话小说史[M].杭州：浙江古籍出版社，1989：191.

这同样是一个不可否认的事实。

以上是就“三言”中话本小说的外在构成得出的观点，接下来笔者将就从“三言”中话本小说的内部衔接，尤其是入话与正话的内容衔接这一角度出发，对这一观点作进一步的剖析。

同概括故事题旨、引出故事要素一样，“叙背景以引起正话”[①]亦是入话部分重要的叙事功能之一。利用入话部分对正话故事的相关背景进行介绍的入话在宋元话本小说阶段就已存在，如《杨思温燕山逢故人》(《喻世明言》第二十四卷)的入话部分追忆了当年道君皇帝灯宵节与民同乐的繁华盛况，并同后文杨思温流寓于燕山后所见灯宵节的粗陋、凄清形成了鲜明对比，从中寄予了深沉的时代感伤。入话与正话之间的衔接则是以“今日说一个官人，从来只在东京看这元宵，谁知时移事变，流寓在燕山看元宵”的过渡来实现的。明话本小说中利用入话部分介绍时代背景的亦复不少。如具有时政小说色彩的《沈小霞相会出师表》(《喻世明言》第四十卷)的入话部分简直就像是为严嵩父子作的小传。在历数了其倒行逆施的种种恶行后，更将笔墨集中到了其对忠臣志士的残酷迫害上，“但有与他作对的，立见奇祸，轻则杖谪，重则杀戮，好不利害！除非不要性命的，才敢开口说句公道话儿。若不是真正关龙逢、比干，十二分忠君爱国的，宁可误了朝廷，岂敢得罪宰相?”正是在这样一种人人自危、噤若寒蝉的政治气候的铺垫中，刚直不阿、疾恶如仇，曾以“十罪疏”弹劾过严嵩的沈炼慷慨登场。在入话与正话的交界处同样用了“只为严嵩父子恃宠贪虐，罪恶如山，引出一个忠臣来，做出一段奇奇怪怪的事迹，留下一段轰轰烈烈的话柄。一时身死，万古名扬”这样一段过渡性文字加以衔接。

正如今人在写故事时总会首先介绍一下相关的时代背景，当入话承担起了为正话故事介绍背景的任务后，入话实际上已经成为了正话中的一部分。然而，过渡性文字的顽固存在还是在本已渐趋融为一体的二者之间划出了一条明确的分界线。这样的“分界线”可以说是话本小说结构体制上的通例。如宋元话本小说《新桥市韩五卖春情》(《喻世明言》第三卷)中入话与正话之间用了“自家今日说一个青年子弟，只因不把色欲警戒，去恋着一个妇人，险些儿坏了堂堂六尺之躯，丢了泼天的家计，惊动新桥市上，变成一本风流说话”这样一段文字加以衔接，而明话本小说《王安石三难苏学士》(《警世通言》第三卷)中的同样位置也同样用了一段过渡性文字，即“如今且说一个人，古来第一聪明的。他聪明了一世，懵懂在一时。留下花锦般一段话文，传与后生小子恃才夸己的看样”加以衔接。这样的过渡性文字在发挥衔接作用的同时，亦清楚地表明了入话与正话二者之间实为彼此独立的关系，这显然与入话(这里专指介绍正话相关背景的入话)渐趋融入正话内的趋势相矛盾。

无论如何，入话与正话完全融合在一起的“一体化”小说还是出现了。如《唐解

① 胡士莹.话本小说概论[M].北京:中华书局,1980:140.

元一笑姻缘》(《警世通言》第二十六卷)就是一个非常典型的例子。该篇小说首先利用了入话位置对唐伯虎恃才放任的性格做了铺垫。接着就以一句“唐解元一日坐在阊门游船之上”开始了正话故事的叙述。二者之间的衔接可谓了无痕迹,不仅没有出现话本小说中惯常运用的过渡性文字,甚至就连说话人的套语“话说”二字也都省去了。当然,能像《唐解元一笑姻缘》那样将入话与正话天衣无缝地融为一体的并不多,但入话与正话的“一体化”趋向确实存在。如《杜十娘怒沉百宝箱》(《警世通言》第三十二卷)、《乐小舍拚生觅偶》(《警世通言》第二十三卷)、《白玉娘忍苦成夫》(《醒世恒言》第十九卷)、《武帝累修成佛》(《喻世明言》第三十七卷)、《闹樊楼多情周胜仙》(《醒世恒言》第十四卷)等篇均呈现出了入话与正话融合为一的“一体化”趋向,只不过在二者的融合度上远不如《唐解元一笑姻缘》(《警世通言》第二十六卷)那样自然、无痕而已,

综上所述,尤其在进入以“三言”为代表的案头阅读阶段后,话本小说的发展既在外观上存在着“无入话,无头回”的低辨识度情况,又在内部衔接上出现了入话与正话合二为一的“一体化”倾向。无论是哪一种情况的存在,都使得一些话本小说在相当程度上丧失了话本应有的感觉,而更趋向于普遍的白话短篇小说。而这样一个过程,即话本小说逐渐摆脱体制上的束缚而发展为非话本体的白话短篇小说或许并非如韩南所言是从清初的艾衲居士开始的,而是从晚明的冯梦龙对话本小说的整理、编写伊始就已显露出了苗头。尽管这一苗头的出现当非有意识的革新意识所致,但其客观存在本身或许正为后来的李渔、艾衲居士提供了一些可供参考的案例亦未可知。

## 第四节 “三言”在故事情节上的改动

“三言”中的许多故事都来源于文言资料,这其中包含甚广,或为唐传奇、宋通俗文言传奇、或为野史杂录、文人笔记,亦包括以文言记录的社会传闻等。白话体的故事来源亦复不少,其中又以《清平山堂话本》、《京本通俗小说》以及收录于《宝文堂书目》中的话本小说为主要代表。就其源故事所涉猎的文体范围而言,除了后起的章回体外,中国古代小说的其他三大文体类型,即笔记体、传奇体、话本体均已涵盖。[①]就其源故事的传播方式而言,其中既有主要以文字形式传播的野史杂录、文人笔记

① 所谓中国古代小说“四种小说文体类型”说,当由施蛰存先生于20世纪30年代在其发表的《小说中的对话》(1937)中首次提出,其原文为“我国古来的所谓小说,最早的大都是以随笔的形式叙说一个尖新的故事,其后是唐人所作篇幅较长的传奇文,再后的宋人话本,再后才是鸿篇巨帙的章回小说。”施蛰存.小说中的对话[M]//严家炎编.二十世纪中国小说理论资料:第二卷.北京:北京大学出版社,1997:471.(转引自李桂奎.传奇小说与话本小说叙事比较[M].上海:复旦大学出版社,2013:2.)

等，同时也包括了曾经经历过口头传播阶段的传奇体小说与话本体小说，[①]此外更有在民间社会广泛流传着的一些社会新闻的实时记录，其传播方式几乎是口头与书面相并行。因此，无论从“三言”源故事的语言形式、文体类型而言，还是从其传播方式、传播范围来说，其源故事的涵盖面几乎囊括了此前中国古代小说领域中的方方面面。诚如凌濛初所感叹地那样，“宋元旧种”几乎都被“三言”“搜括殆尽”(《初刻拍案惊奇》叙)，将“三言”称为唐宋以来故事之熔炉亦非言过之辞。

就“三言”中的话本小说与源故事的关系而言，将源故事，尤其是文言版的源故事改造成白话体小说，是否会因文体上的文白之辨，以及随之而来的雅俗之辨而对冯梦龙的改编工作造成困难呢？笔者并不这样认为。冯氏编写的“三言”是中国小说史上对话本小说，尤其是对宋元话本小说的收集、整理工作做出的重要尝试。或许正因为如此，便极易产生这样一种印象，即认为话本小说与文言版源故事之间的文白调和、雅俗调和亦当是在冯氏的手中实现的，其实不然。就一般规律而言，作为“意识形态的物质载体”，语言确实在相当程度上“折射着作者或读者的意识世界”。[②]从这一层面而言，语言层面上的文白之辨在相当程度上意味着意识层面上的雅俗之辨这一观点完全可以成立。但事实上早在宋元时期，一些文言体小说，如《青琐高议》、《醉翁谈录》中的通俗文言传奇小说，“虽属文言传奇，实与话本小说精神相通。”[③]具体如《醉翁谈录》壬集卷一“负心类”中的《红绡密约张生负李氏娘》“虽仍托之才子佳人，但有浓厚的市民气息，掷绡觅偶，二女争夫，都反映这市民趣味。语言通俗浅近，与文人雅士风味迥异。”[④]以文言表现俗趣正是文言叙事与民间叙事彼此交融的一种体现，尽管民间叙事通常是由白话体来实现的。宋代文言小说中普遍存在的世俗化倾向生动地说明了文言未必就必然意味着“雅”，与之相应地，白话也未必就必然意味着“俗”。换言之，文言与白话尽管语体有别，但绝非孰雅孰俗的划分标准，更不能就此进而认为文言体表现的必定就是文人的雅趣，而白话体反映的也必定就是市井的俗气。相反，作为“意识形态的物质载体”的语言所呈现出的雅俗互渗倒是在相当程度上折射出了意识形态层面上的变化，亦即传统的文化阶层与新兴的市民阶层之间的雅俗互渗。如此看来，文人的雅中之俗，市井的俗中之雅早在宋元时期应该就已出现了。

这样一种雅俗互渗的大文化背景在富于贵族气息的唐代社会是不可能存在的(尽管并不排除个别案例)，而只有在整个社会实现去贵族化后并趋向于近世化、平

---

① 有学者认为传奇体小说与话本小说曾经经历过的口头传播阶段单从其命名中便可略见端倪。因为，“从发生学与命名学学上看，‘传奇’与‘话本’都立意于动态的传播，前者的传播时空主要在文人士大夫之间，后者的传播时空则多在市井细民阶层中。无论是‘传奇’，还是‘话本’，都曾经与‘口传’这一传播方式相关联。”李桂奎.传奇小说与话本小说叙事比较[M].上海：复旦大学出版社，2013：3.

② 凌郁之.走向世俗——宋代文言小说的变迁[M].北京：中华书局，2007：160.

③ 李剑国.宋代志怪传奇叙录[M].天津：南开大学出版社，1997：225.

④ 李剑国.宋代志怪传奇叙录[M].天津：南开大学出版社，1997：225.

民化的过程中才能实现。这一最迟自宋元发轫的雅俗互渗趋势发展至明清时期已然蔚然成风。具体落实到话本小说的创作领域中,雅俗互渗的大文化背景极大地突破了文白之间、雅俗之间原本泾渭分明的分界,为话本小说更加自由、更为顺畅地从文言体中汲取素材提供了便利。尤其是"随着传奇小说的'俗化'和话本小说的'雅化',这两种小说文体合流融通的迹象越来越明显,乃至应运而生出'话本体传奇'与'传奇体话本'等混合文体。"[①]那些早已沾染了市井俗趣的通俗文言传奇作品可以说就是文白互渗、合流下的产物。更为重要的是,早在宋元话本小说阶段就已发生的这一系列重大变化更为晚明的冯梦龙进一步沟通文白、雅俗做好了必要的先期准备。事实上,冯梦龙本人既编写了以"三言"为代表的大量白话故事,同时又是文言故事集《情史》的编写者。即便在"三言"这部典型的话本小说集中,富于文人色彩的传奇类作品亦在在有之。正如韩南所言,"中国的白话文学作家都是通晓文白两种文字的人。他们有机会并且也愿意创造文白相杂的中间性文字,或采用前人已经创造的中间性文字。他们将文白交替使用或综合使用,各人形成自己的风格。"[②]而就话本小说与源故事之间的关系而言,纵观"三言"中的120篇小说,除了34篇小说为宋元旧篇外,余下者皆为冯氏广采文、白素材后匠心"独"造而成,文言体故事依然是其重要的故事来源。且相较于早期的宋元话本小说阶段,冯氏对文、白素材,尤其是文言素材的运用更为娴熟自如。不仅原有的故事情节在经过冯氏的改造后时常会呈现出一种更为缜密的精巧构思,而且源故事在被编织进话本小说后其思想性也往往会得到大幅度的提升。艺术与思想层面上的双重进步无疑使得原本颇为粗陋的话本小说焕发出了新的生机,从而成为冯氏推行"以小说行教化"这一理念的最佳载体。



## 一、主题的凸显与道德感的提升

"三言"对源故事的改造体现在诸多方面,其中之一就是剪除情节的枝蔓以便使主题变得更加单一、鲜明。如话本小说《杨思温燕山逢故人》(《喻世明言》第二十四卷)除了流露出浓重的故国之思外,谴责负心郎当是其最为重要的主题。该篇小说与《金玉奴棒打薄情郎》(《喻世明言》第二十七卷)、《杜十娘怒沉百宝箱》(《警世通言》第三十二卷)、《王娇鸾百年长恨》(《警世通言》第三十四卷)("二拍"中亦有取材于同一源故事的《满少卿饥附饱飏　焦文姬生仇死报》(《二刻拍案惊奇》第十一卷)等同样以谴责负心郎为主题的作品颇为不同。因宋末战乱而流落于北方的郑意娘之所以"誓不受辱,自刎而死",自然是出于对丈夫韩思厚的一片忠贞之情,正如意娘鬼魂所表白得那样,"当时妾若贪生,必须玷辱我夫。幸而仝君清德若瑾瑜,弃妾性



① 李桂奎.传奇小说与话本小说叙事比较[M].上海:复旦大学出版社,2013:8.

② (美)韩南.中国白话小说史[M].杭州:浙江古籍出版社,1989:13.

命如土芥。"但激愤而死后，却因宋末战乱的阻隔而无法使自己的骨殖迁回南方，致使一缕孤魂流落异邦。考虑到故事发生的战乱背景以及郑意娘的誓死不受金人之辱，她的自杀除了出于对丈夫的忠贞外，亦未尝不是一种朴素的国家情感所致。

也正因为如此，意娘之死并不是一个单纯的个人悲剧，更是由国家之不幸而造成的个人之不幸，具有社会悲剧的意味。尽管渴望重返故园，但在终于得遇丈夫韩思厚后，意娘的鬼魂却对一直以来渴盼着的迁骨回乡犹豫了起来，"今蒙贤夫念妾孤魂在此，岂不愿归从夫？然须得常常看我，庶几此情不隔冥漠。倘若再娶，必不我顾，则不如不去为强。"深为妻子的忠贞之举所感动的韩思厚则坚决表示"贤妻为吾守节而亡，我当终身不娶，以报贤妻之德"，并信誓旦旦地立下了"若负前言，在路盗贼杀戮，在水巨浪覆舟"的毒誓以示决心。然而就是在这样一种情形之下，韩思厚最终还是背弃了当初的誓言而另结新欢，这对于意娘不惜以生命为代价捍卫的忠贞来说无疑是一个巨大的嘲讽。自己想当初拼着柔弱之躯抗拒强虏淫威以至于惨死异邦究竟又是为了什么呢？意娘的悲愤、绝望可想而知。在小说的结尾处，韩思厚终于为自己的负心付出了沉重的代价，被意娘的鬼魂活活地"拽入波心而死"。

可以说，正是结合了宋末战乱这一特殊的时代背景，对负心郎的谴责在这篇话本小说中得到了极为强烈的呈现。然而，通过将这篇话本小说与源故事作对比，我们还会发现对负心郎的强烈谴责这一主题之所以能得以凸显，还与话本小说对源故事的改造密切相关。该小说的源故事主要有《太原意娘》(《夷坚丁志》第九卷)和《鬼董》卷一中的"韩思厚"条。"夷坚志"版的郑意娘事在韩思厚另结新欢以及最终忧惧而死这两处情节的处理上十分简单，分别以"后数年，韩无以为家，竟有所娶，而于故妻墓，稍益疏。""韩愧怖得病，知不可免，不数日卒。"这样短短几句一笔带过。这招致了《鬼董》的作者沈氏的不满，以为"案此新奇而怪，全在再娶一节"，因此在"夷坚志"版的基础上又增饰了后娶之妻刘氏的悍妒异常以及韩、刘二人双双遭报，被鬼魂拖入水中的情节。至于话本小说《杨思温燕山逢故人》(《喻世明言》第二十四卷)则是在这两个源故事相结合的基础上创作而成，但却删去了表现刘氏悍妒的相关描写。在源故事中，刘氏的悍妒主要表现为在见到"师厚于故妻墓未能忘情，时一往"后，"怨且怒"的刘氏不仅"击碎其祠堂"，"又迫师厚发取其骨，投之江。"[①]话本小说则将此情节全部删去，对刘氏的性格特征，尤其是针对其丈夫的前妻的态度并没有展开任何描写。话本小说中的刘氏更多地只是一个符号性的存在，只是韩思厚的再婚对象而已。这样的删节处理对于凸显故事主题是十分重要的。如果按照源故事的写法，读者很可能就会产生这样一种印象，即刘氏之所以后来也被鬼魂索命，主要是因为其对韩思厚的前妻郑意娘的嫉恨所致。换言之，如果刘氏在韩思厚思念前妻的事情上能够表示出足够的理解，她也好，或许韩思厚也好可能就不会遭到报应了。



① 谭正璧.三言两拍源流考[M].上海：上海古籍出版社，2012：183.

如此一来，对负心郎的谴责力度也势必会有所削弱，这不得不说是情节安排上的一处败笔。这一情况在话本小说中得到了纠正。话本小说对刘氏悍妒情节的删除使得负心主题得到了强化，表明了无论韩思厚后娶的妻子是否贤惠、开明，韩思厚的再婚都是一种不可原谅的背信弃义。只要其再娶，无论娶的是谁，都意味着对前妻的不忠，因此也必将会不可避免、无可推卸地受到惩罚。

诸如此类通过对情节的删改而使故事主题变得单一、明确的例证在"三言"中还有许多，且往往突出的是"贞节"这一主题。如《陈御史巧勘金钗钿》(《喻世明言》第二卷)将源故事《柳鸾英》(《情史》第十四卷)中小姐遭歹人谋财害命的情节删去，而改成小姐得知被歹人奸骗后羞愤自杀。如此一来，一桩普通的命案就被赋予了道德的意味，从而使得贞节的主题得以强化。《李秀卿义结黄贞女》(《喻世明言》第二十八卷)对源故事的改写则又是另一番景象。就这篇小说来说，其实无论是话本小说也好，还是源故事也好，表现的都是贞节主题，但话本小说还是对黄善聪姐姐的言行做了修改，以便使贞节的品质能在女主人公黄善聪身上得到集中呈现。在源故事《我朝两木兰》(《焦氏笔乘》卷三)中，黄善聪的姐姐在得知自己的妹妹居然女扮男装与一个男人同起居了十多年后表现得十分愤怒、决绝，小说中写到"姊怒且詈之，曰：'男女乱群，辱我甚矣！汝虽自明，谁则信之？'拒不纳。"[①]在其姐义正词严、声色俱厉的怒吼下，"不胜愤懑"的黄善聪也只好请稳婆当场验定以证明自己的处子之身。可以说，黄善聪的贞节品质在相当程度上被她的姐姐"抢了风头"，本应集中于黄善聪身上的道德光辉也因此暗淡了不少。而在话本小说中，其姐的激烈言辞就变得柔和了许多，小说中这样写道，"姐姐道：'原来如此，你同个男子合伙营生，男女相处许多年，一定配为夫妇了。自古明人不做暗事，何不带顶髻儿还好看相，恁般乔打扮回来，不雌不雄，好不羞耻人。'"从道学腔到人情味的转变使得话本版中的姐姐对黄善聪可能的"失身"变得十分开通，甚至还有意撮合其与"同居男子"索性结婚了事。在这种情况下，市井小贩出身的黄善聪反而表现得道学气十足起来，不仅一口回绝了婚事，而且还正义凛然地宣称道："嫌疑之际，不可不谨。今日若与配合，无私有私，把七年贞节一旦付之东流，岂不惹人嘲笑！"通过这样一番改写后，道德的制高点又重新回到了女一号手中，贞节主题终于在这个最关键的人物身上得到了最为集中的呈现。

事实上，话本小说的此番改写在冯梦龙写就的文言小说《黄善聪》(《情史》卷二)就已存在。相较于上文提及的《焦氏笔乘》卷三中的《我朝两木兰》，冯梦龙本人创作的这篇同题材文言小说可以说是话本版故事的近源了。二者在贞节主题的处理方式上完全一致，这也验证了本小节开篇提出的观点，即同样一个故事素材既可以用文言写，也可以用白话写，文白之间并没有决然的鸿沟存在。

---

① 谭正璧. 三言两拍源流考[M]. 上海：上海古籍出版社，2012：208.

## 二、"情"的因素的强化

除了通过剪除情节的枝蔓以使主题，尤其是以"贞节"为代表的道德主题得以凸显外，"三言"对源故事的改编动机还主要体现对"情"的因素的强化上。如果说对道德主题的凸显符合冯氏"以小说行教化"的道德劝诫意图，那么，对"情"的因素的强化则更多地体现出了一种时代色彩，是以汤显祖、李贽、袁宏道为代表的尚情思潮在话本小说中的呈现，同时亦与冯氏主张的"情教"密切关联。此种改编动机以《闲云庵阮三偿冤债》(《喻世明言》第四卷)最具代表性。

这个故事的情节主干就是一对两情相悦的青年男女私会于尼姑庵中，大病初愈的男方却在交欢之时乐极生悲、脱阳而死。惊魂未定的女方仓促逃离现场，却不想已有遗腹子在身。故事的结局就是女子终身未嫁、守贞抚孤，并最终得到了朝廷的表彰。在话本版故事中，男子为情而死，女子也为之付出了终身不嫁的代价坚守住了这一夜情分。"情"的因素在话本小说中无疑得到了凸显，但源故事却并非如此。在这篇小说的源故事《西湖庵尼》(《夷坚支景》卷第三)中，女子是在毫不知情的情况下，被与男子串通一气的尼姑设计骗进了尼姑庵中。被灌醉了的女子一觉醒来才骇然发现竟然有"一男子卧于旁"，且"既死矣"。小说中插言解释到，"盖所谓悦己少年者，先伏此室中，一旦如愿，喜极暴卒。"然而被莫名奸骗的女子却完全不明就里，惊骇之下"不暇俟肩舆，呼婢徒步而返。良人适在外，不敢与言。"[①]在这则源故事中，男女双方显然并无任何情感基础可言，女方更是在丧失知觉的情况下被男子强行奸污。这完全就是一个离奇的公案故事，源故事的结尾也是按照公案故事的套路交代了案情大白后，"尼受徒刑，妇人乃获免"[②]的判决结果。这样一则公案类故事在进入"三言"后，却完全被改编成了为情而死，为情而守的情之赞歌。在扬情的同时，贞节的主题亦得到了体现，实可谓一箭双雕的典范之作。

《闹樊楼多情周胜仙》(《醒世恒言》第十四卷)对源故事的改编亦体现出了同样的取向。该话本小说的源故事大致有二：《清尊录》之"大桶张氏"条(《说郛》卷第十一)与《鄂州南市女》(《夷坚志》支庚卷第一)。在前一个源故事中，女子对男子欲娶其为妻的"恃醉戏言"信以为真，在得知男子"另结新欢"后，这位女子感到的不是伤心，而是愤怒，"岂有信约如此，而别娶乎？"并最终在满腔愤懑之下，"蒙被卧，俄顷即死。"在死而复活后的数年里，这位女子一提到"负心郎"就会愤怒不已，"欲往质问前约"。在终于有机会得见"负心郎"后，女子的反应果然是"且哭且骂"，[③]并最终被以为活见鬼的男子失手打死。由此看来，这位颇有些偏执的女子对"负心郎"的态度显然更多的只是愤怒。她始终执著着的也是男子的不守信义，并因其不义行为生发起



① 谭正璧.三言两拍源流考[M].上海：上海古籍出版社，2012：41.

② 谭正璧.三言两拍源流考[M].上海：上海古籍出版社，2012：41.

③ 谭正璧.三言两拍源流考[M].上海：上海古籍出版社，2012：588.

了强烈的愤怒。这其间似乎并无任何情感成分可言，这恐怕也正是在得知“受骗”后，其愤怒远大于悲情的原因所在。而在另一个源故事中，则是落花有意，流水无情。男方不仅没有接受女子的情意，反而因为女子的主动示好而鄙薄其人品。在死而复活后的女子主动找上门后，这位无情的男子竟然手批其颊，并厉声痛斥道：“死鬼争敢白昼现形！”[①]最终追得女子慌不择路、坠楼而死。由此可见，这两则源故事中“情”的因素明显缺乏，充其量不过是文人笔记中喜于记录的奇异见闻而已。但在进入“三言”后，这个女鬼复活后又被打死的怪谈被改编成了一个“情郎情女等情痴，只为情奇事亦奇”的“奇情”故事。一对青年男女虽两情相悦、彼此爱慕，但最终阴错阳差、痛失交臂，“情”的因素在话本版故事中得到了极大的提升，故事的性质也随之改变，由传统的猎异志怪升华为富于晚明时代气息的爱情颂歌。尽管故事情节上的怪怪奇奇依然被保留了下来，但人们对“奇”的关注点实际上已经从“事（女鬼复活后又被打死）”之奇极大地转移到了“情（女子为了爱情生而死，死而生）”之奇上，读者对小说的阅读期待也随之得到了提升，更多的是为故事中的悲欢离合所感染、所慨叹，而不再仅仅停留在搜奇猎异、寻求刺激上了。这是一种从文本格调到受众格调的全面提升，而其原初点恐怕正是从话本小说中“情”的因素的强化开始的。

### 三、果报思想与市民趣味的增强

与冯梦龙“以小说行教化”的教化意图相配合，“三言”故事中的果报思想相较于其源故事普遍增强。其实不止“三言”，在原本就富有道德劝诫色彩的话本小说系统中，道德劝诫与因果报应总是被紧密地结合在一起，这一点在明末以《型世言》、《西湖二集》、《石点头》、《清夜钟》等为代表的具有“道德神话”倾向的话本小说中体现得更为明显。如果说道德劝诫是话本小说的教化意图所在，那么，因果报应则是保障道德教化得以顺利施行的奖惩措施。因此，相对于教化而言，果报更多的只是一种手段。尽管报应昭彰、因果不爽，但更多地也只是为了使人们能够从中获得启示，从而达到教化人心的目的。也正因为如此，“三言”中的故事极少有“将人生有价值的东西毁灭给人看”（《再论雷峰塔的倒掉》）那样撼动人心的悲剧（《警世通言》第三十二卷《杜十娘怒沉百宝箱》当是个例外），更多的只是一种“点到为止”的劝诫。只要人们能从果报奖惩的利害对比中受到鼓舞、得到教训，那么，败家子也能回头、破落户也能发迹、破镜也能重圆、家业也能重振，甚至死的也能复生。总之，一般都会得到一个完满的大团圆结局。这样一种果报模式的安排使得“三言”中的许多故事基本上都会传达出这样一个信息，即只要在道德上努力自新、在行为上凭天理做事，自然就会逢凶化吉、遇难成祥。即便眼下困厄，但皇天不负好心人，日后自然会有善报。其典型的思维逻辑也是“积阴骘，有善报；损阴德，有恶报”，具体落实到两性关

---

① 谭正璧.三言两拍源流考[M].上海：上海古籍出版社，2012：589.

系中又往往体现为“淫人妻子，妻子淫人”。单从这一角度而言，《蒋兴哥重会珍珠衫》（《喻世明言》第一卷）可以说就是这一果报定律的极好注解。

故事中的三巧儿因丈夫蒋兴哥常年在外经商而红杏出墙，与行商陈大郎勾搭成奸。得知真相后的蒋兴哥休掉了三巧儿，后来又娶了平氏为妻。在无意间于平氏的行李中发现了其祖传家宝“珍珠衫”后，蒋兴哥才赫然发觉眼前的这位妇人竟然就是已故陈大郎的妻子，这件珍珠衫正是当年三巧儿私赠给奸夫陈大郎的表记。就其基本情节而言，这个故事典型地体现了“淫人妻子，妻子淫人”的报应定律。真相大白后的蒋兴哥又将整个事件的来龙去脉给尚蒙在鼓里的平氏细细地讲说了一番，并特别强调“却不是一报还一报！”“如此说来，天理昭彰，好怕人也！”平氏听完后也是顿觉“毛骨悚然”，小说本身更是用了“人心或可昧，天道不差移。我不淫人妇，人不淫我妻。”“天理昭昭不可欺”这样的劝诫性文字对这个果报故事做了提示与总结。与话本版故事相比，其源故事《珍珠衫》（《情史》第十六卷，原载于宋懋澄《九龠集》）虽在基本情节上大体一致，但并没有对果报思想做出任何特别的强调。只是在故事的结尾处这样评论道：“若此，则天道太近，世无非理人矣！”[①]至于这个天道究竟是什么呢？源故事并没有说明。源故事中果报观念的薄弱在话本版故事中得到了补强，并强烈地印证了小说开篇的那一段议论，“假如墙花路柳，偶然适兴，无损于事。若是生心设计，败俗伤风，只图自己一时欢乐，却不顾他人的百年恩义，假如你有娇妻爱妾，别人调戏上了，你心下如何？”毫无疑问，叙事者的这番苦口婆心的谆谆劝诫在“淫人妻子，妻子淫人”这样立竿见影的果报震慑下势必会极大地增强其说服人心的力度。

除了两性关系外，“积阴骘，有善报；损阴德，有恶报”的果报定律更是几乎应用到了市井社会的方方面面。《陈御史巧勘金钗钿》（《喻世明言》第二卷）的入话部分讲的是一个拾金不昧的故事。相较于兴高采烈地将三十两银子捡回家中的儿子，劝其将拾来之物返还失主的母亲无疑体现出了更高的道德水准。在源故事《山居新话》“聂以道”条、《辍耕录》卷第十一《贤母辞拾遗钞》以及《古今谭概》卷十八《聂以道断钞》中，老母劝导儿子的理由只有一个，就是“一时骤获、必有祸事”“况我家未尝有此，立当祸至。”[②]而话本版故事则在原有的“损阴德，有恶报”这一负面理由的基础上又增设了“积阴骘，有善报”的正面理由，“曾闻古人裴度还带积德，你今日原到拾银之处，看有甚人来寻，便引来还他原物，也是一番阴德，皇天必不负你。”在正反理由的奖惩对比下，被说服的儿子终于做出了将财物返还失主的善举。这一善举（虽然并非必然意味着道德水准的提升）的出现在相当程度上印证了报应定律的威力，同时也与话本版故事中对报应定律正反两面力量的同时强化密不可分。

① 谭正璧．三言两拍源流考[M]．上海：上海古籍出版社，2012：15．

② 谭正璧．三言两拍源流考[M]．上海：上海古籍出版社，2012：19．

果报思想在“三言”中的强化固然与冯氏欲“以小说行教化”这一道德教化目的有关，不过即便撇去了文人阶层的教化热情，就果报思想自身而言，亦是市井社会的基本秩序得以维系的实用性行为准则。对于道德感相对薄弱的市井小民而言，在相当程度上发挥着自我管理、自我约束、自我规范的作用。并在制约与规范的同时，又总是会体现出一种市民阶层特有的好尚与趣味。虽然“做坏事、遭恶报”的一面令人恐惧，不过“做好事，得善报”的一面又着实吊人胃口。在“三言”的许多故事中都有类似的情节，只要一个人做了一件好事，那么，无子嗣的垂垂老者就能得后，当官的、科考的也能顺利地升迁、中第，就是市井小民的小日子也会从此顺风顺水，甚至还能掘出个地藏，挖出坛银子什么的。无意中搭救了一条小蛇的小小善举，也能神话般地换回娇妻美眷、富贵功名(《喻世明言》第三十四卷《李公子救蛇获称心》)。如此看来，做善事实在是一桩一本万利的好买卖。因果报应中所体现出来的这种锱铢计较以及天真的幻想无疑是市民意识、市民趣味的反映。就这样，“三言”通过对源故事的改编，不仅增强了故事本身的果报色彩，更常常在果报中渲染了一种市民意趣，增强了果报思想对市井小民的吸引力，从而使得本应更多地发挥震慑威力的因果报应变得就像中彩票那样诱人起来。

当然，对市民趣味的渲染并不总是要附丽于因果报应，通过对源故事的改编以直接增强故事本身的市民趣味亦在“三言”中普遍存在。如《吴衙内临舟赴约》(《醒世恒言》第二十八卷)中的吴衙内“一表人才，风流潇洒。自幼读书，广通经史，吟诗作赋，件件皆能。”但相较于源故事《吴氏女》(《名媛诗归》卷二十八)，话本版故事却为“这等一个清标人物”增添了“每日要吃三升米饭，二斤多肉，十余斤酒”的奇大食量这一细节。文弱书生与大肚子汉之间的巨大反差构成了奇妙的“笑果”，其与秀娥小姐之间的私情也最终因其奇大的食量与酒足饭饱之后的如雷鼾声暴露了马脚。在另一篇以唐伯虎的风流韵事为题材的话本小说《唐解元一笑姻缘》(《警世通言》第二十六卷)中有华夫人吩咐丫鬟们“二十余人各盛饰装扮，排列两边”，并让唐伯虎从中挑选妻子的情节。这一明显浸润着市民趣味的情节与民间广为流传着的“唐伯虎点秋香”基本吻合，但文言版源故事《唐寅》(《情史》卷五)中却只是写了华安(笔者按：即唐伯虎)在流露出欲娶桂华(笔者按：即话本版故事中的秋香)之意后，“公(笔者按：即话本版故事中的华学士)初有难色，而重为其意，择日成婚。”[①]相较于白话版故事中“唐伯虎点秋香”的热闹，文言版故事就明显乏味了许多。

在以市民趣味改造源故事的改编过程中，有一种情况应引起足够的注意，即有些故事的文言版与白话版皆出自于冯梦龙一人之手。因此，其对同一故事从文言版到白话版的改编就能更为深刻地体现出冯氏对市民趣味的自觉追求。如《玉堂春落难逢夫》(《警世通言》第二十四卷)的源故事是《情史》第二卷的《玉堂春》。相较于主

① 谭正璧.三言两拍源流考[M].上海：上海古籍出版社，2012：422.

要面向文人雅士的文言版源故事，以市井读者为主要受众的白话版故事中增加了玉堂春在大街上当众撒泼、痛骂老鸨的戏码。她的这段“个人秀”与清初长篇白话小说《醒世姻缘传》中那个骂大街的著名泼妇薛素姐颇有几分神似，她的那段铿锵有力、音韵和谐的“骂词”，诸如“你这亡八是喂不饱的狗，鸨子是填不满的坑。不肯思量做生理，只是排局骗别人。奉承尽是天罗网，说话皆是陷人坑”等句，也与宋元话本小说《快嘴李翠莲记》(《清平山堂话本》)中李翠莲的声口有异曲同工之妙。可以说，这段描写中的玉堂春几乎就是一个市井泼妇，完全是一种俗人俗趣的体现。就人物的形象塑造而言，与玉堂春一直以来保持着的文雅、隐忍的淑女形象发生了严重脱节，但相信这样一段泼辣、热闹、痛快的描写将会赢得不少市井读者的叫好。

类似的例证在《钱秀才错占凤凰俦》(《醒世恒言》第七卷)中亦可得见。该故事的文言版源故事《吴江钱生》也同样出自于冯梦龙的《情史》，与“玉堂春”故事的传播情形完全一样。在冯氏将“钱秀才”的故事从文言版改编成白话版后，同样增添了符合市民趣味的热闹戏码。在文言版故事中，只有恼羞成怒的颜俊动手殴打钱秀才这一情节，而其他人则都表现得十分克制，“高翁(笔者按：钱秀才的“岳父”)闻而骇然，解之不能，乃坚叩于旁之人，尽得其实。于是讼之县官。”①但在白话版故事中，双方人马都表现得十分激动。先是颜、钱二人捉对厮杀，然后就是发觉受骗了的高赞(笔者按：即文言版故事中的高翁)与媒人尤辰打到一处，接下来就是为各自主人抱打不平的双方仆从们纷纷加入战团，“两家家人，扭做一团厮打。”周围看热闹的人更是“重重叠叠”以至于交通一度为之瘫痪。这段描写十分热闹、精彩，那画面太美，实在令人喷饭叫绝。

上述例证共同证明了这样一个观点，即在话本小说中增添符合市民趣味的情节以迎合市井读者的欣赏习惯当是冯梦龙自觉的创作实践。将同为冯氏编写的同一故事的文言版与白话版相对照，就会清楚地发现二者在审美趣味上的不同。诚如上文所言，尽管早在宋元时期文言小说创作中的世俗化倾向以及文白之间的互渗、合流现象就已出现，但文言作品终归会更多地面向文人雅士，而白话作品则主要以市民大众为预想受众(既是预想的读者，同时也是预想的顾客)这一区别依然还是存在的。这其中更有迎合市民趣味以增加销售量等商业利益的考量发挥着作用，毕竟不同于文言小说更多的只是在文人小圈子内的免费传播，话本小说首先作为一种文化消费品的定位是职业小说家所无法忽视的，这恐怕也是冯氏自觉地在同题材故事的白话版中增添富有市民趣味的情节以迎合市井口味的重要原因之一。

当然，通过为源故事增添富有市民趣味的情节所迎合的并不仅仅是市井小民喜好热闹的一面，其中亦往往夹杂着轻薄、粗俗、猎奇、色情的成分。在文言版故事改编为白话版故事后，白话版故事，即话本小说中往往会被添加上一些油腔滑调、格调



① 谭正璧.三言两拍源流考[M].上海：上海古籍出版社，2012：544.

下流的市井小曲。如相较于源故事《史凤》(《情史》卷五),《卖油郎独占花魁》(《醒世恒言》第三卷)中增添了民歌《挂枝儿》(如"哪个有福的汤著他(笔者按:即花魁娘子莘瑶琴)身儿,也情愿一个死。")在另一篇话本小说《郝大卿遗恨鸳鸯绦》(《醒世恒言》第十五卷)中则增添了源故事《郝应祥》(《情史》卷十八)中所没有的《和尚歌》(如"只为贪那一个莽和尚,弄坏了庵院里娇滴滴许多骚和尚。")、《小尼姑曲》(如"小尼姑,在庵中,手拍着桌儿怨命。平空里吊下个俊俏官人,坐谈有几句话,声口儿相应。你贪我不舍,一拍上就圆成")。此外,《简帖僧巧骗皇甫妻》(《喻世明言》第三十五卷)中还对使女迎儿的粗俗外貌做了同样一番粗俗的展示,如"短胳膊,琵琶腿。劈得柴,打得水。会吃饭,能窝屎。"这样的粗俗描写是源故事《王武功妻》(《夷坚支景》卷第三)中所不曾有,也不会有的。《闹樊楼多情周胜仙》(《醒世恒言》第十四卷)中对盗墓过程津津有味的详细铺写更是迎合了市井民众的猎奇心理,这在其源故事《大桶张氏》(《说郛》卷十一《清尊录》)《鄂州南市女》(《夷坚志》支庚卷第一)中同样不存在。至于在对源故事的改编过程中增加色情描写的情形在"三言"中更是大量存在,如在《郝大卿遗恨鸳鸯绦》(《醒世恒言》第十五卷)的源故事《郝应祥》(《情史》卷十八)中,郝大卿与小尼姑之间的调情是通过琴瑟合奏,以音传情的方式进行的。原文中这样写道,"(尼)和琴以进。生鼓《关雎》以动之。尼深叹其妙,亦自操《离鸾》之调,音韵凄切。生倾听,不觉前席。"[①]其中流露出的风情韵致竟颇有些司马相如以一曲《凤求凰》向卓文君倾诉衷肠的味道。然而这样的婉约与美感却在话本版故事中被破坏殆尽,完全被粗鄙不堪的色情场面所取代。

综上所述,"三言"通过对源故事的改编主要实现了以下几个目的:道德感的增强;"情"的因素的强化;果报思想与市民趣味的增强。这其中既有冯梦龙欲"以小说行教化"的教化意图的体现,亦有晚明以来尚情风潮的时代影响;既有加强果报思想以增强教化力度的道德努力,又有迎合市井趣味以增加销售收益的商业考量。而所有这一切,无论是物质层面的,还是精神层面的,都基本上通过冯氏对源故事的匠心改造而得以实现,从而使得脱胎于源故事的话本小说在增加商业价值的同时,亦能更好地承担起文人阶层表达社会专注、履行社会责任的载体性功能。

① 谭正璧.三言两拍源流考[M].上海:上海古籍出版社,2012:593.

# 第二章 “艳遇类”故事:对性别美的发现与表现

自宋玉的《高唐赋》《神女赋》始,“艳遇”就成为中国古典文学表现的重要母题之一。巫山神女给人留下的深刻印象就是她那“上古既无,世所未见”的绝世美貌以及“在性爱追求上的主动性和自主精神”。[①] 在楚王神思困倦、“怠而昼寝”之时,这位美丽的妇人便主动地来到楚王的身边并表示“愿荐枕席”。在结束了一夜缱绻温情后,只留下了一句“妾在巫山之阳,高丘之阻,旦为朝云,暮为行雨。朝朝暮暮,阳台之下”后就飘然而去,留下了惹人怅惘的无限遐思。应该说,这一“艳遇”主题所体现出的正是一种“超功利的性爱美学观念”。[②] 巫山神女“自荐枕席”的行为完全是超功利的,并不要求得到人间君主诸如婚姻承诺、繁殖子嗣、抑或是经济补偿之类的任何回报,非妻、非妾亦非妓的自我定位使得巫山神女能最大限度地超越人世间女性身份设定的惯常模式,而以一种近乎超然的姿态与楚王展开一场完全从审美愉悦角度出发的纯美性爱活动。这样超功利的纯美性爱带给楚王的身心体验无疑是美妙而又轻松的。但显然,“这种非功利目的的性爱只能发生在为了功利目的而实现的两性结合——婚姻——之外”,[③]从而必然与婚姻伦理发生冲突。“合两性之好,上以事宗庙,而下以继后世也”(《礼记·昏仪》)的婚姻是社会性的、功利性的,而不期然间与某位美艳女子发生的一场风流艳遇则无疑是个体性的、审美性的,“如果将维护一夫一妻婚制的道德标准视为善,那么超越婚姻之外的一切异性间的好感和美感都是‘恶’的。”[④]从这一角度而言,无视婚姻伦理的艳遇无疑是私的,是非道德的。但在楚王“昼寝”时所经历的这个白日梦中,在这一充满了梦幻色彩的无意识过程中,一切诸如道德判断、利害计较、功利性考量等现实性原则都可以忽略不计,“幻想中的爱欲”得到了最为充分地“无压抑的实现”。[⑤] 正因为如此,具有非功利性以及超现实色

① 叶舒宪.高唐神女与维纳斯[M].西安:陕西人民出版社,2005:329.

② “性爱美学观念”是著名的文化人类学者叶舒宪先生提出的概念,所谓“性爱美学观念”,“即以审美愉悦的眼光去看性爱活动,而不考虑性爱活动的原始的功利性目的——人类个体的再生产”。在这一性爱美学观念中,“两性的性爱关系”“建立在无利害的基础上,仅以当事的双方共同获得性活动本身所带来的审美享受为主要目的”。叶舒宪.高唐神女与维纳斯[M].西安:陕西人民出版社,2005:330.

③ 叶舒宪.高唐神女与维纳斯[M].西安:陕西人民出版社,2005:330.

④ 叶舒宪.高唐神女与维纳斯[M].西安:陕西人民出版社,2005:334.

⑤ (美)马尔库塞.爱欲与文明——对弗洛伊德思想的哲学探讨[M].上海:上海译文出版社,1987:105—106.

彩的“艳遇”母题呈现出了强大的艺术感召力，从而使其成为为广大男性文人所热衷表现的重要文学主题。尽管在其后的文学发展中，这一母题发生了多次形式置换，艳遇对象由女神渐次转变成了女仙、女鬼、女怪、人间美女，发生艳遇的男性主人公也从人间君主逐渐下降为贵族、文人、市井平民，艳遇双方的关系也从婚外恋情扩展到了婚前私情，但情欲化、非功利性、非道德性等基本要素却几乎没有改变。在那些热衷于表现艳遇私情的话本小说中，我们将会看到这些基本要素在小说中的充分展现。同时，考虑到艳遇主题在宋、明话本小说之间的鲜明的延续性，部分相关的宋元话本小说也将会列入考察范围。在行文过程中，笔者将有意识地运用综合比较的方法，对宋元话本与明话本中“艳遇类”故事的一些相关点加以比较，并力求厘清其背后的文化成因。



## 第一节　“媚态”、女性美与“爱与欲”的主题

在宋明话本小说中，属于“艳遇类”题材的作品可以按照男女双方的婚姻情况大致分成两类，即未婚男女之间的私情遇合以及已婚男女之间发生的婚外恋情。隶属于前者的主要有《宿香亭张浩遇莺莺》(《警世通言》第二十九卷)、《金明池吴清逢爱爱》(《警世通言》第三十卷)、《闹樊楼多情周胜仙》(《醒世恒言》第十四卷)、《闲云庵阮三偿冤债》(《喻世明言》第四卷)、《吴衙内邻舟赴约》(《醒世恒言》第二十八卷)，隶属于后者的主要有《蒋兴哥重会珍珠衫》(《喻世明言》第一卷)、《郝大卿遗恨鸳鸯绦》(《醒世恒言》第十五卷)。此外，还有青年男子与女妓之间发生的艳遇故事，如《新桥市韩五卖春情》(《喻世明言》第三卷)、《卖油郎独占花魁》(《醒世恒言》第三卷)。其中，《宿香亭》《金明池》《闹樊楼》《新桥市》四篇作品可基本确定为宋元话本小说，余下的五篇作品，即《闲云庵》《吴衙内》《蒋兴哥》《郝大卿》《卖油郎》则为明话本小说。本节对宋明话本小说中“艳遇类”故事的分析就主要围绕着这九篇作品展开。

此类“艳遇类”故事几乎无一例外地展现了女子的美貌以及男子在女色之下的情欲冲动。话本小说在表现女子美貌时往往会使用一些程式化的韵文套语，如：

1.新月笼眉，春桃拂脸，意态幽花未艳，肌肤嫩玉生光。莲步一折，着弓弓扣绣鞋儿；螺吉双垂，插短短紫金钗子。似向东君夸艳态，倚栏笑对牡丹丛。(《警世通言》第二十九卷《宿香亭张浩遇莺莺》)

2.眼横秋水，眉拂春山，发似云堆，足如莲蕊。两颗樱桃分素口，一枝杨柳斗纤腰。未领略遍体温香，早已睹十分丰韵。(《警世通言》第三十卷《金明池吴清逢爱爱》)

3.面似桃花含露，体如白雪团成。眼横秋水黛眉清，十指尖尖春笋。袅娜休言西子，风流不让崔莺。金莲窄窄瓣儿轻，行动一天丰韵。(《醒世恒言》第七卷《钱秀才错占凤凰俦》)

4. 新月笼眉，春桃拂脸。意态幽花殊丽，肌肤嫩玉生光。说不尽万种妖娆，画不出千般艳冶。何须楚峡云飞过，便是蓬莱殿里人！（《警世通言》第十六卷《小夫人金钱赠年少》）

5. 浑身雅艳，遍体娇香，两弯眉画远山青，一对眼明秋水润。脸如莲萼，分明卓氏文君；唇似樱桃，何减白家樊素。（《警世通言》第三十二卷《杜十娘怒沉百宝箱》）

明话本小说中的一些女性描写虽然在篇幅上趋于简洁，但也仍未完全脱离程式化的韵文，如《闲云庵阮三偿冤债》（《喻世明言》第四卷）中的玉兰“真有如花之容，似月之貌。”《吴衙内邻舟赴约》（《醒世恒言》第二十八卷）中的秀娥“真有沉鱼落雁之容，闭月羞花之貌。”《卖油郎独占花魁》（《醒世恒言》第三卷）中的花魁娘子莘瑶琴“容颊娇丽，体态轻盈。”《张舜美灯宵得丽女》（《喻世明言》第二十三卷）中的素香“生得凤髻铺云，蛾眉扫月，生成媚态，出色娇姿。”①程式化韵语的大量运用固然使得女子容貌的展现几乎千篇一律而缺乏个性，但也从一个侧面说明了时人心目中对女性美的判断确已形成了一个固定的审美标准。当我们将这些大体相似的韵语描写拆分之后，就会发现对女性美的关注几乎全部落到了女性的身体上，而对女性身体的关注又几乎包括了发、脸、眉、眼、口、腰、手、足、肌肤等各个部位。女性身体的每一部位都应符合与之相应的审美标准，符合得越多，也就越会被认同为美女。可以说，宋明话本小说中展现出来的女性美基本上直接等同于女性身体的美，②美丽的女体总是成为男性凝视的直接对象。

美丽的女体是美的具象化载体。具体而言，当抽象的美须落实到具体的物象上加以具象化呈现时，身体的各个部位均符合审美标准的女体便常常会成为美的最佳载体。正如古希腊著名的诡辩学者希庇阿斯在与苏格拉底辩论美的本质时所提出的观点，即“美就是一位漂亮小姐”③所显示的那样。当然，这一观点有着将“美的本身”与美的具体事物相混淆的错误倾向，也因此遭到了苏格拉底的驳斥。但即便如此，在经过了一番冗长的辩论之后，苏格拉底还是得出了这样一个结论，即“美只取决于听觉和视觉所生的那种快感”，“美既然是从听觉和视觉来的快感，凡是不属于



① 当然，明话本小说中的部分作品在女性描写上已然突破了程式化的韵文笔调，并颇为熟练地以白描手法个性化地呈现出来。如《西湖三塔记》中白娘子的外貌描写是“绿云堆发，白雪凝肤。眼横秋水之波，眉插春山之黛。桃萼淡妆红脸，樱珠轻点绛唇。步鞋衬小小金莲，玉指露纤纤春笋。”而在与《西湖三塔记》有渊源关系的明话本小说《白娘子永镇雷峰塔》（《警世通言》第二十八卷）中白娘子的外貌描写则变为“头戴孝头髻，乌云畔插着些素钗梳，穿一领白绢衫儿，下穿一条细麻布裙。这妇人肩下一个丫鬟，身上穿着青衣服，头上一双角髻，戴两条大红头须，插着两件首饰，手中捧着一个包儿要搭船。”

② 与宋元话本小说不同的是，明话本小说在女性身体的外在美之外，又增添了对女红、诗才、伎艺等内涵美的要求，如“况描绣针线，件件精通；琴棋书画，无所不晓。”（《喻世明言》第四卷《闲云庵阮三偿冤债》）“女工针指，百伶百俐，不教自能。……读书识字，写作俱高。”（《醒世恒言》第二十八卷《吴衙内邻舟赴约》）明末清初才子佳人小说中的“佳人”形象亦是按照内外兼备的审美标准塑造出来的。

③ 柏拉图著．大希庇阿斯篇——论美[M]//文艺对话集．朱光潜译．北京：人民文学出版社，1963：180．

这类快感的显然就不能算美了。"[①]简而言之,美来自于感官愉悦。从感官,尤其是从视觉上获得的那种愉悦的快感就是美。这实际上又等于部分地认同了希庇阿斯的观点。无论美的本质究竟是什么,人们都无法否认在对一位"漂亮小姐",或者说对一个美丽的女体的凝视中获得的视觉快感就是美。

不仅如此,当我们再仔细剖析这一命题,即"美就是一位漂亮小姐",或者说美就是美丽的女体所引发的视觉快感时,不禁要提出这样一个问题,即何以美一定要源于一位漂亮的"小姐",而不是一个漂亮的"母马",或者一个美的"竖琴"、美的"汤罐"呢?[②] 正如苏格拉底在驳斥希庇阿斯时所说的那样。显然,在古希腊人的审美体验中,美是与爱欲直接相联系的,"在古希腊,美的概念的发生同性爱密切相关",[③]"对美本身的追求"直接派生于"以性爱为动力的那种异性之美的追求"。[④] 在古希腊文化中,"'美'的本义是专用于性欲对象的",美丽的女体所散发出来的性魅力"就是'美',他们所能带来的男性的性快感就是'美'"。[⑤] 古希腊文化中的美意识正是起源于异性美所散发出的性魅力,与爱欲有着密切的关联。在以古希腊文化为文明发源的西方文明中,诸如"我所谓美,是指物体中能引起爱或类似于爱的情欲的某一性质。"[⑥]"其实,性和美是一回事,就像火焰和火是一回事一样。如果你憎恨性,你就是憎恨美。……性和美是不可分隔的,就像生命和意识那样。"[⑦]"'美'与'魅力'是性对象的最原始的特征。"[⑧]之类的观点正是对古希腊文化中"爱与美"主题的继承。

与古希腊文明不同,人们通常认为美与爱欲之间的密切关联在中国文化,至少在中国文化的原初点上并不存在,因为中国人的美意识最初起源于食,是一种崇尚"羊大为美"的"食美学"。中国人原初的美意识正是来自于肥嫩多汁的羊肉所带来的充满官能感的味觉体验,[⑨]而与美丽的异性散发出的性魅力无关。但这一观点在宋明话本小说"艳遇类"作品中似乎可以得到一定程度的修正。在以美妙的韵文细致地描述完女体美之后,小说在韵文的结尾处通常总会跟上一句诸如"似向东君夸艳态""生成媚态,出色娇姿"之类的整体性观感。其中的"艳""媚""娇"所代表的正是美丽的女体所散发出的性魅力。

"艳"可以说是"汉字中与西方性美学最为接近的概念。"[⑩]"艳"当然意指为一种

① 柏拉图著.大希庇阿斯篇——论美[M]//文艺对话集.朱光潜译.北京:人民文学出版社,1963:200.
② 柏拉图著.大希庇阿斯篇——论美[M]//文艺对话集.朱光潜译.北京:人民文学出版社,1963:182.
③ 叶舒宪.高唐神女与维纳斯[M].西安:陕西人民出版社,2005:282.
④ 叶舒宪.高唐神女与维纳斯[M].西安:陕西人民出版社,2005:283.
⑤ 叶舒宪.高唐神女与维纳斯[M].西安:陕西人民出版社,2005:284—285.
⑥ (转引自朱光潜.西方美学史[M].北京:人民文学出版社,1964:666.)
⑦ (英)D.H.劳伦斯著.性与可爱——劳伦斯散文选[M].姚暨荣译.广州:花城出版社,1988:106.
⑧ (奥地利)西格蒙德·弗洛伊德著.论升华[M]//弗洛伊德论美文选.张唤民、陈伟奇译.北京:知识出版社,1987:172.
⑨ 关于中国人的"食美学"的具体论述参见《高唐神女与维纳斯》第六章《美神》第四节《美始于食:中国的食美学》,叶舒宪.高唐神女与维纳斯[M].西安:陕西人民出版社,2005:298—307.
⑩ 叶舒宪.高唐神女与维纳斯[M].西安:陕西人民出版社,2005:308.

女性美，且是那种充满了情色意味的女性美。华父督于路上邂逅了孔父的妻子，便不由得赞叹道："美而艳"（《左传·桓公元年》），即是说这真是一位既美丽又性感的女子啊。"媚"的感发同样如此。清初的李渔是一个非常注重生活品质的艺术家，在其撰写的《闲情偶寄》中就有"态度"一篇专门探讨了女子的所谓"媚态"。李渔认为如果美仅仅停留在身体这一物质层面上，那还并不是真正的美（尤物）。"世人不知，以为美色，乌知颜色虽美，是一物也，乌足移人？"必须还要在美丽的身体上再"加之以态，则物而尤矣。"李渔所说的"媚态"显然就是"艳"，即女性美所散发出来的性魅力，"媚态之在人身，犹火之有焰，灯之有光，珠贝金银之有宝色，是无形之物，非有形之物也。"女性的性魅力显然是以美丽的女体为物质前提的，在此基础之上散发出来的性魅力，即媚态"不特能使美者愈美，艳者愈艳，且能使老者少而媸者妍，无情之事变为有情，使人暗受笼络而不觉者。"在"身体美"的"物"与性魅力的"态"之间，李渔尤其强调后者，"态之为物，女子一有媚态，三四分姿色，便可抵过六七分。试以六七分姿色而无媚态之妇人，与三四分姿色而有媚态之妇人同立一处，则人止爱三四分而不爱六七分，是态度之于颜色，犹不止一倍当两倍也。试以二三分姿色而无媚态之妇人，与全无姿色而止有媚态之妇人同立一处，或与人各交数言，则人止为媚态所惑，而不为美色所惑，是态度之于颜色，犹不止于以少敌多，且能以无而敌有也。"李渔甚至认为即便是一个"状貌姿容一无可取"的女子，只要能在"态"上散发出的"媚"的感觉，也"能令人思之不倦，甚至舍命相从"。（《闲情偶寄》卷三《声容部》选姿第一"态度"）[①]

值得注意的是，生活在十七世纪的李渔在女性性魅力这一问题上的认识竟然与十九世纪的英国作家劳伦斯颇为相似。在《性与可爱》这本书中，劳伦斯专门谈到了女性的美貌与性魅力之间并不能决然等同，"真正能使人产生这种感觉（笔者注：即性魅力、性吸引力）的女人实在太少了。这并不是说缺乏天生美貌的女人。……今天这种天资玉质更是比比皆是。然而，可爱的女人又有几个！为什么？就因为缺乏性的吸引。"[②]在劳伦斯看来，女性的性魅力是活态的，要远远超过静态的美貌。在李渔类似的表述中，仅有美貌而乏媚态的女人被比作"绢做之美女，画上之娇娥"，美则美矣，但并不动人。此外，同李渔一样，劳伦斯也认为性的魅力即便让一个丑女也能焕发出美丽，"长相最丑陋的人也能显出美来，也可能是美的。只要有性火在微妙地升腾，丑八怪也会变得可爱起来。这就是性的魅力：一种美感的传递。"[③]两人对女性性魅力的重视以及对女性美貌与性魅力之间关系的认识竟然呈现出了高度的一致。或许，正如劳伦斯所言，"美是一种经验，……一种感觉，……或者说，一种传递出来



① （清）李渔著．闲情偶寄[M]．杜书瀛评注．北京：中华书局，2007：147．

② （英）D. H. 劳伦斯著．性与可爱——劳伦斯散文选[M]．姚暨荣译．广州：花城出版社，1988：109．

③ （英）D. H. 劳伦斯著．性与可爱——劳伦斯散文选[M]．姚暨荣译．广州：花城出版社，1988：108．

的美感。”[①]李渔与劳伦斯在“爱与美”问题上认识的高度一致，或许正是因为美是可以凭借体验直觉感受到的吧。

这种为清初李渔所称道的“媚态”，或者说“艳态”“娇姿”早在宋明话本小说“艳遇”类作品中就已经有所展现。当然，对女性的性魅力最直接的验证方法莫过于男子们的反应。《金明池吴清逢爱爱》(《警世通言》第三十卷)中的吴小员外在见到黄衫女子的“丰韵”后，便“不觉遍体酥麻，急欲捱身上前”；《卖油郎独占花魁》(《醒世恒言》第三卷)中的秦重在目睹了莘瑶琴的美貌后，也是“准准的呆了半晌，身子都酥麻了。”不仅如此，小说更着重写到了男子们在女性性魅力的感召下那几乎不可遏止的情欲。《宿香亭张浩遇莺莺》(《警世通言》第二十九卷)中的张浩在见到李莺莺的“艳态”后立刻“神魂飘荡，不能自持”，急切地表现出交欢的欲求。当其友人劝阻不必如此着急，当先行婚姻之礼时，张浩却表示已经等不到结婚那一天了，“若不遇其人，宁可终身不娶；今既遇之，即顷刻亦难捱也。媒妁通问，必须岁月，将无已在枯鱼之肆乎！”在李莺莺准备告辞时，“春心淫荡，不能自遏”的张浩所想的是“下坡不赶，次后难逢，争忍弃人归去？杂花影下，细草如茵，略效鸳鸯，死亦无恨！”于是“奋步赶上，双手抱持。”幸而在友人的再三制止下，张浩勃发的情欲才算暂告消歇。《闹樊楼多情周胜仙》(《醒世恒言》第十四卷)中的范二郎即便在蒙冤入狱后，还在懊悔着当初与周胜仙这个“花枝般的女儿”初见时“急切不能上手”。

在终于有机会得以私下见面后，男子，往往也包括女子，在情欲的促发下总是会表现得如饥似渴、急不可待，《张舜美灯宵得丽女》(《喻世明言》第二十三卷)中的张舜美与素香刚一见面，就“吹灭银灯，解衣就枕。他两个正是旷夫怨女，相见如饿虎逢羊，苍蝇见血，那有工夫问名叙礼？且做一班半点儿事。”在一番云雨过后，两个人才想起来终身大事如何处置的问题。《吴衙内邻舟赴约》(《醒世恒言》第二十八卷)中的吴衙内与贺小姐在初次私会时也是“情如火热，那有闲工夫说甚言语。”在“云收雨散”后，才腾出工夫“各道想慕之情”。在宋明话本小说“艳遇类”作品中，美丽的女性散发出的性魅力、男子在女性性魅力的激荡下而勃发的情欲、男女间异常急切的性爱欢会总是会以最快的速度在最短的距离内被直线贯穿起来，从而形成一条脉络清晰的因果链条，即“因美生艳、因艳生欲”。在《蒋淑真刎颈鸳鸯会》(《警世通言》第三十八卷)中，说话人开篇即对“情”“色”之间的关联做了一番剖析，认为“情色”二字，“乃一体一用也。故色绚于目，情感于心，情色相生，心目相视。虽亘古迄今，仁人君子，弗能忘之。”在这里，美色与情欲被直接联系起来。美色直接诱发情欲，情欲正是从美色中来。二者间的密切关联得到了确认与凸显，恰如古希腊文化所显现的那样。

须明确的是，美与情欲之间的直接关联性以及“爱与美”的主题正是在宋明话本

① (英)D. H. 劳伦斯著. 性与可爱——劳伦斯散文选[M]. 姚暨荣译. 广州：花城出版社，1988：107.

小说中得到了最为直露、最为明确的初次体现。尽管这一主题早在先秦六朝的文人诗赋中就时常得以表现，但限于诗赋的抒情特质以及文人阶层的矜持与风雅，“美色与情欲”的主题总是被表现得十分含蓄而有节制，唐传奇亦大体如此。但在市井文化中成长起来的话本小说则不同，女性的身体与性魅力、两性间的性吸引、有违道德的性结合等等情色化、非道德、反伦理的东西成为话本小说，尤其是“艳遇”类话本小说的表现重点。其中的许多艳遇故事除了话本小说的书面形式之外，亦在说话艺人绘声绘色地讲述中、在戏曲舞台的综合表演中得到了视听观感的多层次呈现。对“美色与情欲”主题的强烈关注与直露展现正是宋明市井社会中世俗精神的体现。

## 第二节　“风流”、男性美与男性气质的文人化

“风流”一词在宋明话本小说中的使用频率相当高，凡“艳遇”类故事几乎都被冠以“风流”二字，如“风流说话”“风流话本”“风流话柄”“风流的事”等等。此类风流故事大体都与男女间的私情遇合有关，但“风流”究竟意指为何？又着实难以捉摸，很难用确切的文字简明扼要地解析出来。冯友兰先生从语源学的角度提示了一条有趣的线索，“就字面讲，组成它的两个字的意思是‘Wind(风)和 Stream(流)’，……这两个字也许还是提示出了一些自由自在的意味，这正是‘风流’品格的一些特征。”此外，冯友兰先生亦认为“英文 Romanticism(浪漫主义)或 romantic(罗曼谛克)”这两个词“与‘风流’真正是大致相当”，[①]同时，“风流”也包含了“深情”与“性的因素”。将这几层意思联系起来，“风流”大体上指的是一种富有浪漫气息与自由性的情感，它往往会投注于惹人爱恋的异性身上，但又不会长久地胶着于某一固定的对象，而是倾向于在众多的心仪者之间自由地流转。这与宋明话本小说“艳遇”类作品中表现出的“风流”颇为映合，但“风流”的内涵显然并不仅止于此。

### 一、“魏晋风流”与“市井风流”

冯友兰先生在释义“风流”时，将其与“魏晋风流”相联系，并通过对《列子·杨朱》篇的分析得出这样的结论，即“‘杨朱’感兴趣的似乎大都是追求肉体的快乐”，但这在崇尚风流的新道家看来，追求这样低层次的肉欲快感是令人鄙视的，因为此种肉感快乐过于胶着于物质层面，而缺乏“超乎形象”的“超越感”，“用新道家的话说，这就不够‘风流’”。[②] 可见，超越感也是“风流品格的本质的东西”，它要求的是“高雅的快乐”，而“不要求纯肉感的快乐”。[③] 这也就是说，风流虽然涉及“性的因素”，但却往往能超然于物质层面的欲望之外，“晋代新道家的人对于性的态度，似乎纯粹是审

① 冯友兰著.中国哲学简史[M].涂又光译.北京:北京大学出版社,1985:269.
② 冯友兰著.中国哲学简史[M].涂又光译.北京:北京大学出版社,1985:272.
③ 冯友兰著.中国哲学简史[M].涂又光译.北京:北京大学出版社,1985:273.

美的，不是肉感的。”[①]他们对异性的欣赏更多地带有一种审美的意味，从而超脱了感官性的肉欲而更趋于精神层面的美学体验。阮籍大醉后就毫无顾忌地睡在当垆美妇的身边，尽管此种显然有违于世俗礼法的暧昧行为让美妇人的丈夫深感疑虑，但“伺察”后，却发现纯情的阮籍竟然“终无他意”。(《世说新语·任诞》)

魏晋新道家们所追求的超越肉欲的物质性而纯然从审美精神出发的“风流”与日本德川时代的俳人藤本箕山于《色道大镜》中创立的“色道”在精神旨趣极为相似。“色道”的本质也正是“将身体审美化，将肉体精神化”。[②] 这种具有审美气质的色道“只把性爱停留在感觉、感性的层面上，而不做露骨的表现和描写”，而这正是“从平安时代《源氏物语》以来就形成的一脉相承的历史传统”。从这一意义上讲，日本的色道“归根到底就是‘美道’”。[③] 魏晋新道家们所追求的“风流”在相当程度上与外邦的“色道”发生了不期然的邂逅，他们对人物的鉴赏正是美学意味上的。“‘世说新语时代’尤沉醉于人物的容貌、器识、肉体与精神的美”，[④]被赞为“飘如游云，矫如惊龙”的王羲之在见到美男子杜弘治后也不由得感叹道：“面如凝脂，眼如点漆，此神仙中人也!”这就是魏晋新道家们所追求的“魏晋风流”式的美，即便在鉴赏身体美时也总是趋向于精神层面，是一种更多地趋向于审美意味的美。而本土的宋明话本小说中所表现出的“风流”却与“魏晋风流”发生了极大的偏差。宋明话本小说中的“风流”恰恰有着强烈的情欲色彩，是肉感的，而非审美的；是物质的，而非精神的。相较于超脱于物质肉欲的审美性，宋明话本小说中的人物鉴赏，尤其是针对美女的鉴赏却是又一番景象。如：

看那妇女时，生得：黑丝丝的发儿，白莹莹的额儿，翠弯弯的眉儿，溜度度的眼儿，正隆隆的鼻儿，红艳艳的腮儿，香喷喷的口儿，平坦坦的胸儿，白堆堆的奶儿，玉纤纤的手儿，细袅袅的腰儿，弓弯弯的脚儿。(《喻世明言》第三十六卷《宋四公大闹禁魂张》)[⑤]

此种充满了肉欲色彩的人物鉴赏所展示的“美”正是宋明话本小说中的“市井风流”所追求的，是情色意味的美，“这风流不复是魏晋那种精神性甚强的风姿、风貌、

---

① 冯友兰著. 中国哲学简史[M]. 涂又光译. 北京：北京大学出版社，1985：277.

② 王向远. 日本“意气”论——“色道”美学、身体审美与“通”“粹”“意气”诸概念(代译序)[M]//(日)藤本箕山、九鬼周造、阿部次郎著. 日本意气. 王向远译. 长春：吉林出版集团有限责任公司，2012：4.

③ 王向远. 日本“意气”论——“色道”美学、身体审美与“通”“粹”“意气”诸概念(代译序)[M]//(日)藤本箕山、九鬼周造、阿部次郎著. 日本意气. 王向远译. 长春：吉林出版集团有限责任公司，2012：6.

④ 宗白华. 美学散步[M]. 上海：上海人民出版社，1981：186.

⑤ 此处充满肉欲色彩的人物鉴赏与《金瓶梅》第二回《俏潘娘帘下勾情 老王婆茶坊说技》中潘金莲在西门庆眼中初次呈现出的样态几乎别无二致。《金瓶梅》对潘金莲的外貌是这样描写的，“但见他黑鬒鬒赛鸦鸰的鬓儿，翠弯弯的新月的眉儿，香喷喷樱桃口儿，直隆隆琼瑶鼻儿，粉浓浓红艳腮儿，娇滴滴银盆脸儿，轻袅袅花朵身儿，玉纤纤葱枝手儿，一捻捻杨柳腰儿，软浓浓粉白肚儿，窄星星尖翘脚儿，肉奶奶胸儿，白生生腿儿，更有一件紧揪揪、白鲜鲜、黑裀裀，正不知是甚么东西。”

风流,而完全是种情欲性的趣味了。"[1]如果说宋明话本小说中表现出的"市井风流"也具有一定的超越性的话,那么,其所超越的也绝不是物质层面上的肉欲(相反,这恰恰是其所着力表现的对象),而是社会层面上的伦理道德。在对充满着感官色彩的情欲如饥似渴地追求中,宋明话本小说中的市井男女们往往对世俗社会的伦理道德,尤其是家庭伦理表现出了极大的漠视,甚至常常透着点明知故犯的叛逆意味,且时常在情欲的驱使下做出种种缺乏理智的愚蠢行为。[2] 其所呈现出的非道德性、反伦理性、非理性恰恰正是"市井风流"下的派生物。此处,笔者将对以"三言"为代表的宋明话本小说中"风流"一词的使用情况加以简要梳理,以期明晰宋明话本小说中,尤其是在"艳遇"类故事的语境中"风流"一词的内涵所在。

**1. 风度、气韵,尤其是那种能引发异性爱慕、留恋、思念的气质。**

(1)席上遇个襄阳客人,生得风流标致,那人非别,正是蒋兴哥。(《喻世明言》第一卷《蒋兴哥重会珍珠衫》)

(2)且道那女子遇着甚人?那人是越州人氏,姓张,双名舜美。年方弱冠,是一个轻俊标致的秀士,风流未遇的才人。(《喻世明言》第二十三卷《张舜美灯宵得丽女》)

(3)忽有一少年秀士,生得面如傅粉,唇若涂朱,俊俏无双,风流第一。(《警世通言》第二卷《庄子休鼓盆成大道》)

(4)话说大唐中和年间,博陵有个才子,姓崔名护,生得风流俊雅,才貌无双。(《警世通言》第三十卷《金明池吴清逢爱爱》)

(5)生得一位衙内,单讳个彦字,年方一十六岁,一表人才,风流潇洒。(《醒世恒言》第二十八卷《吴衙内邻舟赴约》)

(6)且说玉郎也举目看时,许多亲戚中,只有姑娘生得风流标致。想道:"好个女子,我孙润可惜已定了妻子。若早知此女恁般出色,一定要求他妇。"(《醒世恒言》第八卷《乔太守乱点鸳鸯谱》)

(7)贺小姐看见吴衙内这表人物,不觉动了私心,想道:"这衙内果然风流俊雅,我若嫁得这般个丈夫,便心满意足了。"(《醒世恒言》第二十八卷《吴衙内邻舟赴约》)

(8)小姐回转香房,一夜不曾合眼,心心念念,只想着阮三:"我若嫁得恁般风流子弟,也不枉一生夫妇。怎生得会他一面也好?"(《喻世明言》第四卷《闲云庵阮三偿冤债》)

(9)静真道:"寻这样一个风流美貌男子,谁人不爱!"(《醒世恒言》第十五卷《郝大卿遗恨鸳鸯绦》)



---

① 李泽厚.美学三书[M].合肥:安徽文艺出版社,1999:403.

② 关于"情欲导致愚行"的具体论述参见《中国白话小说史》第三章《中期白话小说》第三节"愚行小说",(美)韩南.中国白话小说史[M].杭州:浙江古籍出版社,1989:60—66.

(10)静真见大卿举止风流，谈吐开爽，凝眸留盼，恋恋不舍。（《醒世恒言》第十五卷《郝大卿遗恨鸳鸯绦》）

(11)我想你原系娼门，你爱那风流标致的人，想是你见丈夫丑陋，不趁你意，故此把毒药药死是实。（《警世通言》第二十四卷《玉堂春落难逢夫》）

(12)这些做媒的四处传扬，说高家女子美貌聪明，情愿赔钱出嫁，只要择个风流佳婿。（《醒世恒言》第七卷《钱秀才错占凤凰俦》）

(13)虽非富贵豪华客，也是风流好后生。（《醒世恒言》第三卷《卖油郎独占花魁》）

**2. 富有性魅力，能诱发异性情欲的气质。**

(1)只见几个青衣，簇拥着一个著干红衫的女儿出来：吴道子善丹青，措不出风流体段。（《警世通言》第十九卷《崔衙内白鹞招妖》）

(2)看那女子，果然生得标致：……天生一种风流态，便是丹青画不真。（《警世通言》第二十一卷《赵太祖千里送京娘》）

(3)玉姐偷看公子，眉清目秀，面白唇红，身段风流，衣裳清楚，心中也是暗喜。（《警世通言》第二十四卷《玉堂春落难逢夫》）

(4)见了书本，就如冤家；遇着妇人，便是性命。喜的是吃酒，爱的是赌钱。蹴踘打弹，卖弄风流。（《醒世恒言》第十七卷《张孝基陈留认舅》）

(5)郝大卿只拣妇女丛聚之处，或前或后，往来摇摆，卖弄风流，希图要逢着个有缘分的佳人。（《醒世恒言》第十五卷《郝大卿遗恨鸳鸯绦》）

(6)他两个携归罗帐，各逞风流。解扣轻摹，卸衣交颈。说不尽百媚千娇，魂飞魄荡。（《醒世恒言》第二十三卷《金海陵纵欲亡身》）

(7)都是洛阳少年，轻薄浪子。……专惯窥人妇女，逞已风流。（《醒世恒言》第二十五卷《独孤生归途闹梦》）

**3. 热衷、擅长、着迷于男女情事，往往沉溺于烟花柳巷的品性。**

(1)他风流性格，难以拘管。今妾已作故人，若随他去，怜新弃旧，必然之理。（《喻世明言》第二十四卷《杨思温燕山逢故人》）

(2)不想这沈秀不务本分生理，专好风流闲要，养画眉过日。（《喻世明言》第二十六卷《沈小官一鸟害七命》）

(3)那儿子却是风流博浪的人，专要结识朋友，觅柳寻花。（《警世通言》第三十卷《金明池吴清逢爱爱》）

(4)却说李公子风流年少，未逢美色，自遇了杜十娘，喜出望外，把花柳情怀，一担儿挑在他身上。（《警世通言》第三十二卷《杜十娘怒沉百宝箱》）

(5)他们也见得是，道李公子是风流浪子，迷恋烟花，年许不归，父亲都为他气坏在家。他今日抖然要回，未知真假。（《警世通言》第三十二卷《杜十娘怒沉百宝箱》）

(6)却说他舟有一少年,姓孙名富,……生性风流,惯向青楼买笑,红粉追欢,若嘲风弄月,到是个轻薄的头儿。(《警世通言》第三十二卷《杜十娘怒沉百宝箱》)

(7)那张荩乃风流子弟,只晓得三瓦两舍,行奸卖俏,是他的本等,何曾看见官府的威严。(《醒世恒言》第十六卷《陆五汉硬留合色鞋》)

(8)有个监生,姓郝名应祥,字大卿,为人风流俊美,落拓不羁,专好的是声色二事。遇着花街柳巷,舞榭歌台,便流留不舍,就当做家里一般,把老大一个家业,也弄去了十之三四。(《醒世恒言》第十五卷《郝大卿遗恨鸳鸯绦》)

(9)却说非空庵原有两个房头,东院乃是空照,西院的是静真,也是个风流女师。(《醒世恒言》第十五卷《郝大卿遗恨鸳鸯绦》)

**4.男女性事,或涉及男女性事。**

(1)生曰:"我非木石,岂忍分离?但寻思无计。若事发相连,不若与你悬梁同死,双双做风流之鬼耳。"(《喻世明言》第二十三卷《张舜美灯宵得丽女》)

(2)参透风流二字禅,好姻缘作恶姻缘。(《喻世明言》第三十八卷《任孝子烈性为神》)

(3)小妇人到把些风流话儿挑引吴山。吴山初然只道好人家,容他住,不过研光而已。谁想见面,到来刮涎,才晓得是不停当的。(《喻世明言》第三卷《新桥市韩五卖春情》)

(4)九妈道:"难道吃寡酒?一定要嫖了。你是个老实人,几时动这风流之兴?"(《醒世恒言》第三卷《卖油郎独占花魁》)

(5)只怕真个是神道一时风流兴发也不见得。(《醒世恒言》第十三卷《勘皮靴单证二郎神》)

(6)玉郎那有心情回答,双手紧紧抱住,即便恣意风流。(《醒世恒言》第八卷《乔太守乱点鸳鸯谱》)

(7)且说沈洪之妻皮氏,也有几分颜色,虽然三十余岁,比二八少年,也还风骚。平昔间嫌老公粗蠢,不会风流,又出外日多,在家日少。(《警世通言》第二十四卷《玉堂春落难逢夫》)

(8)吕玉少年久旷,也不免行户中走了一两遍,走出一身风流疮,服药调治,无面回家。(《警世通言》第五卷《吕大郎还金完骨肉》)

(9)襄王自作风流梦,不是阳台云雨仙。(《醒世恒言》第二十五卷《独孤生归途闹梦》)

(10)但图一刻风流,不顾终身名节。(《警世通言》第三十五卷《况太守断死孩儿》)

通过以上对宋明话本小说中"风流"一词的使用情况所做的简要梳理,可大体得出这样一个结论,即宋明话本小说中着力展现的"风流"基本上是一种富于性魅力的个人气质，能积极地引发异性的爱慕、甚至情欲，有时也直接指代男女性事。具有“风流”气质的市井子弟在处理两性关系时常常表现出一种浪漫气质与情欲色彩。他们对情欲对象的情感一般是真实的、甚至是痴情的，但这并不妨碍他们很快地就将情欲的投射从一个客体转移到另一个客体。“风流”本身所具有的流动性常常使其沉醉于对美女们的不定向追求中，或沉溺于烟花柳巷，或甚至于迷恋某位美艳的有夫之妇，从而使得“风流”的特质又呈现出非道德性、反伦理性、非理性的特点。总之，“风流”，尤其是“市井风流”是一种浪漫、深情、充满了情欲色彩且超越世俗的个性气质，是以“三言”为代表的宋明话本小说中，尤其是“艳遇”类故事中的市井子弟们所着力追求并努力呈现的，在身处繁华都市的市井子弟身上具有相当的普遍性。

## 二、“文人气”与做梦的资格



宋明话本小说中，尤其是“艳遇”类故事中的市井子弟所体现出的“市井风流”在原初的发端上与看似风马牛不相及的“魏晋风流”之间确实存在着某种细微的联系，但却在其后的发展中朝着完全相反的方向头也不回地一路狂奔下去。“魏晋风流”无疑是贵族化的、文人气的，是精神的、审美的，具有超越于物质形象之外的超然性；而所谓的“市井风流”则是平民化的、总是透着点市侩气；是肉感的、充满情欲色彩的，完全沉浸于世俗的物质世界且具有一定的非道德性、反伦理性、非理性的意味。二者有着似是而非的相似，又同时有着截然不同的相反，但无论如何，“市井风流”终归是“风流”的，是市民阶层努力向文人化、甚至于贵族化气质靠拢的结果。

追求“风流”的市井子弟们必然会对“文人气”倾心不已，因为文人气所具有的“风雅”“文雅”“也是‘风流’的特征之一”。[①] 所谓的“市井风流”在相当程度上正是对风雅的文人气模仿的结果。虽然市民对文人气的模仿常常显得不伦不类，但也终究表明了市民阶层作为一个阶层向上流动的愿望。这是一种发自内心的真诚模仿，尽管在客观效果上常常呈现出“戏仿”式的粗鄙与可笑。此种“戏仿”式形象最为典型的莫过于《柳耆卿诗酒玩江楼记》(《清平山堂话本》)中所谓的“风流才子”柳耆卿这一形象。故事中的柳耆卿在乍见到名妓周月仙后就立刻“春心荡漾”，而已有相好的月仙却对柳耆卿颇为冷淡。为了达到占有月仙的目的，柳耆卿设计让舟人强暴了月仙并以此为要挟迫其就范。羞愧万分的月仙无奈之下只好委身侍之。柳耆卿的所作所为无异于流氓行径，着实令人不齿，但说话人却显然抱着欣赏的态度，并不无艳羡地讲到在柳耆卿奸计得逞的当天，“月仙遂与耆卿欢洽”，并在其做官的三年时间里，“周月仙殷勤奉从，两情笃爱”，直至其“任满回京，与周月仙相别，自会京都。”说话人在故事的结尾处又余兴未尽地穿插了诸如“残月晓风杨柳岸，肯教辜负此时情！”“两下相思不相见，知他相会是何年？”“到今风月江湖上，万古渔樵作话文。”之

① 冯友兰著.中国哲学简史[M].涂又光译.北京：北京大学出版社，1985：269.

类的大量诗句。显然，在说话人看来，这个所谓“风流”才子的所谓“风流”故事是应该被当作“风流”韵事到处传扬的。说话人并没有“把柳耆卿当作一个流氓来加以表现。恰恰相反，从叙述人对柳的行径所持的欣赏态度来看，叙述人其实认为他所描写的柳耆卿是个风流才子而不是什么流氓。不仅叙述人这样认为，而且他当然也期待着故事的接受者也这样认为。”①说话人在说书场上说的是口沫横飞、相信台下的市井小民们听得也是津津有味。这种为达一己之目的而不择手段的“市侩”加“流氓”或许就是市民意识中的所谓“风流”。冯梦龙在将这个故事收入“三言”时对柳耆卿的形象进行了一番脱胎换骨的改造，使其从《柳耆卿诗酒玩江楼记》(《清平山堂话本》)中披着“风流才子”外衣的市井小人升华为《众名姬春风吊柳七》(《喻世明言》第十二卷)中成人之美且不求回报的真正意义上的有德才子。冯梦龙对柳耆卿形象所做的实质性改造也从一个侧面说明了即便对于像冯梦龙这样一位热衷于庶民文化的开明文人来说，对文人气不无憧憬的市民阶层所“臆想”出来的所谓“才子”、所谓“风流”也实在是过于生猛而难以下咽了。

尽管文人气的精神内涵难以把握，但外在的“皮毛”总还学得。然而即便如此，市井子弟身上的“文人气”也并非是一蹴而就的，将宋元话本小说与明话本小说的相关作品加以对比就会发现，明话本小说中市井子弟身上的“文人气”要远比宋元话本小说中的更为强烈，宋元话本小说中市井子弟的所谓“文人气”则明显要暗淡许多。譬如宋元话本小说《闹樊楼多情周胜仙》(《醒世恒言》第十四卷)对范二郎的容貌并没有直接描写，只是写到了周胜仙在茶坊中邂逅范二郎时的心理活动，“若还我嫁得一似这般子弟，可知好哩。今日当面错过，再来哪里去讨?”从周胜仙对范二郎的一见倾心中我们可以大致猜想到范二郎的外形条件应该不错，不过究竟是一个容貌俊美的风流后生呢，还是一个相貌忠厚的朴实子弟呢？这就无从知晓了。相较于范二郎，《新桥市韩五卖春情》(《喻世明言》第三卷)中的吴山倒多了几分文人气，“生来聪俊，粗知礼义”，但同时却又是一个“不好花哄”的朴实青年，大约对男女风流之事并不是特别上心。当然，小说还是真实地写到了吴山在邂逅暗娼金奴后的怦然心动，“当夜心心念念，想着那小妇人。”说话人自问自答地对此作了一番解释，“说话的，你说吴山乎生鲠直，不好花哄。因何见了这个妇人，回嗔作喜，又督他搬家火？你不知道，吴山在家时，被父母拘管得紧，不容他闲走。他是个聪明俊俏的人，干事活动，又不是一个木头的老实。况且青春年少，正是他的时节。父母又不在面前，浮铺中见了这个美貌的妇人，如何不动心?”显然，在这位说话人看来，平时“不好花哄”的吴山见到美妇人后就心动不已更多的只是生理健全的青年男子正常的情欲反应，而与有无风流性情并没有太大关联。与吴山的朴实相比，《金明池吴清逢爱爱》(《警世通言》第三十卷)中写到的吴小员外倒着实有些风流习性，“是风流博浪的人，专要结识

① 高小康.市民、士人与故事:中国近古社会文化中的叙事[M].北京:人民出版社,2001:39.

朋友，觅柳寻花”，但小说对于他身上是否具有文人气则只字未提。

在宋元话本小说“艳遇”类的四篇作品中，真正在容貌、才华、气质上最接近文人气且生性风流的市井子弟恐怕就唯有《宿香亭张浩遇莺莺》(《警世通言》第二十九卷)中的张浩了。小说中写到张浩“自儿曹时清秀异众。既长，才擒蜀锦，貌莹寒冰，容止可观，言词简当。”且家资巨富，“承祖父之遗业，家藏镪数万，以财豪称于乡里。”他对婚姻对象有着很高的要求，并将美满婚姻的成就寄托于科举功名，“某虽非才干，实慕佳人。不遇出世娇姿，宁可终身鳏处。且俟功名到手之日，此愿或可遂耳。”他的这一番言论很让人联想起清初才子佳人小说中才子们的非凡自负，完全是才子式的。他在巧遇李莺莺后立刻“神魂飘荡，不能自持。”与莺莺简短地交谈后，更加“春心淫荡，不能自遏”，自言道：“下坡不赶，次后难逢，争忍弃人归去？杂花影下，细草如茵，略效鸳鸯，死亦无恨！”并“奋步赶上”莺莺将其“双手抱持”起来。这种在情欲冲动之下弃礼法于不顾的非道德行为与“下坡不赶，次后难逢”的功利主义心态又更多地体现出了一种市井式的风流。因此说，在宋元话本小说“艳遇”类的四篇作品中，能真正称得上既有文人气又风流的就唯有张浩了。但张浩的形象显然是建立在对唐传奇《莺莺传》中张生这一原型的模仿上，正如散场诗所言，“当年崔氏赖张生，今日张生仗李莺。同是风流千古话，西厢不及宿香亭。”《宿香亭张浩遇莺莺》显然是为《莺莺传》做的翻案文章，就连张浩说的“今既遇之，即顷刻亦难捱也。媒妁通问，必须岁月，将无已在枯鱼之肆乎！”也与《莺莺传》中张生所言如出一辙。尽管在《宿香亭张浩遇莺莺》中的张浩身上已然呈现出了明显的文人气，但这显然是唐传奇中文人书生形象投射的结果，而非宋元话本小说的原创。因此，就宋元话本小说“艳遇”类故事中的市井子弟而言，为繁华的都市生活熏染出的风流习气或许有，但“风雅”、“文雅”的文人气基本上并不存在。

与宋元话本小说中文人气的淡薄相比，明话本小说中出现的市井子弟虽同样不过是小商人出身，却总是被描绘得容颜俊秀、风度潇洒、且琴棋书画、无所不通，“增添了传统上属于文人才子的色彩——聪慧、清秀、儒雅、风流倜傥”。[①] 譬如《蒋兴哥重会珍珠衫》中常到广东做买卖的客商蒋兴哥就“生得眉清目秀，齿白唇红”，且“行步端庄，言辞敏捷。聪明赛过读书家，伶俐不输长大汉。”(《喻世明言》第一卷)《转运汉遇巧洞庭红 波斯胡指破鼍龙壳》中的业余泛海商人文若虚则是“生来心思慧巧，做着便能，学着便会。琴棋书画，吹弹歌舞，件件粗通。”(《初刻拍案惊奇》第一卷)这些商人出身的市井子弟在容貌、才艺、行止，甚至于气质上都非常接近文人。尤其是《闲云庵阮三偿冤债》中描写的商人子弟阮三在行乐方式上也呈现出了文人式的风雅。小说不仅写到了阮三“一貌非俗，诗词歌赋，般般皆晓”，“每日向歌馆娼楼，留连风月”，而且还“笃好吹箫”。在上元灯夜之时，他约了好几个朋友到家里“笙箫弹唱，

① 高小康.市民、士人与故事：中国近古社会文化中的叙事[M].北京：人民出版社，2001:42.

歌笑赏灯”。这些年轻的市井子弟们一直吹唱到一更时分方才散去。送别之时，余兴未尽的阮三“见行人稀少，静夜月明如昼”，又向众人提议道：“恁般良夜，何忍便睡？再举一曲何如？”于是，众人又“在阶沿石上向月而坐，取出笙、箫、象板，一吐清音，呜呜咽咽的又吹唱起来。”(《喻世明言》第四卷《闲云庵阮三偿冤债》)这位在容貌、才艺、气质上颇具文人气，沉浸在繁华的都市生活中且又懂得如何艺术地享受生活的市井子弟的确当得起“风流”二字。

市井子弟通过对文人气的培养，或者说模仿而使自己在相当程度上具备了，或至少在表面上呈现出了文人气所特有的“风雅”，而“风雅”、“文雅”正是“‘风流’的特征之一”。[①] 富有文人气息的“风流”无疑使得市井子弟在追寻艳遇的过程中变得更有自信，因为“艳遇”从来都是贵族化、文人化的情感体验模式。正如艳遇的母题“巫山神女”故事所显示的那样，典型的艳遇往往发生在君主、贵族、文人身上。他们的艳遇对象常常是女仙，女仙将会不期然地飘然而至，主动地向凡男自荐枕席。在经过了一夜美妙梦幻的欢会之后，女仙便不求任何回报地飘然而去，只留下怅惘无限的男子独自去回味这似真若幻的美梦。有充分的理由相信，与女仙发生的艳遇美梦是男性，尤其是时常处于性压抑状态下的书生文人臆想出来的“白日梦”，“艳遇”类故事也正是“用幻境或梦境表达情思与性爱主体的创作类型”。[②] 自“巫山神女”以来，“艳遇”母题在中国古典文学表现中就呈现出了异常活跃的态势，投射为“作品中形形色色的女神、神女或仙女”，[③]并进而沉淀为男性的集体无意识。除了忘怀于情的“至人”与“情蠢”“魂枯”的“下愚”(《情史》卷九“情幻”类)之人不会做梦外，几乎每个男人的心中都会有一个艳遇的美梦。从宋玉的《高唐赋》《神女赋》，曹植的《洛神赋》开始，“艳遇”母题在文学表现中连绵不绝的呈现正说明了这一点。男性文人之所以对“艳遇”母题如此之倾心，笔者认为在相当程度上正是由于艳遇的非功利性促成的。发生艳遇的双方并不以缔结婚姻为最终旨归，双方不必为此做出任何承诺、承担任何风险，或者付出任何代价，是完全脱离世俗伦理的非功利的两性遇合。正是由于最大限度地脱离了现实功利的种种束缚，才使得艳遇成为一种最为轻松而又愉悦的情感体验方式。这样一种非功利性的纯美遇合对于任何一个男性来说无疑都是极具诱惑力的。

市井小民们亦是如此。虽然镇日里为柴米生计而四处奔波，但心中未尝不在做着文人式的艳遇美梦。尽管这样的美梦对于市井小民来说显得过于奢侈，但通过对文人气的培养与模仿却无疑能拉近，或至少在心理上拉近其与艳遇以及艳遇中那个女仙的距离。“文人气”有助于培养出“风流”的气质，而“风流”的助成将为通往浪漫

① 冯友兰著.中国哲学简史[M].涂又光译.北京:北京大学出版社，1985:269.

② 叶舒宪.高唐神女与维纳斯[M].西安:陕西人民出版社，2005:430.叶舒宪先生将“艳遇”类的“白日梦”故事称为“美人幻梦”。

③ 叶舒宪.高唐神女与维纳斯[M].西安:陕西人民出版社，2005:431.

的艳遇搭建起桥梁。一旦具备了风流的文人气，市井小民们似乎也就有了资格做起原本唯有贵族、文人们才能做得起的艳遇美梦。

## 第三节　妓院艳遇：典型的世俗化艳遇模式

"艳遇"母题所具有的非功利性在相当程度上意味着对现有的伦理道德，尤其是家庭伦理的漠视，恰如"风流"一样，"艳遇"多少都带有非道德、反伦理的色彩。同时也正是因为艳遇的非功利性，使得艳遇的对象更多地仅仅是一种情欲的投射体，而不会附带婚姻、家庭、子嗣等附加条件。但由于"艳遇"母题在艳遇对象上经历了神女、女仙、女鬼、女怪等多次形式置换，落实在宋明话本小说"艳遇"类故事中时，艳遇对象已经被普遍置换为庶民社会中的市井女性，或者是市井化了的宦家女子。原本完全超越于世俗世界之外的"艳遇"也不得不要深深地扎根于市井社会的现实土壤中。这也就意味着艳遇主题所具有的超然性必然要与现实社会中的伦理道德发生更多的摩擦甚至于冲突。在宋明话本小说的"艳遇"类故事中，作为艳遇对象的女性基本上可以分为三类，即有夫之妇、未婚女子以及女妓。在这三类市井女性中，将情欲的对象投射于前两者显然是不道德的，而唯有与女妓之间发生的艳遇则不必承担任何道德伦理上的风险。妓院的特殊环境更有助于"在社会性中寻求一种超社会性"，[①]使其如同一个相对封闭的独立王国般最大限度地阻断现实伦理道德四处延伸的触角。从这一层面而言，在妓院这个不受现实伦理道德制约的异域空间中，与女妓之间发生的艳遇与艳遇母题的原始面貌最为接近。在这一部分中，笔者将对明话本小说《卖油郎独占花魁》（《醒世恒言》第三卷）中秦重之于妓院艳遇的态度进行重点分析，并与同为妓院艳遇题材（或涉及这一题材）的宋元话本小说《新桥市韩五卖春情》（《喻世明言》第三卷）、《曹伯明错勘赃记》（《清平山堂话本》）、明话本小说《郝大卿遗恨鸳鸯绦》（《醒世恒言》第十五卷）进行必要的比较。

### 一、"活态的艺术品"与功利之外的审美体验

宋明时期，新兴的市井子弟游逛妓院的行为有着相当的普遍性。话本小说中写到的许多市井子弟基本上都有游逛妓院的经历，甚至于乐此不疲、流连忘返。如《闲云庵阮三偿冤债》（《喻世明言》第四卷）中的阮三"每日向歌馆娼楼，留恋风月。"《金明池吴清逢爱爱》（《警世通言》第三十卷）中的吴小员外"却是风流博浪的人，专要结识朋友，觅柳寻花。"事实上，为市井子弟所推崇的"风流"（此处专指"市井风流"）在相当程度上正是在与女妓交往的过程中逐渐形成的。能与陌生男子从容交往而不

① 王向远.日本"意气"论——"色道"美学、身体审美与"通""粹""意气"诸概念（代译序）[M]//（日）藤本箕山、九鬼周造、阿部次郎著.日本意气.王向远译.长春：吉林出版集团有限责任公司，2012：7.

受道德质疑的女性显然不应该(但并非不可能)是良家女子,此种"交际花"之类的角色多半是由女妓,尤其是由高级女妓来承担。《蒋兴哥重会珍珠衫》(《喻世明言》第一卷)中写到了一个小商人陈大郎,小说首先交代了他颇为俊美的容貌,"且是生得一表人物,虽胜不得宋玉、潘安,也不再两人之下。"俊美的容貌显然是成就风流气质的物质前提。在陈大郎费尽心机好不容易勾引上良家美妇三巧儿后,小说又借一段充满了香艳气息的韵文描摹了二人的云雨之欢,并随后补充了一句,"陈大郎是走过风月场的人,颠鸾倒凤,曲尽其趣,弄得妇人魂不附体。"可见,陈大郎的风流本事也是在妓院中"历练"出来的。

热衷于游逛妓院、迷恋女妓的显然并不仅止于未婚的市井子弟,已婚男子亦大体如此。《乔彦杰一妾破家》(《警世通言》第三十三卷)中的乔彦杰在刚刚娶过一房"肌肤似雪,髻挽乌云"的美妾后,又在上东京卖丝时"与一个上厅行首沈瑞莲来往",从此"全不管家中妻妾。只恋花门柳户,逍遥快乐。"《郝大卿遗恨鸳鸯绦》(《醒世恒言》第十五卷)中的郝大卿"为人风流俊美,落拓不羁,专好的是声色二事。遇着花街柳巷,舞榭歌台,便流留不舍,就当做家里一般,把老大一个家业,也弄去了十之三四。浑家陆氏,见他恁般花费,苦口谏劝。郝大卿倒道老婆不贤,时常反目。因这上,陆氏立誓不管,领着三岁一个孩子喜儿,自在一间净室里持斋念佛,由他放荡。"关于市井子弟热衷于游逛妓院一事的行为动机很难有一个明确的解释,但笔者认为其深层的心理动机绝不仅止于满足肉欲、或追求享乐而已。

正如我们上文所分析到的,妓院由于其特殊的生存环境能最大限度地挣脱现实伦理道德的束缚,"在社会性中寻求一种超社会性",[①]从而在相当程度上呈现出了一种超现实色彩。同时,除了支付必要的金钱外,市井子弟并不需要对女妓做出任何功利性的承诺。虽然个别女妓会有委身从良的愿望,但通常来说,与女妓的交往并不会涉及婚姻承诺、家庭组建、子嗣繁衍等伦理义务。这种无功利性的交往与艳遇母题中与女神、女仙的交往模式非常相似,这也可以解释何以具有神异色彩的艳遇母题在落实到人世间的现实土壤后,女神、女仙便与女妓,而不是与其他身份的女性发生最大限度地重合的原因所在。更为重要的一点是,在这样一个"超现实"的特殊环境中进行的"非功利"交往显然更有助于焕发出男女接触时的美感,"从美学的角度看,这当然也十分有利于审美关系的形成。"[②]

不仅如此,生活于其中的女妓(这里仅指高级女妓)本身就可以称得上是"活态的艺术品"。她们往往自幼时就被卖入妓院,如《卖油郎独占花魁》(《醒世恒言》第三卷)中的花魁娘子莘瑶琴十二岁时就落入烟花,其"与社会现实的关系降低到了最小



---

① 王向远.日本"意气"论——"色道"美学、身体审美与"通""粋""意气"诸概念(代译序)[M]//(日)藤本箕山、九鬼周造、阿部次郎著.日本意气.王向远译.长春:吉林出版集团有限责任公司,2012:7.

② 王向远.日本"意气"论——"色道"美学、身体审美与"通""粋""意气"诸概念(代译序)[M]//(日)藤本箕山、九鬼周造、阿部次郎著.日本意气.王向远译.长春:吉林出版集团有限责任公司,2012:7.

限度”，完全是“在超现实的环境中，按照审美的要求培养训练出来”。[①] 小说中写到莘瑶琴从小就接受了“吹弹歌舞”的伎艺训练，且“无不尽善”，并借西湖上子弟编唱的一首《挂枝儿》来赞美花魁娘子的多才多艺，“又会写，又会画，又会做诗，吹弹歌舞都余事。”[②]与普通的良家女子不同，女妓往往会呈现出一种特殊的美感，再配合着妓院这个超现实的特殊环境，与女妓的非功利性交往所具有的审美潜能无疑将会得到加倍地焕发与实现。虽然并不排除肉欲满足的动机，但与富于美感的女妓之间的交往所生成的那种绝妙的审美体验显然是更具诱惑力的。

小说中的卖油郎秦重为了能凑够与花魁娘子的夜合之资，辛辛苦苦积攒了一年的银子又费了无数软磨硬泡的功夫才终于等到了机会，不巧的是，大醉而归的莘瑶琴完全没有办法接待秦重，反倒是秦重小心殷勤地又是温茶壶、倒茶水，又是盖被子、收拾呕吐物，整整照顾了莘瑶琴一夜。第二天酒醒后的莘瑶琴深感过意不去，秦重却表现得十分满足，“只这昨宵相亲一夜，已慰生平，岂敢又做痴想!”这里固然是秦重“知情识趣，隐恶扬善”的忠厚性情使然，但他所感受的足以抚慰生平的满足也并非全然虚话。小说中写到秦重怕酒醉而眠的莘瑶琴着凉，就将“一床大红纻丝的锦被，轻轻的取下，盖在美娘身上”，又“脱鞋上床，捱在美娘身边，左手抱着茶壶在怀，右手搭在美娘身上，眼也不敢闭一闭。”与醉酒美人的这番“未曾握雨携云，也算偎香倚玉”的亲密接触对于一个卖油郎来说已然是一次难得的审美体验了。小说其后更是写到了受到歹人羞辱的莘瑶琴为了报答秦重的搭救之恩，特意将秦重请进了妓院，并“吹弹歌舞，曲尽生平之技，奉承秦重。”美妙绝伦的伎艺展示使得“秦重如做了一个游仙好梦”，即便没有随后的云雨交欢，秦重也已然是“喜得魄荡魂消，手舞足蹈”了。

秦重的例子生动地说明了与女妓的交往并不一定要发生肉体接触，从女妓自身的美丽及其伎艺展示时所呈现的美妙中所获得的那种美轮美奂的审美体验更加令人心醉、让人难忘。小商人们愿意将起早贪黑积攒了一年的辛苦钱心甘情愿地“奉献”给妓院，为的也就是这片刻的美。而这样无功利的美感享受从自家的老婆身上显然是无法获得，或者说是很难获得的。自家的老婆是用来过日子的，而不是用来审美的。从柴米夫妻的乏味中、从生计奔波的忙碌中、从锱铢必较的局促中、从“为生存而活着”的市井庸俗中哪怕片刻地挣脱出来，掀开另一个世界的一角去感受那哪怕片刻的美，对于市井小民们来说都是值得的。而妓院以及女妓的存在恰恰就能为市井小民提供这样一个审美满足的机会。尽管这需要用大量的金钱作物质上的铺垫，但对市井小民们来说并不亚于一次仿佛与巫山神女相会般的美妙艳遇，而这往往是君主、王侯、文人们才能享受到的。日本现代美学家阿部次郎在谈及江户时

① 王向远.日本“意气”论——“色道”美学、身体审美与“通”“粹”“意气”诸概念(代译序)[M]//(日)藤本箕山、九鬼周造、阿部次郎著.日本意气.王向远译.长春:吉林出版集团有限责任公司,2012:7.

②

期妓院兴起的缘由时亦是从审美的角度加以阐发，“町人（笔者按：可基本理解为商人）逛青楼当然也是寻求解脱的。从拨打算盘只想赚钱的枯燥生活中解脱出来，抱着‘借钱也在所不惜’的达观，从一个似乎人人认可、不水性杨花也不可能水性杨花的、老实而又实用的老婆的汗臭中解脱出来。一个只懂得料理家务事的主妇，与一个专门琢磨如何吸引男性的妓女，两种女人实际上从两个方面满足了男人的需求，这真是德川时代女性的不幸……”[①]日本江户时代町人阶层崛起的时代背景及其热衷于游逛妓院的审美趋向对于理解中国宋明时期市井子弟向往妓院艳遇的心理动机具有一定的参照价值。[②]

## 二、对文人化生活的体验与向上流动的愿望

妓院艳遇除了能使市井小民们感受到难得的审美体验外，还能为渴望向上流动的市民阶层附带地提供一个体验“上层社会生活”的机会。这里所说的“上层社会生活”，无外乎就是文人雅士们的生活。尽管宋明时期市民阶层已经作为一个阶层渐趋登上了历史舞台，并在经济上逐渐富足起来。但经济地位一定程度上的提升并不能够消解文化地位的低下所带来的焦虑。宋明时期，尤其是明代中叶以后的许多文人笔记都饶有趣味地写到了富裕起来的市民阶层争相附庸风雅的故事。尽管并无多少文化素养却极力附庸风雅的市民们在文人雅士们看来着实可笑，但在那可笑的背后不难看出市民阶层作为一个阶层向上流动的愿望与努力。而为市井子弟们所倾羡的“风流”气质本身就包含了“文”的内蕴，尤其是那些以“风流”相标榜的市井浮浪子弟们更是希望自己能在别人眼中看来更加风流绝美、风流倜傥、甚至风流儒雅。总之，更像一个风流才子。这种在气质上渴望“蜕变”的愿望同样体现了市民阶层向上流动的努力，而所谓的“向上”在相当程度上就直接等同于对文人气质与文人生活的模仿。

这种文人化的模仿同样体现在女妓与妓院中。小说中的花魁娘子莘瑶琴不仅精通“吹弹歌舞”各项伎艺，而且“又会写，又会画，又会做诗”，具有较为鲜明的文人气质。虽然花魁娘子与客人之间的交往必然存在着肉体交易的情况，但绝不仅止于此。小说借着老鸨九妈之口赞道：“我家美儿（笔者按：即花魁娘子莘瑶琴），往来的都是王孙公子，富室豪家，真个是‘谈笑有鸿儒，往来无白丁’”，其与文人雅士、衣冠子弟的交往活动多为游湖、做诗社、赏早梅、赏雪、下棋等等，同样充满了文人气息。小

① （日）阿部次郎．德川时代的艺术与社会［M］．（转引自王向远．日本“意气”论——“色道”美学、身体审美与“通”“粹”“意气”诸概念（代译序）［M］//（日）藤本箕山、九鬼周造、阿部次郎著．日本意气．王向远译．长春：吉林出版集团有限责任公司，2012：7—8.）

② 或许正是因为晚明以商人为代表的市民阶层与日本江户时期的町人阶层在其产生的时代背景、世俗愿望、审美趋向上颇有相似之处且并无本质上的文化隔阂，“三言”中的《卖油郎独占花魁》（《醒世恒言》第三卷）这则故事也因此被顺利地改编成了日文版，即《漫物语》中的《卖油的平太郎的故事》。此例亦可证明日本江户时期町人阶层的好尚意趣对于考察晚明市民阶层文化当具有一定的参考价值。

说还写到了“因连日游春困倦”而“积下许多诗画之债”的莘瑶琴“闭了房门，焚起一炉好香，摆设文房四宝”，准备写诗作画的情景。如果不是惯于焚琴煮鹤的吴八公子的突然闯入，这绝对是一幅富于文人意境的美人诗画图。如此风雅的高级女妓无疑是市井小民们在自己的生活圈子所及范围内所能接触到的唯一文人化、贵族气的女子，与这些高级女妓的接触可以说是市井小民们能够感受到文人气、贵族气的唯一机会。此外，小说还对花魁娘子的闺房做了一番精心的描绘，“中间客座上面，挂一幅名人山水，香几上博山古铜炉，烧著龙涎香饼，两旁书桌，摆设些古玩，壁上贴许多诗稿。”房间内的陈设装潢同样是文人式的。这样风雅的所在令身处其中的秦重竟然有些自惭形秽起来，“愧非文人，不敢细看。”秦重所感受到的惭愧正是自感文化素养的低下所带来的。



事实上，秦重是一个非常自信的市井子弟。虽然在初见花魁娘子时，秦重“准准的呆了半晌，身子都酥麻了”，但在得知她的女妓身份后，神魂颠倒的秦重立刻就兴起了要与花魁娘子欢会一次的念头。小说细腻地展现了秦重内心复杂的心理交战：

(秦重)吃了数杯，还了酒钱，挑了担子，一路走，一路的肚中打稿道：“世间有这样美貌的女子，落于娼家，岂不可惜！”又自家暗笑道：“若不落于娼家，我卖油的怎生得见！”又想一回，越发痴起来了，道：“人生一世，草生一秋。若得这等美人搂抱了睡一夜，死也甘心。”又想一回道：“呸！我终日挑这油担子，不过日进分文，怎么想这等非分之事！正是癞虾蟆想着天鹅肉吃，如何到口！”又想一回道：“他相交的，都是公子王孙，我卖油的，纵有了银子，料他也不肯接我。”又想一回道：“我闻得做老鸨的，专要钱钞。就是个乞儿，有了银子，他也就肯接了，何况我做生意的，青青白白之人？若有了银子，怕他不接！只是哪里来这几两银子？”一路上胡思乱想，自言自语。

在经过了一番反反复复的心理斗争后，秦重很快地就下定了决心不惜花一年的时间攒钱也要嫖妓，“从明日为始，逐日将本钱扣出，余下的积攒上去。一日积得一分，一年也有三两六钱之数，只消三年，这事便成了；若一日积得二分，只消得年半；若再多得些，一年也差不多了。”秦重的决心令说话人也深为感慨，“你道天地间有这等痴人，一个小经纪的，本钱只有三两，却要把十两银子去嫖那名妓，可不是个春梦！”但秦重最终还是以自己的勤奋、坚韧与执著积攒下了足够的银钱并最终超额实现了这看似不可能实现的美梦。

秦重的自信无疑是处于上升期的市民阶层的代表，但即便是这样一个有信心通过自己辛勤的劳动提升经济实力的市井子弟还是在“文人气”所代表的强大的文化优势面前败下阵来。原本在经济领域中信心满满的秦重一旦到了文化领域中就突然变得不自信起来，他在文化上的不自信当然并不是毫无根据的。酒醒之后的花魁娘子虽然为秦重的“又忠厚，又老实，又且知情识趣，隐恶扬善”而感动，但同时仍对他的市井身份心存遗憾，“可惜是市井之辈，若是衣冠子弟，情愿委身事之。”就这样，为了能够结交富有文人气质的花魁娘子，卖油的小商人于是自动自愿地模仿起风雅的文人气来。小说中写到秦重“把衣服浆洗得干干净净，买几根安息香，薰了又薰。拣个晴明好日，侵早打扮起来。”后来又在九妈的建议下，特意“到典铺里买了一件见成半新半旧的绸衣”，穿好后又“到街坊闲走，演习斯文模样。”主动习练“孔门规矩”的市井子弟在努力地朝着“风流好后生”的方向看齐。尽管卖油郎穿着丝绸衣裳在大街上假充斯文的模样让人殊觉好笑，但却毫无疑问地显示了新兴的市民阶层那种“向上的意志、对贵族生活的憧憬”。[①] 其在文化上努力向上的愿望正是在与女妓的交往中被激发出来的。

## 第四节　“艳遇”行为的制约机制

### 一、“游”的精神——妓院艳遇的最佳处理方式

之于女妓的审美态度有助于形成一种“游”的精神，而“游”的精神无疑是妓院艳遇的最佳处理方式。宋明话本小说中时常会写到青年男子因迷恋烟花而置家庭于不顾，并最终导致家破人亡、身败名裂的故事。如《新桥市韩五卖春情》(《喻世明言》第三卷)中的吴山因痴迷于暗娼而险些纵欲身亡；《曹伯明错勘赃记》(《清平山堂话本》)中的曹伯明不听亲戚劝告而执意将女妓娶回家门，不久就在女妓与其旧相好的合谋陷害下深陷牢狱之灾而险些丧命；《乔彦杰一妾破家》(《警世通言》第三十三卷)中的乔彦杰在刚娶了一房美妾后又留恋烟花而长期不归，从而导致了奸人趁虚而入以至于最终家破人亡的悲惨下场；《郝大卿遗恨鸳鸯绦》(《醒世恒言》第十五卷)中被软禁于尼姑庵中的郝大卿所迷恋的尼姑虽非女妓，但其行径实与娼妓无异。渔色过度的郝大卿最终命丧黄泉并被草草地掩埋于庵中。这些作品都是以戒色、戒淫为其道德说教的重点，但鉴于其所共有的因迷恋女妓而导致家庭悲剧的基本情节，此类作品未尝不是在暗示着这样一层意思，即对女妓不可过于迷恋，更不可将其娶回家中。相较于这些痴迷男子与女妓的过分密切，“游”的精神及其所形成的距离感无疑是处理妓院艳遇的最佳方式。

审美原本就是无功利的、不执著的，是远观才能得以实现的。秉持审美态度的客人首先应是一个“游客”，只不过“偶尔从外面到里面一游”，而不应“过分沉溺”。在妓院这个“社会外的社会”中，女妓与客人之间的关系“完全是一种特殊条件下的金钱消费的买卖关系。那只是一种美色消费，不能带有功利的、实际的目的。”[②]但如

---

① (日)阿部次郎.德川时代的艺术与社会[M].(转引自王向远.日本“意气”论——“色道”美学、身体审美与“通”“粹”“意气”诸概念(代译序)[M]//(日)藤本箕山、九鬼周造、阿部次郎著.日本意气.王向远译.长春：吉林出版集团有限责任公司，2012：7—8.)

② 王向远.日本“意气”论——“色道”美学、身体审美与“通”“粹”“意气”诸概念(代译序)[M] //(日)藤本箕山、九鬼周造、阿部次郎著.日本意气.王向远译.长春：吉林出版集团有限责任公司，2012：8.

果与女妓之间发生了以婚姻为目的的恋爱，则会不可避免地触犯到原本彼此两不相妨的世俗道德，从而违背了无功利性的审美初衷。秦重虽然醉心于花魁娘子的美，但并未沉溺其中以至于到分不清虚幻与现实的程度。在梦一般的艳遇结束后，秦重就一心一意地要“访求个出色的女子，方才肯成亲”。与花魁娘子短暂的交往显然极大地提升了秦重的审美能力与审美期待，但务实的秦重并没有将花魁娘子作为婚姻伴侣的妄念，而是把未来的妻子定位于与自己同一阶层的市井人家。如果不是其后突发的蒙羞事件让看清了现实的莘瑶琴主动屈身俯就，秦重最终的结局很有可能就是与某位市井出身的美女成亲并从此幸福地度过一生，而这样务实而又美满的结局正是“游”的精神所带来的。

## 二、锦被效应与因果报应——非妓院艳遇的补救与惩罚



诚如上文所分析的，原本具有超现实色彩的“艳遇”母题在经历了多次形式置换后，早已深深地植根于现实社会的土壤之中，并形成了富有市民气息的“市民版”艳遇故事。在此类“市民版”艳遇故事中，艳遇的男主人公已经从君主、王侯、文人被置换成了以商人阶层为代表的市井小民，艳遇的对象则从发端于巫山神女的女神、女仙、女形鬼怪被置换为形形色色的市井女子，或市井化了的宦家女子。如此一来，艳遇母题原本所具有的超然性就遭到了极大的消解，从而不可避免地与现实社会中的伦理道德发生更多的直面冲突。在具有超现实性的“正统”艳遇故事中，美丽的女仙会在一夜缱绻后翩然而去，但在植根于市井土壤的“市民版”艳遇故事中，男女主人公们在一番如梦似幻的美妙体验后却不得不要面对随后而来的一系列现实问题。虽然艳遇对于包括市井小民们在内的男性来说是一个无不心向往之的梦幻般存在，但其与现实伦理道德之间的冲突所导致的严重后果却又必须引起足够的警惕。正因为如此，话本小说中的艳遇故事总是“半截子”型的，即以“艳遇”模式开始，但往往以缔结婚姻为终。婚姻在相当程度上发挥了遮羞布似的作用。这样一种“艳遇＋婚姻”的“半截子”型艳遇往往发生在未婚男女之间，如《吴衙内邻舟赴约》(《醒世恒言》第二十八卷)、《闲云庵阮三偿冤债》(《喻世明言》第四卷)、《宿香亭张浩遇莺莺》(《警世通言》第二十九卷)等，其婚姻的缔结过程各有特点。

在《吴衙内邻舟赴约》这则故事中，吴衙内的科举及第是其与贺小姐能够成功缔结婚姻的关键所在。贺小姐的父亲贺司户原本为其女与吴衙内私通而愤恨不已，“这等不肖之女，做恁般丑事，败坏门风，要他何用？趁今晚都结果了性命，也脱了这个丑名。”并扬言要把吴衙内“撇下江里，才消这点恶气。”吴衙内被灰溜溜地“遣返”回家，羞愧万分的贺小姐也是相思成疾，一段风流艳遇似乎就要以“败坏门风”的丑行告终。但万幸的是，洗心革面的吴衙内回家之后“日夜攻书”，并“一举成名，中了进士。”取得功名的吴衙内终于获得了贺司户的认可并得以与贺小姐成亲，成功地解决了艳遇造成的现实危机。在《宿香亭张浩遇莺莺》(《警世通言》第二十九卷)这则

故事中，婚姻的缔结虽不是取决于功名的取得与封建家长的认可，但同样得到了以官府为代表的正统势力的支持。《闲云庵阮三偿冤债》(《喻世明言》第四卷)这则故事比较特殊。发生艳遇的男主人公阮三在与陈小姐私通的当天就因病后行房而暴死当场。为了遮掩这桩丑事，已经怀孕的陈小姐以阮三妻子的名义嫁入了阮家，并将阮三的遗腹子抚养长大。甘心守节的陈小姐十九年后终于得到了回报与认可。随着儿子“连科及第，中了头甲状元”，当初“晓得些风声来历的，免不得点点搠搠，背后讥诮”的街坊邻居们也“翻夸奖玉兰小姐贞节贤慧，教子成名，许多好处”。后来更是在做到吏部尚书留守官的儿子的表奏之下，获得了朝廷的旌表，“启建贤节牌坊”。

无论是家长认可、还是官府支持，是功名自励、还是坚贞自守，婚姻的缔结都是化解艳遇所造成的一切现实危机的最佳手段，是首当其冲的补救措施。在宋明话本小说中，婚姻的遮羞布作用通常被比作“一床锦被”，所谓“锦被一床遮尽丑”。

“以婚姻匡正艳遇”这一“始乱终正”的做法在明末清初的艳情小说，尤其是才子佳人小说中得到了广泛的应用。封建婚姻更像是一块万能的遮羞布，才子佳人小说中的才子也好，艳情小说中的浪荡子也好，无论其之前的艳遇(往往是接二连三的艳遇)多么的有违于正统秩序，只要他们愿意步入婚姻殿堂，重归于正统秩序之内，那么，他之前的一切越轨行为都将会因此而得到极大地宽容。

但“以婚姻匡正艳遇”的补救措施仅适用于未婚男女之间，已婚男女之间发生的艳遇则更多地是通过因果报应来寻求得失上的平衡。因果报应可以说是市民道德下认识问题、解决问题的惯用方式，在相当程度上规范着，同时也是固化着市民们的思维逻辑，与文人阶层热衷的理性思辨呈现出了极大的不同。古代中国自先秦时代起就有“积善之家，必有余庆；积不善之家，必有余殃”的因果报应观念，其后更是经历了佛教三世因果说的普及而得到了进一步地强化，在基层的市民社会中有着广泛的群众基础。考虑到市民阶层的接受水平与欣赏趣味等因素，宋明时期的话本小说很少在情、理之间进行复杂的哲学式辨析。与其期待着广大的市民读者从枯燥的哲学式辨析中获得启发并进而提升道德操守，倒不如因果报应来得更加直接、便利。



在宋、明以来市井社会与市民阶层的持续发展中，因果报应也呈现出了愈来愈鲜明的市民化色彩。如隔世报大量地被现世报所取代，且报应得极为精准，几乎到了“以牙还牙，以眼还眼”的程度。报应的神速、精准给市民井小民们无疑造成了巨大的心理震慑，而这也正是因果报应所期待达成的效果。至于那些复杂的哲理性思辨则从来都是上层精英分子们的事儿，他们思考出来的结果也往往只能通过为广大民众所喜闻乐见的因果报应模式才能下行并渗透于基层市民社会中。话本小说中时常出现的诸如“纵欲亡身”“淫人妻子，妻子淫人”这些因果报应模式中的惯有主题，究其实质基本上都体现出了以理制欲的内在价值取向。从这一层面而言，因果报应模式在相当程度上发挥着勾连大、小传统的重要作用。

不过，有一点须明确的是，尽管市民阶层的许多道德观念都能从上层文化精英那里寻找到潜在的思想背景，并通过因果报应模式形成有效的勾连，但这并不等于说市民阶层的道德观念是对上层社会的简单复制。事实上，当上层文化精英的思想"结晶"下移到基层市民社会后，或者说在这个下移过程中就已经在市民道德的改造下发生了这样那样的变化。市民道德下的因果报应模式所依据的"理"，究其实质已然与宋儒之理发生了相当程度上的分离，而更多地指向了诸如人间道义之类的东西，并且人间道义的监督者、维护者、执行者也并非是上层文化精英们所信奉的理性精神，而是更多地落在了某种神秘力量，如民间信仰或者鬼神崇拜上。

如在《乔彦杰一妾破家》(《警世通言》第三十三卷)中，乔彦杰一家因破落户王酒酒的告密而遭到全家灭门的厄运。话本小说对王酒酒的处理是让已经投湖自尽的乔彦杰附身于王酒酒，让其在稠人广众之下自揭罪行、自扇耳光，然后纵身"跳入湖中而死"。众人对王酒酒遭报应一事做出的解释是"都道乔俊(笔者注：即乔彦杰)虽然好色贪淫，却不曾害人，今受此惨祸，九泉之下，怎放得王青过！这番索命，亦天理之必然也。""天理"正是通过因果报应得到伸张的。落实在已婚男女之间发生的艳遇故事中，勾引有夫之妇的男子往往会遭到"淫人妻子，妻子淫人"的因果报应，而这也正是"天理"的体现。如《蒋兴哥重会珍珠衫》(《喻世明言》第一卷)中的陈大郎不仅客死他乡，自己的妻子平氏也阴错阳差地嫁给了蒋兴哥，而蒋兴哥正是与陈大郎勾搭成奸的三巧儿的丈夫。得知事实真相后的蒋兴哥与平氏都深感"却不是一报还一报！""天理昭彰，好怕人也！"与未婚男女之间发生的艳遇不同，已婚男女之间的艳遇无疑对既有的家庭秩序造成了严重破坏。虽然从当事人的主观感受上看似为"艳遇"，恰如陈大郎在初见三巧儿时"一片精魂，早被妇人眼光儿摄上去了"所表现的那样，但就客观实际而言则无异于通奸。正是因为其对家庭伦理更具破坏性，所以，宋明话本小说中基本上不会为奸夫淫妇安排缔结婚姻的美满结局，等待他们的不是补救性的婚姻，而是惩罚性的报应。

但须明确的一点是，这一"淫人妻子、妻子淫人"的报应定律究竟能在多大程度上发挥维护伦理秩序的作用其实是十分值得怀疑的。为了使淫人妻子的浪荡子A受到惩罚，妻子被淫的受害者B于是获得了一次(甚至数次)偷淫A妻的机会。这一报应定律表面上看来十分公平，因为它非常符合注重平衡得失的商业精神，但不可否认的是B所获得的报复机会无疑对正统的道德秩序造成了"二次伤害"。在这种富有市民色彩的报应模式中，人们只关心其所遭受到的损害是否被分毫不差地补偿回来，而至于道德水准是否会因此而得到提升则并非是他们的关注重点。如果说"淫人妻子、妻子淫人"，或者说"以牙还牙，以眼还眼"之类的因果报应模式也体现了一种道德意识的话，那么，它也一定是更多地体现了一种注重利害平衡的市民化实用主义道德观。

# 第三章 “尚情”背景与男性气质的若干变化

## 第一节 艳遇与男性气质的分化

诚如上文分析所示,“艳遇”母题从其产生之日起便传达了一种“超功利的性爱美学观念”。其所具有的超现实色彩使得发生艳遇的男性能最大限度地超越现实伦理道德的种种束缚。男性不必为艳遇对象负责,不必做出任何婚姻的承诺,他的艳遇行为不会触犯到家长权威,危害到家族利益,也不会造成任何不良的社会舆论以使自身与家族蒙羞。“艳遇”本身所具有的超现实性、非功利性能最大限度地为男性营造一个近乎绝对自由的异域空间。在这样一个超现实的空间中,作为艳遇对象而出现的美女完全是“爱与美的存在”,其存在的最大价值就是以自己的“美”,主要是以那种富于性魅力的“媚态”激发起男性的情欲并使之得到最为完满、充分且毫无后顾之忧的满足。正因为如此,作为艳遇对象而出现的美女在相当程度上正是男性情欲的投射体,而艳遇的发生也正是男性的情欲得以实现的过程,艳遇的实质可以说就是男性情欲的幻想化实现。同时,也正是因为艳遇能最大限度地创造出一个基本上不受现实礼法制约的超现实空间,男性在毫无外力制约的情况下是否还能抗拒住情欲诱惑的问题也就变得异常突出起来。面对着美女毫无功利性地投怀送抱、自荐枕席,男性之于自身的情欲冲动究竟能否克制住以及能克制到多大程度往往能得到最为真实地体现。换言之,对艳遇的接受与否在相当程度上是检验男性自制力的重要依据,能最为真实地展现出男性之于情欲的态度。

在上文分析到的作品中,如《宿香亭张浩遇莺莺》(《警世通言》第二十九卷)中的张浩,《金明池吴清逢爱爱》(《警世通言》第三十卷)中的吴小员外,《闲云庵阮三偿冤债》(《喻世明言》第四卷)中的阮三,《吴衙内邻舟赴约》(《醒世恒言》第二十八卷)中的吴衙内,《新桥市韩五卖春情》(《喻世明言》第三卷)中的吴山,《郝大卿遗恨鸳鸯绦》(《醒世恒言》第十五卷)中的郝大卿在突如其来的艳遇面前都表现得十分“脆弱”,几乎毫无反抗能力地瞬间就成了情欲的俘虏。其中除了个别人物成功地以婚姻的缔结化解了情欲冲动所造成的恶劣影响之外,其他人物,如吴小员外、吴山、阮三、郝大卿基本上都因放纵情欲而严重地危害到了自身健康,甚至于最终命丧黄泉。

值得注意的是，这些“接受艳遇”的人物都无一例外地体现出了“文”的气质。正如上文所分析的，向往艳遇的市井子弟普遍希望自己能够呈现出文人般的风流气质，而风流的内涵之一就是“文”的体现。与之相对应的，话本小说中还有另一类人物则“拒绝艳遇”，在他们身上也同样无一例外地体现出了一种气质，那正是与“文”相对应的“武”。这些拒绝艳遇并具有武人气的人物主要以宋元话本小说《万秀娘仇报山亭儿》（《警世通言》第三十七卷）中的尹宗、明话本小说《赵太祖千里送京娘》（《警世通言》第二十一卷）中的赵匡胤为代表，此外，宋元话本小说《陈从善梅岭失浑家》（《喻世明言》第二十卷）中的陈从善、《杨温拦路虎记》（《清平山堂话本》）中的杨温、《郑使节立功神臂弓》（《醒世恒言》第三十一卷，即元刊本《红白蜘蛛》的增写本）中的郑信、《史弘肇龙虎君臣会》（《喻世明言》第十五卷）中的史弘肇与郭威、《万秀娘仇报山亭儿》（《警世通言》第三十七卷）中的大字焦吉等人物也普遍对艳遇、女色、情欲采取了漠视、警戒、或排斥的态度，而这些人物身上同样程度不同地体现出了“武”的气质。从这一角度而言，对艳遇以及艳遇背后的女色、情欲的不同态度在相当程度上区分了男性的“文”“武”气质，是划分男性气质的关键所在。



## 一、个体名誉、群体团结与厌女症

诚如上文所分析的，文人气推崇的是“风流”二字，而风流正是生活在浮华都市中渴望体验上层生活的市井子弟们所努力习练、模仿的气质。拥有，或至少在外观上呈现出文人气的风流子弟通常容貌俊美、举止风雅，并普遍热衷于留连风月、追欢逐乐。他们往往对自身的情欲冲动缺乏足够的控制力，总是轻易地就陷入到某个风流艳遇之中。与推崇“风流”的文人气相反，武人气讲究的却是一种类似于江湖好汉似的“英雄”气概，他们往往外貌粗豪、性格火暴，喜好抱打不平、行侠仗义。这一点在《赵太祖千里送京娘》中赵匡胤的出场亮相中就可以看出。小说对赵匡胤的好汉行径做了这样一番整体性描绘，“生得面如噀血，目若曙星，力敌万人，气吞四海。专好结交天下豪杰，任侠任气，路见不平，拔刀相助，是个管闲事的祖宗，撞没头祸的太岁。先在汴京城打了御勾栏，闹了御花园，触犯了汉武帝，逃难天涯。到关西护桥杀了董达，得了名马赤麒麟。黄州除了宋虎，朔州三棒打死了李子英，灭了潞州王李汉超一家。”（《警世通言》第二十一卷）

除了“任侠任气，路见不平，拔刀相助”之外，英雄好汉们最重要的一点就是对艳遇、女色以及自身的情欲冲动时刻保持高度的警惕。宋元话本小说《万秀娘仇报山亭儿》（《警世通言》第三十七卷）中的尹宗就是这样一位富于禁欲色彩的英雄。在尹宗只身护持遭歹人劫持的万秀娘返回家乡的途中，思量无以回报的万秀娘主动表示愿意以身相许。但对此早有警觉的尹宗却坚决地拒绝了这次艳遇，并“拿起朴刀在手”，向已经走到身边的万秀娘说道：“你不可胡乱。”万秀娘见尹宗业已“焦躁”起来，无奈之下只好转口说起他事，一次即将促发的艳遇被消灭于萌芽之中。尹宗的“焦躁”很让人联想起《金瓶梅》中武松遭潘金莲挑逗时的数次“焦躁”。

《万秀娘仇报山亭儿》中并没有明确说明尹宗拒绝艳遇的具体原因，但这一原因在明话本小说《赵太祖千里送京娘》(《警世通言》第二十一卷)中得到了详细的交代。与尹宗的英雄事迹相似，赵匡胤也有一段只身护送遭劫持的女性重返家乡的仗义之举。同万秀娘一样，“受恩之下，愧无所报”的赵京娘也欲将自己的终身托付于救命恩人。“欲要自荐，又羞开口”的赵京娘先是制造了种种机会以展现女性的性魅力，“于路只推腹痛难忍，几遍要解。要公子扶他上马，又扶他下马。一上一下，将身偎贴公子，挽颈勾肩，万般旖旎。夜宿又嫌寒道热，央公子减被添裳，软香温玉，岂无动情之处。”怎奈赵匡胤全然不解风情，“公子生性刚直，尽心优待，全然不以为怪。”万般无奈的赵京娘只好开口提出了请求。小说在这里富有层次地渐次交代了赵匡胤拒绝艳遇时的三次表态。首先赵匡胤表示搭救赵京娘“实出恻隐之心，非贪美丽之貌。况彼此同姓，难以为婚，兄妹相称，岂可及乱?”在京娘执意相求后，“勃然大怒”的赵匡胤“声色俱厉”地说道:“赵某是顶天立地的男子，一生正直，并无邪佞。你把我看做施恩望报的小辈，假公济私的好人，是何道理? 你若邪心不息，俺即今撒开双手，不管闲事，怪不得我有始无终了。”待京娘终于放下自献的念头后，赵匡胤又好言安抚道:“贤妹，非是俺胶柱鼓瑟，本为义气上千里步行相送。今日若就私情，与那两个响马何异? 把从前一片真心化为假意，惹天下豪杰们笑话。”可见，除了亲缘伦理层面的原因之外，最重要的一个理由就是如果接受艳遇的话，其英雄品格的纯洁性将会遭到否定。按照赵匡胤的英雄式的思考逻辑，当初之所以搭救赵京娘，完全是出于一片侠义“公心”。如若因此而与赵京娘结亲的话，原本“路见不平、拔刀相助”的豪侠壮举就会因为掺杂了“假公济私”的私念而彻底褪变成“私情”，这正是崇尚英雄品格的赵匡胤无论如何也无法接受的。

在赵匡胤千辛万苦地将赵京娘成功地护送回家后，感恩万分的赵太公又主动提出了联姻的请求。此时的赵匡胤已是忍无可忍，“一盆烈火从心头掇起”，并大骂道:“老匹夫! 俺为义气而来，反把此言来污辱我。俺若贪女色时，路上也就成亲了，何必千里相送! 你这般不识好歹的，枉费俺一片热心。”随后“将桌子掀翻，望门外一直便走。”尽管赵匡胤的无情拒绝直接导致了赵京娘不得不以死自明清白，但这显然并不在这位英雄的关心范围之内。他真正关心的是自己的英雄名誉是否会因瓜田李下的嫌疑而受到玷污。果然，赵匡胤虽然严辞拒绝了女性的投欢送抱，小心谨慎地坚守住了自己的道德操守，但即便如此依然还是遭到了世人对其行为动机纯洁性的质疑，这也就难怪英雄勃然暴怒了。赵匡胤一怒之下拔腿就走的样子很让人想起了那位拒绝友人提亲愤然离去的赵子龙。

尹宗、赵匡胤以及随之联想而出的武松、赵子龙都是富有武人气质的英雄好汉。中国白话小说中的“好汉”形象与西方文化中的“硬汉”形象颇有几分相似，他们都富于“冒险精神”，有“暴力倾向”，“喜欢诉诸行动而非口头表达想法”，并且始终保持

“对性关系的漠然态度”。[①] 艳遇的发生显然有碍于英雄品格的完美实现，因此，“武的英雄则必须要克制住自己的性欲和爱欲。……对情欲和性欲的克制是‘武’的美德不可或缺的组成部分。”[②]正因为如此，具有武人气质的英雄势必会对女色、艳遇以及自身的情欲冲动采取警惕、抑制、排斥的态度，“正是因了在性上的清教主义，这些英雄在潜意识中隐藏着对女人的仇恨。他们把女人当作自己最大的敌人”，[③]这与文人气的市井子弟们对风流艳遇的普遍热衷形成了鲜明的对比。英雄好汉就应该是禁绝女色的，贪恋女色的便算不得英雄好汉。这样一种具有仇女倾向的思考逻辑在崇尚英雄好汉的《水浒传》中得到了鲜明的体现。宋江在品评矮脚虎王英时就曾说过：“原来王英兄弟，要贪女色，不是好汉的勾当。”(《水浒传》第二十二回)而梁山好汉的英雄事迹(这里指大聚义之前的单打独斗阶段)就其性质而言，与宋元话本小说中使一杆朴刀的江湖好汉尹宗、使得一杆好棒的将门之子杨温同样隶属于宋人说话中“朴刀”、“杆棒”类的好汉故事，他们在崇尚英雄、不近女色的好汉传统中显然是一脉相承的。

对艳遇、女色以及自身情欲的警惕、排斥与抑制不仅能有效地保护英雄好汉的道德名誉不受玷污，同时也有助于加强男性团体的团结，保障男性团体的安全。宋元话本小说《万秀娘仇报山亭儿》(《警世通言》第三十七卷)就写到了一个以十条龙苗忠、大字焦吉为首的强盗团伙。与英雄好汉救人于危难之中的好汉行径相反，这些为非作歹的强盗歹徒们专门打家劫舍、杀人放火，且心狠手辣、不留活口。但在打劫回娘家探亲的万秀娘一行人时，尽管随行的其他人等一概被杀，唯独万秀娘却奇迹般地保全了性命。原因就在于强盗头子苗忠看上了万秀娘的美貌，“物事都分了，万秀娘却是我要，待把来做个扎寨夫人。”苗忠的贪淫好色对强盗团伙构成的潜在威胁让大字焦吉深感不安，“异日却为这妇女变做个利害，却又不坏了我！”他唆使苗忠杀掉万秀娘，但正沉湎于温柔乡中的苗忠却执意不肯，大字焦吉决定亲自动手，“我几回说与我这哥哥，教他推了这牛子，左右不肯。把似你今日不肯，明日又不肯，不如我与你下手推了这牛子，免致后患。”大字焦吉的杀人行为在千钧一发之际被苗忠及时制止，无奈之下，苗忠只好将万秀娘转卖他人，于是一场因贪恋女色而在男性团体内部引起的风波也随之暂告平息。

大字焦吉执意除掉万秀娘的心理动机在小说中虽然没有明确交代，但在与之题材相近的明话本小说《蔡瑞虹忍辱报仇》(《醒世恒言》第三十六卷)中却得到了间接反映。这篇小说同样写到了一个专门在水上作案的强盗团伙在打劫了一条官船后，将船上的所有人等一概杀死并将财物一扫而光，但却唯独留下了宦家小姐蔡瑞虹。

① (奥)雷金庆.男性特质论——中国的社会与性别[M].南京:江苏人民出版社,2012:12.

② (奥)雷金庆.男性特质论——中国的社会与性别[M].南京:江苏人民出版社,2012:28.

③ (美)夏志清.中国古典小说[M].美国印第安纳州布卢明顿市:印第安纳大学出版社,1980:106.(转引自(奥)雷金庆.男性特质论——中国的社会与性别[M].南京:江苏人民出版社,2012:43—44.)

蔡瑞虹为了替全家报仇而不得不忍辱接受了强盗头子陈小四的所谓“成亲”要求。在陈小四于船舱内肆意狂荡之时，船舱外的众人却对女色之于男性团体的介入颇为忧虑，“常言说得好：‘斩草不除根，萌芽依旧发。’杀了他一家，恨不得把我们吞在肚里，方才快活，岂肯安心与陈四哥做夫妻？倘到人烟凑聚所在，叫喊起来，众人性命可不都送在他的手里。”预见到陈小四的好色行径将会给整个强盗团伙带来的危险，众人决定趁陈小四尚未察觉之时坐地分赃，然后各奔东西，“将船使到一个通官路所在泊住，一齐上岸，四散而去。”

在这两部作品中写到的强盗团伙虽无法与尹宗、赵匡胤等英雄好汉相提并论，但在禁绝女色这一点上却表现出了出奇的一致。英雄好汉禁绝女色是为了维护个体的道德名誉，强盗团伙禁绝女色则是为了维护男性群体的团结。虽然他们并不注重个体的道德名誉，但却很看重个体的生命安全。对情欲的缺乏克制无疑会瓦解掉男性群体的团结并进而危及到这一群体中每个个体的生命安全。因此，这些行走于黑道上的男性团体成员必须要保持对女色的高度警惕。对于这些为非作歹、无恶不作的亡命徒来说，禁欲可以说是唯一体现男性自制力的地方。且还有一点值得注意的是，这两部小说都不约而同地写到了贪恋女色的不是别人，恰恰正是整个男性团体中起领导作用的强盗头子，团伙内部发生的内讧甚至于整个团伙最终的分崩离析正是由于首领自身在女色面前无法自持而表现出的软弱、犹豫造成的。对女色的迷恋将导致男性自制力的丧失，而男性自制力的丧失将会使其失去继续做首领的资格。

话本小说中写到的这些强盗团伙排斥女色以保障男性群体团结的做法不禁让人又联想到了《水浒传》。夏志清先生在分析《水浒传》时认为梁山好汉们在食欲上的放纵在相当程度上是对在色欲上的禁绝的一种补偿，“虽不贪女色，却酷爱大碗喝酒，大块吃肉，以此作为补偿。”[1]“极度过剩”的“精力”总要寻找发泄的出口。无论对于自身的道德名誉来说，还是对于男性团体的团结来说，发泄在酒肉上显然要比发泄在女色上更为安全。但无论出于何种动机，在女色排斥行为持续不断地重复中，一种对女性发自内心的厌恶与憎恨情绪也随之迅速地生成。无论是话本小说中行侠仗义的英雄豪杰、还是为非作歹的强盗团伙，抑或是《水浒传》中的英雄好汉，这些具有武人气的男性们普遍都具有一种厌女情绪。《水浒传》中的“武松、鲁智深每每看到丢人现眼的和尚道士同年轻女人在一起，就会怒火万丈，杀机顿起。李逵更是一看到美丽姑娘就不胜厌恶。”[2]《万秀娘仇报山亭儿》中的大字焦吉对万秀娘必欲除之而后快的极度厌恶也可以从厌女症上寻找到一定的解释。而男性，尤其是具有武人气质的男性们对女色的厌恶在相当程度上其实源自于内心深处对女色的恐惧。



---

① (美)夏志清著.中国古典小说史论[M].胡益民等译.南昌:江西人民出版社,2001:88.

② (美)夏志清著.中国古典小说史论[M].胡益民等译.南昌:江西人民出版社,2001:88.

由于对自身情欲的不愿正视以及将责任转嫁之后而产生的女性妖魔化等问题，男性之于女色的恐惧就从来没有真正地根除过，并逐渐沉淀成了男性群体的集体无意识。企图从技术层面增强男性自信的古代房中术正是在这样一种“女色恐慌”的男性集体无意识下催生出来的美妙幻想。然而，男性之于女性的恐惧并不仅止于性行为本身，“还有这个过程带给男人对女人的精神心理方面的依赖感，以及由此必然造成的身心在某种程度上为女性所控制的恐慌感。换句话说，女性对男性的最大威胁在于使男人在不知不觉中放弃了主体意识，沦为女性淫欲或驱使的对象。”[①]男性，尤其是具有武人气的男性之于女性的厌恶可以说是从肉体交合到精神控制的全方面厌恶。

正因为如此，中国古代的许多制欲方法基本上都建立在了男性群体的厌女意识上。如宋代的黄大光在《积善录》中就告诫男性应远离女人，因为“大抵妇人女子情性多淫邪而少正，易息怒而多乖，率御之以严，则事有不测，其情不知，其内有怨，盖未有久而不为害者。御之以宽，则动必违礼，其事多苟，其心无惮，盖未有久而不乱者。”[②]清代的劝善书《欲海回狂九想观》则为美色当前的男人们如何克制情欲提供了一个类似于佛家九想不净观的“意念制欲法”，即“一想其为冰冷尸体；再想其开始发臭；三想其流脓血；四想其化为绛汁；五想其为虫蛆所咂；六想其肉腐筋露；七想其骨散筋断；八想其为焦火所烧；九想其残骨为车马所践。”[③]这种具有严重厌女症倾向的制欲言论在西方世界中同样存在。公元四世纪的一个名叫约翰·可里索斯托的教父就号召过男人应该把女人“想象成令人恶心的储藏唾沫和浓痰的仓库”，并以此作为远离女色诱惑的不二法宝。[④] 所不同的是，一般男性多以意念灭绝法以获取对女色的精神胜利，而具有武人气质的男性们则往往采取暴力手段不折不扣地消灭女性肉体。大字焦吉对万秀娘的行凶、陈小四对蔡瑞虹的谋杀未遂自不必说，即便是察觉万秀娘自献意图后的尹宗将朴刀把持在手的举动亦未尝不包含了同样的意思。

由于自身对情欲的缺乏克制而将责任转嫁给女色惑人，并由此产生了严重的厌女情绪以及对女色的排斥行为。女性在无形中成了男性薄弱意志力的替罪羊，但这显然不是男性，尤其是具有武人气质的男性所关心的问题。通过对女色的“自觉”抵制，男性英雄的道德名誉是否得以保全，男性群体的团结是否得到了保障，这才是武人男性们关注的焦点所在。

① 孙绍先.英雄之死与美人迟暮[M].北京：社会科学文献出版社，2000：94.

② 孙绍先.英雄之死与美人迟暮[M].北京：社会科学文献出版社，2000：69.

③ 劝学戒淫·远色篇.(转引自孙绍先.英雄之死与美人迟暮[M].北京：社会科学文献出版社，2000：10.)

④ (德)卡莫迪.妇女与世界宗教[M].成都：四川人民出版社，1989：133.(转引自孙绍先.英雄之死与美人迟暮[M].北京：社会科学文献出版社，2000：10.)

## 二、武人英雄的没落与现实促因探析

在话本小说中出现的具有武人气的男性中，除了个别的历史人物，如《赵太祖千里送京娘》(《警世通言》第二十一卷)中的赵匡胤、《史弘肇龙虎君臣会》(《喻世明言》第十五卷)中的史弘肇与郭威日后发迹变泰之外，其他武人气的人物其现实处境都往往透着点尴尬的意味。如《杨温拦路虎记》(《清平山堂话本》)中的杨温虽是将门之后，且使得一条好棒，但却在去东岳还愿的路上被一伙强人将财物行李劫持了个干干净净，甚至连自己的妻子也被虏了去。身无分文的杨温无奈之下只好去参加东岳庙的打擂比赛好赚些个钱两使用。在无意中发现了妻子的下落后，躲在深草丛中正盘算着如何搭救妻子的杨温又被一伙小喽啰发现，随后就被绳捆索绑了个结结实实。其后，好不容易脱离了险境的杨温最终还是在一队官兵的帮助下才将妻子成功地解救了出来。尽管在小说的结尾补了一句“自此，杨温和那妻子归京，上边关立一件大大功劳”，但纵观杨温在整个故事中的种种遭遇，实在很难看出什么英雄式的豪情与霸气。

《陈从善梅岭失浑家》(《喻世明言》第二十卷)中陈从善的现实处境也与杨温不相上下。他在赴任的路上被妖怪摄去了妻子，自己也被“惊得魂飞天外，魄散九霄”。万般无奈的陈从善只好孤身前往任所。这位号称“文武双全”的英雄好汉自始至终都没有发挥出半点威力，除了与妻子“抱头而哭，各诉前情”外一无所为，最后还是仰仗着紫阳真人的法力才得以夫妻团圆。《郑使节立功神臂弓》(《醒世恒言》第三十一卷)中的郑信亦大体如此，出场时不过是一个因误伤人命而下狱的死囚而已。《万秀娘仇报山亭儿》(《警世通言》第三十七卷)中的好汉尹宗更是“壮志未酬身先死”，不小心吃了歹人的暗算，被稀里糊涂地结果了性命。

这些富有英雄气质的好汉们虽然各个武艺高强、侠肝义胆，但在市井社会中却常常局促得施展不开拳脚。就其实质而言，这些富有英雄气质的好汉们是信奉个人英雄主义的上古英雄在现实社会中的残留。《醉翁谈录》中盛赞的“壮士心”[①]也只有在金戈铁马的战场上，在啸聚山林的绿林中才能找到发挥其自身价值的立足点。而且，具有武人气质的男性们在市井小民心目中的形象似乎也并不怎么高大。《史弘肇龙虎君臣会》(《喻世明言》第十五卷)中的史弘肇、郭威简直就是市井无赖、地痞流氓，“兄弟两人在孝义店上，日逐趁赡，偷鸡盗狗，一味干颡不美，蒿恼得一村疃人过活不得。没一个人不嫌，没一个人不骂。”《万秀娘仇报山亭儿》(《警世通言》第三十七卷)中的十条龙苗忠、大字焦吉等人更是心狠手黑的杀人强盗。武人在宋人市井社会中的处境是局促的、身份是尴尬的，时常游走于社会的边缘，往往遭到社会大众

① 原句为“春浓花艳佳人胆，月黑风寒壮士心。”(宋)罗烨. 醉翁谈录[M]. 北京：古典文学出版社，1957：3. “佳人胆”与“壮士心”正是宋人说话故事的表现重点。

的轻贱甚至于敌视。再联系上文分析到的新兴的市井子弟普遍将文人气质，而非武人气质作为模仿的对象，就可以大致看出男性气质不仅早在宋人社会中发生了分化，而且似乎还出现了一种重文轻武的倾向。结合宋代的国家政策与社会现实，这样一种感觉可以说是完全正确的。

宋代的开国君主赵匡胤对富有文才、举止风雅的读书人颇有好感，宋太宗赵光义则提出了"以文德致治"的治国方略。尤其是王安石变法期间、徽宗崇宁年间、大观年间兴起的三次大规模的兴学活动更是极大地促成了"风俗纯厚，士人儒雅，家崇孝弟，户习诗书"①这一几乎全民读书的良好社会风气。所谓"劝天下之学，育天下之才"，②在许多文人士大夫撰写的家训中都将读书奉为人生的第一要义。读书在宋人社会中有着广阔的就业前景，袁采就认为无论能否取得功名，子弟们都应以读书为尚，"士大夫之子弟，苟无世禄可守，无常产可依，而欲为仰事俯育之计，莫如为儒。其才质之美，能习进士业者，上可以取科第致富贵，次可以开门教授，以受束修之奉。其不能习进士业者，上可以事笔札，代笺简之役，次可以习点读，为童蒙之师。"③陆游亦认为对于那些"才分有限，无如之何"的子孙们来说，也"不可不使读书"，"贫则教训童稚，以给衣食，但书种不绝足矣。"④除了就业前景、传承儒业等方面的考量外，叶梦得更主张将读书作为人生修养中必不可少的一部分，"旦起须先读书三五卷，正其用心出，然后可及他事，暮夜见烛亦复然。"⑤

在这样一种普遍重视读书的社会氛围中，宋代的许多武将也深感武人气的粗俗而主动习修文化。著名的武将岳飞就堪称一位儒将，"贤礼士，览经史，雅歌投壶，恂恂如书生。"⑥岳飞的"览经史"让人联想起了"夜读春秋"的关羽。被后世奉为武圣人的关羽"作为'武'的终极典范"，"却只能从属于具备更多'文'的特质的刘备。"⑦"文"对"武"始终都占据着统御地位。但尽管如此，相较于完全武人气的"莽张飞"，努力向文人气靠拢的关羽显然赢得了后人更多的赞誉。除了一些武将外，许多市井出身的商人子弟也纷纷弃商习文，诚如清人沈垚所言，"古者，四民分；后世，四民不分。古者，士之子恒为士；后世，商之子方能为士。此宋、元、明以来变迁之大较也。"⑧诚如上文所分析的，向往艳遇、崇尚风流的市井子弟普遍热衷于对文人气的习练与模仿，并在外形气质、言谈举止上程度不同地呈现出了文人化倾向。联系宋代推崇文

---

① (清)严可均.全宋文(二)[M].成都:巴蜀书社,1992:283.

② (宋)范仲淹.范文正集[M].四库全书本:第1089册.上海:上海古籍出版社,1987:648.

③ (宋)袁采."子弟当习儒业"条[M]//袁氏世范.四库全书本:第698册.上海:上海古籍出版社,1987:623.

④ (宋)陆游.放翁家训[M].丛书集成初编:第0974册.北京:中华书局,1985:5.

⑤ (宋)叶梦得.石林家训[M].从书集成续编:第60册.台北:新文丰出版公司,1989:489.

⑥ 脱脱等.岳飞传[M]//宋史:第365卷.点校本.北京:中华书局,1977.

⑦ (奥)雷金庆.男性特质论——中国的社会与性别[M].南京:江苏人民出版社,2012:60.

⑧ (清)沈垚.费席山先生七十双岁寿序[M]//落帆楼文集:卷二四.(转引自傅衣凌.明清时代的商人及商业资本[M].北京:人民文学出版社,1956:41.)

教的社会现实，市井子弟的文人化倾向，或文人化意愿并不能完全理解为追模风流的结果，更有其深刻的现实原因。而无论是在全民读书的文化氛围下弃商从文，还是在倾心艳遇的情欲幻想中习演风流，都体现了市井阶层作为一个阶层向上流动的愿望。而所谓的"上"正是以文人士大夫为代表的文化阶层，其所具有的文人气也就自然成为了市井子弟争相模仿的"上流气质"。

"重文"的同时必然意味着对"武"的相对抑制，宋代实行的募兵制更是在实际操作上进一步加剧了这种原本就有的轻视感。宋代实行的募兵制就其兵源来说主要有二：凶悍无赖之徒与灾荒时的流民。之所以将此两类人作为募兵的重要来源，主要是出于国家安定、社会治安的考虑。灾荒造成的流民如不及时"不收为兵，则恐为盗"。[①] 故而，"饥岁莫急于防民为盗，而防盗莫先于募民为兵。"[②]如此一来，"是上可以足兵之用，下可以去民之盗，一举而两得之。"[③]至于那些为害乡里的"强悍无赖游手之徒"，则可以"养之以为官兵，绝其出没闾巷，啸聚作过，扰民之忧。"[④]不仅如此，最迟从宋仁宗开始，罪犯也往往被发配充军，尤其是那些"积恶亡命之徒"，"故隶之军以苦其形体，移之乡以劳其心志，使知罪戾，以图改为。"[⑤]如此一来，流民、凶徒以及罪犯几乎构成了宋朝军队的主体部分，"整个军营都由流民组成，这是宋朝军队的一大特色。"[⑥]

由于大量的流民，尤其是凶徒、罪犯被招募到军队之中，士兵中"多浮浪不顾死亡之人，则其喜祸乱，非良农之比。"[⑦]为了防止士兵逃亡，士兵在招募之初就遭到了"刺面"这一形同犯人的对待，"方其募时，先度人材，次阅走跃，视瞻视，然后黥面，赐以缗钱，衣履而隶诸籍。"(《宋史·兵志七》卷一九三《兵制七》)时常爆发的群体性躁动导致宋朝军队哗变事件频发，"大则谋欲杀官吏，劫仓库；小则谋欲杀民户，入山林。"[⑧]将流民、凶徒、罪犯编入军队的初衷原本是为了维护国家安全与地方治安，虽然这一目的在一定程度上得到了实现，但却在更为严重的利害关系上扰乱了本应纪律严明的军队秩序，从而给国家安全以及地方民众的生命财产造成了严重的威胁。也正因为如此，宋人社会普遍流传着"做人莫做军，做铁莫作针"的民谚，士兵在宋人心目中的地位与形象由此可见一斑。

通过以上对宋代相关背景的分析可知，在宋元话本小说中呈现出来的男性气质

---

① (宋)欧阳修著.原弊[M]//欧阳修全集：卷六十.李逸安点校.北京：中华书局，2001：871.

② (宋)吴儆.论募兵[M]//吴文肃公文集：二卷.明万历刻本.四川大学古籍整理研究所编.宋集珍本丛刊：第四十六册.北京：线装书局，2004：607.

③ (宋)吴儆.论募兵[M]//吴文肃公文集：二卷.明万历刻本.四川大学古籍整理研究所编.宋集珍本丛刊：第四十六册.北京：线装书局，2004：608.

④ (宋)沈作吉.寓简：卷五[M].文渊阁四库全书本影印.864—135.

⑤ 祫享赦后拣贷杂犯刺面配军诏(嘉祐四年)[M]//宋大诏令集：卷二一六.北京：中华书局，1962：823.

⑥ 陆德阳.流民史[M].上海：上海文艺出版社，1997：209.

⑦ (宋)李焘.熙宁三年十二月乙丑条[M]//续资治通鉴长编.北京：中华书局，1985：5299.

⑧ (宋)张方平.论地震请备寇盗事[M]//乐全集：卷二十二.钦定四库全书本：集部.19.

的“文”“武”分化以及“重文轻武”的倾向确实有着深刻的社会根源。尽管限于本文的论题，笔者更多的是从两性关系的角度对男性气质，尤其是市井子弟所推崇的文人气进行了分析，但市井子弟对文人气的推崇显然并不仅仅是出于向往艳遇、崇尚风流等两性层面的考量，也同时包含着在重文轻武的社会氛围下，通过模仿文人气，或者索性弃商从文以实现(或者至少在心理上实现)作为一个阶层向上流动的愿望。只有将“重文轻武”这一社会层面的背景考虑进来，我们对男性气质所做的两性层面的分析才能建立在一个更为扎实、更为深刻的现实基础上。

## 第二节　一些新的趋向



接续上文的观点，为市井子弟所推崇的“风流”气质是对传统的文人气质模仿的结果，是男性气质文人化的一种表现，在相当程度上体现了新兴的市民阶层向上流动的愿望。这样一种男性气质的文人化在“三言”，尤其是“三言”的明话本小说中得到了较为突出的呈现，并与宋元话本小说时期热衷于表现江湖好汉或泼皮无赖的武人气形成了较为鲜明的对比。如果我们顺着这一思路再将视野从内在的禀赋素养进一步扩展到外在的容貌仪表上还会进一步发现，进入明话本小说编创阶段后，对男性容貌的关注度不仅大为提升，且其所描写的男性容貌总是会呈现出一种鲜明的文人气、或甚至于女子气的倾向。

为了使新的趋向能够更加明晰地呈现出来，笔者对“三言”中青年男子的容貌仪表以及禀赋素养上所呈现出的文人气(主要指因攻书习儒而培养出的外在气质)、武人气(主要指因习武而培养出的外在气质)、女子气(不仅体现为男子的容貌仪表上的女性化，亦往往体现为男子性格上的弱化)这一情况进行了通盘考察并整理成以下四表。通过对此四表的数据加以分析，可得出如下观点：

**1. 关于在禀赋素养上，文人气与武人气的比较。**

据笔者统计，在“三言”的明话本小说中出现的青年男子共计 61 人。除了文武兼备的 3 人(即钱婆留、程万里、郭仲翔)外，在禀赋素养上具有文士气的有 34 人，占青年男子总数(61 人)的 58%。在禀赋素养上具有武人气的仅有 5 人，占青年男子总数的 8%。即便将上文列举的文武兼备且又偏于武人气的 3 人包括在内，在禀赋素养上具有武人气的人数也仅占青年男子总数的 13%。这一信息的得出可证明如下观点，即随着男性气质的分化，文人气相较于武人气更受到以市井子弟为代表的青年市民们的青睐，而武人气则在普遍性的社会歧视中渐趋没落。文人气与武人气的彼此消长绝非仅仅停留在男性气质的好恶风尚这一审美层面，而是在相当程度上反映了文士与武夫在社会政治地位上的巨大差别。文士，或弃商习儒的市井子弟一旦通过科举考试便能进入权力体系的内部；而武夫(除了诸如赵匡胤、史弘肇等著名的历史人物外）则往往都是诸如强盗水贼、泼皮流氓或市井混混等社会边缘人。

**2.关于对青年男子外在容貌仪表的关注情况。（尤其是青年男子的面部描写情况）**

在“三言”的明话本小说中，对青年男子的容貌（专指面部）仪表加以展示的有 35 人，占青年男子总数（61 人）的 57%，这与宋元话本小说的相关情况形成了鲜明的对比。据笔者统计，宋元话本小说中出现的青年男子共计 20 人，其中有容貌描写的仅有 6 人，即张生（《张生彩鸾灯记》，出自《熊龙峰刊行小说四种》）、柳永（《清平山堂话本》之《柳耆卿诗酒玩江楼记》，即《喻世明言》第十二卷《众名姬春风吊柳七》）、朱秉中（《清平山堂话本》之《刎颈鸳鸯会》，即《警世通言》第三十八卷《蒋淑真刎颈鸳鸯会》）、崔衙内（《警世通言》第十九卷《崔衙内白鹞招妖》）、乔彦杰（《清平山堂话本》之《错认尸》，即《警世通言》第三十三卷《乔彦杰一妾破家》）、简帖僧（《清平山堂话本》之《简帖和尚》，即《喻世明言》第三十五卷《简帖僧巧骗皇甫妻》），占宋元话本小说中青年男子总数（20 人）的 30%。宋元话本小说对男子的容貌并无太大专注，相较于面部描写，其关注点更多地放在了介绍该男子的禀赋素养、性情喜好以及穿衣打扮上，前者如“贯串百家，精通经史”（司马相如，出自《清平山堂话本》之《风月瑞仙亭》）、“武艺高强”（杨温，出自《清平山堂话本》之《杨温拦路虎传》）、“风流博浪”（吴子虚，出自《警世通言》第三十卷《金明池吴清逢爱爱》）、“一生不好酒色，只喜闲耍”（奚宣赞，出自《清平山堂话本》之《西湖三塔记》）、“好饮酒，善击剑”（王臣，出自《醒世恒言》第六卷《小水湾天狐诒书》）等，后者如“身上披着破衣服，露着腿，赤着脚”（郑信，出自《醒世恒言》第三十一卷《郑节使立功神臂弓》）、“头带万字头巾，身穿直缝宽衫，背上驮了一个搭膊，里面却是铜钱，脚下丝鞋净袜。”（崔宁，《醒世恒言》第三十三卷《十五贯戏言成巧祸》）等。即便容貌仪表描写本身亦往往极为简短，仅“十分聪俊”、“美丈夫”或“魁伟雄壮”等寥寥数语、匆匆带过。通过对宋元话本小说与“三言”中的明话本小说在男子容貌仪表描写（尤其容貌描写）的对比可知，话本小说编创在进入明代之后，对男子的容貌、仪表的关注度明显提升，此当为时代风尚在文学作品中的一种反映。



此外，还有一点须补充的是，在“三言”的明话本小说写到的 61 个青年男子中，其中有 25 人并未对其做任何容貌描写。除了 5 人，即许宣（《警世通言》第二十八卷《白娘子永镇雷峰塔》）、李甲（《警世通言》第三十二卷《杜十娘怒沉百宝箱》）、李秀卿（《喻世明言》第二十八卷《李秀卿义结黄贞女》）、宋金（《警世通言》第二十二卷《宋小官团圆破毡笠》）、独孤生（《醒世恒言》第二十五卷《独孤生归途闹梦》）、李伯元（《喻世明言》第三十四卷《李公子救蛇获称心》）之外，其余的 20 人皆来自于诸如人生离合、文人发迹、生死至交、人间道义、公案、神仙道教等非两性关系的故事。这应该能在一定程度上表明虽然对男子容貌的描写在“三言”的明话本小说中大量增加，但并不是说无论什么类型的故事都要去展现男子的容貌。只有在那些两性关系或涉及两性关系的故事类型中，对男子容貌，尤其是美貌的的展示才有充分的必要。这在相当程度上暗示了这样一点，即在进入了明话本小说编创阶段后，相较于传统的门第、家世、财富等，貌（往往也包括才）等个体品质得到了普遍的重视。个体价值以及由此可能带来的个人前景在晚明社会的婚姻市场中得到了凸显。

3. **关于在容貌仪表上，武人气与文人气，尤其是女子气的比较。**

在“三言”的明话本小说中，对青年男子的容貌仪表加以展现者共计 35 人，其中在容貌仪表上体现出文人气的有 49%（17 人），体现出武人气的有 17%（6 人）。所谓“相由心生”，除了极个别情况（如张孝基“深通今古，广读诗书”，但又生得“相貌魁梧”）外，内在的禀赋素养必然会反映在外在的容貌仪表上，这一数据可以与第一条，即“关于在禀赋素养上，文人气与武人气的比较”相互印证。

但有一点须引起足够重视的是，在“三言”的明话本小说中，竟然有 11 处青年男子的容貌描写呈现出了鲜明的女性化倾向（女子气）。不仅“美”“标致”等词常常直接使用，且用于描写其容貌的词汇，诸如“唇红齿白”“面如傅粉”等着力展示的分明就是一张女性化的脸。更有将男子的美貌直接形容为“如美女一般”，这显然是在以女性美作为衡量男子容貌的新标准。尽管以女性化的审美标准来衡量男子容貌的做法早在魏晋时期即已有之，但单就话本小说领域而言，尤其是在考虑到此种男子容貌的女性化在宋元话本小说阶段绝无出现后[①]，笔者相信如此富于女性美的男子容貌，或者说女性化的审美观的出现当为明代社会，尤其是晚明以来某种时代风潮的产物。如果再做进一步推测的话，以女性美为美的这样一种审美观的出现是否与晚明以来尚情风潮的发展有关。如若果真如此的话，这又是否意味着“女子气”与“尚情”之间存在着一定的关联。

如此一来，“三言”的明话本小说中青年男子在容貌仪表上的划分除了传统的文人气、武人气之外，又增添了一个颇具时代气息的女子气，且在对青年男子的容貌（专指面部）仪表加以展示的 35 人中，相较于文人气的 10 人（29%）、武人气的 7 人（20%），在容貌仪表上呈现出女子气的竟然高达 11 人（31%）。可见，“三言”的明话本小说中青年男子容貌的女性化这一情况是相当突出的。其与晚明社会的时代背景，尤其是晚明以来人文思潮之间的关系很值得深入探究。此外，尚有一点须引起足够重视的是，除了小说中未交代的情况外，在容貌仪表上具有女性美的青年男子在禀赋素养上皆呈现出了文人气，这是否暗示了这样一点，即文人气与女子气之间也存在着某种关联，或者说文人气可能会导致男性气质的弱化（外在的容貌仪表上，或甚至于内在的禀赋素养上）。毕竟，充满了武人气的男子没有一个长着一张女性化的脸。

① 《警世通言》第十九卷《崔衙内白鹞招妖》中的崔衙内虽被冠以“美”字，但又紧接着强调其是“性好畋猎”的“丈夫”，与此处所论之女子气终究不同。

以上两个疑问，即“女子气”与“尚情”、文人气之间是否存在着一定的关联以及文人气是否会导致男性气质的弱化都是本节的探讨重点。

**表格一：外在容貌与内在素养上均呈现出文人气(18人)**

| 人物 | 文人气(容貌仪表上) | 文人气(禀赋素养上)(14人) |
|---|---|---|
| 张廷秀 | 眉目疏秀，人物轩昂 | 勤苦读书，教着便会 |
| 乐小舍 | 眉目清秀，伶俐乖巧 | (未交代) |
| 王景隆 | 眉目清新，丰姿俊雅 | 读书一目十行，举笔即便成文 |
| 曹可成 | 人才出众，百事伶俐 | (未交代) |
| 秦重 | 一表人才 | (未交代) |
| 刘璞 | 一表非俗 | 自幼攻书，学业已就 |
| 刘奇 | 温柔俊雅，礼貌甚恭 | 自幼读书，博通今古 |
| 吴衙内 | 一表人才，风流潇洒<br>仪表超群，气质温雅 | 自幼读书，广通经史，吟诗作赋，件件皆能。 |
| 卢太学 | 丰姿潇洒，气宇轩昂，飘飘有出尘之表 | 八岁即能属文，十岁便闲诗律，下笔数千言，倚马可待 |
| 黄损 | 丰资韶秀，一表人才 | 学富五车，才倾八斗，同辈之中，推为才子 |
| 鲁学曾 | 人才清秀，语言文雅 | 未交代 |
| 阮三 | 一貌非俗 | 诗词歌赋，般般皆晓 |
| 张舜美 | 是一个轻俊标致的秀士，风流未遇的才人。 | 口占诗词，当有文才 |
| 莫稽 | 一表人才 | 读书饱学 |
| 乐和 | 眉清目秀，伶俐乖巧 | 自幼上学，后连科及第 |
| 柳永 | 丰姿洒落，人才出众 | 琴、棋、书、画，无所不通；至于吟诗作赋，尤其本等。还有一件，最其所长，乃是填词 |
| 唐伯虎 | 仪表不俗，手白如玉，名士风流 | 聪明盖地，学问包天。书画音乐，无有不通；词赋诗文，一挥便就 |
| 张孝基 | 武人气(容貌仪表上)<br>相貌魁梧，人物济楚 | 深通今古，广读诗书 |

人物出处：

1. 张廷秀(《醒世恒言》第二十卷《张廷秀逃生救父》)
2. 乐小舍(《警世通言》第二十三卷《乐小舍拼生觅偶》)
3. 王景隆(《警世通言》第二十四卷《玉堂春落难逢夫》)
4. 曹可成(《警世通言》第三十一卷《赵春儿重旺曹家庄》)

5. 秦重(《醒世恒言》第三卷《卖油郎独占花魁》)
6. 刘璞(《醒世恒言》第八卷《乔太守乱点鸳鸯谱》)
7. 刘奇(《醒世恒言》第十卷《刘小官雌雄兄弟》)
8. 吴衙内(《醒世恒言》第二十八卷《吴衙内临舟赴约》)
9. 卢太学(《醒世恒言》第二十九卷《卢太学诗酒傲王侯》)
10. 黄损(《醒世恒言》第三十二卷《黄秀才徼灵玉马坠》)
11. 鲁学曾(《喻世明言》第二卷《陈御史巧勘金钗钿》)
12. 阮三(《喻世明言》第四卷《闲云庵阮三偿冤债》)
13. 张舜美(《喻世明言》第二十三卷《张舜美灯宵得丽女》)
14. 莫稽(《喻世明言》第二十七卷《金玉奴棒打薄情郎》)
15. 乐和(《警世通言》第二十三卷《乐小舍拼生觅偶》)
16. 柳永(《喻世明言》第十二卷《众名姬春风吊柳七》)
17. 唐伯虎(《警世通言》第二十六卷《唐解元一笑姻缘》)
18. 张孝基(《醒世恒言》第十七卷《张孝基陈留认舅》)

**表格二:外在容貌上的女子气与内在素养上的文人气相搭配(11人)**

| 人物 | 女子气(容貌仪表上) | 文人气(禀赋素养上)(6人) |
|---|---|---|
| 周廷章 | 美少年 | (诗词唱和,文采可观) |
| 钱青 | 美如冠玉,唇红齿白,眼秀眉清,一表人才,标致、风流、俊俏 | 饱读诗书,广知今古 |
| 孙润 | 美貌,就如良玉碾成,白粉团就一般 | 资性聪明,善读书 |
| 陈多寿 | 面如傅粉,唇若涂朱,露著玉一样的嫩手 | (读书有礼) |
| 郝大卿 | 风流俊美,落拓不羁 | (未交代) |
| 张荩 | 风流俊俏,多情知趣 | (未交代) |
| 杨元礼 | 肌如雪晕,唇若朱涂,一个脸儿,恰像羊脂白玉碾成的 | 文才天纵,学问夙成 |
| 魏生 | 丰姿俊雅,性复温柔,言语询询,宛如处子 | 赴文会,温习学业 |
| 潘华 | 粉脸朱唇,如美女一般,人都称玉孩童 | (未交代) |
| 蒋兴哥 | 眉清目秀,齿白唇红……人人唤做粉孩儿…… | (未交代) |
| 楚王孙 | 面如傅粉,唇若涂朱,俊俏无双,风流第一,人才标致 | (未交代) |

人物出处:
1. 周廷章(《警世通言》第三十四卷《王娇鸾百年长恨》)
2. 钱青(《醒世恒言》第七卷《钱秀才错占凤凰俦》)

3. 孙润(《醒世恒言》第八卷《乔太守乱点鸳鸯谱》)
4. 陈多寿(《醒世恒言》第九卷《陈多寿生死夫妻》)
5. 郝大卿(《醒世恒言》第十五卷《郝大卿遗恨鸳鸯绦》)
6. 张荩(《醒世恒言》第十六卷《陆五汉硬留合色鞋》)
7. 杨元礼(《醒世恒言》第二十一卷《张淑儿巧智脱杨生》)
8. 魏生(《警世通言》第二十七卷《假神仙大闹华光庙》)
9. 潘华(《醒世恒言》第一卷《两县令竞义婚孤女》)入话故事
10. 蒋兴哥(《喻世明言》第一卷《蒋兴哥重会珍珠衫》)
11. 楚王孙(《警世通言》第二卷《庄子休鼓盆成大道》)

**表格三:外在容貌与内在素养上均呈现出武人气(7 人)**

<table>
<tr><th>人物</th><th>武人气(容貌仪表上)</th><th colspan="2">武人气(禀赋素养上)</th></tr>
<tr><td>勤自励</td><td>身长力大</td><td colspan="2">不肯读书,专好使枪轮棒,猿臂善射,武艺过人</td></tr>
<tr><td>陆五汉</td><td>(未交代)</td><td colspan="2">酗酒撒泼,是个凶徒</td></tr>
<tr><td>赵匡胤</td><td>面如噀血,目若曙星</td><td colspan="2">力敌万人,气吞四海。专好结交天下豪杰,任侠任气,路见不平,拔刀相助,是个管闲事的祖宗,撞没头祸的太岁</td></tr>
<tr><td>房德</td><td>方面大耳,伟干丰躯<br>相貌轩昂,言词挺拔</td><td colspan="2">是个未遇时的豪杰</td></tr>
<tr><td>申徒泰</td><td>身长七尺,相貌堂堂</td><td colspan="2">轮的好刀,射的好箭</td></tr>
<tr><td rowspan="2">钱婆留</td><td rowspan="2">身长力大,腰阔膀开</td><td>文人气</td><td>武人气</td></tr>
<tr><td>曾进学堂读书,粗晓文义,便抛开了,不肯专心</td><td>十八般武艺,不学自高</td></tr>
<tr><td>程万里</td><td>人材魁岸</td><td>性好读书</td><td>兼习弓马</td></tr>
</table>

人物出处:

1. 勤自励(《醒世恒言》第五卷《大树坡义虎送亲》)
2. 陆五汉(《醒世恒言》第十六卷《陆五汉硬留合色鞋》)
3. 赵匡胤(《警世通言》第二十一卷《赵太祖千里送京娘》)
4. 房德(《醒世恒言》第三十卷《李汧公穷邸遇侠客》)
5. 申徒泰(《喻世明言》第六卷《葛令公生遣弄珠儿》)
6. 钱婆留(《喻世明言》第二十一卷《临安里钱婆留发迹》)
7. 程万里(《醒世恒言》第十九卷《白玉娘忍苦成夫》)

表格四:“三言”明话本小说中,对青年男子未做容貌描写者(25 人)

<table>
<tr><th rowspan="2" colspan="2"></th><th rowspan="2">人物</th><th colspan="2">禀赋素养上</th></tr>
<tr><th>文人气(14 人)</th><th>武人气(1 人)</th></tr>
<tr><td rowspan="19">与两性题材无关</td><td>人生离合</td><td>苏云</td><td>学业淹贯,一举登科,殿试二甲</td><td></td></tr>
<tr><td rowspan="6">文人发迹</td><td>俞仲举</td><td>勤攻诗史,满腹文章</td><td></td></tr>
<tr><td>马德称</td><td>聪明饱学,文章盖世,名誉过人</td><td></td></tr>
<tr><td>鲜于同</td><td>胸艺万卷,笔扫千军</td><td></td></tr>
<tr><td>马周</td><td>自幼精通书史,广有学问</td><td></td></tr>
<tr><td>司马貌</td><td>资性聪明,一目十行俱下</td><td></td></tr>
<tr><td>胡母迪</td><td>未交代,但秀才出身,当有文才</td><td></td></tr>
<tr><td rowspan="5">生死至交</td><td rowspan="2">左伯桃、羊角哀</td><td>勉力攻书,养成济世之才</td><td rowspan="2"></td></tr>
<tr><td>未交代</td></tr>
<tr><td>郭仲翔</td><td>才兼文武</td><td>一生豪侠尚气,不拘绳墨</td></tr>
<tr><td rowspan="2">俞伯牙、钟子期</td><td>风流才子</td><td rowspan="2"></td></tr>
<tr><td>未交代</td></tr>
<tr><td rowspan="4">人间道义</td><td>唐璧</td><td>未交代,孝廉出身</td><td></td></tr>
<tr><td>杨谦之</td><td>博学雄文</td><td></td></tr>
<tr><td>吕玉</td><td>未交代</td><td></td></tr>
<tr><td>施鉴</td><td>未交代</td><td></td></tr>
<tr><td rowspan="2">公案</td><td>金满</td><td>少时读书不就,当无文才</td><td></td></tr>
<tr><td>沈小官</td><td>专好风流闲耍,当无文才</td><td></td></tr>
<tr><td>神仙道教</td><td>杜子春</td><td>未交代</td><td></td></tr>
<tr><td colspan="2" rowspan="6">两性题材或涉及两性题材</td><td>许宣</td><td>未交代</td><td></td></tr>
<tr><td>李甲</td><td>未交代</td><td></td></tr>
<tr><td>李秀卿</td><td>未交代</td><td></td></tr>
<tr><td>宋金</td><td>未交代,但少年伶俐,宦家出身,能写会算,当有一定的文才</td><td></td></tr>
<tr><td>独孤生</td><td>自幼颖异,十岁便能作文,经史精通,下笔数千言,不待思索</td><td></td></tr>
<tr><td>李伯元</td><td>学习儒业</td><td></td></tr>
</table>

人物出处:

1. 苏云(《警世通言》第十一卷《苏知县罗衫再合》)

2. 俞仲举(《警世通言》第六卷《俞仲举题诗遇上皇》)
3. 马德称(《警世通言》第十七卷《钝秀才一朝交泰》)
4. 鲜于同(《警世通言》第十八卷《老门生三世报恩》)
5. 马周(《喻世明言》第五卷《穷马周遭际卖·媪》)
6. 司马貌(《喻世明言》第三十一卷《闹阴司司马貌断狱》)
7. 胡母迪(《喻世明言》第三十二卷《游酆都胡母迪吟诗》)
8. 左伯桃、羊角哀(《喻世明言》第七卷《羊角哀舍命全交》)
9. 郭仲翔(《喻世明言》第八卷《吴保安弃家赎友》)
10. 俞伯牙、钟子期(《警世通言》第一卷《俞伯牙摔琴谢知音》)
11. 唐璧(《喻世明言》第九卷《裴晋公义还原配》)
12. 杨谦之(《喻世明言》第十九卷《杨谦之客舫遇侠僧》)
13. 吕玉(《警世通言》第五卷《吕大郎还金完骨肉》)
14. 施鉴(《警世通言》第二十五卷《桂员外途穷忏悔》)
15. 金满(《警世通言》第十五卷《金令史美婢酬秀童》)
16. 沈小官(《喻世明言》第二十六卷《沈小官一鸟害七命》)
17. 杜子春(《醒世恒言》第三十七卷《杜子春三入长安》)
18. 许宣(《警世通言》第二十八卷《白娘子永镇雷峰塔》)
19. 李甲(《警世通言》第三十二卷《杜十娘怒沉百宝箱》)
20. 李秀卿(《喻世明言》第二十八卷《李秀卿义结黄贞女》)
21. 宋金(《警世通言》第二十二卷《宋小官团圆破毡笠》)
22. 独孤生(《醒世恒言》第二十五卷《独孤生归途闹梦》)
23. 李伯元(《喻世明言》第三十四卷《李公子救蛇获称心》)

## 第三节　新趋向的原因探析



### 一、“女子气”:“尚情”风潮与女性化的审美风尚

相较于早期宋元话本小说对男子容貌的漠不关心,“三言”明话本小说中呈现出的对男子容貌关注度的提升以及对男子女性化美貌(容貌仪表上的女子气)的青睐就显得格外突出。就其成因而言,对女子气的推崇当与晚明以来的“尚情”风潮有着密切关联。相较于传统男子气概的粗豪、简率,女子气无疑更适合表现细腻、丰富的个体化情感。当然,这并不是说正统的男子气概就是缺乏情感的,如历史演义小说中的关羽、赵云,英雄传奇小说中的武松、李逵,甚至就如“三言”明话本小说中出场的那些豪侠强盗、惯偷水贼们至少在男性团体的圈子内部还是表现出了手足般的兄弟深情。但除此之外,他们的情感构成(如果情感确实有所谓“构成成分”的话)似乎

更多地仅仅是“愤怒、轻蔑和其他‘硬性’情绪”，[①]而对其他情感，尤其是男女间倾慕、相思、爱恋等交感性情绪的感受力、反应力则明显偏低。在诸如《三国志通俗演义》、《水浒传》这些充满了“男性荷尔蒙”的“雄性”作品中，有关两性恋情的文本表现严重缺失。男性英雄一定是蔑视女性、禁绝情欲的，因为正统的男子气概推崇的只是“‘硬’感情或‘男子汉’感情”，[②]而与女性（往往被塑造成“淫妇”）发生恋情（往往被定义为“奸情”）的男性则总是被视为缺乏英雄气质，“要贪女色，不是好汉的勾当”（宋江语，出自《水浒传》第二十二回）。正如人类学家里拉·阿布一卢格霍德在其著作《被遮蔽的情感》中指出的那样，男子如果“屈从于性欲，甚至只是浪漫的爱情”，就会遭人鄙视并受到男性群体的嘲笑。[③] 正唯如此，与两性关系有关的一系列情感在男性英雄那里都遭到了极端地蔑视，总是处于一种被排斥、被抑制的状态。上文分析到的宋元话本小说中的尹宗（《警世通言》第三十七卷《万秀娘仇报山亭儿》）、明话本小说中的赵匡胤（《警世通言》第二十一卷《赵太祖千里送京娘》）莫不如此。



与两性恋情有关的一系列情感（倾慕、相思、爱恋）受到排斥的同时，与此相应地，与女性有关的一系列情感（确切地说，当是诸如细腻、纤弱、丰富多变等女性情感特质）亦随之遭到贬低。与以“厌恶、气愤和轻蔑”等“阳刚”特质相标榜的男子气概相反，诸如“烦恼、怜悯和同情”等女性情感特质（女子气）则被普遍视为“低等的女性感情”[④]并遭到男性世界的强烈抵制。所谓“男儿有泪不轻弹”，像女人那样“唏嘘涕泣”更是会被贬低为一种懦夫般的“儿女态”。即便早已泣涕涟涟，男性们也总要先表白一番“有泪不同儿女态，此心多为圣贤愁。”（[宋] 释行海《吴中作》）沾染了女性特质的男性在西方基督教社会中还会遭到宗教性歧视。在圣保罗所规定的犯有肉欲之罪的四种群体中，除了娼妓、通奸者、男同性恋者外，就是“有女性气质者”。[⑤] 而如果再稍作探究的话，男同性恋者中扮演女性角色的男性亦可视为“有女性气质者”。自动放弃了处于统治地位的男子气概而“自轻自贱”地向“低等的女性感情”屈尊俯就，这无疑意味着一种性别上的堕落与自我放逐，更是对男性社会的一种背叛。

对男子气概的推崇与对女子气的贬低在相当程度上正是整个社会两性地位的巨大差异在性别气质接受层面上的一种反映，是男权社会“男尊女卑”这一性别统治下的必然产物。这一情况，即崇尚男子气概、蔑视女性情感、排斥两性爱恋在男权社会中长期存在并直至晚明个性解放思潮，尤其是“尚情”风潮的兴起才产生了重大变



① (美)理安·艾斯勒.神圣的欢爱——性、神话与女性肉体的政治学[M].北京:社会科学文献出版社,2004:113.

② (美)理安·艾斯勒.神圣的欢爱——性、神话与女性肉体的政治学[M].北京:社会科学文献出版社,2004:117.

③ (转引自(美)理安·艾斯勒.神圣的欢爱——性、神话与女性肉体的政治学[M].北京:社会科学文献出版社,2004:113.)

④ 该观点出自于汤姆金斯与唐纳德·莫舍发表于《性研究学报》上的《描述强壮男人》。该文章分析了富于阳刚之气的男子气概是如何融入意识形态，并使之带上了“重男性感情，轻女性感情”这一性别歧视意味的。(转引自理安·艾斯勒.神圣的欢爱——性、神话与女性肉体的政治学[M].北京:社会科学文献出版社,2004:263.)

⑤ (转引自李银河.性·婚姻——东方与西方[M].西安:陕西师范大学出版社,1999:22.)

化。以李贽这一核心层人物为原点如涡纹般不断扩展开来的个性解放浪潮其最为重要的一个观点就是对个体欲望，尤其是私欲的肯定与正视，这与宋儒以来以“理、欲之辨”为代表的相关言论严重相悖。其实早在《礼记》时代，“欲”与“理”就被置放于彼此对立、不可并存的格局之中，“夫物之感人无穷，而人之好恶无节，则是物至而人化物也。人化物也者，灭天理而穷人欲者也。”[①]天理与人欲不可并立这一论断更在朱熹那里得到了发扬光大，朱子有许多言论都是围绕着“存天理，灭人欲”这一命题展开的，如“圣人千言万语，只是教人存天理，灭人欲。”“学者须是革尽人欲，复尽天理，方始为学。”“人之一心，天理存，则人欲亡；人欲胜，则天理灭，未有天理人欲夹杂者。”[②]此类言论的大量出现给人造成的强烈印象就是在朱熹的观念世界中，理与欲被置放于一种非此即彼、你死我活的敌对状态之中。事实上，朱熹自己确实也曾将二者的关系比喻为一场永无休止的拉锯战，“天理人欲，无硬定底界，此是两界分上功夫。这边功夫多，那边不到占过来；若这边功夫少，那边必侵过来。”[③]以拯救理学式微为初衷的王阳明也表达过类似的观点，“必欲此心绝乎天理而无一毫人欲之私，此作圣之功也。”[④]“圣人之所以为圣，只是其心纯乎天理而无人欲之杂。”[⑤]

但有一点须明确的是，作为哲学思想层面上的“存天理、灭人欲”与作为国家意识形态层面的“存天理、灭人欲”二者之间存在着有无理论前提加以先行限定这一重大区别。相较于被奉为官方意识形态后的教条化、极端化，单就哲学思想层面而言，所谓“存天理、灭人欲”这一命题其实有着公、私区分的明确意图，这一意图在朱熹的许多言论中都有所表达。譬如饮食，“饮食者，天理也。要求美味，人欲也。”[⑥]饮食是人的生命得以维持的合理欲望，其中当然体现着天理。因此，可将合理的欲望视为“公欲”，但如果奢求无度而越过了合理性范畴，那么，“公欲”也就随之堕化成了“私欲”，即朱熹所说的“人欲”。在朱熹的观念世界中，欲望显然是有着公、私之分的。他一方面肯定了公欲的存在合理性，另一方面又警惕着其堕化的可能性，“若是饥而欲食，渴而欲饮，则此欲亦岂能无？但亦是合当如此者。”[⑦]“有个天理，便有个人欲。盖缘这个天理须有个安顿处，才安顿得不恰好，便有人欲出来。”[⑧]由此看来，朱熹所论及的“人欲”在相当情况下实乃为“私欲”，其所说的“存天理，灭人欲”应更正为“存天理，灭私欲”才更为确切。与朱熹论调相似，王阳明亦曾就私欲提出过警告，“无事



---

① 四书五经[M].乌鲁木齐：新疆人民出版社，1996：320.

② (宋)朱熹著.朱子语类：卷第十三[M].王星贤点校.北京：中华书局，1986：224.

③ (宋)朱熹著.朱子语类：卷第十三[M].王星贤点校.北京：中华书局，1986：224.

④ (清)黄宗羲.明儒学案·姚江学案·阳明传信录[M]//黄宗羲全集：第七册.杭州：浙江古籍出版社，1985：211.

⑤ 陈荣捷.薛侃录 第九十九条[M]//王阳明传习录详注集评(卷上).台北：台湾学生书局，中华民国七十二年十二月：119.

⑥ (宋)朱熹著.朱子语类：卷第十三[M].王星贤点校.北京：中华书局，1986：224.

⑦ (宋)朱熹著.朱子语类：卷第九四[M].王星贤点校.北京：中华书局，1986：2414.

⑧ (宋)朱熹著.朱子语类：卷第一三[M].王星贤点校.北京：中华书局，1986：223.

时，将好色好货好名等私，逐一追究搜寻出来。定要拔出病根，永不复起，方始为快。”[①]其论调与朱熹可谓如出一辙。

与朱熹乃至于王阳明对“欲”、尤其是“人欲之私”的高度警惕相反，李贽不仅对“好货、好色”持肯定态度，而且还专门就“人欲之私”的天然合理性做过一番论述，“夫私者人之心也，人必有私而后其心乃见，若无私则无心矣。”[②]其所谓之“心”，则专指“童心”。所谓“童心”，即是“真”的体现，“夫童心者，真心也。若以童心为不可，是以真心为不可也”，亦即“绝假纯真，最初一念之本心也。”[③]如此一来，在李贽的哲学思想中，“欲”、人欲之“私”“童心”“真”这几个概念彼此间便发生了密切的关联。正是因为有了人欲之“私”，“童心”“本心”之“真”才会得以显现。生发于人欲中的“私”因此而成为“真”的动力与基础，并为原本的物质性进一步升华为道德感这一可能性提供了理论上的支撑。

思想界对个体欲望，尤其是“人欲之私”的再讨论显然绝不会仅仅停留在理论层面，而必然会与文学实践相联系，并为文学作品中那些道德上看似有问题的内容提供思想上的依据。所谓“饮食男女，人之大欲存焉。”（《礼记·礼运篇》）“情始于男女”（冯梦龙《情史》序），最能体现“人之大欲”的莫过于男女之情。随着晚明个性解放思潮以来对人欲之私的肯定与重视，以婚恋内容为主的两性关系成为包括“三言”“二拍”在内的话本小说的表现热点。据笔者统计，仅就“三言”明话本小说中表现两性题材或者涉及两性题材的作品就有 36 篇，[④]占“三言”明话本小说总数（86 篇）的

---

① 陈荣捷．徐爱录 第三十九条[M]//王阳明传习录详注集评（卷上）．台北：台湾学生书局，中华民国七十二年十二月：75.

② （明）李贽．德业儒臣后论[M]//李贽文集：第二卷．北京：社会科学文献出版社，2000：626.

③ （明）李贽．杂述·童心说[M]//李贽全集注：第一册．张建业主编，张建业、张岱注．北京：社会科学文献出版社，2010：276.

④ 当然，对小说主题的确定会因个人判断的差异而有所出入，故而，笔者所确定的 36 篇就其数目而言尚有再商榷的余地，但总体而言应该还是能够反映出“三言”明话本小说的编创以两性题材为主这一趋势。“三言”明话本小说中表现两性题材或者涉及两性题材的作品有如下 36 篇：《蒋兴哥重会珍珠衫》（《喻世明言》第一卷）、《陈御史巧勘金钗钿》（《喻世明言》第二卷）、《闲云庵阮三偿冤债》（《喻世明言》第四卷）、《裴晋公义还原配》（《喻世明言》第九卷）、《单符郎全州佳偶》（《喻世明言》第十七卷）、《张舜美灯宵得丽女》（《喻世明言》第二十三卷）、《杨思温燕山逢故人》（《喻世明言》第二十四卷）、《金玉奴棒打薄情郎》（《喻世明言》第二十七卷）、《李秀卿义结黄贞女》（《喻世明言》第二十八卷）、《月明和尚度柳翠》（《喻世明言》第二十九卷）、《明悟禅师赶五戒》（《喻世明言》第三十卷）、《李公子救蛇获称心》（《喻世明言》第三十四卷）、《庄子休鼓盆成大道》（《警世通言》第二卷）、《赵太祖千里送京娘》（《警世通言》第二十一卷）、《宋小官团圆破毡笠》（《警世通言》第二十二卷）、《乐小舍拚生觅偶》（《警世通言》第二十三卷）、《玉堂春落难逢夫》（《警世通言》第二十四卷）、《唐解元一笑姻缘》（《警世通言》第二十六卷）、《假神仙大闹华光庙》（《警世通言》第二十七卷）、《白娘子永镇雷峰塔》（《警世通言》第二十八卷）、《王娇鸾百年长恨》（《警世通言》第三十四卷）、《卖油郎独占花魁》（《醒世恒言》第三卷）、《大树坡义虎送亲》（《醒世恒言》第五卷）、《钱秀才错占凤凰俦》（《醒世恒言》第七卷）、《乔太守乱点鸳鸯谱》（《醒世恒言》第八卷）、《陈多寿生死夫妻》（《醒世恒言》第九卷）、《刘小官雌雄兄弟》（《醒世恒言》第十卷）、《佛印师四调琴娘》（《醒世恒言》第十二卷）、《郝大卿遗恨鸳鸯绦》（《醒世恒言》第十五卷）、《陆五汉硬留合色鞋》（《醒世恒言》第十六卷）、《白玉娘忍苦成夫》（《醒世恒言》第十九卷）、《张淑儿巧智脱杨生》（《醒世恒言》第二十一卷）、《独孤生归途闹梦》（《醒世恒言》第二十五卷）、《吴衙内邻舟赴约》（《醒世恒言》第二十八卷）、《黄秀才徼灵玉马坠》（《醒世恒言》第三十二卷）、《汪大尹火焚宝莲寺》（《醒世恒言》第三十九卷）。

42 %，其他题材则涵盖了变泰发迹、人间离合、传统道义、愚行公案、鬼怪灵异、道教神仙、奇人高士、历史时事等多个方面。而在这36篇两性题材或涉及两性题材的明话本小说中，反映男女私情（包括已婚男女之间的通奸以及歹人趁机实施的奸骗）的作品共计12篇[①]，占两性题材以及涉及两性题材的作品总数（36篇）的33%。上述统计数字当可以清楚地说明这一观点，即男女恋情，尤其是表现男女私情的两性题材已然成为“三言”中明话本小说的重点表现对象。而两性题材的凸显以及对男女私情的肯定则显然与晚明个性解放思潮对个体欲望，尤其是有违“公”理的人欲之“私”的肯定有着密切关联。正如冯氏所言，“借男女之真情，发名教之伪药。”男女之情中的“真”显然是与名教之“伪”相对而言的。且考虑到冯氏的这一观点出自于皆为“私情谱”[②]的《山歌》叙，冯氏此处所说的男女之情显然又特指的是男女私情。之所以谓之为“私”，就在于男女恋情的产生完全摒弃了婚姻秩序、家长权威、家族利益等“公”的考量而只从一己私心的真实感受出发，也恰恰正是在这样一种情之“私”中孕育了“真”的价值内涵。至于冯梦龙所力倡的“情教论”中以情（尤其是自然生发的男女之情）为教化，进而提升内在道德素养的思路，如“世上忠孝节义之事，皆情所激。”[③]“自来忠孝节烈之事，从道理上做者必勉强，从至情上出者必真切。”[④]则又与李贽从人情之“私”中生发出道德感（人性之“真”）的观点可相互辉映。

正是在这样一种时代思潮与文学编创彼此促进、交互影响的文化大背景之下，随着两性情感话题在思想领域与小说领域的急速升温，不仅与两性恋情有关的一系列情感（倾慕、相思、爱恋）成为话本小说的重要表现对象，与之相应地，与女性有关的一系列诸如细腻、纤弱、丰富等情感特质亦随之得到了肯定性的表现。这样一种变化与男子气概备受推崇之时，两性恋情与女性情感特质普遍遭到贬低的情况完全相反。正如上文所言，情与女子气之间总是存在着某种天然的联系。相较于传统男子气概的粗豪、简率，女性情感特质，亦即性情气质上的女子气无疑更适合表达细腻、纤弱、丰富多变的情感，并因此而成为情的最佳载体。而且，由于长期被隔离于社会公共空间之外，女子气又往往含有一种未被世俗观念所污染的纯情意味，是“文



① “三言”明话本小说中，反映男女私情（包括已婚男女之间的通奸以及歹人趁机实施的奸骗）的作品有如下12篇：《闲云庵阮三偿冤债》（《喻世明言》第四卷）、《吴衙内临舟赴约》（《醒世恒言》第二十八卷）、《张舜美灯宵得丽女》（《喻世明言》第二十三卷）、《王娇鸾百年长恨》（《警世通言》第三十四卷）、《乐小舍拼生觅偶》（《警世通言》第二十三卷）、《闹樊楼多情周胜仙》（《醒世恒言》第十四卷）、《张淑儿巧智脱杨生》（《醒世恒言》第二十一卷）、《乔太守乱点鸳鸯谱》（《醒世恒言》第八卷）、《黄秀才徼灵玉马坠》（《醒世恒言》第三十二卷）、《陈御史巧勘金钗钿》（《喻世明言》第二卷）、《陆五汉硬留合色鞋》（《醒世恒言》第十六卷）、《蒋兴哥重会珍珠衫》（《喻世明言》第一卷）。

② （明）冯梦龙．叙山歌[M]//冯梦龙全集：第十册．魏同贤编．南京：凤凰出版传媒集团凤凰出版社，2007.

③ （明）冯梦龙．情史：卷五“情豪类”“张俊”条评[M]//冯梦龙全集：第七卷．魏同贤主编．南京：凤凰出版传媒集团凤凰出版社，2007：193.

④ （明）冯梦龙．情史：卷一“情贞类”总评[M]//冯梦龙全集：第七卷．魏同贤主编．南京：凤凰出版传媒集团凤凰出版社，2007：36.

化纯洁性的偶像”。[①] 不遇的男性文人在抒发其政治感慨时总是会自拟为女子的口吻，如那些政治失意者的怨妇诗、弃妇诗等，似乎也借此意在表明其所抒发的情感的纯洁性与真实性。更为重要的是，随着晚明个性解放思潮尤其是尚情风潮的纵深推进，女子气作为一种备受推崇的新潮审美取向更是不可避免地浸润到了男性身上，并使得为时代风尚所认同的美男子形象往往呈现出一种从性情气质到容貌仪表上全面女性化的倾向。“大约从晚明开始，社会上的审美趣味的女性化日趋明显，其最直接的表现是对男性容貌的审美标准上——当时的人们普遍认为一个容貌接近女人的男人是美貌的男子。”对女子气的推崇在入清之后变得更加严重，“从明清两代的人物画及小说插图上可以发现，当时的画家已不再喜欢唐宋时期的那种身材高大、留着胡须的中年男子形象，而喜欢画没有髭髯的纤弱的年轻男子，透出一种女性化的伤感。”[②]“三言”明话本小说中的魏生(《警世通言》第二十七卷《假神仙大闹华光庙》)可以说就是男子女性化的典型代表。这个美男子不仅“粉脸朱唇，如美女一般”，而且“丰姿俊雅，性复温柔，言语询询，宛如处子”。正是因为其在容貌仪表与性情气质上均呈现出了浓重的女子气，因此“每赴文会”时，总会遭到同辈们的“调戏”，并被“呼为魏娘子”。这位美人儿于是“自此不会宾客”，像女人那样完全断绝了社会交往，“只在楼上温习学业”。且随着故事情节的展廾，这位从里到外全面女性化的美男子竟然还遭到了雄性妖精的诱奸，扮演起了男同性恋中的女性角色。当然，像魏生这样极度女子气的美男子形象在“三言”明话本小说中也是绝无仅有的一例，然而其他的美男子形象也多程度不同地呈现出了女性化倾向却也是一个不争的事实。



男子的女性化为传统的两性秩序，诸如男尊女卑、夫唱妇随等观念带来了一些颇有意味的变化。其中，两性在性别气质上的错位就十分耐人寻味。须首先说明的一点是，晚明以后在“三言”明话本小说中得以大量凸显的女性化倾向，尤其是性情气质上的女性化倾向其实早在宋元话本小说《宿香亭张浩遇莺莺》(《警世通言》第二十九卷)的张浩身上就已有所体现，但笔者认为这并不必然意味着早在宋元话本小说阶段就已经出现了男子的女性化倾向。正如其篇尾诗中所表明的那样，“当年崔氏赖张生，今日张生仗李莺。同是风流千古话，西厢不及宿香亭。”这篇旨在为唐传奇《莺莺传》翻案的话本小说明显走的是传奇路线，其所刻画的男子形象也因此而带上了唐传奇在刻画人物时所特有的那种文人气与贵族气，并非是纯然从话本小说系统中诞生出来的。单就这篇话本小说而言，小说对这位美男子那柔弱的女性化气质做了非常细腻的展示。在与意中人莺莺分离后，张浩的表现是“但当歌不语，对酒无欢，月下长吁，花前偷泪。”在提亲遭到女方父母拒绝后，“睹物思人，情绪转添”的张浩又将其与莺莺往来的书信“展放案上，反复把玩，不忍释手，感刻寸心，泪下如雨。



① (美)艾梅兰著：竞争的话语——明清小说中的正统性、本真性及所生成之意义[M]. 南京：江苏人民出版社，2005：69.

② 吴存存. 明清社会性爱风气[M]. 北京：人民文学出版社，2000：262.

又恐家人见疑，询其所因，遂伏案掩面，偷声潜泣。”在迫于家长之命与他人订婚后，不敢抗拒家长权威的张浩只得向一介弱女子的莺莺发出了求救信号，“浩非负心，实被季父所逼，复与孙氏结亲。负心违愿，痛彻心髓！”幸而莺莺的表现反倒是充满了男子气概，不仅向父母主动坦白了自己与张浩的私情，更手持状纸、亲赴公堂，并最终在包待制的做主下为自己，也为张浩赢得了婚姻的胜利。

在这对“别致”的恋人身上所体现出的性别气质上的错位很是令人回味。张浩在性情气质上明显地呈现出了一种弱化状态：他性情温婉、举止柔顺，无事时吟风弄月、对景伤怀，有事时则毫无作为，除了大病一场、悲泣几声外全无半点用处。在处理个人情感问题上也是瞻前顾后、优柔寡断，只是一味地自怨自艾而不敢主动地去追求自己的幸福，甚至于在与情人约会的梦中还能被不知何处传来的一声呵斥吓得“失脚堕于砌下”。美男子竟然变得如此地柔弱以至于原本应该柔弱的女性也不得不振作起来并像一个惯于“英雄救美”的骑士那样将柔弱的美男子从逆境中拯救下来。这样一种伴随着男性气质的弱化而出现的“女强人”形象在“三言”的明话本小说《王娇鸾百年长恨》(《警世通言》第三十四卷)中得到了继承。遭到情变的王娇鸾最终成功地将远在异地的负心郎周廷章告上了官府，并借助着官府的力量将负心郎当庭打成了肉酱。周廷章的悲剧并不仅仅根源于其因性格上的软弱而在家长的成命下与他人结婚，更在于由于人性的软弱，婚后的周廷章很快地就沉浸在了“夫妻恩爱，如鱼似水”的个人幸福中，而“竟不知王娇鸾为何人矣”。正是他的软弱造成了其实质上的负心，同时也正是这一实质上的负心使其与张浩呈现出了本质上的不同。更加可悲的是，尽管周廷章比张浩更加软弱，但站在其对立面的王娇鸾却是同莺莺一样懂得利用官府的力量捍卫自身权益的女强人。正是这一强一弱的巨大反差为其自身遭致了与张浩截然不同的悲惨下场。

此外还须说明的一点是，在女性化的审美风尚备受推崇之时，其本身也同时启发了一个颇为危险的发展趋向。正像那位被称作“魏娘子”的美男子居然成为同性(确切地说，是雄性的妖精)的诱奸对象一样，当女子气作为一种时髦的审美取向为男性所占用的同时，也就意味着在富于女性化的美色的笼罩之下，性别之间的区分已然变得不再重要。这实际上已为晚明话本小说领域中的“男风小说”，如《弁而钗》、《龙阳逸史》、《宜春香质》的出现做好了先期的逻辑铺垫与心理准备。这样一种淡化性别的审美观在清代中期达到了顶峰。《红楼梦》中的贾宝玉似乎就对性别缺乏必要的区分能力，与其关系暧昧的美男子，如秦钟、蒋玉菡、柳湘莲以及学堂里那几个多情的学生无一例外地均在容貌仪表上，甚至于性情气质上呈现出了浓重的女子气，他们无疑是女子气的具象化存在。宝玉与之产生的暧昧情愫更多的只是根源于对其所承载的女子气的一种感发，而与性别并无太大关联。从这一角度而言，一直以来的一个观点，即《红楼梦》具有一种“女性崇拜”倾向似乎还可以再商榷。如果说女性被崇拜了的话，那么，也往往更多地只是因为其作为“情的载体”而被崇拜。

就其实质而言，其所推崇的仍然是情，而非生理性别上的女性（甚至包括未出嫁的“女儿”在内）。因为一旦一位美男子被极大地女性化后，其所呈现出的女子气同样可以使其成为情的“化身”，而富于女子气的美男子也往往会被塑造成一个多情之人。

尤其在经过了晚明个性解放思潮以及尚情风潮的洗礼后，人们总是倾向于认为女子气与情、尤其是真情之间存在着某种天然的联系。一个富于女子气的美男子必定是一个多情种子，这一点只要从晚明话本小说乃至于清初才子佳人小说中美男子的形象设定上即可清楚地看出。而且，如果再对其社会身份略加考察的话还会进一步证实这样的猜测，即这些多情的美男子果然都有着文人背景。在“三言”明话本小说中出现的11位富于女子气的美男子中，除了5位，即郝大卿（《醒世恒言》第十五卷《郝大卿遗恨鸳鸯绦》）、张荩（《醒世恒言》第十六卷《陆五汉硬留合色鞋》）、潘华（《醒世恒言》第一卷《两县令竞义婚孤女》入话故事）、蒋兴哥（《喻世明言》第一卷《蒋兴哥重会珍珠衫》）、楚王孙（《警世通言》第二卷《庄子休鼓盆成大道》）外，余下的6位，即杨元礼（《醒世恒言》第二十一卷《张淑儿巧智脱杨生》）、魏生（《警世通言》第二十七卷《假神仙大闹华光庙》）、周廷章（《警世通言》第三十四卷《王娇鸾百年长恨》）、钱青（《醒世恒言》第七卷《钱秀才错占凤凰俦》）、孙润（《醒世恒言》第八卷《乔太守乱点鸳鸯谱》）、陈多寿（《醒世恒言》第九卷《陈多寿生死夫妻》）或本身就是文人出身，或是习修儒业的市井子弟。即便前面例举的那4位美男子（除了楚王孙外）虽然在小说中并未对其是否具有文人身份有过明确的交代，但他们也都无一例外地是习染了文人气质的风流子弟。至于那些充满了男子气概的汉子们则不仅都长了一副粗豪相貌，并且往往都是不解风情的。就其社会身份而言，亦没有一例为文人（或习染了文人气质的市井子弟）出身。他们如果不是被塑造成像赵匡胤（《警世通言》第二十一卷《赵太祖千里送京娘》）那样不近女色的英雄豪杰，就往往被设定为像勤自励（《醒世恒言》第五卷《大树坡义虎送亲》）那样的游手好闲之辈，或者干脆就是像陈小四（《醒世恒言》第三十六卷《蔡瑞虹忍辱报仇》）那样惯于打劫杀人的亡命凶徒。他们既不知情为何物，也不懂得什么叫怜香惜玉，甚至还是强暴女性的摧花辣手。在这些与文人气完全绝缘的汉子身上充盈了太多的雄性荷尔蒙，其无法遏制的男性特质更是隐喻了其在两性情感处理上的绝情与无情。考虑到青年男子的身份设定后，那条在“女子气”与“多情”之间建立起来的因果链条可以再增添上“文人气”这一节。女子气、文人气与多情三者间密切关联，与之相对应地，男性特质（男子气概）、武人气与无情此三者之间亦彼此勾连。这样一种为时人所普遍具有的思维定势显然极大地影响，或者说制约了以“三言”为代表的话本小说中人物形象的设定，由此形成的设定模式又反过来进一步加强了这样一种思维定势。

综上所述，一条环环相扣的因果链当能清晰地呈现出来，即随着晚明个性解放思潮对个体私欲的重视，对包括男女私情在内的两性情感的肯定以及对女性情感特质(女子气)的推崇成为思想领域与文学领域共同的新趋向。作为情的最佳载体,女子气在受到普遍推崇的同时,亦从女性本身过渡到了男性身上,从而使得男子的女性化(包括容貌仪表与性情气质)成为为时代风尚所普遍认可的新潮审美取向,并由此形成了一种"淡化性别、唯色是尚"的审美观。这使得晚明话本小说领域中在出现了大量富于女子气的美男子的同时,亦为"男风小说"一支的出现埋下了伏笔。

## 二、男性气质的弱化:文人气与士商地位对比上的微妙变化

"三言"明话本小说中普遍呈现出来的男性气质的弱化当与文人气(无论是知识分子阶层本身自有的文人气还是市民阶层模仿出来的文人气)有着密切关联。或者更为明确地说,文人气的存在本身极有可能导致男性气质的弱化。在中国人的传统意识中,"文"总是与"弱"有着脱不开的干系,"文弱"的直接体现者则是以"书生"为主体的男性知识分子阶层。故而,又有所谓"文弱书生"一词的存在。这一词汇的存在本身就反映了一种普遍的社会共识,即读书人这一社会身份与男性气质的文人化、弱化之间存在着某种密切的因果关联。

东汉许慎对"儒"的解释是"儒,柔也,术士之称。"(《说文解字》)正如"儒"字的本义所显示的那样,发端于上古寺尹阉人集团[①]的儒家知识分子其所推崇的正是"一种女性化、中性化的人格理想。"[②]这样一种以"柔"为尚的文化品格实际上是一种通过文化礼仪的教化逐渐熏陶出来的"人为"品格,除了极其特殊的情况之外,基本上不大可能为生理意义上的男性所天然具备。与之相反,为男性所天然具备的普遍品格恰恰是充满了男性荷尔蒙的武人气,亦即所谓的"男子气概"。通过对"三言"明话本小说中出现的7位具有武人气的青年男子,即勤自励(《醒世恒言》第五卷《大树坡义虎送亲》)、钱婆留(《喻世明言》第二十一卷《临安里钱婆留发迹》)、陆五汉(《醒世恒言》第十六卷《陆五汉硬留合色鞋》)、赵匡胤(《警世通言》第二十一卷《赵太祖千里送京娘》)、申徒泰(《喻世明言》第六卷《葛令公生遣弄珠儿》)、房德(《醒世恒言》第三十卷《李汧公穷邸遇侠客》)、程万里(《醒世恒言》第十九卷《白玉娘忍苦成夫》)的文化



① 叶舒宪先生通过对"君""尹""寺""史"的溯源性考察,理出了一条上古知识分子由圣而俗的演变历程。最早执笔写字的上古知识分子其基本身份是宫廷中的寺尹阉人集团。所谓"寺",最初指作诗的主祭者;所谓"尹",则指秉笔记事的书记官。他们不仅是上古神权政治的核心人物,亦同时掌握了"文字书写"这一弥足珍贵的文化特权。然而,伴随着上古"祭政合一"时代的衰微与结束,以王权为中心的官方知识分子亦发生了职业上的分化。这些丧失了往昔高贵地位的官方知识分子逐渐演化成了流落于民间的世俗职业者。从直接为神圣王权服务转而向普通民众传授知识技艺,并因此而成为最早的民间教师(儒)。从这一研究思路出发,叶舒宪先生认为后世的儒家知识分子就其根源来说正是发源于上古的寺尹阉人集团。也正因为如此,为寺尹阉人集团所推崇的以"柔惠""柔嘉"为代表的"柔"的伦理品格也为其后催生出的儒家知识分子所继承。以"仁""中庸""温柔敦厚"为代表的后世儒家基本精神就其实质而言与其所源出的以"柔"为尚的阉人伦理暗中映合。相关论述可参见《阉割与狂狷》第五章《心理阉割》中的如下四节内容:3.《作为文人之祖的尹》4.《"文"的特权时代》5.《尹寺与"柔"的理想》6.《"温柔"又加"敦厚"》,叶舒宪.阉割与狂狷[M].西安:陕西人民出版社,2010:166—198.笔者对这一观点深表赞同,并以此观点作为本节立论的理论基础。

② 叶舒宪.阉割与狂狷[M].西安:陕西人民出版社,2010:179.

背景进行考察就会发现，除了文士出身的房德、文武双全的程万里之外，其余的五人基本上都没有接受过什么正统的文化教育。即便有机会读书，也往往是"粗晓文义，便抛开了，不肯专心"（如勤自励、钱婆留），而唯独喜的是"使枪轮棒""十八般武艺，不学自高"，好的是"任侠任气、路见不平，拔刀相助"，在气质秉性上呈现出了十足的雄性特质。尽管粗豪、简率的男子气概当为生理意义上的男性所天然具备，但上述人物身上的武人气之所以能够如此强烈地呈现出来亦与其并未受到过以儒家文化为主的文化教化有着直接关联。"从人文化成的意义上看，读书识礼的学养过程也就是文明驯化作用在个体成长中的实现。"[①]在这些富于武人气的人物身上所体现出的粗野、暴躁、好斗嗜杀等特点正是未经文明驯化的表现。同时也恰恰正是因为未经文明的驯化，这样一种武人气反而成为了男性特质的本真体现。



与这样一种具有本真性的武人气相对应，接受过儒家文化熏陶的人则会在言谈举止乃至于性情气质上呈现出一种驯化后了的柔顺。"三言"明话本小说《陈多寿生死夫妻》（《醒世恒言》第九卷）中的陈家小儿子陈多寿之所以能给未来的准岳父留下良好的第一印象，就是因为正在学堂读书的他不仅"行步舒徐，语音清亮"，而且"作揖次第，甚有礼数"，表现出了与同龄的懵懂顽童完全不同的恭敬与柔顺。这样一种与年龄不符的性情气质显然是文化驯化，或者说熏陶出来的结果，"可以说是文化对自然的改造"。[②]

由此可见，文化驯化本身就能使得具有本真性的武人气，或者说男子气概得到有效的抑制，尤其是当用于人格驯化的文化是以"柔"为尚的儒家文化时，文化驯化的方向更是会极大地导向男性特质的弱化。如此一来，男性气质的文人化与男性气质的弱化彼此之间便产生了密切的勾连，从而使得"文""弱"顺理成章地成为接受文化教化者的普遍气质。落实到"三言"的明话本小说中，这样一种弱化了的男性气质典型地体现在了以书生、秀才为代表的传统知识分子阶层以及一定程度上文人化了的市民阶层。以针对淫妇的处理方式为例，"三言"明话本小说中具有一定文人气质的蒋兴哥（《喻世明言》第一卷《蒋兴哥重会珍珠衫》）所遭遇到的情况与宋元话本小说中的任珪（《喻世明言》第三十八卷《任孝子烈性为神》）极为相似。他们的妻子都因丈夫忙于经商而长期受到冷落，并因此发生了婚外恋情。然而，二人的处理方式却全然相反。在妻子的不忠得到证实后，涌上任珪脑海中的第一念头就是"有一日撞在我手里，决无干休！"随即展开的血腥杀戮更使得一桩红杏出墙的桃色事件升级成为"五颗头结做一处"的灭门惨案。相较之下，蒋兴哥的表现则显得极为冷静、克制。尽管他不可避免地休掉了妻子，但为了保全妻子的脸面并没有对岳丈直言其女做下的"丑事"。待得知妻子即将改嫁的消息后，不忘旧情的蒋兴哥还将妻子当年陪



① 叶舒宪.阉割与狂狷[M].西安：陕西人民出版社，2010：166.
② 叶舒宪.阉割与狂狷[M].西安：陕西人民出版社，2010：177.

嫁的十六个箱笼原封不动地送了过去。甚至在与奸夫陈大郎当面遭遇时，尽管得知了真相的蒋兴哥气得“面如土色，说不得，话不得，死不得，活不得”，但却并没有当场发作，更没有像任珪那样腰插着“一柄解腕尖刀”去找奸夫玩命。在蒋兴哥如此冷静、克制的处理方式中，我们看的是在文化教化的作用下，粗野、暴躁、好斗嗜杀等具有本真性的男性特质已然被消解于无形之中，取而代之的则是富有教养的文人气质。从文化教化这一层面来说，通过文化教化培养起来的人格“使个体脱离无知和野蛮的自然状态”，并得以向着“更加人化的境界”①做进一步地提升，这当然是文化教化积极的一面；但与此同时，亦不可避免地伴随着男性特质的被抑制而呈现出一种性情气质上的弱化。对于那些因倾慕文人气质而主动模仿的市井小民来说，其所熏陶出来的不仅是文人化的风流，亦同时感染了文人化的柔弱，正像蒋兴哥这样既“风流标致”、又冷静、克制的市井子弟所展示的那样。

当然，文人气会导致男性气质的弱化这一观点本身具有相当的普适性。如果落实到晚明商业经济大发展的社会现实环境中就会发现，由市民阶层经济地位的提升而引发的士商地位彼此间的微妙变化对于阐释“男性气质的弱化”的原因更具有鲜明的针对性。须加以必要说明的是，此处所提及的“晚明商业经济的大发展”其实也只是相对而言。因为就明代经济的整体发展状况而言，并没有在全国范围内形成一个完整的商业经济体系。借助于法国历史学家费尔南得·布罗代尔提出的术语，所谓“明代商业经济”的真实存在样态更多地仅仅是散落于各地乡村、墟市、城镇中的一些“次经济”，亦即“一个自给自足、在很小的范围内进行物品和服务的直接交换的世界”，②是非正规化经济活动的一种体现。各个次经济体的生产经营活动彼此间保持着相对独立性，而且往往只进行整个生产过程中的某一个环节。以江南的纺织业为例，“江南的纺织者很少有人从原始纺织原料一直生产到制成品。”③将在各个次经济体中独立进行着的不同的生产环节连缀成一个完整的产业链并最终将其吸纳至更大范围内的经济网络内的恰恰就是频繁往来于各地市场的商人阶层。“三言”明话本小说中写到的一些商人，如蒋兴哥(《喻世明言》第一卷《蒋兴哥重会珍珠衫》)、徐阿寄(《醒世恒言》第三十五卷《徐老仆义愤成家》)、施润泽(《醒世恒言》第十八卷《施润泽滩阙遇友》)其走南闯北的经商活动为晚明商人，尤其是辗转各地的行商们提供了生动的例证。从这一层面而言，尽管文人阶层作为最有资格进入国家权力体系的群体依然享有着较高的社会地位，但迅速崛起的商人阶层却无疑因其在整个商业活动(从次经济体内部的生产经营到沟通更大范围的商业网络)中异常活跃的表现而成为整个市井社会中最具生命活力的存在，并成为继传统的文人阶层后为广大世俗民众所倾羡的时代新星。



① 叶舒宪.阉割与狂狷[M].西安:陕西人民出版社,2010:166.

② (加拿大)卜正民.纵乐的困惑——明代的商业与文化[M].上海:生活·读书·新知三联书店,2004:227.

③ (加拿大)卜正民.纵乐的困惑——明代的商业与文化[M].上海:生活·读书·新知三联书店,2004:220.

随着商人阶层的经济地位以及伴之而来的社会影响力的极大提升，传统的文人阶层所享有的社会关注度必然会有所下降。尽管有一些热衷于附庸风雅的市井民众对文人阶层所特有的高雅情趣表现出了强烈的兴趣，并因此而促进了名人字画、古董玩好以及专门介绍种种高雅情趣的指南性书籍的火爆热销，但同样更有一些市井民众深深地臣服于商人阶层的经济实力并为之顶礼膜拜，除了一些尚未通过商业网络与外界发生经济联系的偏远地区以及晋中、江西等经济虽较为发达但仍基本保持着明初以来简朴风气的地区之外，“趋富贵而厌贫贱”[①]的崇奢之风几乎席卷了整个晚明社会，而这一拜金风气显然与世俗大众对商人阶层奢侈的消费方式所怀有的艳羡心理有关。可以说，对高雅、风流的文人气的模仿与对土豪、奢侈的商人味的艳羡这两种心理同时存在于晚明的市井社会之中。

更为重要的是，这样一种时代世风的变化即便对文人阶层自身也产生了深刻的影响。商人聚敛起来的财富牢牢地掌控于手中，而文人所期许的政治前途却往往沦为一张空头支票。面临着未来的渺茫前途与当下的经济困境，清高自视的知识分子也不得不放下身段而屈尊俯就。在“三言”的明话本小说中时常会出现士商联姻，或者士人与平民，甚至于贱民沟通婚姻的桥段，如《宋小官团圆破毡笠》(《警世通言》第二十二卷)中的旧家子弟宋金与船老板的女儿宜春、《钱秀才错占凤凰俦》(《醒世恒言》第七卷)中的书生钱青与商人高赞之女、《黄秀才徼灵玉马坠》(《醒世恒言》第三十二卷)中的书生黄损与徽商的女儿玉娥等。诸如此类打破阶层界限的两性结合固然可以被视为婚姻观念上的一种进步，不过也同时在相当程度上反映出了文人地位下滑的社会现实。尤其在《金玉奴棒打薄情郎》(《喻世明言》第二十七卷)这则故事中，穷书生莫稽在“衣食不周，无力婚娶”的窘迫之下“顾不得耻笑”地娶了团头(笔者注：即乞丐头)的女儿为妻。尽管其在中举做官后就谋杀亲妻的卑劣行径令人发指，但考虑到他始终无法摆脱良贱之别的社会偏见并将这桩与乞丐头结亲的婚姻视为“终身之玷”的深重的羞耻感，其渴望通过谋杀亲妻而彻底摆脱这场婚姻的行为也就多少有了一点“其情可哀”的意味。

不过，尽管文人阶层的社会地位有所下滑，但依然是婚姻市场上的“抢手货”。以商人为代表的富裕起来的市民阶层无疑从经济财富的累积中获得了空前的自信，并开始将婚配对象的人选范围扩大到了往昔处于“仰角状态”的士人阶层。“三言”中的一些明话本小说就表现了商人或富裕的市民希望能与读书人联姻的“仰攀”心理，尤其是如果他们的女儿聪慧、贤德，才貌双全的话，以商人为代表的市民阶层就更会怀抱着这样一份“痴想”。上文列举的《金玉奴棒打薄情郎》(《喻世明言》第二十七卷)中“倚着女儿才貌，立心要将他嫁个士人”的团头金老大让女儿从小就接受教

① 崇武所城志[M].(转引自(加拿大)卜正民.纵乐的困惑——明代的商业与文化[M].上海：生活·读书·新知三联书店，2004：164.)

育的做法显然包含了进一步提升美貌女儿的文化资本以便将来能与士人结亲并借此改换门庭、出人头地的愿望。其女也果然不负父望，“到十五六岁时，诗赋俱通，一写一作，信手而成。更兼女工精巧，亦能调筝弄管，事事伶俐”，成为市民阶层功利目的下培养出来的“才女”。《钱秀才错占凤凰俦》(《醒世恒言》第七卷)中的商人高赞亦抱有同样的愿望，一定要将“人物整齐，且又聪明”的女儿许配给“才貌兼全”的“读书君子”，且要当面相看对方才貌，“聘礼厚薄倒也不论。”有一些“豪门富室”虽然“日来求亲”，但“高赞访得他子弟才不压众，貌不超群，所以不曾许允。”金老大与高赞最终都如愿以偿地将女儿嫁给了读书人。尽管未来的女婿不过是一贫如洗的穷书生，但他们却完全不做经济层面上的考量，其所真正看重的是眼下窘迫的才子在不远的将来便可能拥有的辉煌前程。从这一层面来讲，以商人为代表的市民阶层未尝没有将与士人的联姻视为一场考验着眼光与判断力的长期投资。他们希望从士商联姻中获得的并不是金钱，而首先是借助于攀附有政治前景的文人以最终实现自身社会地位的提升。与市井民众热衷于模仿文人的风流气质一样，与文人的联姻同样体现出了市民阶层作为一个阶层向往流动的愿望。

当然，如果从这一层面，即将士商联姻视为一场投资来看，以商人为代表的市民阶层对传统的文人阶层所抱有的敬意中似乎也就渗进了许多颇为功利的“水分”。换言之，只有那些将政治期许成功兑现了的文人才会赢得奉行着实用主义哲学的市民阶层的普遍致敬。至于那些未能进入国家权力体系的读书人则往往会遭到世人的白眼相待。“三言”明话本小说中的许多故事都写到了文人在未遇时所遭受到的社会冷遇，《穷马周遭际卖䭔媪》(《喻世明言》第五卷)中的马周、《俞仲举题诗遇上皇》(《警世通言》第六卷)中的俞仲举、《李汧公穷邸遇侠客》(《醒世恒言》第三十卷)中的房德、《钝秀才一朝交泰》(《警世通言》第十七卷)中的马德称、《老门生三世报恩》(《警世通言》第十八卷)中的鲜于同等皆如此。正是因为市民阶层对文人的“有限敬意”中掺进了相当程度上的功利性杂质，当借助联姻以提升社会地位这一功利性期待同样能从肯读书、会读书的市井子弟身上获得满足时，市民阶层投注于书生的目光自然就会发生偏转。《张廷秀逃生救父》(《醒世恒言》第二十卷)中开玉器铺的王员外之所以愿意将女儿许配给一个小木匠，就是看中了这个市井子弟“勤谨读书”，将来必定能够出人头地。当然在决定“投资”之前，出于商人惯有的精明与谨慎，王员外还是首先请了一位先生为小木匠的才学做了一番“市场评估”。待“先生极口称赞”其文章，并认定这个小木匠“必然是个大器”后，王员外还“只道是面谀之词，反放心不下”，于是又“讨几篇文字，送与相识老学观看。”在先后两次评估均获得肯定性评价后，王员外这才下定了投资的决心。当有人对象王员外这样的富商竟然招赘了一个小木匠为婿提出异议时，王员外却对此番投资的美好前景充满了信心，“他虽是小家子出身，生得相貌堂堂，人材出众，况且又肯读书，做的文字人人称赞，说他定有科甲之分。……如今纵有人笑话，不过是一时。倘后来有些好处，方见我有先见之明。”

看中小木匠“异日定有些好处”的王员外促成这桩婚姻的心理动机无疑是投机型的，这也间接证明了市民阶层对读书人所谓的“敬意”其实有着先行条件。这一“条件性敬意”与其说是指向读书人本身，不如说是指向读书人背后那个辉煌的政治前景。如果一个市井子弟亦能满足同样的功利性期待，那么，原本倾注于书生身上的“敬意”自然也随之发生转向。如此一来，提升自身社会地位的期望就落实到了市民阶层的内部，而无需再依附于传统的文人阶层，因为他们已然不再是能够进入国家权力体系内部的唯一群体了。“三言”的明话本小说中就写到了一些凭借自己的努力最终跻身士林、涉足官场的市井子弟。《乔太守乱点鸳鸯谱》(《醒世恒言》第八卷)中行医世家出身的刘璞自小读书、“立志大就”，不肯弃儒从医，他最终通过了科举考试并“官直至龙图阁学士”；《陈多寿生死夫妻》(《醒世恒言》第九卷)中“庄户人家出身”的陈多寿亦是如此。在遭受了长达十年的病患折磨后，大病初愈的陈多寿很快地就“重新读书，温习经史”，并最终登科及第；上文提及的那个小木匠也高中了殿试二甲，“点了山西巡按”。结合为晚明文人所普遍具有的商人身份或工商家族背景便可知此类情节绝非小说家一厢情愿的向壁空谈。



伴随着晚明商业经济的大发展，作为最具时代活力的商人阶层在社会关注度以及经济地位上的迅速提升所引发的这一系列变化不可能不对以“四民”为代表的传统阶层布局产生微妙而又深远的影响。正如上文所提示的，富裕起来的市民阶层在崇奢世风的影响下追模奢华消费的同时，亦对文人阶层所特有的那种风雅的生活情趣充满了羡慕之情。正因为如此，晚明的古董业可谓风生水起、火爆异常。[①] 仅以松江府为例，市民们普遍“尚清雅，饰玩好，境内皆然，而西南为盛。”[②]然而，古玩收藏显然要求着收藏者应具备相当深厚的艺术文化内涵以及必要的文物鉴赏能力，而这又是虽广有财富但却缺乏文化素养的商人阶层所欠缺的。在一些文人笔记以及广泛流传于晚明社会的民间笑话中都把附庸风雅的市民假充内行时的种种“露怯”当成了尽情嘲弄的笑料。晚明古董行业异常兴盛的同时，各种赝品的层出不穷亦足以说明社会上确实存在着那么一些“有钱但没品”的“伪雅士”，而其现实身份往往就是以商人为代表的市井富户。

在褚人获的《坚瓠集》有这样一则笑话：吴县名士杨循吉有个铁匠邻居，发家致富后也开始附庸风雅，他请杨循吉给他起个斋号，于是杨就题了“酉斋”二字。“人咸不解，或问何出？答曰：‘横看是个风箱，竖看是个铁墩。’闻者绝倒。”(褚人获：《坚瓠集》戊集卷四“酉斋”条)杨循吉对铁匠毫不掩饰的嘲笑未免有些刻薄，但其中也透露出了文人阶层对以商人为首的市井富户仅仅凭借着其经济实力就敢堂而皇之地人



① 参见陈江．格古要论和明代的文物鉴定学[N]．苏州大学学报，2000(3)．

② (清)顾炎武．肇域志・江南九・松江府[M]．(转引自陈江．明代中后期的江南社会与社会生活[M]．上海：上海社会科学院出版社，2006：57．)

侵原本为文人阶层所专享的文化艺术领域所抱有的“颇不是滋味”的复杂心态。尤其是那些负载着高度文化艺术内涵的古玩字画更是作为传统知识分子的文人阶层将自己与贩夫走卒、行商坐贾等市井之辈区别开来的重要领域，具有天然文化优越感的文人阶层对这一领域具有强烈的领地意识。然而，不仅这一神圣领域遭到了市井之辈的公然践踏，甚至就连科举仕途这一自古以来同样为文人阶层所专有的晋身之路亦未能幸免。晚明以后的传统文人价值在经济领域、文化领域甚至于潜在的政治领域中可以说遭遇了全面的陷落危机。

正是在晚明这样一个急速变迁的时代大背景下，文人阶层作为一个阶层所特有的那种政治优越感、文化优越感几乎丧失殆尽。尽管市民阶层出于文化上的惯性依然对文人阶层怀有普遍的“敬意”(但正如上文所分析的那样，这一所谓的“敬意”往往是有先决条件的)，正像《黄秀才徼灵玉马坠》(《醒世恒言》第三十二卷)中那个“最重斯文”的徽商一听说想要搭船的人是个“单身秀士”后便不再推拒一样，但文人阶层的自信心已经明显开始下降。《陈御史巧勘金钗钿》(《喻世明言》第二卷)中那个穷书生鲁学曾不仅因生活窘困而遭到了准岳丈的悔婚，更因衣衫褴褛而受制于心术不正的富户亲戚，并最终痛失了即将到手的姻缘。《乐小舍拼生觅偶》《警世通言》第二十三卷)中的乐和同样是没落的世家子弟出身，他虽然爱上了喜将仕(笔者注：即将仕郎的简称。宋制，将仕郎为文职从九品的官阶)的女儿，但却无法说服自己的长辈前去提亲。长辈们的理由是“姻亲一节，须要门当户对。我家虽曾有六辈衣冠，见今衰微，经纪营活。喜将仕名门富室，他的女儿，怕没有人求允，肯与我家对亲？若央媒往说，反取其笑。”尽管“将仕”仅仅是官阶品级中最低的一层，但这也足以让曾经的“六辈衣冠”感受到了强烈的不自信。

不过，有一点需说明的是，尽管晚明以来文人的社会地位，尤其是经济地位相对而言有所下降，但文人的“治生”问题并没有被提到日程上来。《金玉奴棒打薄情郎》(《喻世明言》第二十七卷)入话部分所引的“朱买臣妻”的故事还在宣扬着那个可谓老生常谈的观点，即无论作为读书人的丈夫再怎样科考不顺，做妻子的也应竭力助夫、甘守贫贱，并要对文人丈夫必定能在未来的某一天出人头地充满信心。抛弃尚未发迹的书生丈夫的妻子总是会被安排一个含羞自杀的悲惨下场，这也从一个侧面说明了包括叙事者在内的文人阶层对科考入仕这一传统的职业出路并没有丧失信心。至少在“三言”的明话本小说这一范围内，仅能看到“从儒”的市井子弟，而并无“弃文”的知识分子。

这于是又产生了一个不得不面对的现实问题，即尚未发迹且又不肯改业的读书人如何解决个人的生计问题。在“三言”的明话本小说中通行的一个做法就是接受女方一家的经济资助，《金玉奴棒打薄情郎》(《喻世明言》第二十七卷)的穷书生莫稽就是如此。他与富有的团头一家结成的姻亲很像是一桩互惠互利的“买卖”。金团头看重的是书生女婿未来辉煌的政治前途，而莫稽所考虑的则是如何解决当下的经济困境，“我今衣食不周，无力婚娶，何不俯就他家，一举两得？”婚后的莫稽更是得到了妻子金玉奴一家的鼎力相助，“只恨自己门风不好，要挣个出头”的金玉奴不仅“劝丈夫刻苦读书”，而且“凡古今书籍，不惜价钱买来与丈夫看；又不吝供给之费，请人会文会讲；又出资财，教丈夫结交延誉。”莫稽于是“才学日进，名誉日起”，并终于在成亲三年后“连科及第”。

然而，接受女人的经济资助本身又会不可避免地产生出新的问题，因为这样一种依附于女人而活着的“附庸状态”显然会使男性的自信心遭受重创，这使得文人阶层原本就已被弱化了的自我认可度又遭到了进一步地弱化。在《金玉奴棒打薄情郎》（《喻世明言》第二十七卷）这篇小说的结尾处，当死里逃生的金玉奴当面痛斥莫稽“忘恩负本”“恩将仇报”时，“满面羞惭”的莫稽只能“闭口无言，只顾磕头”，这与其说是悔过，不如说更像是一种心虚的表现，接受过女方的经济资助这一事实显然并没有为莫稽留下任何反驳的余地。《李汧公穷邸遇侠客》（《醒世恒言》第三十卷）中“全亏着浑家贝氏纺织度日”的书生房德的处境更是不堪，他竟然无法得到妻子最基本的尊重。“那婆娘看见房德没甚活路，靠他吃死饭，常把老公欺负。房德因不遇时，说嘴不响，每事只得让他，渐渐的有几分惧内。”当房德得知“老婆余得两匹布儿，欲要讨来做件衣服”时，又遭到了妻子的一顿抢白，“老大一个汉子，没外寻饭吃，靠着女人过日。如今连衣服都要在老娘身上出豁，说出来可不羞么？”“满面羞惭”的房德“敢怒而不敢言”，只好“憋口气撞出门去”。其实早在北宋时期，司马光就曾对“男性接受女人的经济资助必然会导致男性气质的弱化”一事发表过相关评论，“妇者，家之所由盛衰也。苟慕一时之富贵而娶之，彼挟富贵，鲜有不轻其夫，而傲其舅姑，……因妇财以致富，依妇势以取贵，苟有丈夫之志气者，能无愧乎？”[①]这一先见不幸在莫稽、房德以及像莫稽、房德那样迫于生计而不得不接受女方经济资助的穷书生身上得到了证实。究其根源，无外乎还是经济权的支配问题。“三千年来男强女弱的观念，都是受经济的支配，若男子依靠女子生活时，便要变成女强男弱了。”[②]丧失了经济自济能力而不得不仰仗于妻子的“无权”处境无疑是导致文人阶层的男性气质进一步弱化的重要原因。

综上所述，在“三言”明话本小说中反映出来的男性，尤其是文人阶层的男性特质普遍趋于弱化这一现象就其产生根源而言实在是有着极为深刻、极为复杂的社会文化背景。这既与接受儒家思想教化而培养出来的文人气直接关联，又与晚明以来士商地位（社会地位、经济地位以及潜在的政治地位）对比上的微妙变化有着千丝万缕的联系。即便就后者，即“士商地位对比上的微妙变化”而言，其中既有着以商人为代表的市井富户出于传统的文化惯性对文人阶层保持着的仰视姿态，又有着在迅

① （宋）司马光：司马氏书仪[M]. 丛书集成初编本. 北京：中华书局，1985：29.

② 陈东原. 中国妇女生活史[M]. 上海：上海文艺出版社，1990：175—176.

速膨胀的自信心下将文人女婿等同于投资对象这一潜在的俯视心理。既有着文人阶层对公然闯入其传统领域(包括艺术文化领域以及潜在的政治领域)的市井之辈那毫不掩饰地嘲讽与不屑,又有着因社会优越感的大幅“缩水”而引发的种种不自信。以上这种种因素,或文化或时代,或正面或反向地彼此牵扯、纠缠在了一起,很难说清楚究竟是何种力量在发挥着最为关键的决定性作用。唯一可以肯定的是晚明以来男性,尤其是文人阶层男性气质的普遍弱化当是所有这些因素合力作用下的结果,这应该是一个最为全面、公允的结论。

## 余论　谨慎的乐观

通过本章的充分论证,相信笔者已经阐明了如下一些重要观点:

1. 进入明话本小说编创阶段后,对男子容貌关注度的提升以及对男子女性化美貌(容貌仪表上的女子气)的青睐显示出了往昔备受压抑的“女子气”正在受到推崇,而这当与晚明个性解放思潮尤其是“尚情”风潮有着密切关联。

2. “三言”明话本小说中普遍呈现出来的男性气质的弱化不仅与“女子气”的受推崇有关,更是“文人气”强烈影响下的产物。

3. 不仅文人气(无论是知识分子阶层本身自有的文人气,还是市民阶层模仿出来的文人气)的存在本身极有可能导致男性气质的弱化。而且,落实到晚明商业经济大发展的时代背景下,伴随着士商地位彼此间发生着的微妙变化,传统文人价值在经济领域、文化领域甚至于潜在的政治领域中遭遇到了全面的陷落危机。这无疑使得文人阶层原本就已被弱化了的男性气质又遭到了进一步的弱化。

通过以上观点的论证,笔者希望能进一步明确的观点是随着男性气质的文人化、弱化尤其是男子女性化的出现,传统的两性地位(男尊女卑)与两性气质(男强女弱)也随之发生了一些微妙但却不可忽视的变化,甚至还出现了两性气质对比上的某种错位。须明确的一点是,在两性气质层面上产生的所有这些微妙(该词一再被笔者使用)的变化将有助于两性关系本身发生极大的改变,即由统治型两性关系最终导向伙伴型,或者说准伙伴型两性关系。[①] 事实上,在“三言”的一些明话本小说中就已然开始表达了对温柔多情、善于“帮衬”的新男性气质的一种期待。当然,我们要对这样一种可能,或者说仅仅就只是一种可能的改变抱着一种谨慎的乐观,正像《陆五汉硬留合色鞋》(《醒世恒言》第十六卷)中的潘用夫妇为了保障女儿的贞操而对之实施的严防死守所显示的那样,当女性(包括已婚女性在内)依然被视为男性的私有财产并为了使其贞操(这无疑是私有财产本身所具有的最大价值)得到保障而

① 关于统治型两性关系、伙伴型两性关系以及与之密切相关的“文化转型”理论参见(美)理安·艾斯勒.神圣的欢爱——性、神话与女性肉体的政治学[M].北京:社会科学文献出版社,2004.

不得不受到种种身体控制与空间隔离时，其本身就证明了两性之间的关系依然处于一种统治与被统治的状态。这一状态贯穿整个封建社会之始终都没有发生实质性的改变。因此，对于在“三言”明话本小说中反映出来的两性气质，甚至于两性地位的一些“错位”“逆转”应该保持着一种谨慎乐观的态度。如果说这样一种情况确实存在的话，那么，也将仅仅只是局部的、特殊的，并不足以反映晚明时期两性关系的真实状态。因此，诸如“三言”的婚恋作品中反映出了两性平等、甚至于女性独立之类的观点显然也有再商榷的必要。

# 第四章 “私情类”故事中的“情”与“理”

“三言”明话本小说中表现未婚男女的“私情类”故事主要有如下十一篇:《闲云庵阮三偿冤债》(《喻世明言》第四卷)、《吴衙内临舟赴约》(《醒世恒言》第二十八卷)、《张舜美灯宵得丽女》(《喻世明言》第二十三卷)、《王娇鸾百年长恨》(《警世通言》第三十四卷)、《乐小舍拼生觅偶》(《警世通言》第二十三卷)、《闹樊楼多情周胜仙》(《醒世恒言》第十四卷)、《张淑儿巧智脱杨生》(《醒世恒言》第二十一卷)、《乔太守乱点鸳鸯谱》(《醒世恒言》第八卷)、《黄秀才徼灵玉马坠》(《醒世恒言》第三十二卷)、《陈御史巧勘金钗钿》(《喻世明言》第二卷)、《陆五汉硬留合色鞋》(《醒世恒言》第十六卷)。此外,发生在已婚男女之间的“私情类”故事尚有《蒋兴哥重会珍珠衫》(《喻世明言》第一卷)。

## 第一节 私情与婚姻——理性制约下的浪漫

诚如前文分析所示,“三言”通过对源故事情节的改编极大地强化了小说中“情”的因素,原本与情毫无关联的迷奸案尚且都能被改造为痴情男女间的悲情故事(《喻世明言》第四卷《闲云庵阮三偿冤债》),那些着力展现男女恋情的话本小说就更是将“情”的因素几乎贯穿到了作品之始终。然而,纵观“三言”中的此类故事就会发现,经过了“父母之命、媒妁之言”这一“官方”环节并缔结了正式婚约的仅有《宋小舍团圆破毡笠》(《警世通言》第二十二卷)、《大树坡义虎送亲》(《醒世恒言》第五卷)、《陈多寿生死夫妻》(《醒世恒言》第九卷)、《单符郎全州佳偶》(《喻世明言》第十七卷)等为数不多的几篇。且严格来说,这些作品所着力展现的也并非是纯情、痴情、钟情,而是无论生死、疾病、贵贱都将婚姻承诺坚守到底的“贞”。《大树坡义虎送亲》(《醒世恒言》第五卷)中的潮音在听到参军在外的未婚夫勤自励阵亡沙场的消息后,不顾父母的反对坚持为从未谋面的丈夫守丧了九年。《陈多寿生死夫妻》(《醒世恒言》第九卷)中的多福在未婚夫陈多寿身染恶疾后仍不离不弃(《宋小舍团圆破毡笠》中的宜春亦如此),虽双方家长均多次准许退婚,但多福还是执意地嫁了过去,并“殷勤服侍”起疾病缠身的丈夫。她们不以未婚夫的生死、疾病为转移而坚守婚约的信念都十分简单朴素,所谓“一女不吃两家茶”“从没见好人家女子吃两家茶”,其所履行的无疑是“从一而终”的“贞”这一古老的婚姻信条。《单符郎全州佳偶》(《喻世明言》第十七卷)也赞美了单司户“不以良贱为嫌”,将因战乱而流落烟花的未婚妻迎娶回家的高义之举。尽管在这些故事中,青年男女为信守婚约而付出的努力令人钦佩,但他们的坚持实与情感并无太多关联。他们的行为更多的是出于一种道义上的责任,而非对对方怀有多么刻骨铭心的情意。在这些拥有合法婚约的青年男女之间发生的故事与其说是歌颂了情爱,不如说是弘扬了道德。“三言”中真正表现情爱的故事则往往与合法婚约无关,而是那些以青年男女私订终身、私自结合、私奔出逃为惯有情节的“私情类”故事。其中所谓的“私”显然与缔结合法婚约的“公”相对立,带有不循礼法、唯心所欲的浪漫气息。这是否也暗示了这样一点,即真正的情的获得总是以对封建礼法、婚姻制度等形式的突破为前提。换言之,唯有突破了形式上的束缚才能获得情的独立性,而非道德伦理的附庸。“三言”的“私情类”故事所着力展现的正是这样一种情,一种富于浪漫气息的情。



### 一、对“情”以及情之“私”的肯定

在“三言”的“私情类”故事中,美貌多情的青年男女们总是会一见倾心、两情相悦(《闲云庵》《吴衙内》《张舜美》《王娇鸾》《闹樊楼》《乔太守》《玉马坠》《合色鞋》),在经历了相思成疾(《周胜仙》《乐小舍》《王娇鸾》)、私赠信物(《合色鞋》《闲云庵》《玉马坠》)、诗词传情(《王娇鸾》《张舜美》《吴衙内》)等固定桥段后,往往就会私订婚约(《王娇鸾》《张淑儿》《玉马坠》)、以身相许(《闲云庵》《吴衙内》《张舜美》《王娇鸾》《乔太守》《陆五汉》),或索性私奔出逃(《玉马坠》《张舜美》)。这些发生了私情的青年男女基本上不会站在家族利益的立场上考虑对方的身份、家世,甚至也不太在意自己的私情可能给父母双亲造成的精神困扰。热情似火的贺小姐为了能与私藏于船舱中的情人暗中约会而假装生病,却对自己的父母“见神见鬼的,请医问卜的样子”“背地冷笑”。(《醒世恒言》第二十八卷《吴衙内临舟赴约》)私奔途中的素香表现得更是决绝,“暗暗地脱下一只绣花鞋在地”,为的就是让父母相信她早已“投水身死”,“以绝父母之念”。(《喻世明言》第二十三卷《张舜美灯宵得丽女》)相较于对家族利益的“公”的考量,这些发生了私情的青年男女总是被对方的才貌(有时则仅仅是美貌)等个体品质所吸引,他们的相识过程颇似一场浪漫的“风流艳遇”:张舜美在灯宵夜时巧遇了一位与“肩上斜挑一盏彩鸾灯”的丫鬟相伴而来的少女而顿觉沉醉(《喻世明言》第二十三卷《张舜美灯宵得丽女》);张荩于无意间的一举头,“看见一家临街楼上,有个女子揭开帘儿,泼那梳妆残水”,于是“身子就酥了半边”(《醒世恒言》第十六卷《陆五汉硬留合色鞋》);周廷章则是在墙缺处窥见了荡秋千的美少女而生发了相思之情,并将少女遗失的“三尺线绣香罗帕”视为珍宝(《警世通言》第三十四卷《王娇鸾百年长恨》);黄损更是在船舱深处那位“身穿杏红轻绡”的少女的琴声中坠入了爱河。小说中的此段描写颇有唐人风致,将黄损如遇巫山神女般的迷离恍惚表现得十

分传情、真切，“黄生推篷而起，悄然从窗隙中窥之，见舱中一幼女年未及笄，身穿杏红轻绡，云鬟半亸，娇艳非常。燃兰膏，焚凤脑，纤手如玉，抚筝而弹。须臾曲罢，兰销篆灭，杳无所闻矣。那时黄生神魂俱荡，如逢神女仙妃，薛琼琼辈又不足道也。”在如梦似幻的沉醉中，辗转难眠的黄损将心中的思恋化作一首小词，“生平无所愿，愿作乐中筝。得近佳人纤手子，砑罗裙上放娇声。便死也为荣。”（《醒世恒言》第三十二卷《黄秀才徼灵玉马坠》）其中的浪漫气息表露无遗。

男子尚且如此，对于那些情窦初开的深闺少女而言，对方的才貌（有时仅仅是美貌）就更足以触动其芳心，并进而引发婚姻之想。她们此时的心理活动都极为相似，“三言”对此也并不讳言，诸如“我若嫁得恁般风流子弟，也不枉一生夫妇。怎生得会他一面也好？”（《喻世明言》第四卷《闲云庵阮三偿冤债》）“这衙内果然风流俊雅，我若嫁得这般个丈夫，便心满意足了。只是怎好在爹妈面前启齿？”（《醒世恒言》第二十八卷《吴衙内临舟赴约》）“好个俊俏郎君！若嫁得此人，也不枉聪明一世。”（《警世通言》第三十四卷《王娇鸾百年长恨》）。至于男子对女子的幻想则更多了几分“欲”的成分。事实上，在彼此对对方并无任何深入了解的青年男女之间，更多的是一种发乎自然情欲的性吸引力在发挥着作用。相较于羞涩、矜持的少女，更具主动性的男性常常会卖弄风流以提升自己在异性面前的性魅力。小说中写到张舜美在乍见到那位“凤髻铺云，蛾眉扫月”的美少女后，立刻就“汤瓶样摇摆过来”。说话人紧接着对张舜美“汤瓶样摇摆”的举动做了一番解释，“为甚的做如此模样？原来调光的人，只在初见之时，就便使个手段。”并引用了一段似乎在市井社会广为流传的“调光经”以证明自己的观点。果然，在张舜美的风流手段下，“那女子被舜美撩弄，禁持不住，眼也花了，心也乱了，腿也苏了，脚也麻了。”“痴呆了半晌”的女子终于在男子性魅力的激荡下做出了回应，“四目相睃，面面有情。”（《喻世明言》第二十三卷《张舜美灯宵得丽女》）可以说，两性之间“情”的生成完全是在“色”的爱慕与“欲”的促发二者的交互作用下实现的，并往往在情与欲的共同作用下最终私自结合、以身相许。此种情况，即婚前性行为的发生在“三言”的“私情类”故事中所占比例颇高，达60%，为原本走浪漫路线的恋情故事增添了几分情色的意味。

事实上，展现富于情欲色彩的“情”以及与礼法相违背的情之“私”正是“三言”言情的重点之一，是对个体的情感、私心的一种体现，其背后则是晚明以来以言情为尚的人文思潮在发挥着理论背景上的支撑作用。李贽曾就“私”的必然性做出过肯定性的论述，“夫私者人之心也，人必有私而后其心乃见，若无私则无心矣。……然则为无私之说者，皆画饼之谈，观场之见。但令隔壁好听，不管脚根虚实，无益于事。”[①]其所论之“私”，与男女私情中表现出来的弃公共意志于不顾的“私”在根基上是完全一致的，具有一种无视形式、挣脱束缚，尊重个体的主观感受与自愿选择的自由倾



① （明）李贽.德业儒臣后论[M]//李贽文集：第二卷.北京：社会科学文献出版社，2000：626.

向。其对“私”的肯定无疑为男女私情的合理性提供了理论支撑。在这样一种时代背景下，“情被大胆地提出来，成为晚明人文思潮的重要特征之一”，[①]“三言”的编写者冯梦龙更是堪与汤显祖相比肩的主情论代表性人物。所谓“男女相交，全在一个情字”(《玉搔头》第十三出《情试》)[②]，与“三言”中“私情类”故事的大量存在相一致，冯梦龙在其所编写的《情史》中更是将上起周室、下至明季的历代史籍、野史笔记以及包括小说、戏曲在内的通俗文学作品中有关男女情事的资料共九百余条汇集成编，并按照“贞、缘、私、侠、豪、爱、痴、感、幻、灵、化、媒、憾、仇、芽、报、秽、累、疑、鬼、妖、外、通、迹”等二十四个分类标准做了分门别类的细致划分。可见，冯氏对“情”的着力展现当为自觉的创作实践，“三言”中铺写男女情事的作品的大量存在亦非个别的偶然现象。在冯梦龙的主情论中，“情”已然被提升到了宇宙生命之本源的高度，所谓“天地若无情，不生一切物。一切物无情，不能环相生。生生而不灭，由情不灭故”(《情史》序)。正如“生于情，死于情”的“万物”一样[③]，“情亦人之生意也，谁能不芽者？”[④]“人而无情，虽曰生人，吾直谓之死矣！”[⑤]虽然冯氏所言之“情”并不限于男女之情，然而男女之情却无疑是情的最重要表现之一。除了《情史》中那些文言版爱情故事外，“三言”中的许多“私情类”故事都像是为其“主情论”所做的白话注解。

《闹樊楼多情周胜仙》(《醒世恒言》第十四卷)中的周胜仙因情而死、死而复生、生而又死。尽管复活后的周胜仙最终还是被意中人范二郎失手打死，但她却始终无怨无悔，不仅在范二郎的梦境中与其云雨欢会，更嘱托阴司中的五道将军开脱了范二郎的“罪行”。周胜仙为一点痴情而穿越生死的执著与汤显祖笔下的杜丽娘极为相似，所谓“情不知所起，一往而深，生者可以死，死可以生。生而不可与死，死而不可复生者，皆非情之至也。”[⑥]在这位“有情人”身上所体现出来的“至情”得到了汤显祖的高度赞颂，而这样一种“至情赞”在冯氏的主情论中亦有强烈的回响。诸如“人生，而情能死之；人死，而情又能生之。即令形不复生，而情终不死，乃举生前欲遂之愿，毕之死后；前生未了之缘，偿之来生。情之为灵，亦甚著乎！”[⑦]“死者生之，而生者

① 周德育．汤显祖论稿[M]．北京：文化艺术出版社，1991．(转引自赵伟．晚明狂禅思潮与文学思想研究[M]．成都：四川出版集团巴蜀书社，2007：310．)

② 李渔．笠翁传奇十种(下)[M]//李渔全集：第五卷．杭州：浙江古籍出版社，1991：260．

③ (明)冯梦龙．情史：卷二十三“情通类”总评[M]//冯梦龙全集：第七卷．魏同贤主编．南京：凤凰出版传媒集团凤凰出版社，2007：932．

④ (明)冯梦龙．情史：卷十五“情芽类”总评[M]//冯梦龙全集：第七卷．魏同贤主编．南京：凤凰出版传媒集团凤凰出版社，2007：550．

⑤ (明)冯梦龙．情史：卷二十二“情通类”总评[M]//冯梦龙全集：第七卷．魏同贤主编．南京：凤凰出版传媒集团凤凰出版社，2007：932．

⑥ 汤显祖：汤显祖全集：卷三十三[M]．北京：北京古籍出版社，1998：1153．

⑦ (明)冯梦龙．情史：卷十“情灵类”总评[M]//冯梦龙全集：第七卷．魏同贤主编．南京：凤凰出版传媒集团凤凰出版社，2007：361—362．

死之,情之能颠倒人一至于此。"[①]等言论无不表达了相似的论调。

情之至者,不仅能穿越生死,亦能感动鬼神。周胜仙对范二郎那生死不渝的痴情感动了五道将军梦中助阵,素香小姐对失散情人的苦苦等待感动了白衣大士前来托梦(《喻世明言》第二十三卷《张舜美灯宵得丽女》),明知婚事不谐却依然痴心不死的乐小舍感动了潮王于难中搭救(《警世通言》第二十三卷《乐小舍拼生觅偶》),所有这些富于神异色彩的故事情节无一不为冯氏"情之至极,能动鬼神"[②]的主情论调做了生动的注解。在集中表达叙事者观点的篇尾诗中,诸如"情郎情女等情痴,只为情奇事亦奇。"(《醒世恒言》第十四卷《闹樊楼多情周胜仙》)"少负情痴长更狂,却将情字感潮王。钟情若到真深处,生死风波总不妨。"(《警世通言》第二十三卷《乐小舍拼生觅偶》)等文字亦同样是冯氏主情论的体现。

情既可以付之于吟咏,又可以行之于笔端。在男女双方的诗词酬唱中,那些承载着深情的诗篇同样是情之载体,可以为情作证。"韵之为诗,协之为词,一日之讴吟叹咏,垂之千百世而不废;其事之关情者,则又传为美谈,笔之小牍。后世诵其诗,歌其词,述其事,而想见其情,当日之是非邪正,亦因是而有所考也。"[③]《王娇鸾百年长恨》(《警世通言》第三十四卷)在相当程度上似乎就是为冯氏的这一观点所做的反面注解。在这个以谴责负心郎为主题的悲情故事中,遭到情人背叛的娇鸾悲愤之下"乃取从前倡和之词,并今日《绝命诗》及《长恨歌》汇成一帙,合同婚书二纸,置于帙内,总作一封入于官文书内",并"打发公差"送至负心郎的所在地直隶府吴江县的县令樊公手中。"樊公将诗歌及婚书反复详味,深惜娇鸾之才,而恨周廷章之薄幸。"正如其篇尾诗所言,"若云薄幸无冤报,请读当年《长恨歌》",尽管此时娇鸾早已自杀身亡,但樊公还是从其与情人往来的诗词唱和中体察到了事件之原委并最终将负心郎处以极刑。诚如冯氏所言,作为情之载体的诗词作品中确实能透露出"当日之是非邪正,亦因是而有所考也。"[④]

在一些故事情节的改编与处理上,如是殉情还是私奔的人生抉择上也往往能够体现出冯氏对私情的肯定,这一点通过将"三言"版故事与源故事进行对比即可清楚地看出。如《张舜美灯宵得丽女》(《喻世明言》第二十三卷)中入话的源故事当为《醉翁谈录》甲集卷之一《小说开辟》"传奇类"说话名目中所列举的"鸳鸯灯",亦即壬集卷之一"负心类"中的通俗文言传奇小说《红绡密约张生负李氏娘》。此外,《熊龙峰



---

① (明)冯梦龙.情史:卷七"情痴类"总评[M]//冯梦龙全集:第七卷.魏同贤主编.南京:凤凰出版传媒集团凤凰出版社,2007:233.

② (明)冯梦龙.情史:卷八"情感类"之"齐饶州女"[M]//冯梦龙全集:第七卷.魏同贤主编.南京:凤凰出版传媒集团凤凰出版社,2007:250.

③ (明)冯梦龙.情史:卷二十四"情迹类"总评[M]//冯梦龙全集:第七卷.魏同贤主编.南京:凤凰出版传媒集团凤凰出版社,2007:960.

④ (明)冯梦龙.情史:卷二十四"情迹类"总评[M]//冯梦龙全集:第七卷.魏同贤主编.南京:凤凰出版传媒集团凤凰出版社,2007:960.

刊行小说四种》中亦收录有同题材话本版故事《张生彩鸾灯记》，此故事的流传大致经历了从口头说话到通俗文言传奇再到话本小说这样一个从口头到书面，从文言到白话的发展过程。简而言之，“鸳鸯灯”故事讲的就是一个不甘寂寞的贵妇人外出猎艳的艳遇故事。与常见的艳遇故事不同，在“鸳鸯灯”这则故事中艳遇的主动权完全掌控在贵妇人手中，那位俊美的书生反倒成了自投罗网的猎艳对象。在经历了一夜浓情蜜意的欢会后，接下来何去何从的现实问题便摆在眼前。在这一关系着未来人生走向的重大抉择上，同样是贵妇人在发挥着主导性作用。此处，我们不妨将《红绡密约张生负李氏娘》(《醉翁谈录》壬集卷之一)、《张生彩鸾灯记》(《熊龙峰刊行小说四种》)、《张舜美灯宵得丽女》(《喻世明言》第二十三卷)这三个故事版本的相关对话部分加以比照以明确在“鸳鸯灯”故事进入“三言”后，贵妇人以及书生的人生选择究竟有何变化。

| | 《红绡密约张生负李氏娘》 | 《张生彩鸾灯记》 | 《张舜美灯宵得丽女》 |
|---|---|---|---|
| 女 | 妾乃节度使李公之偏室也。……奈公年老，误妾芳年欢会，…… | 妾处深闺，祝天求合，得成夫妇。…… | 妾乃霍员外家第八房之妾。员外老病，经年不到妾房，妾每夜焚香祝天，愿遇 良人，成其夫妇，…… |
| | ……妾之此去，定当永诀，幽囚深院，无复相会，…… | 从此之后，无复再会。 | ……妾今用计脱身，不可复入 |
| | 有死无生，不若以死向君。 | 不若以死向君，无忘此情，…… | 此身已属之君，情愿生死相随；不然，将置妾于何地也？ |
| 男 | 我非土木，岂能独生！ | 我非木石，岂肯独生 | 我非木石，岂忍分离？ |
| | 愿与伊共死，庶免两处离愁 | | 但寻思无计。若事发相连，不若与你悬梁同死，双双做风流之鬼耳 |
| 女 | 子有此心，我之愿也。生既不得同室，同死庶得同穴，……乞与郎共死！ | 君有此情，我之愿也 | |
| | ……(女)乃解衣带作同心结，系于梁上 | ……(女)遂解衣带共结，与生同悬于梁间 | 说罢，相抱悲泣 |

通过上表对三个故事版本相关对话部分的比照可知：

1. 同前两个故事版本一样，“三言”版故事同样强调了贵妇人的外出猎艳实乃正常的情欲需求无法获得满足，绝非淫荡可比。且在“三言”版故事中，贵妇人的艳遇理由明显是前两个故事版本集合而成，其中既流露出了《红绡密约张生负李氏娘》中欲求不满的痛苦，同时又表达了《张生彩鸾灯记》中渴望能与情投意合的爱人结成夫妇的情感诉求。无论就生理需求来说，还是就情感诉求而论，“三言”版故事中贵妇人的艳遇理由显然是最为充分的。这无疑在相当程度上开脱了身为一介女子竟然主动寻找猎艳对象这一行为的不道德感(尽管男子主动猎艳也并无多少道德感可言),这样的主动出击型“欲女”在话本小说中通常会被毫不留情地贴上淫妇的标签,如《蒋淑真刎颈鸳鸯会》(《警世通言》第三十八卷)中的蒋淑真等。

2. 与前两个故事版本相比,“三言”版故事中男女双方殉情的意愿明显减弱。在前两个故事版本中,“有死无生,不若以死向君”的殉情一说都是贵妇人首先提出的,书生也态度坚决地表示“岂肯独生?”二人随即就解带悬梁,对双双殉情一事没有表现出丝毫的犹豫。而在“三言”版故事中,如此坚定的殉情意愿已然大为减弱。贵妇人的说辞很值得玩味,“此身已属之君,情愿生死相随;不然,将置妾于何地也?”看来,殉情而死并非是唯一的选择。书生“岂忍分离?”的回答相较于前两个故事版本中的“岂肯独生?”显然也留有余地。言下之意,或同生、或共死,彼此不分离即可。且接下来书生的一番言论又对这可能的两个选择做了进一步的权衡,“但寻思无计。若事发相连,不若与你悬梁同死,双双做风流之鬼耳。”显然,书生的殉情意愿并不是坚定的,如果不是担心事情败露后的严重后果,他是绝不会走这条路的。果然,二人接下来并没有什么解带悬梁之类的举动,只是“相抱悲泣”而已,其后更在老尼堪称“一语点醒梦中人”的提议下,双双踏上了私奔之旅。

可见,在“三言”的“私情类”故事中,殉情绝非是发生了私情的青年男女们的首要选择,更非唯一选择,他们并不是完全没有社会出路可言的,私奔已经取代了殉情成为首选。在《张舜美灯宵得丽女》(《喻世明言》第二十三卷)的正话故事中,女方首先提出的建议已经变成了“你我莫若私奔他所,免使两地永抱相思之苦”。这也从一个侧面说明了当时的社会,或者说至少在冯氏所营造的“三言”世界中,私情已然在相当程度上得到了社会舆论的接纳,私情男女继续生存下去的社会空间是完全存在的,“死”绝不是消解人生苦难的可选项。而且这些不惜背叛礼教也要私奔出逃的私情男女往往都能拥有一个美满的结局。尽管历经波折,但他们的私情最终还是能够得到封建家长的默许、官方势力的认可甚至于神异力量的庇护,这无疑反映了冯氏对私情的一种肯定,或许也在相当程度上是晚明以来社会思想的一个反映。



## 二、中国式爱情;对“私情”的有限开脱与向传统秩序的最终复归

作为晚明人文思潮影响下的主情论代表性人物,冯梦龙对“情”的肯定使其在处理男女私情这一问题上总是表现得十分宽容。在乔太守那个著名的判词中,“一雌一雄,变出意外。移干柴近烈火,无怪其燃”(《醒世恒言》第八卷《乔太守乱点鸳鸯谱》)所表达的也正是之于男女私情的“了解之同情”。在一些故事情节的处理上,也同样能够体现出冯氏有意为私情开脱的潜在意图。

就《闲云庵阮三偿冤债》(《喻世明言》第四卷)的基本故事情节而言,其实写的是一桩极为“尴尬”的私情故事。玉兰小姐爱上了风流的富商子弟阮三,并在旁人(阮

三的朋友张远以及闲云庵的老尼)的协助下终于得以于尼姑庵中与意中人私会。却不想大病初愈的阮三乐极生悲、脱阳而死。惊慌失措的玉兰小姐仓皇之中逃离了事发现场,但万万没有想到的是竟然因这次短暂的性事而怀孕在身。接下来的故事重点就转移到了玉兰以及玉兰的父母如何绞尽脑汁地掩盖这桩令人难以启齿的家庭丑闻上。除了玉兰小姐涕泗横流地表示守节抚孤而绝不嫁人外,这实在是一个与道德毫无关联的故事。或许正因为如此,冯氏在故事的结尾处安排了一段阮三托梦给玉兰小姐的情节。按照阮三的解释,"前世你是个扬州名妓,我是金陵人,到彼访亲,与你相处情厚,许定一年之后再来,必然娶你为妻,及至归家,惧怕父亲,不敢察知,别成姻眷。害你终朝悬望,郁郁而死。因是风缘末断,今生乍会之时,两情牵恋。闲云庵相会,是你来索冤债;我登时身死,偿了你前生之命。"如此一来,这个原本极不名誉的"尴尬"私情终于在因果报应的解释下获得了存在的合理性,"方知生死恩情,都是前缘夙债。"恍然大悟的玉兰小姐也从此摆脱了这桩性丑闻所带来的精神困扰,"放下情怀,一心看觑孩儿"。

以因果报应为私情开脱的做法当然并不能包治百病、百试百灵。毕竟还有许多私情、尤其是与有夫之妇发生的奸情总是会受到道义或法律上的惩罚。这无疑是因果说的漏洞所在,于是冯氏又模仿说话人的口吻在《吴衙内临舟赴约》(《醒世恒言》第二十八卷)的正话故事开始前,做了这样一番补救性的解释,"说话的,依你说,古来才子佳人,往往私谐欢好,后来夫荣妻贵,反成美谈,天公大算盘,如何又差错了?看官有所不知。大凡行奸卖俏,坏人终身名节,其过非校若是五百年前合为夫妇,月下老赤绳系足,不论幽期明配,总是前缘判定,不亏行止。"这也就是说,只要是"前缘判定"、"五百年前合为夫妇"的,无论"幽期明配",都"不亏行止"。换言之,是否有所谓的"前缘",将是私情能否合理化的前提依据。尽管前缘与否的判断除了鬼神托梦外实在是茫无边际,但所谓"前缘说"的提出无疑又在相当程度上弥补了"因果说"的前天不足,从而使得更多的私情得以合理化。玉兰小姐与阮三的故事题目从原本的《戒指儿记》(《清平山堂话本》)被改写为《闲云庵阮三偿冤债》(《喻世明言》第四卷)本身也说明了故事的主题已然由"戒指儿"这一私赠信物所影射的私情转变成为了为前世罪孽"偿冤债"的果报。私情本身由此得到了淡化,而私情的"正当性"则在果报模式下获得了合理化解释。

然而,以话本小说中惯常的因果报应为私情开脱显然并非是冯梦龙所开出的最佳药方。虽然"因果说"使玉兰小姐获得了心理安慰,但真正使其获得世人谅解的却是从一而终、守贞抚孤的选择。原本准备一死了之的玉兰小姐因"有一个月遗腹在身"而不得不放弃了寻死的念头苟活了下来,并坚决表示绝不另嫁他人,"妇人从一而终,虽是一时苟合,亦是一日夫妻,我断然再不嫁人。若天可怜见,生得一个男子,守他长大,送还阮家,完了夫妻之情。那时寻个自尽,以赎玷辱父母之罪。"十九年后的玉兰小姐最终在"连科及第,中了头甲状元"的儿子的表奏下,"启建贤节牌坊",获得了朝廷的旌表。当初“晓得些风声来历的，免不得点点搠搠，背后讥诮”的街坊邻居们也“翻夸奖玉兰小姐贞节贤惠，教子成名，许多好处”。尽管其子的身份地位在这一过程中发挥了重要作用，但终归到底还是玉兰小姐的从一而终为其最终赢得了社会舆论的认可与尊重，最初的私情也因此而获得了洗白。

以从一而终“洗白”私情的做法在“三言”的“私情类”故事中得到了普遍应用，《张舜美灯宵得丽女》(《喻世明言》第二十三卷)、《黄秀才徼灵玉马坠》(《醒世恒言》第三十二卷)、《吴衙内临舟赴约》(《醒世恒言》第二十八卷)等莫不如此。一般而言，从一而终的道德信条将会使原本的私情野合最终导向公共视野下的婚姻。始于私情、终于婚姻的婚恋模式也因此而成为冯氏对“私情类”故事的惯常处理方式。尽管深受晚明人文思潮影响的冯梦龙对男女私情及其所体现出来的真、自然、自由与浪漫表达过由衷的赞美，但“始于私情，终于婚姻”这一婚恋模式的应用还是传达出了这样一个信息，即不以婚姻为旨归的私情终究是不合常规的、不道德的、甚至是淫荡的。“对于性关系来说，惟有自发的爱，才能成其为爱，它排除了所有义务和规则的观念，这是一个自由的领域，在那里，想象可以毫无束缚地任意发挥，双方的兴趣以及他们的欢乐几乎就是支配的法则，然而，没有义务和法律之外，就必然没有道德，而且，凡是不能充分体现义务观念和道德约束观念的人类活动领域，都将给放纵敞开道路。”①换言之，如果发生了私情的青年男女想要重新获得社会、家长的认可与接纳，就必须要将其自身纳入到婚姻的常轨之中。这与西方中世纪骑士文学中所热衷表现的骑士专以贵妇人为恋爱对象，并与之展开浪漫的婚外恋情截然不同，完全是一种中式的爱情，而“中式爱情的最突出特征，是情感结果的婚姻化。”②而所谓“情感结果的婚姻化”，又显然体现出了这样一种愿望，即“试图把情欲与恋爱这种性生活本身的东西，与仁义礼智信这样的道学的东西结合起来，以获得存在的理由。”③尽管私情之“私”体现了对现有婚姻制度、两性秩序等种种形式束缚的漠视与突破，并因之而为两性情感的发生带来了几分浪漫、自由的气息。然而，这样的自由、浪漫无疑又是短暂的、有限的，它们最终将会随着情之“私”向婚姻之“公”的转化而被吸纳到传统与秩序之中。

在这样一些重新被纳入秩序之内的“私情类”故事中，曾经背离过传统与秩序的青年男女们往往都能获得妻贤子孝、子孙满堂、官运亨通、家世兴旺之类至善至美、有如“人伦和乐图”般的圆满大结局。这些故事的结尾也都因此而变得十分相似，如“舜美官至天官侍郎，子孙贵盛。”(《喻世明言》第二十三卷《张舜美灯宵得丽女》)“却说后来淑儿与元礼生出儿子，又中辛末科状元，子孙荣盛。”(《醒世恒言》第二十一卷《张淑儿巧智脱杨生》)“后来刘璞、孙润同榜登科，俱任京职，仕途有名，扶持裴政亦

① (法)爱弥儿·涂尔干著.乱伦禁忌及其起源[M].汲喆等译.上海：上海人民出版社，2006.
② 孙绍先.英雄之死与美人迟暮[M].北京：社会科学文献出版社，2000：151.
③ (日)藤本箕山、九鬼周造、阿部次郎著.日本意气[M].王向远译.长春：吉林出版集团有限责任公司，2102：167.

得了官职。一门亲眷,富贵非常。刘濮官直至龙图阁学士……”(《醒世恒言》第八卷《乔太守乱点鸳鸯谱》)“后黄损官至御史中丞,玉娥生三子,并列仕途,夫妇百年偕老。”(《醒世恒言》第三十二卷《黄秀才徼灵玉马坠》)“秀娥过门之后,孝敬公姑,夫妻和顺,颇有贤名。……,吴彦官至龙图阁学士,生得二子,亦登科甲。”(《醒世恒言》第二十八卷《吴衙内临舟赴约》)等等。如此毫不吝惜的慷慨赐予或许正是叙事者对曾经“误入歧途”的青年男女重返正途的一种褒扬与奖励,并在相当程度上代表着冯氏本人对男女私情的一个基本态度。①

不过尚有一点须明确的是,冯梦龙在处理“私情类”故事时所体现出的对情,尤其是对私情的有意开脱绝不是以牺牲“理”为代价的“一边倒”。“理”就像是一个绝对无法忽视的“至高存在”般无时无刻不在冯氏的主情论中投射着浓重的阴影。在“三言”的“私情类”故事中,为情所困的青年男女们时常会做一些充满了警示意味的“性梦”。他们或者梦见正与情人幽会的自己突然被“手提钢斧”的亲夫“抢入房来”,“照顶门一斧,砍翻在地。”(《醒世恒言》第三十九卷《汪大尹火焚宝莲寺》)或者梦见自己的情人被愤怒的父亲发现后扔进了水中(《醒世恒言》第二十八卷《吴衙内临舟赴约》),或者梦见正欲偷窥情人的自己突然被不知何处传来的高声呵斥,“良士非媒不聘,女子无故不婚。今女按板于窗中,小子逾墙到厅下,皆非善行,玷辱人伦。执诣有司,永作淫奔之戒”所震慑(《警世通言》第二十九卷《宿香亭张浩遇莺莺》)。总之,期待已久的幽期密约即便在梦中也都无一不因外在力量的介入而痛遭夭折。这些青年男女显然知道有违礼法的私情是反道德、反秩序的,渴望与情人交欢的愿望是如此的罪恶以至于被深深地压进了潜意识中,然而它又是如此地强烈以至于很快地又在不受意识支配的梦中复活。可是即便在看似自由的梦境之中,刚刚暴露出来的“恶念”还是被父亲、亲夫以及那个有如神一般不知何处传来的一声断喝所压制,这些力量无疑是家长权威、婚姻伦理以及道德秩序的象征,是“理”的力量在“性梦”中的隐性体现。尽管这些渴望自由恋爱的青年男女们最终还是在春情的促发下发生了私情,然而其灵魂深处未尝没有承受过情、理冲突所带来的煎熬。这样一种在情、理间抉择的痛苦恐怕也正是渴望情、理兼顾的冯梦龙所要承担的,因果报应说于是再次成为了冯氏调和冲突、化解痛苦的不二法门。

为市井道德所普遍接受的因果报应说实在是一个堪称“反双刃剑”的奇妙武器,它所达成的效果不是情、理的两败俱伤,而往往是二者的双赢共存。在上文例举的

① 不妨补充的一点是在“三言”的“私情类”故事中所体现出的以婚姻为旨归的“半截子”艳遇以及最后有如“人伦和乐图”般的圆满大结局在清初的才子佳人小说中得到了普遍性的应用,并几乎成了才子佳人小说惯用的婚恋模式与情节模式。尽管冯梦龙与清初才子佳人小说家们所处的思想文化背景、时代背景完全不同,但在既欣赏富于浪漫气息的两性情感,又向传统与秩序表达由衷的敬意并希望尽可能地将二者兼顾起来的创作愿望上应该保持着大体上的一致。恐怕也正是出于这样一种相似的创作愿望,在“三言”的“私情类”故事中得到突出表现的“半截子”艳遇在清初的才子佳人小说中得到了颇为忠实的隔代继承。

《闲云庵阮三偿冤债》(《喻世明言》第四卷)这则故事中,以前世造孽、今生还债这样的果报说将二人的私情合理化的同时,亦未尝不是在以权变的手段继续维护着婚姻制度的权威性。正因为有了前世因缘,所以今生理应配成夫妻,“不论幽期明配,总是前缘判定,不亏行止。”(《醒世恒言》第二十八卷《吴衙内临舟赴约》)私情在被合理化的同时,婚姻制度的权威性乃至于弹性都得到了有效地维护与增强。从这一层面上来讲,果报说的应用既可以被认为是对私情的开脱与认可,亦同样可以被认为是对已经被破坏了的婚姻秩序的一种回护与弥补。情与理在果报说的作用下得到了最大限度上的兼顾与调和。

冯氏为了化解情、理之间的冲突所使用的武器原不止果报说一种,为市民道德所普遍认同的“淫人妻子,妻子淫人”说同样发挥着作用。这一本质上而言依然不出果报范围的报应定律能够有效地消解由于私情的发生而造成的道义上(往往也是利益上)的不公平感,这种不公平感尤其存在于发生私情了的男女双方其实早已各自拥有未婚夫(妻)的情况。如何调和情、理之间的矛盾,在“理顺人情”的同时又能“缘情入理”以最终达到“情、理兼顾”的和谐境界便成了冯氏所必须要努力解决的问题。在《乔太守乱点鸳鸯谱》(《醒世恒言》第八卷)这出异常混乱的婚恋闹剧中,通情达理的乔太守显然成了冯氏“情理调和论”的代言人。乔太守有意将发生了私情的孙润与慧娘配成一对,但慧娘未来的公公裴老九却对此甚为不满,“媳妇已为丑事,小人自然不要。但孙润破坏我家婚姻。今原归于他,反周全了奸夫、淫妇.小人怎得甘心!情愿一毫原聘不要,求老爷断媳妇另嫁别人,小人这口气也还消得一半。”裴老九的一腔怨愤显然来自于理顺人情之后产生的道义上的不公平感,凭什么破坏了儿子婚姻的奸夫淫妇反倒配成了一对儿?这无疑是计较个人得失的市井小民们最为关心的问题。乔太守对此的补救措施则是将孙润原来的未婚妻转配予裴老九的儿子,“孙润原有妻未娶,如今他既得了你媳妇,我将他妻子断偿你的儿子,消你之忿!”这一补充判决的理论依据显然有着“淫人妻子,妻子淫人”的补偿意味,孙润破坏了我家儿子的婚事,我家儿子也破坏(虽然是客观效果上的破坏)了他的婚事,深感公平感重获保障的裴老九终于对此判决表示了赞同。如此一来,当事人双方或获得了对私情的肯定,或获得了道义上的平衡。在果报定律的促成下,这一桩异常混乱的婚恋闹剧终于在既“理顺人情”、又“缘情入理”的基础上达成了“情、理兼顾”的完满结局,这样一种调和与平衡正是冯氏的主情论调所希望达到的最终效果。

不过,笔者对这样一种以报应定律为据实现的所谓“调和与平衡”是否真正地做到了“情、理兼顾”表示严重怀疑。原本作为“民间道德意识基础的善恶报应观念”演化为“道德裁判法则”并为代表着司法公正力量的政府官员所采用,这本身其实是一件相当危险的事情,因为这种强烈“渗透着小市民式的狡狯和商人式的实利观念的”[①]的报应定律所关心的仅仅是公平而绝非道德。一旦利益重新划分后达成了新的平衡,道德判断的必要性也就会随之消解。在《乔太守乱点鸳鸯谱》(《醒世恒言》第八卷)这则故事中,作为这一连串闹剧的始作俑者,孙润的道德水准其实是很成问题的。他自己明明有婚约在身,也知道慧娘早已许配了人家,却又趁着男扮女装、代姐冲喜这一千载难逢的机会诱奸了未来姐丈的妹妹慧娘。孙润的这一非道德行为让有意从中周全的乔太守都深感为难,“你既有妻子,一发不该害人闺女了!”然而,当乔太守依据判词所言的“夺人妇人亦夺其妇”,亦即“淫人妻子,妻子淫人”这一报应定律将孙润的未婚妻转配给“受害人”(即慧娘的未婚夫,亦即裴老九的儿子)后,新的利益平衡达成,孙润的道德问题甚至于法律责任也就跟着不再被追究了。如果说因果报应能在一定程度上维护道德的话,那么,至少在这部作品中,它已然退化成了一种利益平衡的工具,由原本的惩罚定律转变成了补偿定律。利益重新分配后的“公平”掩盖了道德上的缺失,如此形成的“情、理兼顾”、“情、理调和”是十分令人怀疑的。这是否也在相当程度上暗示了这一点,即尽管“三言”以道德教化为标榜,但“三言”中,或者说“三言”所反映的市井社会中传统的道德力量已然出现了衰退,为市民社会所普遍尊奉的“理”(天理)其实早已变了味道。



### 三、“情教”与“理教”

冯梦龙在“私情类”故事的处理上所体现出来的“不彻底性”,即对形式束缚的有限突破、浪漫的不彻底性以及以婚姻为旨归的必然性等并不应被认为是一种思想上的,或者历史上、时代上的局限,恰恰相反,笔者认为所谓的“不彻底性”正是冯氏“情教论”的完整体现。正如上文论述的那样,以冲破形式束缚为前提的“情之私”及其所体现出来的真、自然、自由与浪漫的气质正是晚明以来个性解放思潮促发下的产物,作为主情论代表性人物的冯梦龙对此表示了由衷的肯定与赞美。然而,冯氏所接受的学术影响并不仅止于富于叛逆精神与自由色彩的李贽或泰州学派。尽管冯梦龙性格特征中狂士品格的形成以及在一些文字的行文方式上,如《广笑府序》(“……我笑那汤与武,你夺天子;你道没有个旁人儿,觑觑破了这意儿,也不过十字街头小经纪。……”)[②]颇受益于李贽,然而在治世情怀上却更显示了对王阳明思想的继承。左东岭先生以为“冯氏所受王阳明之影响,……主要是其良知之直接浑成与学以致用之精神”,[③]其于61岁高龄出任福建寿宁知县时,兴办县学、整顿学风、革除溺女陋习、根除虎患、水患、亲自编撰地方志《寿宁待志》等一系列政绩无不显示了这位循吏的治世情怀绝非坐守书斋的空想。其所撰写的经学著作,诸如《四书指月》



① 高小康.市民、士人与故事:中国近古社会文化中的叙事[M].北京:人民出版社,2001:36.

② (明)冯梦龙.广笑府序[M]//冯梦龙全集:第十册(三教偶拈·广笑府·挂枝儿·山歌·折梅笺·牌经十三篇·马吊脚例·太霞新奏).魏同贤主编.南京:凤凰出版传媒集团凤凰出版社,2007.

③ 左东岭.王学与中晚明士人心态[M].北京:人民文学出版社,2000:659.

《麟经指月》《春秋衡库》《春秋定旨参新》《春秋别本大全》等书虽主要用于科举士子的考试用书，但亦能证明冯氏当具有相当程度上的经学造诣。学术渊源上的复杂性使得冯氏一方面接受了晚明以来人文思潮的影响并成为主情论的代表性人物，另一方面又使得冯氏始终难忘学以致用、兼济天下的治世情怀。

事实上，正统与叛逆、秩序与自由、持重与疏狂等具有相反倾向的气质集于一身的情况在晚明的人文学者当中颇为普遍。尽管他们通常对人文思潮所促发的叛逆、浪漫、自由等新精神趋之若鹜，但同时又往往"有着强烈的治世倾向，而不是要进一步破坏当时的社会秩序与社会规范"，[①]即便是高唱着"世总为情"的汤显祖也同时标榜着"名教至乐"。与冯梦龙的学术背景颇为相似，这位堪称晚明"主情论"第一人的汤显祖同时亦深得理学之精髓。诚如其自评中所言，"学道无成，而学为文。学文无成，而学诗赋。学诗赋无成，而学小词。学小词无成，且转而学道。"[②]尽管转学多家，但"道"无疑贯穿了其学问之始终。所谓的"学道不成"当不过是自谦之词，因为在《汤显祖全集》卷五十"制艺"中，"收录了汤显祖对《大学》《中庸》《论语》《孟子》四书的阐发，其观点亦颇有出新的地方。在他的诗里、书信、戏曲以及其他作品中，展现其理学思想的地方俯拾皆是。"[③]其论理学的一些文章还曾得到过"拈出一礼义字，便分毫走作不得，其严如此。""非深于理学者不能为此"[④]之类的高度评价。主情论者与理学家这看似矛盾的双重身份在汤显祖身上同样得到了奇妙的兼顾。也正唯如此，具有经学、心学、理学等学术背景的冯、汤二人从未像李贽那样彻底反出心学之牢笼而走向极端化的叛逆，而是始终都在心中存着一个正统士人所保有的社会责任感与治世情怀。诚如李泽厚先生所言，"这些作家艺术家又都是无不是儒门的士大夫知识分子，在他们的自觉意识和理论主张中，儒家的许多基本精神、观念和思想情感并未从根本上动摇。"[⑤]这样的一种学术构成与学术背景也就决定了为冯、汤二人所力倡的"主情论"不可能彻底地走向叛逆，而将更多地在传统、秩序与新精神之间努力地求得一种兼顾与平衡。

正唯如此，冯梦龙氏的主情论绝不会仅仅停留在情的个体层面，尽管他曾经说过"借男女之真情，发名教之伪药。"[⑥]但其更希望达成的却显然是"真情"与"名教"之间的兼顾与平衡。换言之，如何以真情补强名教以便让伦理道德能够真正地入主人心当是冯氏努力思考的方向。这样一种愿望随着天启朝后明王朝政治时局的急剧



① 赵伟.晚明狂禅思潮与文学思想研究[M].成都：四川出版集团巴蜀书社，2007：331.

② （明）汤显祖.汤显祖全集[M].北京：北京古籍出版社，2001：1436.

③ 赵伟.晚明狂禅思潮与文学思想研究[M].成都：四川出版集团巴蜀书社，2007：338—339.

④ （明）高攀龙.答汤海若[M]//高子遗书：卷八.四库全书本.499.（转引自赵伟.晚明狂禅思潮与文学思想研究[M].成都：四川出版集团巴蜀书社，2007：340.）

⑤ 李泽厚：美的历程[M].合肥：安徽文艺出版社，1994：395.

⑥ （明）冯梦龙.广笑府序[M]//冯梦龙全集：第十册（三教偶拈·广笑府·挂枝儿·山歌·折梅笺·牌经十三篇·马吊脚例·太霞新奏）.魏同贤主编.南京：凤凰出版传媒集团凤凰出版社，2007.

恶化而变得愈加迫切，冯氏的主情论也由早期，即万历朝的“主要以冶情或曰男女之情为内涵”转而为后期，即天启朝的“主要以不容已之生机为内涵。”①虽“未尽雅驯”，但“私情化公”，尚能“曲终之奏，要归于正。”②这其中显然包含了冯氏欲以伦理道德(理)规范私情以便将私情导入正轨的情教意图。

其主情论调早已突破了男欢女爱的个体范围而愈来愈明显地带上了“以情教化”的社会化属性，“情教论”也由此成为了天启朝后冯氏思想发展的新动向，而“三言”恰恰正是刊行于其思想发生转变了的天启朝。正唯如此，“半截子”艳遇在“私情类”故事中的普遍应用也就不难理解了。

然而，伦理道德(理)“在未融入主体意识之前，总是带有某种超验的性质。”这也就决定了个体对伦理道德的接受总是需要一个理解、接受、认同的过程，否则当伦理道德“仅仅外在于个体并与个体相对时，它便很难真正影响主体的行为。”并且，这样一个将伦理道德内化于自身的过程显然并不是通过理性的思辨来实现的，“并不以抽象理念的形式入主个体意识，而是渗入于主体的情感、意向、信念等等之中，……”③简而言之，情感力量的参与将有助于将外在的伦理道德教条内化于个体意识之中，并成为个体自觉坚守、主动奉行的内在道德力量。从这一意义上讲，“情”实为“理”之基础，这也正是冯氏欲以“情教”补强“理教”的哲学依据所在。

诚如冯氏所言，“自来忠孝节烈之事，从道理上做者必勉强，从至情上出者必真切。……世儒但知理为情之范，孰知情为理之维乎！”④在冯氏看来，许多为儒家伦理道德所推崇的美好品质均发自于“情”之本源。所谓“世上忠孝节义之事，皆情所激。故子犹氏有情胆之说。”⑤“无情之夫，必不能为义夫；无情之妇，必不能为节妇。”⑥“情不至，义不激，事不奇。”⑦“无情者又能勇乎哉！”⑧正是在情感力量的促发下，忠、孝、节、义等美好的道德品质才能被激发出来，“子有情于父，臣有情于君”⑨，“发之事父

① 左东岭.王学与中晚明士人心态[M].北京：人民文学出版社，2000：661—662.

② (明)冯梦龙.情史“吴人龙子犹序”[M]//冯梦龙全集：第七卷.魏同贤主编.南京：凤凰出版传媒集团凤凰出版社，2007：1.

③ 杨国荣.心学之思——王阳明哲学的阐释[M].上海：生活·读书·新知三联书店，1997：80.

④ (明)冯梦龙.情史：卷一“情贞类”总评[M]//冯梦龙全集：第七卷.魏同贤主编.南京：凤凰出版传媒集团凤凰出版社，2007：36.

⑤ (明)冯梦龙.情史：卷五“情豪类”“张俊”条评[M]//冯梦龙全集：第七卷.魏同贤主编.南京：凤凰出版传媒集团凤凰出版社，2007：193.

⑥ (明)冯梦龙.情史：卷一“情贞类”总评[M]//冯梦龙全集：第七卷.魏同贤主编.南京：凤凰出版传媒集团凤凰出版社，2007：36.

⑦ (明)冯梦龙.情史.卷四“情侠类”总评[M]//冯梦龙全集，第七卷，魏同贤主编.南京：凤凰出版传媒集团凤凰出版社，2007：158.

⑧ (明)冯梦龙.情史：卷五“情豪类”总评[M]//冯梦龙全集：第七卷.魏同贤主编.南京：凤凰出版传媒集团凤凰出版社，2007：194.

⑨ (明)冯梦龙.龙子犹序[M]//冯梦龙全集：第七卷.魏同贤主编.南京：凤凰出版传媒集团凤凰出版社，2007：1.

便是孝，发之事君便是忠，发之交友治民，便是信与仁。”①“于是流注于君臣、父子、兄弟、朋友之间而汪然有余乎！”②将“情”作为“理”之基础，通过情感力量的促发将外在的道德教条内化于个体之心，从而使得个体发之于心的言行无不合于本心、无不合于己情、无不合于道德。这样一种“情、理合一”，“心、理一致”的和谐共生也正是冯氏的“情教论”所希望达成的境界。

这一思路在晚明乃至于清中期许多文学家、思想家的言论中均有所体现。如王阳明就认为“人失其情，难乎与之言礼。”③汤显祖亦曾高度评价过戏曲“以情教化”的情感力量，“可以浃父子之恩，可以增长幼之睦，可以动夫妇之欢，可以发宾友之仪，可以释怨毒之结，可以已愁愦之疾，可以浑庸鄙之好。然则斯道也，孝子事亲，敬长而娱老；仁人以此奉其尊，享帝而事鬼；老者以此终，少者以此长。外户可以不闭，嗜欲可以少营。人有此声，家有此道，疫疠不作，天下和平。岂非以人情之大窦，为名教之至乐也哉！”④明末清初的戏曲家孟称舜之所以将其传奇剧《节义鸳鸯冢娇红记》中男女主人公的一己之私情定义为节义之举，就是因为他们虽违礼在先，但却做到了“从一而终”，“传中所载王娇申生事，殆有类狂童淫女所为，而予题之‘节义’，以两人皆从一而终，至于没身而不悔者也。”且更为重要的是，其所坚守的“从一而终”并非是受制于某个冰冷的伦理教条，而是“笃于其性，发于其情”的结果。正所谓“贞夫烈女世间无，总为多情难负”，正是在情感力量的感召下，痴情男女才会自愿地成为义夫节妇，“天下义夫节妇，所为至死而不悔者，岂以是为理所当然而为之耶？”⑤秉承着同一思路的清中期思想家戴震亦指出“圣人之道，使天下无不达之情；求遂其欲，而天下治。”而“后儒不知情之至于纤微无憾是谓理”，“其所谓理者”，已然抽去了“情”这一情感内核，退变成为与酷吏手中一般不二的“法”，从而形成“酷吏以法杀人，后儒以理杀人”（《孟子字义疏证》）的恶性局面。

就冯氏“情教”论的实质而言，其目的绝非是以“情教”取代“理教”，而是意图将人情温暖的一面重新融入到被抽象为冰冷教条的“理”之中，从而使得“理”能够更好地顺应人情，并最终实现合情合理、情理兼顾的和谐境界。从这一意义上讲，“情”更多地只是作为“理”的辅助手段而存在，“情教论”的最终目的依然是“理”在人心中的实现。应当说，这一思路与构想与清中期“以礼代理”的学术思潮较为接近，更与王阳明的“心即理”颇有沟通之处。王阳明所说的“心即理”，也无外乎就是“普遍的道德规范（作为当然之责的天理）与个体道德意识的合一”，即将“普遍的道德律转化为



---

① （明）王守仁撰. 王阳明全集：卷一[M]. 吴光等编校. 上海：上海古籍出版社，1992：2.
② （明）冯梦龙. 詹詹外史序[M]//冯梦龙全集：第七卷. 魏同贤主编. 南京：凤凰出版传媒集团凤凰出版社，2007：3.
③ （明）王守仁撰. 年谱·与邹守益书[M]//王阳明全集：卷三十五. 吴光等编校. 上海：上海古籍出版社，1992：1297.
④ （明）汤显祖. 宜黄县戏神清源师庙记[M]//汤显祖诗文集：卷三四. 上海：上海古籍出版社，1982：1127.
⑤ （明）孟称舜. 娇红记题词[M]//娇红记. 上海：上海古籍出版社，1988：271.

个体的情感、意愿、信念”，以便能更为“有效地影响主体的行为”，[①]并最终达到礼义即在人心之内，“非情性之外复有礼义”[②]的境界。

冯氏“情教论”的思路与构想在“三言”的许多故事中都能找到生动的注解。其中有两篇故事，即《葛令公生遣弄珠儿》（《喻世明言》第六卷）、《裴晋公义还原配》（《喻世明言》第九卷）的情节颇为相似，写的都是通情达理的高官显宦将早已归属于自己的女子还给（或送给）痴情的原夫（或下属）的故事。尤其在《葛令公生遣弄珠儿》这则故事中，地位低下却又“正当壮年慕色之际”的申徒泰居然对葛令公的爱妾珠娘生发起了非分之想，忘乎所以地将“一对眼睛射定在这女子身上”而全然不顾就在一旁的葛令公。事后察觉到自己严重失态的申徒泰贼人胆虚、惴惴不安，生怕葛令公会伺机报复。然而“体悉人情，重贤轻色”的葛令公不但没有惩罚，反而将珠娘慷慨地赠送给了倾慕已久的申徒泰。葛令公的此番义举令包括申徒泰在内的所有人都大为感动，“没一个人不夸扬令公仁德，都愿替他出力尽死。”这则故事很让人联想起与权奸贾似道有关的一个传闻。在这则广泛流布于民间的传闻中，贾似道的一位姬妾对游湖而来的两位美男子发出了“美哉二少年”的赞叹，贾似道于是探问道：“汝愿事之，当留纳聘。”这位信以为真的姬妾于是“笑而不言”以示默许，没想到随即就被贾似道砍下了脑袋并当众展览，以儆效尤。[③] 贾似道的残刻与褊促较之葛令公的体贴人情、成人之美实在是有着云泥之判、天壤之别，申徒泰与珠娘如若落到贾似道的手中真不知会是怎样一番下场。葛令公的大丈夫行径得到了冯梦龙的高度赞颂，并将其慷慨义举中所体现出来的“仁德”归因于“体悉人情”。正因为能够“体悉人情”，葛令公才能察觉到申徒泰对珠娘的一片痴情并对他的严重失态付之一笑，而葛令公之所以能够“体悉人情”，也正唯自己就是一个有情之人，“己若无情，何以能体人之情。其不拂人情者，真其人情至深者耳。”[④]可见在冯梦龙看来，葛令公身上所体现出来的慷慨、仁德、重贤轻色等美好品质都是源于能够“体悉人情”的情之本源，包括申徒泰在内的众将士发誓效忠于葛令公的一片赤胆忠心也同样是为情所感的结果。上司之“义”与下属之“忠”就这样在情的促发与互感中得以水乳交融，完美地合为一体。

就在男女私情中贯彻“从一而终”这一道德信条而言，“三言”中的一些“私情类”故事，如《张舜美灯宵得丽女》（《喻世明言》第二十三卷）、《黄秀才徼灵玉马坠》（《醒世恒言》第三十二卷）等同样提供了生动的注解。严格来说，这两个故事都是不成功的私奔。二者的情节模式十分相似：双方一见钟情、决定私奔，不想却于途中发生了

① 杨国荣．心学之思——王阳明哲学的阐释[M]．上海：生活·读书·新知三联书店，1997：82．
② （明）李贽．读律肤说[M]//李贽文集．张建业主编．北京：社会科学文献出版社，2000：123．
③ （明）田汝成．西湖游览志余：卷五“佞幸盘荒”条[M]//谭正璧．三言二拍源流考．上海：上海古籍出版社，2012：161．
④ （明）冯梦龙．情史：卷四“情侠类”总评[M]//冯梦龙全集：第七卷．魏同贤主编．南京：凤凰出版传媒集团凤凰出版社，2007：157—158．

意外。女方生死不明，男方痛不欲生并立誓从此不娶。故事的最后则是各自为对方守贞的私情男女在神道力量的帮助下终于破镜重圆。在这两个故事中，尤其在“张舜美”的故事中，张生最开始似乎仅仅将与素香小姐的相识当做一场“风流艳遇”。从他初见素香小姐便像“汤瓶样摇摆过来”以卖弄自己的性魅力，到幽期密约时如“饿虎逢羊，苍蝇见血”般的轻狂举动都无不证明了这一点，他甚至在已与女方发生了关系后才想起来“问名叙礼”。然而随着私奔途中女方的意外走失，一直沉浸于旖旎艳情中的张生终于清醒了过来，并为女方的“死”大病了一场。小说中写到当张生再逢上元佳节之时，他早已失去了一年前卖弄风流的心情，“舜美追思去年之事，仍往十官子巷中一看，可怜景物依然，只是少个人在目前。……舜美无情无绪，洒泪而归。惭愧物是人非，怅然绝望，立誓终身不娶，以答素香之情。”张生的“终身不娶”亦当被视为对女方的“从一而终”，但这显然并非是对冰冷的道德信条的恪守，而是自然而然地生发于对素香的怀念与情意。如果说他对素香最初只是抱着轻薄的艳遇心态，那么其后所经历的“生离死别”无疑使他的情感得到了升华。他的“终身不娶”、从一而终完全是为了回报素香之情，可以说正是情感的力量促成了张生由一个轻薄浪荡子向忠贞之士的转变。

“私情类”故事尚且如此，在那些有着合法婚约的非私情类故事中，如《范鳅儿双镜重圆》(《警世通言》第十二卷)、《陈多寿生死夫妻》(《醒世恒言》第九卷)、《大树坡义虎送亲》(《醒世恒言》第五卷)等，“从一而终”的信念更是在情感的力量下得到了贯彻。这些故事基本上都有夫妻双方因战乱、疾病、生死等原因而被迫分离之类的情节，“从一而终”的信念正是支撑着他们将婚姻(婚约)坚守到底的力量所在。这份坚守固然可以理解为一种道德力量使然，但更有着“一日夫妻百日恩”这样朴素而真挚的夫妻情感在发挥着作用。在《宋小官团圆破毡笠》(《警世通言》第二十二卷)这则故事中，当丈夫宋金因身患重病而遭到岳父母的无情遗弃后，自成亲后便“夫妻恩爱”的妻子宜春痛不欲生，“你两口儿合计害了我丈夫，又不容我戴孝，无非要我改嫁他人。我岂肯失节以负宋郎?”在丈夫九死一生的情况下，宜春不顾父母的反对不惜以死相逼也坚决要为“亡夫”戴重孝。在小说的结尾处，大难不死的宋金在意外地得到一笔横财后衣锦还乡，“遥见浑家在船艄麻衣素妆，知其守节未嫁，伤感不已”，小说最终在得以破镜重圆的夫妻双方“抱头大哭”的大团圆中结束。这对离散夫妻最终获得的圆满结局无疑是对这份坚守的最好回报。

在冯梦龙的笔下，“从一而终”之类的道德信念从来就不是冷冰冰的伦理教条，尽管“三言”中也确实有一些作品写到了婚约在身的女子为素未谋面的未婚夫保持忠贞的故事，如《大树坡义虎送亲》(《醒世恒言》第五卷)、《陈多寿生死夫妻》(《醒世恒言》第九卷)等，但在更多的情况下，对“从一而终”的坚守总是与夫妻之间、情人之间的情爱发生着情感上的联系。正所谓"人情至处即礼法"[1],正是因为对对方怀有强烈的爱慕或者真挚的情感,夫妻间、情人间才会心甘情愿地与之厮守终身而绝不改志。从这一意义上讲,"从一而终"更多的只是在情感因素的作用下达成的客观效果,是在客观上对伦理教条的暗合而已。

## 第二节　殉情与负心

### 一、生与死:话本小说、传奇小说的悲喜格调与对负心题材的不同处理

由上文的论证可知,在冯梦龙所营造的"三言"世界中,相较于双双殉情,私奔已然成为私情男女们的首选,"死"则被排除于可能的选项之外。将"三言"中具有代表性的"私情类"明话本小说,即《闲云庵阮三偿冤债》(《喻世明言》第四卷)、《吴衙内临舟赴约》(《醒世恒言》第二十八卷)、《张舜美灯宵得丽女》(《喻世明言》第二十三卷)、《王娇鸾百年长恨》(《警世通言》第三十四卷)、《乐小舍拼生觅偶》(《警世通言》第二十三卷)、《宿香亭张浩遇莺莺》(《警世通言》第二十九卷)、《乔太守乱点鸳鸯谱》(《醒世恒言》第八卷)、《杜十娘怒沉百宝箱》(《警世通言》第三十二卷)、《黄秀才徼灵玉马坠》(《醒世恒言》第三十二卷)[2]加以通盘考察就会发现,除了《王娇鸾百年长恨》(《警世通言》第三十四卷)、《杜十娘怒沉百宝箱》(《警世通言》第三十二卷)这两篇作品外,以男女主人公双方(或其中一方)的殉情收场的悲剧性结局完全没有,取而代之的则是皆大欢喜的大团圆结局。如果将考察的范围再进一步扩大为包括男女私情在内的两性婚恋故事的话,将会发现在拥有合法婚姻(或合法婚约)的已婚夫妇(或未婚男女)中,当因生死、疾病、战乱以及包括家长在内的权威势力、豪强势力等外界力量的干预而使双方的合法婚姻(或合法婚约)无法再维持下去时,即便夫妻双方(或者未婚男女双方)有一方(往往是女性)愿意以死殉节的话,也总是被男方、家长或其他力量加以及时制止。"三言"中这样的一些自杀未遂事件主要为如下三篇:《范鳅儿双镜重圆》(《警世通言》第十二卷)、《宋小官团圆破毡笠》(《警世通言》第二十二卷)、《黄秀才徼灵玉马坠》(《醒世恒言》第三十二卷)。在这些故事中,濒临绝境的青年男女们总是会在命悬一线之际得到及时援救:或是几次三番的寻死总能被父母及时发现,成功拦截;或是会有素不相识的老僧突然现身,指点迷津;或者索性就来个神仙助力、罗汉托梦、玉马坠显灵什么的。总之,无论是人力还是神意,绝处总能逢生,遇难必能成祥。这些离散夫妻最终也都能在经历了一番波折后得到断弦再续、破镜重圆的完满结局。

---

① (明)贺贻孙.贺贻孙诗话[M]//全明诗话:卷十.南京:江苏古籍出版社,1997:10395.

② 《喻世明言》第二卷《陈御史巧勘金钗钿》与《醒世恒言》第十六卷《陆五汉硬留合色鞋》皆有因男女私情而引发的歹人趁机奸骗的公案类情节,并非严格意义上的私情故事。

其实不止婚恋题材故事，如果我们再将视野进一步扩展到“三言”中那些搬演着悲欢离合、生死离别的人生离合故事，如《苏知县罗衫再合》(《警世通言》第十一卷)、《张廷秀逃生救父》(《醒世恒言》第二十卷)、《杨八老越国奇逢》(《喻世明言》第十八卷)等就会发现上述分析所得出的观点，即在“三言”的世界中并不欢迎死亡这一点仍会得到印证。尽管一家人因为种种原因天各一方、生死茫茫甚至因此而丧失了生命意志，但叙事者总是能安排出来种种巧到极点的巧合让离散各地的一家人都能绝处逢生，最终齐聚一堂，终归依然免不了还是一个皆大欢喜的大团圆。这样的巧合关目往往安排得十分牵强、幼稚，令人难以置信。譬如在《杨八老越国奇逢》(《喻世明言》第十八卷)这则故事中，商人杨复因倭寇之乱而被虏到了日本国长达十九年之久。后来总算得遇了一个机会随着入华抢劫的倭寇返回了祖国，却不想又因早已被改造成的一副日人尊荣被官府抓了起来。这实在是一个再悲催不过的故事，但接下来在案件受审的过程中却发生了一系列出人意料的巧合并成功地扭转了事件的走向。杨复先是巧遇了当年跟随自己的小厮证明了自己的汉人身份，接着就突然出现了两个妇人先后指认眼前的这个日人就是她们当年失散的丈夫；再接着就是负责审理杨复案件的两个官员赫然发现他们正在审理的这个犯人竟然就是他们的亲爹，于是又紧跟着发现相处多年的同僚原来就是自己失散多年的异母兄弟，并且是“中同年进士，又同选在绍兴为官。”凡此种种一系列的巧合实在是巧得不能再巧，连热衷于设计巧合关目的冯梦龙自己也不得不承认这实在是“古今罕有”的一大“奇事”。与《杨八老越国奇逢》(《喻世明言》第十八卷)相比，同样以人生离合为题材的《苏知县罗衫再合》(《警世通言》第十一卷)中布置的那一连串巧合亦可谓伯仲之间。

凡此种种不合情理的所谓“巧合”的大量运用，让故事情节不可避免地显现出了一种经不起推敲的幼稚与天真。至于不惜丧失艺术构思的真实性也要叠用大量巧合的目的无外乎就是要让向着悲惨结局一路狂奔的故事情节能来个“凌空大逆转”以最终实现那在真实的现实环境中根本就不可能实现的所谓“大团圆”。

冯氏对大团圆结局如此强烈的热衷显然并非是其文人意趣使然，而是文人在进行话本小说创作时所不可避免地对市民意趣的一种照顾与迁就。无意于探究社会问题根源而只在乎喜乐热闹的市民大众其实很容易满足，即便这个所谓的“大团圆”不过是建立在牵强附会的巧合上的一厢情愿的幻影而已。正唯如此，当我们再回顾上文所列举的婚恋故事(无论是私情类抑或是非私情类)，就会不难理解何以甚少有殉情者出现的原因所在，这无疑是更具市民意趣的话本小说所追求的喜剧格调的一种体现，与真正体现文人意趣的传奇小说所倾心的悲情格调全然不同。话本小说与传奇小说悲喜格调的不同在相当程度上决定叙事者对“负心类”题材的处理。

为了证明这一观点，我们不妨对“三言”中包括“负心类”题材在内的婚恋故事是否有与之相应的传奇小说，或者说“三言”中的婚恋故事是否有相应的传奇小说作为源故事一事进行考察，以探究传奇小说源故事与话本小说情节处理之间的关系。现将相关信息列表如下：

| | 其源故事为传奇小说 | 其源故事并非传奇小说 |
|---|---|---|
| 负心类 | 《王娇鸾百年长恨》(《警世通言》第三十四卷)《杜十娘怒沉百宝箱》(《警世通言》第三十二卷) | 《金玉奴棒打薄情郎》(《喻世明言》第二十七卷)《杨思温燕山逢故人》(《喻世明言》第二十四卷) |
| 非负心类 | 《宿香亭张浩遇莺莺》(《警世通言》第二十九卷)<br>《吴衙内临舟赴约》(《醒世恒言》第二十八卷)<br>《黄秀才徼灵玉马坠》(《醒世恒言》第三十二卷)《宿香亭张浩遇莺莺》(《警世通言》第二十九卷) | 《玉堂春落难逢夫》(《警世通言》第二十四卷)<br>《单符郎全州佳偶》(《喻世明言》第十七卷)<br>《张舜美灯宵得丽女》(《喻世明言》第二十三卷)<br>《范鳅儿双镜重圆》(《警世通言》第十二卷)<br>《宋小官团圆破毡笠》(《警世通言》第二十二卷)<br>《白玉娘忍苦成夫》(《醒世恒言》第十九卷)<br>《张淑儿巧智脱杨生》(《醒世恒言》第二十一卷)<br>《裴晋公义换原配》(《喻世明言》第九卷)《苏知县罗衫再合》(《警世通言》第十一卷) |

通过上表可梳理出以下两点信息：

1. 相较于“负心类”题材(4 篇)，“三言”更热衷于书写青年男女都忠于爱情的“非负心类”故事(13 篇)。

2. 单就“其源故事是否为传奇小说”这一点而言，在“负心类”故事中，有传奇小说源故事的占“负心类”故事的 50%；在“非负心类”故事中，有传奇小说源故事的占“非负心类”故事的 31%。

虽然这一倾向并不十分明显，但还是可以大致看出三言的“负心类”题材当与传奇小说之间具有一定的关联性。或者更为明确地说，导向悲剧性结局的“负心类”题材更多地为传奇小说所独钟，而非热衷于破镜重圆的话本小说的表现热点。如果话本小说表现了这一“负心类”题材，那么也只是更多地从传奇小说“借鉴”而来。因此，此类话本小说往往有着与之相应的传奇小说作为其故事的渊源出处。而且当我们将“负心类”题材的四篇作品按照其源故事是否为传奇小说这一标准再做进一步比对的话就会发现，以女性主人公自杀身亡的悲剧性结局收场的两部作品其源故事均有与之相应的传奇小说，如《王娇鸾百年长恨》(《警世通言》第三十四卷)的源故事为传奇小说《周廷章》(《情史》卷十六)，《杜十娘怒沉百宝箱》(《警世通言》第三十二卷)的源故事为传奇小说《负情侬传》(《九龠别集》卷四)。虽然这两则故事中的负心郎都在女方死后受到了惩罚，一个被主持公道的官府当庭场打成肉酱；另一个则在女方死后“终日愧悔，郁成狂疾，终身不痊。”然而女主人公毕竟还是悲情地死去了，她曾经付出的一片痴情也因男主人公的背信弃义而化为乌有。与此形成鲜明对比的是，在另一则“其源故事并非为传奇小说的”的“负心类”故事《金玉奴棒打薄情郎》

(《喻世明言》第二十七卷)中[1],尽管女主人公金玉奴被中举做官后就"嫌贫弃贱"的丈夫无情地推入了江中,但她非但没有像杜十娘那样就此化作"一江春水",反而得到了一股神异力量的庇佑,"忽觉水中有物,托起两足,随波而行,近于江岸。"上岸之后,还得到了一位过路官员的无私帮助,将其认作义女并设计惩治了谋杀未遂的负心郎,故事最终以夫妻再续"前缘"的"完满"的大团圆结局收场。然而,这个所谓的"完满"就像上文分析到的那一系列令人瞠目结舌的巧合一样,完全是叙事者为了满足市井小民们对大团圆的心理期待所做的牵强安排。故事中的负心郎无论就其背信弃义的恶劣品质而言,还是从其谋杀亲妻的狠毒手段来看都是难以获得谅解的。然而在妻子的一番痛骂之下,这样一个恶劣、狠毒的人竟然立刻就幡然悔悟、洗心革面,而且险些被谋杀的妻子居然也欢欢喜喜地再次嫁给了他。正如同哪怕调用一系列牵强的巧合也要将故事的结局导向"完满"一样,在《金玉奴棒打薄情郎》(《喻世明言》第二十七卷)这则故事中呈现出的如此不合情理的情节安排也再次印证了话本小说的叙事者对大团圆结局的热衷。绝境也能逢生、破镜也能重圆、被弃女也能起死回生、负心郎也能回心转意。这样一种充满了天真幻想的"理想主义"改造无疑是倾向于喜剧性收场的市民意趣的体现。正是这一话本小说所固有的喜剧格调对传统负心题材的天真改造使得话本小说中的负心类故事采取了与推崇悲情格调的传奇小说绝然不同的处理方式。

有一点须澄清的是,悲喜格调或其背后的文人意趣与市民意趣的划分并非绝然体现为话本小说与传奇小说两种文体上的区别,并不是说话本小说就必然为热衷于喜剧格调的市民意趣所统领,而传奇小说就必然受制于推崇悲情格调的文人意趣。话本小说更倾向于表现富于市民意趣的喜剧性故事,而传奇小说则更倾向于表现富于文人意趣的悲情类故事,这充其量只不过是一个相对意义上的判断。事实上,随着宋代文言小说世俗化趋势的渐趋呈现,早在宋代就已然有许多通俗文言传奇作品呈现出了崇尚喜剧格调的市民意趣,尽管它依然是用颇为典雅的文言写成。一般而言,在宋通俗文言传奇小说中,针对负心郎的处理方式无外乎两种:一为被弃女死后化鬼报复负心郎,典型的如《王魁传》、《满少卿》(《夷坚志补》卷十一);一为负心郎回心转意与被弃女喜结良缘,典型的如《茹魁传》(《续青琐高议》)、《红绡密约张生负李氏娘》(《醉翁谈录》壬集卷一"负心类")、《谭意歌传》(《青琐高议》别集卷二)。前者更富于悲情色彩,而后者则无疑呈现出一种喜剧氛围。其中的《茹魁传》就讲了一个与明话本小说《金玉奴棒打薄情郎》(《喻世明言》第二十七卷)颇为相似的喜剧性故事。故事中的男主人公茹魁在登第后很快变心,意欲抛弃曾经予以其经济资助的女妓胡嫒。胡小姐愤恨之下表示要效法郑(郑意娘)、霍(霍小玉),"郑玉为厉,当踵前



---

① 《杨思温燕山逢故人》(《喻世明言》第二十四卷)这篇小说因其男主人公的负心之举表现为女方已死后的另结新欢,与本节所要讨论的生前负心并不吻合,故不在考虑之列。

人”，死后化作厉鬼报复茹魁。茹魁在女方的恐吓下惊恐万状，恰好此时其家族长辈因其科考及第也不再追究其留恋烟花的行为，思前想后的茹魁最终打消了负心的念头，乖乖地与胡小姐喜结良缘。女方扬言要效法“前贤”、做鬼报复，男方则惊恐万状、回心转意，一个原本可能导向悲剧性结局的“负心类”故事终于在富于市民意趣的喜剧因素的参与下被推进了皆大欢喜的大团圆中。

这样一种虽以文言传奇的面目示人，但内里却早已被置换为市民意趣的富于喜剧性、通俗化的传奇小说早在宋代就已然出现。尽管它在外在形式上多少还残留着些文人意味，但骨子里却已然与专注于市民意趣的话本小说并无多少本质上的区别。正是因为有了宋代传奇小说通俗化、喜剧化、市民化的铺垫与先导，当传奇小说发展到明代时，其在内在精神上与话本小说合流的趋势也就变得愈加鲜明。考虑到这一点，上文之结论，即明话本小说中对“负心类”故事所做的悲情化处理更多地渊源于作为源故事的传奇小说应再进一步补充为“更多地渊源于作为源故事的传奇小说，尤其是宋以前更加推崇悲情格调的唐传奇作品”才更为确切。



## 二、可疑的“殉情”：调和性思维与无法触及的真实

让我们再将目光重新投注到《王娇鸾百年长恨》（《警世通言》第三十四卷）与《杜十娘怒沉百宝箱》（《警世通言》第三十二卷）这两部比较特别的作品。其特别之处主要体现为它们是“三言”所有婚恋故事（包括私情类以及非私情类）中仅有的两部以女主人公的自杀殉情告终的悲剧性作品。诚如前文所分析的，这两部作品皆有与之相应的传奇小说作为各自的源故事，其悲情意味也因此而更多地来自于崇尚悲剧美学的传奇小说。但她们的自杀是否应该被称作“殉情”呢？她们无疑都是被抛弃的不幸女子，当初的满怀柔情早已随着情人的背叛而化成了一腔愤恨，她们的自杀行为似乎更具有一种以死复仇的意味。王娇鸾的自杀心理就颇值得玩味。在得知了情人早已另结新欢的确切消息后，王娇鸾最初的反应是“整整的哭了三天三夜”，然后就“将三尺香罗帕，反复观看，欲寻自尽”。如果她此时此刻就自杀身亡，那么，其自杀行为可以基本上被认定为是一种殉情（尽管也并非真正意义上的殉情，因为她毕竟已然被男子抛弃了）。然而她并没有就此自杀，而是转念又想道：“我娇鸾名门爱女，美貌多才，若嘿嘿而死，却便宜了薄情之人。”于是将“从前唱和之词，并今日《绝命诗》及《长恨歌》汇成一帙，合同婚书二纸，置于帙内，总作一封”，托人寄送给了负心郎所在地苏州府吴江县的县令樊公。这些与情人旧日往来的诗词、信件尤其是合同婚书（虽然并非是合法婚约）显然被王娇鸾当做了有力的呈堂证供。在完成了这一切复仇行动后，王娇鸾这才开始真正实施自杀行为。她的死亡消息很快地就被派人来调查情况的樊公所知晓，并以此为证据将负心郎以“停妻再娶”、“因奸致死”的罪名抓捕归案。毫无疑问，早已对负心郎恩断义绝的王娇鸾将自己的死当成了向旧日情人复仇的最大筹码。

杜十娘的死亦具有同样的复仇意味。尽管杜十娘当众炫耀的物质财富让“又羞又苦,且悔且泣”的情人懊悔万分、意欲谢罪,但早已无法取得个体尊严遭受重创的杜十娘的谅解。在怀抱百宝箱投江之前,杜十娘向围观的人群所做的一番临终演说清楚地申明了她即将采取的自杀行为的意义所在,“(李甲)中道见弃,负妾一片真心。……今众人各有耳目,共作证明,妾不负郎君,郎君自负妾耳!”如果说王娇鸾临自杀前将所有的证据汇集成函并寄送给官府的行为带有让官府为其做主以讨回公道的意味,那么,杜十娘临自杀之前所做的这一番当众演说则同样有着求得社会舆论的支持以讨回公道的用意。果然,杜十娘话音刚落,围观众人便“无不流涕,都唾骂李公子负心薄倖”,待杜十娘奋身纵入江中后,众人更是“咬牙切齿,争欲拳殴李甲和那孙富。慌得李、孙二人手足无措,急叫开船,分途遁去。”由此可见,尽管王、杜二人在遭到负心郎遗弃后都采取了自杀行为,但就其自杀动机而言绝非是自杀以殉情,而是将自己的死作为最大的筹码以报复负心郎背信弃义的背叛行为。这样一种以死复仇的决绝心态与唐传奇中那个至死还拉着负心郎的手,“长恸号哭数声而绝”的霍小玉所表现出的留恋、幽怨是完全不同的(尽管霍小玉死后也化作了厉鬼并向负心郎发起了报复行动),在相当程度上是一种敢爱敢恨、爱憎分明的市民精神的体现。事实上,早在宋代一些富有市民精神的通俗文言传奇小说中就已经出现了遭情变的女子以死向负心郎复仇的情节,最为典型的如莫过于《王魁负心桂英死报》(辛集卷二“负约类”)。故事中的桂英在遭到情人背叛后,最初的反应同样也是“仆地大哭”,但在痛哭了一场后很快地就在“必杀之而后快”的复仇意志下振作了起来。她跑到海神祠中向神道郑重发誓:“今王魁负我盟誓,必杀之而后已,然我妇人,吾当以死报之。”随后便“取以剃刀,将喉一挥,就死于地”。这个女人的自杀行动可以说是极其坚决、极其惨烈的。她的死无疑带有一种以自己的死向神道献祭以求得神道帮助的意图。果然,化鬼之后的桂英在数十个手拿兵刃的鬼将鬼兵的协助下最终找到了旧日的情人。当惊恐万状的负心郎表示愿意念经烧纸以超度亡魂时,桂英那坚定的复仇意志再次爆发了出来,“我只要汝命,何用佛书纸钱!”其怨恨之重、执念之深真正到了令人毛骨悚然的程度。

以《王魁负心桂英死报》这篇宋代通俗文言传奇小说作为参照,可以愈加清楚地看到王、杜二人的自杀结局虽然继承了唐传奇惯有的悲情意蕴,但就其以死复仇的自杀动机而言却又强烈地体现出了一种敢爱敢恨的市民意志。为传奇意蕴与市井好尚所各自推崇的悲喜格调就这样再次在话本小说的创作中呈现出了一种多层次的细腻交织。然而更为重要的是,通过对王、杜二人自杀动机、自杀心理的分析可知,二人的自杀行为就其性质而言,绝非殉情。事实上,在“三言”众多的婚恋类,尤其是私情类故事中,真正意义上的殉情,即两情相悦的私情男女因不被社会、家庭所容而双双自杀的情况仅有一处,即《张舜美灯宵得丽女》(《喻世明言》第二十三卷)的入话故事,且还是一桩殉情未遂事件。除此之外,绝无一例。当然,在非私情类婚恋故事中，也有一些因婚恋受阻而意欲自杀的情节。但这些自杀行动同样也以未遂告终，且就其性质而言，与其说是"殉情"，不如说是"殉节"更为确切。这一点尤其体现在因疾病、生死、战乱等原因而导致婚姻（或婚约）受阻的女性身上。当合法婚姻（或婚约）无法履行且被逼改嫁时，这些女性，如《范鳅儿双镜重圆》（《警世通言》第十二卷）中的顺哥、《宋小官团圆破毡笠》（《警世通言》第二十二卷）中的宜春、《陈多寿生死夫妻》（《醒世恒言》第九卷）中的多福等往往都会扬言自杀以逼迫父母改变主意或索性直接采取自杀行动。其自杀动机虽不能排除情感因素，但更多地则是对"从一而终"这一道德理念的贯彻。也正唯如此，有合法婚姻（或婚约）在身的青年女性因婚恋受阻而采取（或意欲采取）的自杀行为被更多地定性为"贞"或者"烈"，就其性质而言是一种"合理"（亦有既"合理"，又"合情"之情况）的殉节，而非发生在私情男女身上的"合情"却并非"合理"的殉情。至于王娇鸾、杜十娘的死则既非"合理"，亦非"合情"，完全成为情理之外的复仇行动。因此，通过对"三言"婚恋类故事中的自杀未遂事件的性质所做的通盘考察可知：同死亡在"三言"中的不受欢迎一样，殉情亦绝非"三言"的表现热点。这亦与上文所论述的"私奔已然取代殉情成为私情男女的首选"这一观点可以相互印证。

然而像"三言"这样的通俗小说中写有大量的私情故事，但却绝无殉情结局这一文学现象本身与晚明以来的主流社会舆论与社会现实其实并不相符。所谓的私情之"私"主要就是指未经"父母之命，媒妁之言"这一必要的婚姻环节而彼此（或单方面）对对方生发爱慕之情，并进而私订婚约、私自结合甚至于私奔出逃的行为。这一行为无疑极大地触犯到了传统的婚姻道德。所谓的"无媒自聘"早在战国时代就已然被视为一种非道德行为，"处女无媒，老且不嫁，舍媒而自衔，弊而不售。""妇人之求夫家也，必用媒而后家事成，求夫家而不用媒，则丑耻而人不信也，故曰：'自媒之女，丑而不信。'"（《战国策・燕策》）这一行为将使女性的道德操守受到社会舆论的强烈质疑。此处显然只是单方面地强调了"无媒自聘"对女性一方造成的严重后果，这似乎也在暗示着尽管私自结合的行为毫无疑问是需要男女双方共同完成的，但这一非道德行为所造成的恶果却在相当程度上要由女方来独自承担。所谓"士之耽兮，犹可说也；女之耽兮，不可说也"（《诗经・卫风・氓》），私情的发生对女性一方造成的道德伤害无疑是更为严重的，其中最为严重者莫过于对"女贞"的质疑。

在冯梦龙所处的晚明时代，女贞作为未婚女性所必须坚守的道德底线早已成为社会共识，教导未婚女子恪守贞操的言论在明代层出不穷的女诫书中可谓比比皆是。对女性，尤其是对未婚女性肉体贞操的重视与强调显然并没有仅仅停留在文人阶层的文字训诫层面。只要略微参照一下以崇尚节烈[①]为编纂宗旨的《明史・列女传》中所列举的贞节烈女之数量，便可知这一道德教化意图早已在朝廷旌表、抚恤等

① 除了"孝""义"两项女德外，"节"者在《明史・列女传》中所占比例为13.98%，"烈"者所占比例为68.82%。

多重措施的作用下行之有效地落实到了基层社会中。其中所辑录的贞女人数较之前代(主要指开始出现室女守贞与殉节情况的元代)更有大幅度增加。据有关学者统计,《明史》中辑录的未婚贞女与已婚节妇的比例竟高达1:3.33。[①] 如此高的比例自然是《明史·列女传》崇尚节烈这一编纂意图的反映,但明代的现实社会能为这一编纂意图的成功实现提供如此数量庞大的全方位例证,如守贞、守节、殉节以及种种骇人听闻的自残、自戕等等,亦足以说明包括未婚守贞在内以节烈为尚的女性道德已然成为明代社会的普遍共识。

考虑到在这样一种重视女性,尤其是重视未婚女性肉体贞操的社会大背景下,未婚男女之间发生的私情无论从其对"父母之命,媒妁之言"这一传统婚姻道德的背叛来说,还是就其对"女贞"这一为明代社会所普遍重视的女性道德的严重破坏而言,都必将不可避免地与维护道德、秩序、规范的"理"发生冲突。并且,这种情、理之间的现实冲突很有可能是极其尖锐的、激烈的。因为"理"固然有着根深蒂固的传统观念与专制权威的国家意识形态充当着坚强无比的后盾,而"新进崛起"的"情"之浪潮亦未尝没有晚明以来狂飙突进的人文思潮在思想文化领域中的造势与支撑。在这样一种双方势力针锋相对的现实背景下,男女之间私情的发生毫无疑问会即刻触动情、理冲突的扳机而引发严重的恶果,其最终结局很有可能是在穷途末路之后或背叛爱情、抛弃情人以重返秩序的怀抱,或与情人双双走上自杀殉情的死路。而无论是哪一种,其最终结局无疑都是悲剧性的。然而,与悲剧性的现实可能性相反,"三样"中的私情故事却处处洋溢着喜悦的光芒。尽管稍有波折,但最终总能取得封建家长的支持、社会舆论的谅解、官方势力的认可,并最终以缔结合法婚姻的方式风风光光地重返秩序的怀抱。这样一种充满喜剧格调的结局安排无疑暗示了对私情的认可,并且也连带着显示出了对"父母之命,媒妁之言"的不屑一顾以及对"未婚守贞"的模棱两可。正唯如此,在"三言"的十二篇"私情类"作品(包括宋元话本小说)中,发生婚外性行为的竟然高达67%(八篇,其中有两篇是为因男女私情而引发的第三方奸骗事件),这与"三言"的编写者对女性贞操的潜在性漠视当不无关联。



像"三言"这样着力于表现私情但却对殉情问题绝口不谈的情形与日本江户时期的市民文学热衷于表现"情死"(即殉情)题材形成了鲜明的对比。就时间上来说,日本的江户时期指的是公元1603年至公元1868年这一时间段,与中国的晚明时期和整个清代在时间上基本重合。就其社会文化背景而言,亦与中国的晚明时期极为相似。同样作为近世社会的代表性阶段,日本的江户时期亦存在着两股彼此抗衡的文化势力,即掌握着政治权力的武士统治阶层与掌握着经济实力的町人阶层(与中国近世社会中以商人为代表的新兴的市民阶层大致相仿)。前者倾向于以儒教道德

---

① 衣若兰.历代正史列女传之编纂[M]//女性入史——正史列女传之编纂.国立台湾师范大学历史研讨室2004年2月讨论.

文化为背景的理想主义，“曾一度实行历史上最严格的禁欲，绝对禁止男女接触异性。”而后者则无疑倾心于体现着町人精神的现世主义，那是一种“以人为本位，重视人的本能，追求自我满足、享乐和个人生活的充实”[①]的现世享乐派思想。在这样一种人生准则的指导下，因町人阶层异常活跃的商业活动而到处充斥着喧嚣、躁动的江户时期，性已然到了“放纵、烂熟的程度”，[②]好色之风成为为町人阶层所普遍接受的人生趣味。正是这两种具有反向特质的文化势力彼此激荡、相互对抗，最终促成了日本近世文学热衷表现的一大主题，即“义理”与“人情”之争的诞生。其中所谓的“义理”，即指“作为当时占统治地位的意识形态——儒家的生活指导原理和道德规范。”[③]可见，日本之“义理”就其哲学内涵而言显然与中国宋儒以来理学之“理”颇有可通之处。而所有这一切，儒家理想主义与商人现世主义的彼此对立，对情色、性爱的两种全然相反的处理态度、市民文学中对“义理”与“人情”之争的表现等等都与中国晚明时期的时代风貌以及晚明时期以话本小说为代表的市民文学之表现内容极为相似。

然而，正是在这样一种极为相似的社会文化背景之下，日本江户时期的市民文学中大量充斥着以男女主人公双双殉情为结局的“情死”故事，如近松门左卫门的净琉璃剧本《情死曾根崎》(1703)、《情死天网岛》(1720)，井原西鹤的小说《好色一代女》(1686)、《好色五人女》(1686)等，而中国以“三言”为代表的市民文学却对此绝口不谈，反而到处充满了一派喜乐和顺的团圆气氛。同样是处于儒家理想主义与商人现世主义相抗衡的时代，并因此而同样经历着“人情”与“义理”，或者说“情”与“理”二者间的激烈冲突，但却在同为市民文学的文学表现中呈现出了如此大的反差，这实在是一个不得不令人深思的问题。

笔者认为如果没有其他更为直接的原因可提供进一步论据的话，中日近世市民文学在表现情死(殉情)这一内容上产生的重大差异当与中国的话本小说家惯用的调和性思维有关，冯梦龙无疑是其中的代表性人物。正如上文分析所示，具有多重文化背景的冯氏并非没有体察到情、理之间的尖锐冲突，但他总是希望能通过一种调和的方式将二者尽可能地兼顾起来。于是我们看到了以浪漫的私情开始但却以正统婚姻终结的“半截子”艳遇；看到了异常开明的政府官员、放弃阻挠的封建家长、恰逢其时的金榜题名、巧合至极的齐聚一堂；看到了前世因缘、因果报应的左右逢源、百试百灵；也看到白衣大士、金刚罗汉、潮王海神等神奇力量的及时救场。总之，在种种现实手段与非现实手段的共同努力下，原本朝着悲剧性结局一路发展的剧情终于在“绝处逢生”这一必不可少的关节点处成功地实现逆转，并最终毫无悬念地将剧情导向了为世俗民众所喜闻乐见的大团圆上。

---

① 叶渭渠.日本文学思潮史[M].北京:北京大学出版社,2009:183.

② 叶渭渠.日本文学思潮史[M].北京:北京大学出版社,2009:183.

③ 叶渭渠.日本文学思潮史[M].北京:北京大学出版社,2009:187.

其实，渴望彼此权衡、两相兼顾这样一种力求尽善尽美的愿望并没有任何过错，人生哲学如此，文学创作思想亦如此。在日本江户时期的市民文学中，亦能看到渴望在“义理”与“人情”之间实现调和的努力。柳泽淇园曾在《独寝》一书记载过一个当时真实发生过的情死事件。在这一情死事件中，敦贺屋早在结婚之前就与女妓源氏相恋，并相约日后结为夫妇。这一士妓（或商妓）相恋的故事题材在中国晚明通俗文学中亦大量存在，接下来的故事发展，即男子迫于家长压力而与不爱的女子结婚这一情节也为中国近世通俗小说所常用。尽管如此，婚后的敦贺屋还是对情人源氏念念不忘，他试图与现任妻子离婚，然后再与源氏结为夫妻。但人性的软弱却使得他未能抗拒住妻子的诱惑并与之先后生下了两个孩子。原本渴望摆脱婚姻的敦贺屋就此愈来愈深地陷进了婚姻的种种责任与义务之中。他既无法不负责任地抛弃自己的家庭，也从此失去了与情人结婚的可能性，在“义理”与“人情”的矛盾中苦苦挣扎着的敦贺屋最终选择了与情人源氏双双殉情，踏上了情死的不归路。

柳泽淇园对这一情死事件的悲剧性结局感到十分地惋惜。在他看来，正是由于敦贺屋的软弱与糊涂，才使得他没有将对源氏的恋情贯彻下去。他听从父母之命娶了不爱的女人固然是迫不得已，但他应该对妻子“哪怕是睡在一张床上，也不能动她一个指头”，以此来保证对源氏的忠贞。这样他才有资格、有底气与妻子离婚并最终与心爱的女人结合在一起。然而，遗憾的是，由于人性上的软弱，敦贺屋未能做到这一点而与妻子发生了关系并生下了孩子，所有这一切都使得其对源氏的情的真诚度遭到了质疑，也导致了自己深陷于家庭的义理之中而无法挣脱，并最终促成了不得不以情死逃避这一切的悲剧性结局。[①] 不得不说，柳泽淇园的想法充满了一种天真的理想主义色彩，他在义理与人情之间反复权衡的努力虽然可贵，但无疑又是幼稚的。

至于这个情死事件本身，除了最后双双殉情的结局外，这样的故事情节，即男女双方彼此爱慕，但软弱的男子迫于家长压力而不得不与另一个女人结婚在中国的近世通俗小说中并不乏见，如宋通俗文言传奇小说《谭意歌传》（《青琐高议》别集卷二）、《双桃记》（《云斋广录》卷六下），明话本小说《宿香亭张浩遇莺莺》（《警世通言》第二十九卷）等皆有此类情节，但这些故事却无一例外地都被导向了喜剧性结局，其成功逆转的奥秘颇值得探究。其中，明话本小说《宿香亭张浩遇莺莺》（《警世通言》第二十九卷）其源故事为宋通俗文言传奇小说《张浩》“花下与李氏结婚”（《青琐高议》别集卷之四），明话本小说较之源故事在删去了莺莺投井寻死情节的同时，又增添了迫于家长之命与他人订婚的张浩向莺莺倾诉衷肠的细节，“浩非负心，实被季父所逼，复与孙氏结亲。负心违愿，痛彻心髓！”通过这两处情节一增一删的改动，明话



① 相关内容参见（日）阿部次郎. 柳泽淇园及其《独寝》[M]//（日）藤本箕山、九鬼周造、阿部次郎著. 日本意气. 王向远译. 长春：吉林出版集团有限责任公司，2012：133—134.

本小说中的莺莺较之源故事变得更加刚强，而张浩并非出于本心的负心之举也进一步表明了其性格上的软弱。正所谓“今日张生仗李莺”，他最终也是完全靠着莺莺这一介弱女子不惜抛头露面，递状纸、上公堂的一系列行动才迫使家长收回成命。

在《谭意歌传》（《青琐高议》别集卷二）这则故事中，女方同样被塑造得极为贤德、开明，通达事理。其故事情节与上文列举的敦贺屋与源氏的故事颇为相似。同敦贺屋一样，张正宇同样爱上了一位美丽的女妓（谭意歌），但也同样在家长势力的干预下被迫娶了一个不爱的女子。婚后的他同样对昔日的情人留恋不已，但也同样束手无策、毫无作为，唯有“回肠危结，感泪自零。……对乐成悲，凭高怅望”而已。所有这些情节都与敦、源故事完全相同，但接下来故事的发展却完全导向了另外一个方向。此时早已脱籍了的谭意歌非但没有对张正宇的负心之举有任何怨言，“妾之鄙陋，自知甚明。事由君子，安敢深扣。”而且还靠着几亩薄田的收入独自承担起了抚养张氏子的重任，且“掩户不出，治家清肃，异议纤毫不可人”，完全不用张正宇操心。更为重要的是，正当张正宇也可能会深陷于与敦贺屋同样的情、理纠结之时，其已经结合了三年的正妻刚好恰逢其时地死去了。情、理纠结的包袱就这样被轻轻松松地甩到了一边，张正宇于是终于如愿以偿地娶回了谭意歌。不得不说，相较于娶了一个健康妻子的敦贺屋，张正宇的运气实在是再好不过了。

《双桃记》（《云斋广录》卷六下）则讲了一个纯情少女与有妇之夫之间的悲恋故事。当男子表示愿意为之出妻时，遭到了这位纯情少女的坚决阻拦，“夫男子以无故而离其妻，则有缺士行；女子以有私而夺人之夫，则实愆妇德。显则人非之，幽则鬼责之，此非所宜言。”这一番言论颇值得玩味。这位纯情少女似乎是认为只要不导致对方婚变，那么，与已婚男子之间发生私情并无损于妇德。这样不求名分、甘当小三的境界显然赢得了男子的赞赏，“生大服其说，而前意（笔者按：即意欲出妻的想法）遂已。”接下来故事情节的发展颇为微妙，这位少女选择了在出嫁当日悬梁自尽的方式以示对情人的一片忠贞。这无疑是一种因情、理之间的无法调和而采取的殉情行动。她的自杀殉情赢得了一片赞赏，“观其始于李生乱，而终为李生死，其志操有所不移也”。然而，那位有妇之夫却并未随之走上殉情之路。尽管他肯定会因此而痛苦上一段时间，但却无疑从此永远地摆脱了因私情的发生而可能产生的道德困扰与义理冲突。

通过对以上这三篇宋通俗文言传奇小说中的“私情类”故事所做的分析，再联系上文一再列举的明话本小说中的“私情类”故事，当可以大致看出何以中国的近世通俗小说中绝少殉情，尤其是双双殉情的原因所在。在更富于文人意趣的通俗文言传奇小说[1]中，发生了私情的女子往往都被塑造得异常贤德、开明大度，且充满了“一人做事一人当”的担当感与行动力。男子几乎不必采取任何行动便能坐享其成，因为

① 随着宋代以来文言小说的通俗化趋向，在通俗文言传奇小说中体现出的文人意趣也只是相对而言的。

那位看似柔弱的女子将会为他承担起一切，而他只要安静地扮演着痴情的美男子就可以了。况且诸如此类的作品也一再会强调男子虽有另结新欢的负心之举，但实属迫于家长势力的无奈选择。如此一来，外表软弱、内心强大的女性也就更有义务、有责任将这样一个痴情的美男子从负心的不义中拯救出来。正像《宿香亭张生遇莺莺》(《警世通言》第二十九卷)中的张生泣涕涟涟地向莺莺求救时，莺莺只是托人捎去了一句话，“我必能自成其事”所显示的那样，这事儿交给我来办，你就等着好消息吧。正是因为“私情类”故事中的女子往往都被塑造得如此智勇双全、敢作敢为，在无形之中就为男子排解掉了许多因情、理纠结而产生的麻烦与困扰。她们甚至还会以自己的死适时地退场，从而使越陷越深的男子在触碰到必须在情、理之间做出抉择的关节点之前就能及时刹车，情、理之间的冲突也因此在发展到不可收拾的局面之前就被扼杀在了萌芽之中。于是，曾经的私情就此化作了一段美好的回忆可以时不时地被男子唤出来慰藉一下，至于因情、理的不可调和而走上殉情(情死)道路的选项也就随之变得更加不必要了。

在富于文人意趣的通俗文言传奇小说中充斥着的这种文人式的一厢情愿在更富于市民意趣的话本小说中又得到了市民化处理方式的补强，那就是前世因缘、因果报应、神道显灵以及那无论如何也要实现的大团圆。而且，随着近世以来，文人趣味与市民趣味愈来愈深入的交融，这两种处理方式往往会同时存在于同一篇作品之中，即不仅作品中的女性形象被塑造得泼辣、有力以便承担起拯救“负心郎”于水火之中的重任，而且更有因果报应等种种神异力量的暗中相助。如此一来，原本可能导向悲剧性结局的“私情类”故事也就会被更加顺理成章、“合情合理”地引向一派皆大欢喜的大团圆中，而绝不会踏上什么殉情(情死)的不归路。

正如上文所言，彼此权衡、两相兼顾这样一种力求尽善尽美的愿望并没有任何过错，人生哲学如此，文学创作思想亦如此。但在以话本、通俗文言传奇为代表的近世通俗小说中，这样一种调和性思维却表现得过于强烈了。为了导向那并不可能实现的大团圆而叠用的一连串巧合，那上至神道显灵、下至官府做主的开明环境自不必说，小说中塑造的那些极具担当感与行动力的女性身上到底又有多么现实成分这一问题亦可暂放于一边，单就近世通俗小说，尤其是话本小说中几乎无处不在的因果报应而言，就足以使得情、理间的冲突得到有效的缓冲甚至于就此化为乌有。至少在话本小说的世界中，为世俗民众所普遍接受的因果报应已然成为人们认识世界、解释世界的认识论与方法论，从因果报应中获得的虚假解释极大地消解了人们进一步探索社会问题根源的愿望。尽管以“三言”为代表的话本小说确实生动地反映了近世社会市井风情、市民生活的方方面面，然而这样一种反映更多的只是一种广度上的，而缺乏必要的深度。它或许写出了市井小民的喜怒哀乐，但绝不会真正地探究出种种哀乐背后的根源。它有的只是关注的热情，却永远无法做到直面真相。

当我们顺着这一思路再回顾何以"三言"中书写了大量的"私情类"故事但却始终对殉情一事绝口不谈这一问题时，就会感到思路豁然打开后的明朗与清晰。无论如何，探究事实的真相总是沉重而又令人痛苦的，从虚幻的团圆中获得虚假的幸福难道不会使问题的解决变得更加轻松吗？尽管这样一种幸福是如此的廉价。相较而言，这样的廉价幸福在同时期日本江户时代的市民文学中却极少表现。除了上文列举的一些著名的"情死类"作品外，京都地方还于1704年出版了专门收录男女情死事件的报告文学《情死大鉴》。其中的十二个故事皆为发生在江户时期的真实案例，真实地反映了在"义理"与"人情"二者不可调和的尖锐冲突下，青年男女不得不以双双情死的方式发出的消极的，同时也是最高的抵抗。尽管幕府忧虑此书的出版将极大地助长早已流行开来的情死风气而将其列为禁书，但书中的情死故事却依然被改编成了净琉璃或歌舞伎剧本并随着剧目的上演而在市井社会中广泛地传播开来。随着情死风气的不断发酵，幕府甚至专门颁布了禁止情死令，并规定"对情死未遂一方处以极刑；对情死未遂双方游街示众三天，然后处以极刑或贬为贱民；不准为情死男女送葬。"[①]由此可见，日本江户时期所广泛流行着的情死风气当与市民文学中对情、理冲突的直面反映有着密切关联。这些表现情死题材的市民文学作品中并没有什么令人匪夷所思的接连巧合、也没有异常开明、通情达理的政府官员，或深明大义、敢作敢当的理想女性，更不会有什么绝处逢生、神道显灵、因果报应之类的桥段，有的只是一对痴情而又无助的世俗男女在自身人性的软弱与外在权威的强大面前，在"义理"与"人情"难以克服的矛盾之下最终走向情死的那一种"真实的绝望"。此处，笔者所力图阐明的绝不是说"私情类"作品就应该以双双情死为最终结局，而只是想说相较于中国近世通俗小说中惯常的一派团圆景象，因无法克服情、理冲突而走向情死的悲剧性结局或许更是一种现实精神的体现。这样一种揭开真实之本相以展现其悲剧内蕴的现实精神也正是包括话本小说在内的中国近世通俗小说所普遍缺乏的。

似乎"中国没有真正意义上的悲剧"这一曾引发过学术界大讨论的观点在近世通俗小说，或者说至少在以"三言"为代表的话本小说中是可以基本适用的。如果说它也对当时社会，尤其是市井社会有所反映的话，那么，其充其量也仅仅是一种满足于肤浅与虚假的现世主义，而绝不是力图展现本相与探究根源的现实主义。

① 叶渭渠：日本文学思潮史[M].北京：北京大学出版社，2009：187.相关论述参见《日本文学思潮史》第十三章《性爱主义文学思潮》。